LAS TIERRAS FLACAS

AGUSTÍN YÁÑEZ

Las tierras flacas

Prólogo de Emmanuel Carballo

Diseño de portada: Jorge Garnica / La Geometría Secreta

© 1962, Agustín Yáñez
© 1980, 2007, Herederos de Agustín Yáñez

Derechos reservados

© 2009, 2015, Editorial Planeta Mexicana, S.A. de C.V.
Bajo el sello editorial JOAQUÍN MORTIZ M.R.
Avenida Presidente Masarik núm. 111, Piso 2
Colonia Polanco V Sección
Deleg. Miguel Hidalgo
C.P. 11560, México, D.F.
www.planetadelibros.com.mx

Primera edición: octubre de 1962
Primera edición en Obras de Agustín Yáñez: noviembre de 1997
Primera edición en Clásicos Joaquín Mortiz: enero de 2010
Primera edición en esta presentación: marzo de 2015
ISBN: 978-607-07-2645-3

Impreso en los talleres de Litográfica Ingramex, S.A. de C.V.
Centeno núm. 162-1, colonia Granjas Esmeralda, México, D.F.
Impreso y hecho en México − *Printed and made in Mexico*

PRÓLOGO

Agustín Yáñez (1904-1980) fundó y guió en los años de 1929 a 1930 *Bandera de Provincias*, revista tapatía que supo conciliar las innovaciones técnicas de la literatura con las tradiciones nacionales y regionales. Supo, asimismo, conciliar actitudes que, por esos años, parecían irreconciliables: la de la "torre de marfil" y la del arte entendido como propaganda.

Por la edad, las fechas de los libros iniciales y evidentes afinidades literarias se puede afirmar, en cierto sentido, que Yáñez pertenece a la generación de Contemporáneos, uno de los grupos más valiosos de las letras mexicanas en el siglo xx.

A partir de 1941, año en que se edita *Genio y figuras de Guadalajara*, a Yáñez se le puede aplicar una observación de Mauriac: "La provincia nos abastece de paisajes, nos enseña a conocer a los hombres. Crees que perdiste el tiempo en la campiña pero años después encuentras en ti un bosque vivo, con su olor, sus murmullos en la noche. Las ovejas se confunden en la niebla y en el cielo del ocaso pasa un vuelo de palomas". Mauriac recuerda que a diferencia de la metrópoli, que impone como regla la uniformidad, la provincia cultiva las diferencias. Estas últimas, las diferencias, conceden a Yáñez un sitio aparte entre los prosistas de su generación. La provincia le da no solamente historias y personajes, lo capacita asimismo para encontrar un lenguaje distinto del que usan los prosistas de su edad y aun mayores.

Las tierras flacas, tan nueva ahora como en el año en que se publicó, por primera vez, 1962, significa en su bibliografía una nueva experiencia venturosa. Yáñez se entrega en cada nueva obra suya con entusiasmo de joven recién llegado a las letras. Lucha con las palabras; entabla cerrada lucha con los personajes (los convierte de proyectos en seres de carne y hueso); se preocupa por desarrollar al máximo los alcances de la historia principal y las adyacentes

Las tierras flacas se aproxima, temáticamente a la anécdota que Yáñez cuenta en *Al filo del agua*: la vida campesina sustituye a la vida municipal; la magia ocupa el sitio del fanatismo; la frustración vital de los personajes es del mismo tamaño. Históricamente la revolución ha derrotado al porfirismo. El lenguaje por razones estructurales es un tanto barroco; los personajes son de tres dimensiones.

Como en casi todas sus obras la atmósfera realza la anécdota y permite a las criaturas desarrollarse íntegramente. Yáñez es el novelista de los pueblos de atmósfera enrarecida y de los ranchos que, de tan pequeños, carecen casi por completo de horizonte humano. En *Las tierras flacas* el autor reencuentra su "campo vital", entra de nuevo en contacto con las criaturas que ama y comprende.

Emmanuel Carballo

PRIMERA ESTANCIA

BETANIA: LA TIERRA O LA MÁQUINA

Buenos días les dé Dios, ¿cómo amanecieron?

—Ave María. Buenos días les dé Dios, ¿cómo amanecieron?

La luz del sol tocó en esos momentos la cumbre de la Tapona; pronto por la sierra de Cardos asomaría la rueda colorada. El valle se iluminaba con la refulgencia del cielo. Se disipaban los últimos bancos de neblina, confundidos con el humo que subía de las casas. Los mugidos de las reses, alargados en resonancias poderosas, dominaban los cantos de los gallos y los ladridos.

Como no le contestaban, el hombre se apeó del caballo, lo ató a la puerta de mano y concilió a los perros por sus nombres:

—Nerón, Herodes, Caifás, ¿ya no me conocen? —volvió a gritar hacia la casa con más fuerza—: Rómulo, compadre, comadrita doña Merced, cómo amanecieron.

Enjugándose manos y brazos en el delantal, apareció una mujer.

—Ave María Purísima...

—Sin pecado original concebida. Qué anda haciendo tan temprano, compadre. Sosiéguense, demonios.

—Estuve gritando.

—No lo había oído. Con el ruido de la torteada. Salí a los ladridos. Ah, cómo aturden, perros condenados.

—¿Mi compadre?

7

—Fue a echarle una vuelta al Epifanio, que sigue terco en lo de que la máquina o la tierra, el cochino malentraña. Pero pase, compadre, para que almuerce. Rómulo no ha de tardar: se fue todavía a oscuras la mañana.

—Qué ¿ordeñó tan pronto?

—Qué quiere ya que ordeñemos. Las dos últimas vaquitas que nos quedaban se fueron —la voz combinó sufrimiento y dureza—: como también tendrán que irse pronto la yunta de bueyes, los gallos, los perros y quién sabe si hasta la casa —dominada por la ola de amargura, la mujer añadió—: pero ésta no la quieren sin la tierra. Sobre todo es un capricho llevarse la máquina. Y a Rómulo se lo he dicho: primero me llevan a mí. En fin, pase, compadre, ¿de qué sirve renegar contra lo que Dios dispone? Echaré unas tortillas calientes para usted. Bendito sea Dios que todavía no nos faltan, y los frijolitos, el atole, los chiles.

—El coraje me agarrota la lengua, las quijadas; métase a la cocina, comadre; yo aquí espero, en el patio, a mi compadre; métase antes de que se me desatraganten las palabras y pueda oírme la sarta de barbaridades que me queman la sangre con lo que ha dicho, comadrita, que apenas puedo creer a dónde llega ese sinvergüenza; yo aquí espero; siga su quehacer.

Doña Merced abrió la puerta de trancas entre la cerca, y al mismo tiempo hablaba:

—¿De qué sirve a los pobres enojarse? Más recio nos pegarán. Es *la ley de Caifás: al fregado, fregarlo más*.

El sol había saltado sobre la sierra de Cardos y llenaba el llano. La mujer continuaba con tono angustiado:

—No queda más que resignarnos; cuando mucho, abrazarnos a lo que más queramos y dejarnos matar antes de que nos lo quiten. Ya después ¿qué? Todo será igual.

—Me aflige oírla hablar así, comadre: usted siempre tan animosa.

—Se lo previne a Rómulo: todo, menos la máquina. Y él, que nunca, en treinta años de casados, nunca me había dado contra,

8

dice que cómo entregar la tierra en vez de la máquina, que al fin ya no sirve de nada, ni nadie la usa, y aunque hubiera quien la usara. Y yo le respondo que tendrán que pasar sobre de mí a fin de poder llevársela. Y él: que deshacerse de la tierra que nos queda sería tanto como vender a su padre y a su madre y a mí con toda la parentela. Y yo: es lo mismo que digo en el caso de la máquina, y más que la tierra: ésa sí que ya no sirve de nada; tierra ñenga: puro tepetate pelón, de año en año peor, arruinándonos con más y más deudas: lástima de trabajo, que no rinde ni para pagar los intereses: haciéndonos ilusiones de reponernos al otro año con un buen temporal. Y él: ¿has pensado a dónde iríamos, qué haríamos lejos de estos terrones? Bien a bien le doy la razón en el fondo; pero yo también le pregunto: ¿serías capaz de dar la máquina? ¿tendrías fuerzas para verla salir, cargada como cajón de muerto? Y él a esto no contesta. Él, mírelo, allá viene, como perro apaleado.

Los perros brincaron la cerca con alegres ladridos y corrieron al encuentro del amo. Cuando llegó, doña Merced atajó la conversación:

—Vénganse a que almorcemos. No quiero desperdiciar lumbre. Habrá luego tiempo de que platiquen.

Al cruzar el patio, al llegar a la cocina, siguió reteniendo la palabra:

—Ni siquiera le pregunté por la comadre, por los muchachos. ¿Están todos bien? Siglos hace que no nos vemos. Mire qué gloria de calabaza. Qué ¿prendió el codo de fresno que se llevó al principio de las aguas? Nos dijeron que ya está seco el manantial de Jericó y todavía está lejos de Nochebuena —era evidente que la mujer evadía temas desagradables y retardaba la conversación de los hombres.

Era la misma hora de ahora —saliendo el sol—, y por los mismos días —acercándose la Nochebuena—, y este mismo compadre: Palemón, cuando llegó la máquina. Entró por esta misma puerta de trancas, que parte la cerca en dos. La descargaron aquí en el patio, entre Palemón, Rómulo y un muchacho que venía con la recua. Los gritos de Teófila desde que sintió la llegada, y oyó el grito de ¡albricias! y vio el bulto sobre una mula prieta. ¡Los ojos abiertos y la boca de Teófila cuando con tiento y muchos cuidados bajaron la estramancia, la reposaron en el suelo, la levantaron y la metieron a la pieza enladrillada! Teófila señaló la colocación. ¡Qué saltos, qué aspavientos de la muchacha cuando comenzó el desempaque, cuando fue apareciendo el mueble, cuando, desatados, los pedales tuvieron movimiento! Era realmente de no creerse y para llorar de gusto el ver de pronto, aquí, como aparición milagrosa, entre tiliches viejos, un objeto tan extraño, tan fino, que ni en sueños pudo imaginarse y que nos infundió el mismo respeto, la misma devoción y hasta el miedo con que hubiéramos visto dentro de la casa, llena de tiliches, algo de lo más rico, desconocido y sagrado que haya en las iglesias, y que no todos pueden ver, ni nadie, fuera del obispo, puede tocar. No recuerdo que antes o después Teófila tuviera en la vida un gozo comparable al de aquel día; el habérselo dado nos compensa tantos pesares; en las horas de amenaza, nos anima. Cuando la máquina estuvo descubierta, libre de todas las ataduras, Teófila se la comía con los ojos impacientes; adelantó la mano, que le temblaba, y con sumo esmero la pasó por la cubierta, como si acariciara a un recién nacido, temiendo hacerle daño. —Ni el más leve rasguño —dijo, y regaló a Palemón un gesto con los ojos y la boca sonrientes expresándole gratitud pagándole los cuidados del transporte. —Casi es un milagro, con estos caminos y tantas jornadas, como quien dice: hasta el fin del mundo. Tocó los cajones con la yema de los dedos. Luego nos llenó de admiración; la desconocimos en el momento de abrir la tapa, sacar la cabeza de la máquina, fijarla como es debido, acomodar la correa en las ruedas, ensartar el hilo, mover el pedal, poner en marcha, o como quien dice: dar vida al instrumento. Seria, lista, segura, sus movimientos tenían algo de los de los padres en el altar; Palemón los comparó a los de los médicos en las operaciones. La desconocimos. Por primera vez la sentimos ajena, muy distinta de como la habíamos visto siempre, desde que nació, a medida que fue creciendo, y distinta de su padre y de su madre, para los que todo aquello era un misterio: cosa del otro mundo, trabajosa; y

en cambio la muchacha ni se asustaba ni se perturbaba. Sin decir pa-
labra, fue por unos hilachos, acercó una silla y se puso a coserlos con
pulso firme llevándonos de sorpresa en sorpresa. Si la hubiéramos visto
entrar convertida en reina, con modales propios de reina, igual ha-
bría sido nuestro asombro. No más nos quedamos viéndola. Paraba la
máquina, la hacía andar lentamente o a toda carrera, los dedos de la
izquierda fijos en la costura y atenta la mano derecha a mover la rue-
da de arriba en compás con los pies que movían el pedal. Nos sacó de
nuestro alelamiento: —¿Ven cómo era cierto que sabía? Padre, ahora
sí podré ayudarlo cosiendo ajeno, aunque la primera hechura será su
vestido, madre. *Nos hizo llorar, en presencia de Palemón.* —Miren,
admírense: voy a aceitarla. *Buscó en los cajones, desenvolvió unos pa-*
quetes con fierros nuevecitos, los fue revisando, desarmó algo a modo
de lámpara, destapó un pomo, vació algo como aceite, volvió a cerrar
el aparato, y en los agujeritos de la máquina echó gotas de aquella
substancia. En todo eso se nos pasó la mañana. Ese día se quemaron
en la cocina los frijoles y el nixtamal, entretenida como me hallaba.
Nos dio risa el percance. Hasta la casa habría podido quemarse. Lo
ameritaba el suceso. Digo: la mayor alegría que la muchacha tuvo
en su vida, y el haberla visto cambiada en reina, dueña de sus actos,
muy distinta de la criatura que nos habíamos acostumbrado a cuidar.
Cuando pienso: quemarse la casa, dejo fuera la máquina. La máqui-
na que ahora nos quieren quitar. Sería como si Teófila se nos muriera
de vuelta y la sacaran otra vez a enterrar.

Doña Merced fue la primera en atizar la conversación, remo-
viendo los temas aplazados:

—A mí que no me busquen ésos los nervios de vieja, que con los
años y las miserias me han hecho corajuda. Si tú no lo puedes arreglar, iré yo, cuantimás que se trata de un capricho, y lo peor es que
no del viejo sí nvergüenza: de la muchacha de porra, malagradecida,
después que aquí aprendió a coser de balde y su tacaño padre nunca
le quiso comprar máquina, dizque por cara y trabajosa de traer. Ahora echan tanteadas diciendo: —*nadie sabe para quién trabaja; ese*

pobre menso de Rómulo y su vieja, que con tanto empeño trajeron una de las más costosas, tendrán que dárnosla en pago de deudas; nos quedaremos con ella, nuevecita de tan bien cuidada, porque nadie sabe para quién trabaja. Y el pobre de Rómulo y su vieja...

—Pobres; pero no sinvergüenzas. Pago lo que debo, y nadie hasta ahora podrá echarme en cara que me he quedado con lo ajeno.

—Pues al Epifanio le has pagado hasta la risa, y de ribete hasta los malos modos, cochino usurero.

—Tratos son tratos y la necesidad tiene cara de hereje; por injustos que sean, si los acepté, tengo que pagar los réditos, aunque sean diez veces más de los préstamos. No he de ser yo el que rompa la ley del respeto a los compromisos, que nos viene de padres a hijos y que por todos estos rumbos establece la confianza para vivir en paz unos con otros y ayudarnos, formando una sola familia, sin que necesitemos más gobierno, ni gendarmes, ni juzgados. ¿A dónde iríamos a dar por acá, tan lejos de todo, si acabáramos con este orden que nuestros mayores nos enseñaron y en el que nos hicieron?

—Los abusos ni cuándo entran en ese orden —dijo Palemón—; menos los de los agiotistas.

—Hasta pecado es, como desde chica les oí decir a los padres de iglesia —dijo doña Merced—, tanto de los usureros como de los que aceptan sus abusos.

—Abusos donde quiera hay, hasta en la iglesia y los padres.

—¡Jesús mil veces! Por esa lengua floja nos ha castigado Dios.

—Y son peores los abusos en donde hay leyes del gobierno y gentes que las cuidan, y oficinas para enredarlas, y leguleyos para darles la vuelta y burlarlas, y multas y cárceles que no más, al fin, son para los que no tienen con qué pagar, ni quién responda por ellos. Estamos mejor aquí, a la ley de la buena fe.

—¡La buena fe de gentes como el Epifanio!

—A mí no me puso una pistola al pecho para obligarme a irle pidiendo las cantidades que le debo. Harto hace con sacarme de apuros.

—Tendremos que irle a besar los pies.

—Tampoco, nunca, ni en la mayor necesidad me le he humillado.

—No te puso la pistola, compadre, pero se aprovechó de tus aflicciones, y eso es más feo.

—En mis aflicciones me dio algo mejor que dinero: compañía y aliento; su modo de comportarse, compartiendo mis penas.

—¡Puras faramallas! Venir al velorio de Teófila, fingir que lloraba, darnos abrazos, predicarnos resignación. Que lo pruebe ahora, dejándonos en paz con lo de la máquina.

—Y dale con el sonsonete de la máquina.

—Mi comadre tiene razón: sería como si otra vez perdieran a la muchacha, digo yo, que tuve parte siquiera en el trabajo de acarrear la estramancia ésa.

—¿Crees que me cuadre? Pero entre la tierra y la máquina...

Caminábamos y caminábamos hablando no más de la tierra. Yo era el nieto consentido de mi abuelo. Casi desde que nací me sacó a sus andanzas de todos los días; primero, abrazándome; luego, en la cabeza de la silla; después, a enancas. Si no el mero día de mi nacimiento, sí a la siguiente semana, o a lo sumo antes de cumplir un mes de nacido. Si no puedo decir que nací a caballo, sí me crié a caballo, y a caballo crecí. El mismo día que yo, nació un potrillo de la yegua más fina y lo apartó mi abuelo para mí; lo cuidó tanto como a mí, como si fuéramos gemelos, o todavía más: una sola persona. Cuando fue tiempo, mi abuelo, en persona, lo amansó; mandó hacer una sillita de montar: especial para el nieto; me trepó en el que llamaba mi tocayo, lo tomaba de la rienda y me paseaba, primero alrededor del patio, después por los caminos del Llano; y el día que cumplí años:
—Toma la rienda —*me dijo*—, ya es tiempo que lo manejes solo.
Me regaló cuarta, soguilla y espuelas hechas a mi tamaño. Pronto no fue necesario que me subiera en peso; yo mismo arrimaba el caballo a un batiente, y trepaba al brinco; en igual forma ensillaba y desensillaba al tocayo. El Tocayo se le quedó, por nombre. Un alazán muy

noble, de veras bonito, que nos entendíamos como si de cierto fuéra-
mos una sola persona del mismo genio, de idénticos pareceres y senti-
mientos. Ya no hubo necesidad de ir a enancas con el abuelo a reco-
rrer la tierra. Cuando él iba a ensillar su caballo, el nieto ya tenía el
suyo ensillado; al abuelo le cuadraba mucho esto y no se cansaba de
festejarlo en todas partes. Caminábamos toda la mañana y a veces
todo el día; llevábamos bastimento, comíamos en cualquier parte o
sencillamente nos malpasábamos para volver a cenar con ganas. Así
es como, antes de tener uso de razón, como luego dicen, conocí vere-
das y rincones, nombres, historias y abusiones de la tierra. Como
cualquier árbol o peñasco, me siento y soy parte de ella. Me podrán
arrancar de ella, y con toda seguridad llegará el día que me arran-
quen, como a los árboles podridos o los peñascos estorbosos; pero será
para enterrarme en ella misma, esto es: para meterme más adentro de
ella, más a su abrigo. Lo único que no llega a gustarme es eso que di-
cen de la resurrección de los muertos y de tener que ir al valle de Jo-
safat; por esto les aconsejé a los de Cuilán que llamaran Josafat a su
camposanto: está en un valle; a ver si nos vale la treta. Entre mi abue-
lo y el Tocayo me enseñaron a entender el idioma en que habla la
tierra, sus gustos y caprichos, que también los tiene. Paraba el caballo
las orejas como diciéndome: —oye, y yo me quedaba oyendo; hacía
esfuerzos por oír; primero no más oía el zumbar del aire, de los ani-
males voladores, de los árboles, y los ruidos del rancho, de los anima-
les caseros, de los arroyos, de las lluvias, del trueno; me fijé en que el
Tocayo paraba las orejas antes de que se produjeran los ruidos y
cuando pasábamos por sitios en que alguien había sido muerto; más
tarde comencé a oír el crecimiento de las yerbas, de las milpas, y el
paso de los asquiles, de las hormigas, de los gusanos, de los microbios
y plagas, debajo de la tierra o adentro de los capullos, de las hojas de
los elotes, de las vainas del frijol y los chícharos, o escondidos en los
codos de retoños. Cada cosa se la iba preguntando al abuelo: —qué
dice el aire cuando ni hay viento, y las moscas y las mariposas cuan-
do están paradas no más, y los perros cuando aúllan distinto a sus
ladridos de costumbre, y por qué para las orejas el Tocayo si enfrente

no hay nada extraño. *Mi abuelo iba dándome razón de todo: la fuerza de la tierra, las ánimas cuyos cuerpos están enterrados, de los espíritus que animan cada cosa de la naturaleza: las plantas y los árboles, los ojos de agua, los arroyos, los ríos y los pantanos, la lumbre, cada uno de los vientos, los llanos encadenados por montañas, las rocas y piedras conforme a sus figuras y colores, las tierras conforme al poder de su fecundidad. Lo que más me gustaba oírle, y nunca me cansaba yo de pedir más y más explicaciones, era lo del casorio del cielo con la tierra, y su correspondencia constante para determinar lo que sucederá: desde el carácter de las gentes al nacer, hasta la pinta de los años y el resultado de las cosechas. Pero a la vez que me inculcaba el amor a la tierra, me enseñaba a dominarla: me acostumbró a sus durezas y reveses, para luego saber ordeñarla; ejercitó mis ojos para que pudieran distinguir a lo lejos lo indistinguible; me hizo poner la oreja en el suelo hasta que supe oír pasos de hombres o animales a distancia de horas, así como entender si se trataba de amigos o enemigos, de buenas o malas nuevas, de abigeos o coyotes, de reses perdidas o forasteros. Nadie como mi abuelo para leer en el cielo y oler en el aire los años de buenas lluvias y los escasos, la fecha de las calmas, la subida y la baja del calor, la aproximación de culebras celestes, eclipses, granizadas y nevadas; de muy lejos le tenían fe y venían a consultarlo. Mi mayor diversión era pasarme horas y horas contemplando el cielo en la noche, junto a él, oyéndole los nombres de las estrellas, el significado de cada una y de su colocación en tales y cuales momentos, así como sus efectos sobre la tierra. Una de sus últimas predicciones fue la del cometa que traería la Revolución. Poco después murió, sin que le tocara verlo. Cuentan que también anunció, en el momento en que sucedía del otro lado del mar, el gran temblor que destruyó ciudades. Lo único que nunca le gustó fue hablar de tesoros ocultos, ni responder a las preguntas que del asunto le hacían.* —No hay en la tierra más tesoro oculto que la fecundidad de la misma tierra, y ésta sólo se consigue arándola con yuntas, regándola con el sudor de la frente; digo: a fuerza de riñones, o sea, de trabajo —*me sermoneaba seguido. Ni tesoros ocultos, ni ganancias* de juego, ni deudas. A sus hijos —mis tíos—, a mí con los demás nietos, a sus nueras y demás parientes, nos lo repetía constantemente: —Trabajar con deudas es como acarrear agua en chiquihuites. No recuerdo por qué ni para qué, una vez fuimos del otro lado de la sierra de Cardos; he de haber tenido yo seis o siete años, y era mi primer viaje fuera de la comarca; llevábamos cobijas y maletas, porque habíamos de pasar varias noches lejos de la casa; con mi abuelo iban mi padre, mis tíos y algunos amigos, por el camino se fueron montando nombres de pueblos, que oía yo por primera vez; en lo más alto de la sierra nos detuvimos a sestear; no recuerdo quién comenzó a señalar el sitio de aquellos pueblos y a celebrar sus comodidades y ventajas, comparándolos con el abandono de nuestros ranchos y la miseria de la tierra en que vivíamos; mi abuelo se ofendió, como cuando lo invitaban a buscar tesoros escondidos: —ésas son ocurrencias de malos hijos y de cobardes, que reniegan de su madre o de su esposa, para buscar otra madre o deseando la mujer ajena; no hay más que una madre y una esposa legítima; como con ellas, con la tierra somos una sola cosa, somos ella misma, y es culpa nuestra lo que tengamos que sentir de ella, pues quiere decir que no hemos sabido o podido tratarla como queremos y como se merece; nada tenemos que buscar lejos, y es impropio de hombres el mal pensamiento, no más el pensamiento de abandonarla, si no es para traerle lo que necesite; yo conozco esos pueblos; por experiencia propia les digo que nada tienen que les podamos envidiar, si no es la tentación peligrosa de novedades, que al fin desilusionan, aburren y esclavizan; allá, los hombres y los pueblos son esclavos unos de otros; no se bastan a sí mismos para vivir, ni tienen la libertad que nosotros respiramos; cuando les falta carbón, gasolina o electricidad, andan como locos; si se les agota la existencia de cerillos en las tiendas, no tienen yesca para prender fuego, como nosotros, o no saben hacerlo; las mujeres no pueden salir a la calle si no tienen zapatos o chal; los hombres tienen que usar pantalón; la vida es imposible sin comercios y gendarmes que vigilen a la gente; una cadena perpetua de esclavitudes; nuestra tierra es pobre, faltan las lluvias con frecuencia, pero por esta misma inseguridad y miseria estamos hechos para bastarnos a nosotros mismos; conformándonos con lo que buenamente conseguimos y nos da la tierra; nos ayudamos unos a otros, participándonos de lo que tenemos, lo que allá no pasa; por el contrario, están acostumbrados a comerse unos con otros, madrugándose, cuidándose las manos y las intenciones —*por allí siguió el sermón de aquel día en la montaña. Yo acompañaba a mi abuelo en todas las tareas: ordeñar, arar, sembrar, escardar, cosechar, desgranar, atar rastrojo, acomodar las trojes, limpiar establos y caballerizas, dar de comer a las animales, herrarlos, trasquilar las borregos, y, aunque no pudiera, me acomedía a las faenas; muy chico aprendí a lazar, a florear las reatas a pie y a caballo, a jinetear, a correr parejas en los llanos. Mi mayor ilusión era ser amansador; mi abuelo no me dejó, mientras vivió. Era dueño de mucha tierra y de algunos ranchos al otro lado de la Tapona. Por eso, sin parar, íbamos y veníamos. Al ojo del amo engorda el caballo, era uno de sus dichos preferidos; y otros que no se le caían de la boca:* Al que madruga Dios le ayuda; al pescado que se duerme se lo lleva la corriente. *Muchas veces lo vi bajarse del caballo, abrazar y besar la tierra. Muchas veces lo escuché hablar con la semilla que sembraba, con la espiga que florecía, con los jilotes que asomaban en las milpas. Cierta ocasión le hablaron de no sé qué motores o máquinas para facilitar la labranza y romper la dureza de la tierra. Hizo la señal de la cruz y rompió en maldiciones.*

—Compadre Rómulo, entiéndeme: con lo que te propongo, podrás olvidarte de tus apuros: ni entregarás tu tierra ni te quitarán la máquina. Todo es querer, y a esto he madrugado por venir a verte, como si el corazón me avisara que te hallas atrinchilado entre la espada y la pared.

Los compadres caminaban por la vereda que desciende al arroyo. Palemón se había hecho el misterioso; anduvo con muchos rodeos, y no soltó prenda sino cuando se hallaron lejos de la casa y de las orejas de doña Merced, a la que durante todo el almuerzo le dio por su lado: —*sí, ella tenía razón, don Epifanio era un grandísimo sinvergüenza; yo no pierdo las esperanzas de que un rayo le caiga y lo parta en dos mitades; que una centella le queme su cochina casa can todo y todo;* el asunto de la máquina parecía sulfurarlo.

—Yo tengo el remedio y el trapito, como luego dicen...

Así entró en materia. La noche anterior, estaba ya acostado, cuando llegaron a tocarle a su rancho. Era un fulano Gómez, avecindado como mediero en el rancho del Tabor, y que hacía tiempo le había platicado a Palemón de unas varillas para encontrar veneros de agua y tesoros ocultos; venía con urgencia, tan a deshoras, para decirle que se pre sentaba la oportunidad de conseguirlas por unos cuantos días, y que sus dueños, que iban de paso, pedían cincuenta pesos diarios, comprometiéndose a manejarlas ellos mismos y garantizando el resultado, siempre que fuera cierto lo de los tesoros o los veneros.

—Tú fuiste el primero en quien pensé, compadre Rómulo; y esto que ignoraba tu situación de urgencia. Le dije al fulano Gómez que muy temprano, con el lucero del alba, me pondría en camino para verte y decidir. —No —me contestó—, *tengo que volver ahora mismo con el sí o el no, porque los fureños tienen muchas peticiones de todos estos ranchos.* Vista la prisa y recordando aquello de que a la oportunidad la pintan calva, me armé de valor y agarré la ocasión por el único pelo que tenía. Total: me comprometí por lo menos a pagarles cuatro días del préstamo y los trabajos de busca. Con el alboroto, de un lado, y por el pendiente de buscarte lo más temprano posible, ya no pude dormir en toda la santa noche.

A pesar de la contrariedad que reflejaba la cara de Rómulo, el compadre añadió:

—Me faltaba decirte que los cité para hoy mismo, en mi cantón, para de allí traerlos y que hablemos en el Cruce de la Providencia. Tú dirás. Te repito el principio de la plática: tengo y te traigo el remedio y el trapito para sacarte de apuros.

Rómulo se rascó la nuca otra vez, con mayor nerviosidad; escupió por un colmillo; de mala gana, con esfuerzo, habló:

—Vuelvo a decirte que cuál tesoro. Y aunque lo hubiera.

—¡Cuán terco eres, compadre! ¡Cómo pueden equivocarse las gentes en años y años, y todo este rumbo, que siempre ha sostenido, probado y recontraprobado lo del entierro de tu abuelo y los de tus otros tíos, por lo menos el de tu tío don Salvador, que nunca ni al gallo de la pasión le dio gota de agua, ni tuvo hijos o herederos! ¿Qué le hizo a lo que tenía? Y ultimadamente nada se pierde con hacer la tienta, siempre que tú des algún rumbo. No me vas a dejar como a las novias de rancho: vestidas y alborotadas; ni con los gastos hechos; fíjate: por lo menos doscientos del águila, y en mis condiciones, que no son más livianas que las tuyas.

—Yo qué más quisiera, por más que no crea en tesoros, y por la aversión que mi abuelo me infundió a esta clase de asuntos: ¡tantos agujeros he hecho a sus consejos y tan mal me ha ido! Pero ahora, con el agua al cuello, qué más quisiera; sí, a pesar de todo, ahora sí le entraría al negocio, si tuviera el menor indicio. Créemelo: no tengo la menor noticia, ni recuerdo haber oído jamás algo que dé algún rastro.

—Mira, vamos reflexionando, con las cartas volteadas. Primero: esa aversión del abuelo es un despiste; tanto me has hablado de ella que he acabado por estar seguro; él murió con el miedo de la Revolución; y el recuerdo del paso de los franceses, cuando era muchacho, le hacía pensar que la bola llegaría y arrasaría con todo; en estos casos, tú lo sabes, hay costumbre general de esconder los bienes: el dinero y las alhajas se entierran, y las muchachas se mandan lejos o se tapan entre tiliches; también sabes que lo que tu abuelo dejó en efectivo no responde a lo que tenía; su muerte fue repentina, sin tiempo de revelar secretos. En segundo lugar: haz memoria, con igual fuerza que cuando una mujer no puede dar a luz fácilmente, sobre los lugares en que más le gustaba estar a tu abuelo y también, por lo menos, a tu tío Salvador, así como los sitios que más frecuentaban, los que más visitaban, a los que más vueltas daban. Puede allí estar la clave. Tercero: no se trata, como supones, de brujerías, ni de nada contrario a lo que ordena nuestra

Santa Madre la Iglesia; es un invento de sabios, algo así como los relojes, o como esos aparatos que yo he visto, aunque de momento se me va el nombre, que sirven para señalar el norte y dicen que usan los marineros para orientarse cuando cruzan el mar; sí, un invento de sabios, a la base de imanes, cosa que tú conoces y creo que hasta tienes, no más que aquí se trata de imanes con gran poder, según me han explicado; en cuanto a esto, tu conciencia esté tranquila. Lo que más importa es que aprietes la memoria y digas lo que se te vaya ocurriendo, por disparatado que lo figures. Recuerda, no más, lo que hacen las mujeres, o lo que les hacen las que las ayudan, cuando se les pone trabajoso dar a luz, y pasan horas y días en su apuro.

La pobre de Merced. Para no ir más lejos. Al nacer Teófila. Llevábamos diez o más años de casados. De nada servían luchas: remedios, oraciones, reliquias, procesiones, promesas al Ojo de la Divina Providencia y a Todos los Santos que por acá conocemos y veneramos. Con el brete de la familia, Merced hacía todo lo que las viejas de los ranchos vecinos le aconsejaban: beber jugos de distintos árboles, recogidos en las noches de luna nueva; yerbas raras, traídas de lejos; baños a jicarazos en algún camposanto y a media noche; unciones de manteca revuelta con pelos y huesos molidos de quién sabe qué animales dañinos; emplastos de infundia y yemas de cóconas que fueran de tal o cual color, o de boñiga de vaca recién parida y de toro en brama; hasta ensalmos o invocaciones a los espíritus y al mismo Demonio, Dios nos perdone. Y nada. Casi nos habíamos resignado con la voluntad de la Divina Providencia, cuando su Ojo, que se venera en la Ermita del Cruce, nos hace el Milagro. Qué gusto le habría dado al abuelo saber de un bisnieto por parte mía. Se le llegó a Merced la hora. Y allí fue lo bueno con otros trabajos peo res. Comenzó al venir del ojo de agua con un cántaro al hombro y otro en la mano. Era media mañana. Toda la tarde y la noche fue de dolores cada vez más fuertes. Una detrás de otra, comenzaron a llegar mujeres con intención de ayudar. Decidieron hacer una lumbrada de chiles para que Merced tosiera y se impulsara. La encerraron en la humareda brava. Por poco se muere ahogada. La encontramos desmorecida como los que padecen la tos ferina o los niños que de llorar tan recio parecen desmayarse. La dejaron reposar un rato. Se habían juntado todas las mujeres del rancho y otras de los ranchos vecinos, traídas por la novedad o por compadecidas. Matiana, que por mal nombre le decimos la Madre Matiana, las dirigía. El cuerpo de la pobre Merced, y el cuarto, se hallaban llenos de medallas, imágenes, escapularios, cordones, bolsitas con reliquias de Santos, huesos y pelos de Animales Feroces, o con Yerbas Mágicas que le daban a oler de cuando en cuando; el Cordón de San Blas en el cuello y la Medida del Báculo de Santo Domingo de Silos en la barriga; Matiana le daba de vez en cuando a besar el cuadro de San Ramón Nonato, que siempre lleva en esas ocasiones aunque se presenten fáciles; mi cuñada Cenobia trajo la copia chica, en madera de colorín, de la Mano de la Providencia que tienen en su casa y es de una sola pieza, muy de admirarse por la perfección del palo, que se abre para formar los Cinco Dedos, y no ha faltado quien diga que se dio de milagro; Cenobia se la ponía en la mano y hacía que la apretara en puño a la hora más recia del dolor; las buenas gentes habían acarreado con todo lo Santo y Milagroso que tenían en sus casas, porque así somos de unidos en estos ranchos a la hora que alguno se halla en apuro y hasta nos olvidamos de nuestras propias necesidades por acudir a las de los vecinos; muchas Velas Benditas, todas las que se hallaron en el rancho, estaban prendidas en el cuarto; con esas luces, las mujeres parecían rueda de brujas: iban y venían, se quedaban paradas, compadecidas, las más de ellas inútiles, curiosas, no más estorbando. La dejaron reposar un rato después de la humareda de chile dentro del cuarto. A todos nos lloraban los ojos. En vista de que no adelantaba el negocio, pasado un rato, Matiana se subió a la cama de tablas, diciendo que afianzaran los banquillos; montó sobre la pobre de Merced, y esto es furgonearle la barriga como si estuviera moliendo nixtamal sancochado en un metate de piedra resbalosa. —Me la vas a matar, no seas bárbara —le grité; me quiso comer con ojos de lumbre:

—Lo que has de hacer es quitarte de entremetido y salírteme orita mismo, que estás estorbando mucho esto y por tu presencia no adelanta —gruñó sin dejar de furgonear—, ¡como si no fueran gracias tuyas las que Merced está pagando, chistoso entremetido! Así son los hombres: a la hora de las consecuencias no más retuercen las manos y ponen los ojos en blanco: ¡debieran sufrir como las mujeres! Que te salgas, ¿me oyes? —La obedecí. Me duele pensar todavía que quién sabe si no más estuviera yo esperando ese pretexto de que me corrieran para salirme y no seguir viendo padecer a la pobre Merced, ¡uno es tan cobarde a veces! Muchos amigos estaban en el patio: don Epifanio el primero y más reata; me hizo dar un buen trago de aguardiente; trató de tranquilizarme con historias peores; ¡buena gente! Había luna nueva, que alcanzaba a iluminar bien el patio y las caras apesadumbradas de don Epifanio y los demás amigos. Merced seguía en un vivo grito, que nos cortaba las palabras y hasta la respiración. Hubiéramos querido taparnos las orejas: lo veía bien en los ojos de los acompañantes y yo mismo sentía el arranque, aunque nos aguantamos como los hombres. Pronto se acabó la botella de don Epifanio, y sacaron otra. Todos chupe y chupe. Se acabó mi jícara de tabaco y mis hojas de maíz. Don Epifanio mandó traer más a su casa. Seguimos chupando y haciendo correr de rato en rato la botella. Seguían los gritos. Una mujer salió, atravesó a la cocina y de paso dijo: —La van a colgar: no hay más remedio. Tuve impulsos de meterme otra vez al cuarto. Don Epifanio me contuvo: —Es por demás, Rómulo: Matiana sabe lo que hace; déjala; su oficio es. Le repliqué: —Pero también ayudar a bien morir y amortajar muertos. Me contestó: —Hay que hacer la voluntad de Dios. No tuve más que responder. Comencé a recordar la ocasión en que fui testigo de un caso igual, con la mujer de un mediero de Cuilán, que tuvieron que colgarla para que naciera su hijo, después de horas y horas de fatigas. Todavía la carne se me pone de gallina y se me paran los pelos con el recuerdo. Salieron a pedir unos ceñidores de hombre. Fueron unos ceñidores colorados, nuevos, muy fuertes de color y de resistencia. Con uno amarraron a la mujer por los sobacos y la colgaron de

los morrillos del techo, como a las reses flacas que se acostumbra col-
gar de los árboles y azotar cuando al echarse sin traza de levantarse,
seña es que se van a morir de hambre; así mismo fue: con el otro ceñi-
dor fajaron a Merced arriba del ombligo, muy apretado, y se ponen
a jalarla para abajo y para arriba a la infeliz, que gritaba peor que
res en matadero, chorreando sangre, que se confundía con el color de
los ceñidores. Aquello duró eternidades, no más campaneando la po-
bre. Visto el ningún resultado, llamaron a un hombre que le decían
Simón el forzudo, y lo era de admirar; se la sentó en las piernas, por
la espalda, y esto es abrazarla con todo el pote, que milagro fue no
despanzurrarla en presencia de concurrentes y curiosos. —Ya será
hora de ir por el padre— *decían algunos; y la más entendida de*
las mujeres, la que hacía cabeza dirigiendo los trabajos, Matiana,
contestaba que todavía no, que ya mero terminaría, y bien, la fatiga.

—Estás pensando distancias, compadre Rómulo, y el tiempo
corre: quedé de encontrarlos al filo del mediodía para traerlos al
Cruce. Apúrate como las mujeres para que la memoria no se te
atore, y me digas lo que te pregunto de tu abuelo: a cuál sitio le
daba más vueltas, dónde le gustaba quedarse mayor tiempo...

Mi abuelo se llamaba Teódulo, que según oí decir, significa es-
clavo de Dios, o algo parecido, aunque luego respondía él que no era
esclavo de nadie, ni de la Divina Providencia; por la sencilla razón
de que Ella no necesita ni tiene esclavos, no más hijos y devotos, que
son sus criaturas. Lo que pasa es la costumbre de poner a los hijos
mayores el mismo nombre del padre; por eso a mí no me pusieron el
de mi abuelo, con gran berrinche de su parte; pero mi padre había
sido el segundo hijo, y ya el primero había heredado el Teódulo. Por
cierto que a este tío mío lo regañó una vez mi abuelo, delante de mí,
porque había ido sin permiso a la feria de uno de los pueblos que se
divisan desde arriba de la sierra. Se me grabaron las palabras, aun-
que no las entendiera entonces: —No más a lo tarugo van a sacar y
traer enfermedades que hacen que los niños nazcan ciegos, o sin

23

labios, o sin brazos y hasta con tamañas cabezotas como el hijo de Pánfilo; cuando no gálicos, vuelven lazarinos o tísicos. Por acá ni cuándo se conocían de antes tales enfermedades, ni las viruelas, que a la mitad por lo menos de la gente que acá vive han puesto cucarachos; en el rumbo se moría de derrames de bilis o cerebrales, de dolor de ijada, de mal de orina, de vejez, y las mujeres, de parto o de sus consecuencias; muertes naturales, porque de algo se ha de morir uno; pero allí muchos aventureros fueron trayendo poco a poco esas pestilencias contagiosas, infestando los ranchos, que siempre fueron sanos, de buen clima, sin esos castigos de Dios; porque son castigos a los pecados que allá se van a cometer; no más a eso van, de tarugos, curiosos y de malas inclinaciones; es ése el chiste de aquellos pueblos, y eso lo que nos mandan; de ribete, hasta el dinero les quitan; bien dice el dicho: *Estátelo tú en tu casa y no te lo mal emplees*; allá van de vagos a la vagancia, con pretextos de negocios o diversiones, como si por acá faltara trabajo y no hubiera cómo divertirse sin peligros. Las inocentes mujeres resultan las primeras víctimas; luego, los hijos ¡es infame! Un día la Divina Providencia se cansará y hará llover fuego en esos malditos pueblos. *Mi abuelo era muy desconfiado. Cuando salía de la casa, cerraba con llave la puerta donde guardaba sus monturas, espuelas y machetes; allí tenía dos carabinas que casi nunca usaba; pero los papeles y distintos recuerdos los encerraba, siempre con llave, dentro de una petaquilla, junto a la cama en que dormía; era una petaquilla bien pesada. Sí, le gustaba estar más en la pieza llamada de las monturas; había puesto allí un banco y herramientas de carpintería, oficio al que dedicaba sus ratos libres, principalmente cuando en el tiempo de secas había menos quehacer de campo. Él siempre fue muy partidario de que los hombres y las mujeres de su familia, o a su servicio, y los conocidos que oían sus consejos, tuvieran algún oficio, aparte del trabajo de la tierra; porque como decía: —la ociosidad es la madre de todos los vicios —y le agregaba—: de la pobreza, en primer lugar, pues la vida de los ranchos, pasando las cosechas, es tirarse al sol, panza arriba, en espera de las aguas, cuando hay* tantas cosas necesarias y productivas, que no necesitamos traer de los pueblos: talabarteros, herreros, carpinteros, soldadores, albañiles, tejedores; y la mujeres: hilanderas, costureras, bordadoras. A todos los hijos y nietos nos proporcionó algún oficio. Aunque chico, yo comencé a su lado la carpintería, aunque ya también la talabartería me estiraba, por lo necesaria que resultaba en los ranchos. Aparte de lo que guardaba con llave, si algo tenía que esconder, lo hacía en la troje, adentro del rastrojo; lo vi muchas veces; pero creo que siempre fueron cosas que no tenían importancia, porque nunca se recató de mí, a no ser por la confianza que me tenía o porque me consideraba muy niño. El dinero, me acuerdo, siempre lo guardaba en la petaquilla mentada, y cuando era oro, lo traía en un cinturón de los que llamaban víboras, que también recuerdo haberlo visto meter allí, bajo llave, poniendo encima la pistola o pistolas, y las cartucheras. Mi tío don Salvador, en cambio, nunca me tuvo confianza. Mi abuelo daba muchas vueltas al arroyo; lo recorría de arriba abajo, porque abrigaba la esperanza de hacer una presa, con ayuda de los vecinos que se beneficiarían; sí, muchas veces los miré tocar y tantear la resistencia de las rocas, en el cauce. Una ocasión me llevó a unas cuevas grandes que hay en la falda de la Tapona; yo no he vuelto; pero recuerdo que me contó: —aquí se refugiaron los franceses, cuando la guerra de intervención, y dicen que ha sido también guarida de bandidos. Esa es una de las leyendas de tesoros allí guardados, que desde chico he oído, y todos la cuentan en los ranchos de los alrededores. Apretando más la memoria —eh, no como Simón el forzudo a la mujer de Cuilán—, vengo acordándome de que seguido pasábamos por esos cerros que hay antes de subir la cuesta de Cardos; paraba el caballo y contemplaba; a veces desmontaba, ponía la oreja en el suelo, se quedaba oyendo, tomaba piedras y tierra, las examinaba largo rato, les daba vuelta, las pro baba con la lengua, y no más una vez le oí decir: —aquí hay oro y quién sabe cuántos metales más; pero desgraciado del que se le ocurra trabajarlos, porque hará infelices a estos ranchos y traerá sin fin de calamidades. Fue la única vez como que se arrepintió de haberme dicho algo, y la

única que me advirtió no abrir la boca y olvidar las palabras dichas.
Creo que nunca volvimos a pasar por allí. Lo estoy recordando con
toda claridad, tantos años después, como si fuera hoy mismo; ah y
también que los caballos paraban las orejas y se resistían a pasar
por allí, como si tropezaran con algún espíritu o les llegara el olor de
animal muerto.

Y bien sabes que mis tíos, con mi padre, vendieron la casa
de mi abuelo a don Epifanio, va ya para veinte años, y allí sí ni dónde hacer la lucha con los trebejos esos. El cuarto donde dormía y
guardaba la petaquilla es lo que llaman ahora la sala, y la pieza de
las monturas sirvió para agrandar la cocina.

—Bueno, de todos modos, en la ermita nos veremos a la metida del sol. Vamos a recoger, aprisa, mi caballo. Apenas tengo tiempo de llegar. Mira dónde va la sombra de los árboles: menos de una
hora para que sea mediodía.

No hablaron más. La contrariedad crecía en el ánimo de Rómulo. Hubiera querido no hablar, no venir con Palemón, y no haber escuchado sus proposiciones y suposiciones. Por otro lado, volver a la casa era recomenzar la discusión de la máquina o la tierra.

Pero doña Merced no asomó al tiempo en que llegaron. Palemón saltó a la silla y se marchó con un ensimismado —*allí*
nos vemos si Dios nos da licencia, que tuvo por eco un —*Dios te*
acompañe, dicho a fuerza de costumbre, distraídamente, mientras
el sentimiento real, soterrado en difusa contrariedad, era el deseo
pasivo de que no volviera el compadre, ni Rómulo se viera en mayores enredos, como si fueran pocos los que lo acongojaban.

Había empezado ese tiempo fastidioso —particularmente
cuando empieza—, que va de las cosechas a las siembras, en regiones de tierras flacas, atenidas no más al temporal. Días vacíos.
Como si de pronto una corriente de agua, un aire violento, un
ruido sostenido que cesa de golpe, metieran tumbos de mar a los
oídos, los reventaran y los dejaran sordos. Como la sensación de
aislamiento de estómago. Mareo. Destanteo. Agobio de las horas

muertas, en ausencia de quehaceres urgentes. Horizontes ilimitados a la ociosidad. Reinado de la gana. Tirarse al sol, bocarriba, mañanas y tardes enteras. Andar por andar, por matar el tiempo. Buscar pláticas inútiles. Jugar baraja. Chupar y chupar. Semanas y meses de aburrimiento. Emigración de vecinos. Los ranchos abandonados. La desolación de las tierras. El trágico esplendor del sol sobre los campos erosionados. Las sombras escasas de transeúntes como ánimas en pena. La desolación de huizaches y nopaleras.

Y peor, cuando el año ha sido funesto; mermaron las cosechas o —como ahora— se perdieron. El hastío se agrava con el desaliento en estos primeros días de inactividad. Tardan en reflorecer la resignación y la esperanza. —*Más se perdió en el diluvio universal: si Dios quiere, nos repondremos el año entrante.* Los hombres tardan más en emprender trabajos que les proporcionen algún dinero en el tiempo de forzoso receso agrícola, o los que requieran la preparación de las próximas labores y las reparaciones del rancho. Los van aplazando de un día en otro, aunque medie necesidad o compromiso. —*Allá será el lunes que viene. —Cuando pase el Doce de Diciembre. —Después de Nochebuena o del Año Nuevo.* Luchan por disculpar la desidia con lo justo del descanso. —*La misma Ley de Dios manda descansar un día por semana, y el propio Dios así lo hizo tras la Creación del Mundo, y esto que poco trabajo le ha de haber costado, por ser Dios, cuantimás los humanos que han echado los bofes de sol a sol, durante meses y meses.* Resistencia de la naturaleza en el cambio de tareas. Venir del movimiento azaroso en el campo, a la inmovilidad. Sentados o parados, en vez de andar. E invadida el alma por el desencanto del trabajo perdido.

Con agravantes personales —*las calamidades y la miseria me vienen pisando los talones hace tiempo*—, el desabrimiento de Rómulo— *ando sobre algodones, como volando, como enyerbado, hablando solo* —era el cambio a la estación del fastidio, donde ahora quedaría entregado irremisiblemente al careo con sus angustias, desprovisto de las ocasiones y preocupaciones que la labranza le venía dando para entretenerlas, volverles la espalda y rehuirlas.

—Han llegado unos hombres poderosos con dinero y buenos resortes...

A medida que Palemón se alejaba, la contrariedad iba en aumento. Se hizo enojo franco cuando el compadre desapareció. Escabulléndose para que su mujer no lo advirtiera, Rómulo caminó sin rumbo fijo, dominado por la violencia. Se puso a reflexionar por qué y cómo él, de ordinario tan calmoso —sangre de machigües le dice doña Merced—, se había sulfurado. Escarbaba el pensamiento y no hallaba la causa.

El principio fue cuando tras de andar con misterios y rodeos, Palemón se abrió de capa con lo de las varillas; o pensándolo mejor, puede que haya sido antes, cuando el compadre se puso del lado de doña Merced en la cuestión de la máquina; pero lo cierto es que Rómulo echó de ver que se irritaba en cuanto apareció la tentación de tesoros fáciles de hallar por medio de instrumentos garantizados, y que subía la contrariedad con las exigencias de Palemón, forzando la memoria como mujer en trance, y con sus suposiciones, que a Rómulo nunca se le habían ocurrido y que repentinamente hallaba exactas; esto, sobre todo: reconocer cosas tan claras, que jamás le habían pasado por la cabeza, y sentir lo mismo que cuando bruscamente nos despiertan, afocándonos una lámpara muy deslumbrante; reconocerse menso, en grado mayúsculo, muy allá de lo que juzgaba serio; y el haber soltado la lengua, contra su voluntad, constreñido, extorsionado mentalmente por las impertinencias de Palemón, con lo cual se reconocía también cobarde, y más menso por dejarse atrapar en la labia del compadre; cobarde también porque aunque llegó en el fondo a gustarle la idea de conseguir fácil riqueza con que salir de deudas, no se animó a ser franco y tuvo miedo de verse metido en riesgos, pretextando mentirosamente que las varillas eran hechicerías y pactos con el demonio, contrarios a nuestra Santa Madre Iglesia. Sí, este miedo a enredarse no sólo con Palemón, sino con gentes desconocidas, que quién sabe qué sean, de dónde vengan, qué intenciones traigan, podría ser el motivo del enojo contra el que trataba de comprometerlo y hasta de sacarle dinero, bien que no hubieran hablado de que Rómulo contribuiría con centavos al negocio, ya sea porque la plática sobre la máquina revelara que, como vulgarmente se dice: *la Magdalena no estaba para tafetanes*, o porque se diera por sobreentendida la obligación de contribuir no más por haber oído el misterio de que se trataba, como dicen que se comprometen los que asisten a una conjuración en la que no hay propósitos de participar; pero ya el hecho de saberla deja embarrados a los metiches, por aquello de que *tanto peca el que mata la vaca como el que le tiene la pata.*

O la causa fuera que llovía sobre mojado, juntándose todo: la pérdida de las últimas cosechas, las deudas que van subiendo de año en año como espumas, la entrega forzada de los animales que les quedan, la reclamación de la máquina o de nueva tarascada sobre la tierra, la muerte de Teófila, lo insufrible de doña Merced desde la muerte de Teófila, el toro atacado de rabia que se desbarrancó antes de las aguas, la forma en que don Epifanio lo trató al cerrar en agosto la venta de maíz al tiempo, las negativas de otros vecinos malagradecidos a los que pidió ayuda. Todo. Hasta viejos agravios y recuerdos que desde muchacho no acudían a la memoria. —*Con lo viejo y lo pobre aumenta lo delicado, y el aire mismo y la luz nos ofenden.* El desapego del padre y la falta de confianza en él a la muerte del abuelo, la dureza de la madre, los desaires de los tíos, la repartición y pérdida progresiva de la herencia, la huida de parientes a otras tierras, los trabajos para conseguir el casorio con Merced, la deserción de los cuñados que renegaban del rancho, las risas de los amigos cuando lo tumbó un caballo y cuando se deshizo del primer pedazo de tierra, las groserías de su padre cuando con engaños le quitó al *Tocayo*: el alazán que su abuelo le había regalado y con el que se sentía una misma persona desde chico. Todo: las enfermedades de Merced y Teófila, las muertes de conocidos, los peligros de cada día, la desilusión contagiosa de muchos vecinos, lo maldoso de otros, el abuso de la buena fe, la imaginación del día en que se llevarán la máquina. —*Muy pocos amigos tiene el que no tiene qué dar*. En fin: la mala suerte. La lumbre que anda llegándole a los aparejos. El mal de la desconfianza por todo y a todo. El fatalismo como sombra invisible de las que se acercan, dañan y matan en tiempo de canícula.

Rómulo sintió gran cansancio, a lo que respondió con apresurar el paso, según hace para espantar al sueño, picando espuelas cuando va a caballo, menudeando puyazos a los bueyes cuando ara.

En todos los frentes que se le presentaban, Rómulo libraba batallas con generosidad, y su enojo disminuía, en razón inversa al cansancio, que aumentaba. ¿Por qué habría de pagar con reconcomios la buena intención del compadre? Sí, no lo podía negar, era palpable la buena intención al preferirlo para disfrutar lo que tanto había buscado Palemón: las varillas que los quitarían de pobres. Rómulo podría no estar de acuerdo, aunque muy en el fondo sintiera la tentación y la esperanza; lo que no dejaba de reconocer era la prueba de amistad que Palemón le daba. Tal vez la utilizara si no anduvieran extraños en el asunto; seguramente vividores que vienen de ciudades o pueblos grandes a engañar y a ver a la gente de rancho como ignorantes, casi como animales que no tienen malicia y a los que les quitan hasta la respiración: *Trato de fuereños, esquilmo de rancheros* —decía el abuelo; vienen a burlarse, a tratarnos con la punta del pie y a robarnos, de pilón. —*La burra no era arisca: la hicieron*. El compadre no tenía la culpa; él mismo estaba expuesto a ser víctima, sin que le importara, con tal de ayudar al necesitado. Sus preguntas exigentes nacerían del vivo empeño de sacar a Rómulo de miserias, restituyéndole bienes que legalmente le pertenecen por haber sido de su abuelo, y para eso es necesario tener huellas de su paradero. No, tampoco estas preguntas e impertinencias causaban el disgusto de Rómulo; antes lo halagaba el reconocimiento de sus derechos a la herencia del difunto Teódulo.

Y menos podían ser motivo de la repentina exaltación los raigones y cicatrices del pasado, cuyos dolores habían curtido la resignación del ranchero. Ni para qué recordar. No. Nada. —*Yo soy el único causante y tendré doble trabajo: enojarme y desenojarme al reconocer que soy menso, inútil; que todo lo que toco se desmorona; traigo la suerte canteada; y no tanto la suerte, cuanto mis propias hechuras tan deshechuradas. Lo que toco se desmorona.*

El cansancio lo derrumbó a la sombra de un mezquite, en la loma desde donde se abarca el panorama de Betania.

En el paisaje calcinado, la dispersión de casas, alejadas unas de otras, distintas y parecidas entre sí, protegidas casi todas por algún árbol guardián, que con los que crecen a trechos junto al cauce del arroyo, mitigan la dureza del escenario, la monotonía interminable de tonos pardos, blancuzcos, delgadísimos ocres, a rayas de cercas dibujadas con profusión en el conjunto del yermo. Pardas casas de adobe. Una que otra enjalbegada, deslumbrante a la luz del sol. El rancho arrimado a la depresión del arroyo, por una y otra orilla, partido en dos: cuatro casas desparramadas a un lado y cinco al otro, en medio del gran llano diluido en el azul humoso de las montañas que lo rodean, entre las que sobresalen la serranía de Cardos y el cerro de la Tapona. No se ven huellas de caminos; pero se adivinan algunos en la línea de cercas paralelas, muy juntas y largas.

Cuando hace buen día, se distinguen caseríos lejanos, desparramados, reconocibles por puntos oscuros a que la distancia reduce las frondas tutelares de las casas en la dilatada perspectiva del erial, sin otra magnitud de referencia: ni cúpulas, ni torres, ni silos, ni manchas de arboledas tupidas. Las casas en la comarca, que son de terrado, tienen a lo sumo un alto con balcón.

Belén, el rancho más inmediato, dista de Betania una legua; para llegar a él se tarda una hora bien transcurrida. El terreno, aparentemente parejo, es pedregoso; las extensas capas de tepetate al descubierto son resbaladizas o están surcadas de abras; hay tramos arenosos o de polvillo fino, todo lo cual dificulta el paso en la temporada de secas, y lo hace terriblemente penoso durante las lluvias. Las crecientes del arroyo incomunican las dos partes de Betania; las aguas tardan en bajar, a veces días enteros.

El régimen de propiedad y la parcelación de la tierra, cuyos linderos están cerrados por cercas de piedra, originan la falta de caminos en muchas partes del Llano, y el motivo más frecuente de pleitos entre los dueños y los que atraviesan potreros, abren portillos o brincan las cercas, cruzan las puertas de trancas, para trasladarse de un lugar a otro; ésta es la costumbre, hija de la necesidad, sancionada por la obligación, religiosamente cumplida en general, de ir cerrando puertas cuando se ha pasado. El tránsito a caballo es más difícil por los rodeos que deben hacerse. Las huellas de senderos y veredas son precarias, salvo en los contados casos de servidumbres establecidas. Requiérese una ciencia particular de orientación para cruzar la estepa entre tantas barreras; lo consiguen sólo los lugareños, como ardillas, conocedores de la topografía, pero principalmente del genio —«las muchas o pocas pulgas»— que tengan los propietarios. A pesar de los perjuicios resentidos por ese orden de cosas, fracasan los intentos para ponerse de acuerdo y ceder franjas a la apertura de rutas indispensables; en la disyuntiva de perder una pulgada de superficie o que sufran daños las labores y los ganados, aparte los pleitos constantes, prefiérese lo segundo. La pequeña propiedad cerrada refleja el espíritu de independencia y el orgullo de los pobladores.

Adelante de Belén, camino de Betulia, se halla el manantial que nombran de Jericó. A Betulia siguen Jerusalén y Nazaret, hacia el oriente, rumbo a la sierra, en cuyas estribaciones anida el último rancho de la comarca: Getsemaní, el más poblado de árboles. Rumbo al cerro de la Tapona se hallan Damasco, Emaús, Galilea, El Tabor.

Ninguno de los caseríos era visible aquella mañana. En plena época de *quemas*, el humo subía por todas partes e invadía los horizontes. Aun al otro lado del arroyo se ocultaban las últimas casas de Betania. Espeso, acre, asfixiante, cargaba el aire, con el olor, la sensación inconfundible de la nueva esperanza campesina, cuando finadas las cosechas, los rancheros prenden fuego a los residuos vegetales, en la fe de que matarán toda larva de plagas y las cenizas abonarán la tierra.

El concierto de nombres dados a los ranchos —bien que algunos vecinos les conserven sus denominaciones primitivas— hizo que, por extensión, la comarca fuera llamada *Tierra Santa*, muchas leguas a la redonda.

—Un fraile o un licenciado, aunque hay quienes digan que fue médico, profesor o ingeniero (lo que haya sido) le puso ese nombre de La Tierra Santa, *y algunos le añaden* chiquita, *que muchos, hasta nativos de aquí, toman a burla. Fraile o licenciado, unos dicen que nació a la vista de la Tapona, y después de muchos años de darle la vuelta al mundo, regresó a pasar acá los últimos días de su vida, y acá murió, en Getsemaní, donde hizo la única capilla que hay en el Llano, mejor dicho: casi en el Llano, por estar ya en la subida de la sierra; otros afirman que iba de paso, y tanto le gustó la tierra, que le recordaba la de los Santos Lugares, y hasta en las gentes hallaba parecido con las de allá, que decidió quedarse y esperar aquí la muerte. Lo que no ha podido aclararse nunca es dónde lo enterraron; cada rancho se atribuye la honra, y hasta pleitos levanta la cuestión, cada vez menos, a medida que pasa el tiempo, pues todo lo borra. Yo me hago cruces luchando con el mal pensamiento de que nada sea cierto, al no explicarme por qué ni el nombre del famoso sujeto se sabe, pero ni siquiera se pone de acuerdo en lo que haya sido. Contra los peligros de irritar a la mayoría de mis paisanos, exponiéndome a los atrabancamientos que cometen para salir en defensa de sus prevenciones, peor cuando por burdas resultan insostenibles en una conversación, yo soy de los pocos inclinados a creer que fueron misioneros, hace muchos años, los que impusieron el nombre de* La Tierra Santa, *sin el añadido de* chiquita; *pero no hago plaza con mi opinión. Todavía mi abuelo recordaba haber visto en lo alto de Getsemaní una Cruz enorme a la que llamaban de la Misión, pintada de verde. Lo cierto es que nuestro rumbo se conoce, desde muy lejos, como* La Tierra Santa, *y sale sobrando alegar quién fue o no fue su padrino. Mi abuelo era de los más empeñosos en defenderles a los ranchos sus nombres nuevos, contra los amachados en seguir usando*

los antiguos. Buenas batallas dio, que algo tenían con aquellas de otros tiempos para volver a posesionarse del Santo Sepulcro que los cristianos habían perdido, según mi hija Teófila contaba. Decía mi abuelo: —Ya que no me confieso ni siquiera puedo ir seguido a misa pues por todo acá no hay ni una iglesia y el pueblo está a seis horas de ida y otras tantas de vuelta, lo menos en que puedo servir a nuestra Santa Religión es con esto de sostener sus Nombres Benditos. *Y como a herejes trataba y hacía tratar a los encaprichados. El asunto fue motivo de una gran desunión entre los paisanos. Bendito sea Dios que pasa pronto, porque ganaron terreno los de la Religión. Además, los Nombres Santos son más bonitos y, por extraños, suenan a cosa de iglesia y de gente catrina: Betania se venía llamando corrientemente Las Tuzas, ¡háganme el favor! y a Damasco le decían El Cabezón, ¡imagínense! ya mero El Panzón o El Tripón. Así por el estilo. El único nombre que no prendió fue Jerusalén, aunque yo y en mi casa lo sigamos nombrando de ese modo, y no Torres de San Miguel, por soberbia de los dueños, apellidados Torres; en el pecado llevaron la penitencia; parece que hace años era el rancho más grande del Llano, y a eso se debió que le hubieran escogido el Dulce Nombre de Jerusalén; la vanagloria de los Torres no quiso; la Providencia los castigó: perdieron todo, las tierras se les ensalitraron por completo; y hoy día sólo queda en pie una casa deshabitada: lo demás, montones de ruinas; pero al sitio le siguen llamando Torres de San Miguel (repito que yo no, ni mi familia), aunque ni en sus buenos tiempos, menos ahora, haya habido allí ninguna torre. Cuentan que desaparecieron también otras rancherías de los contornos: El Hebrón, Canán, Siloé, Ascalón, Cafarnaúm, Gasa; su desaparición se atribuye a las irreverencias que se cometían, llamándolas El Lebrón, La Canana, El Escalón (de éste queda una troje para recuerdo y escarmiento); a Gasa le decían La Hilacha. Si el motivo es cierto, quién sabe qué sucederá con El Tabor, al que algunos lo nombran, yo no sé si de burla o por ignorancia, El Tambor; a Galilea, La Gallinera; El Lazareto y Los Nazarios a Nazaret; como a nosotros nos llaman «los betanios». Para castigo de Dios no nos faltan malas cabezas entre los paisanos, aunque son los menos, bendito sea Dios. Después de todo, a pesar de tantas estrecheces, como decía Teófila, mi hija: es Gracia de Dios haber nacido, vivir y morir en esta Tierra Santa; ¿dónde más podría uno avenirse tan fácilmente a lo que sucede, sin renegar de nada? Yo, antes y después que lo dijera mi hija, lo creía y lo sigo creyendo; aunque lo siento mejor desde que Teófila nos leía en sus libros cosas de la verdadera Tierra Santa, y mentaba los mismos lugares en que aquí nos tocó pasar alegrías y pesares. Teófila tenía muy bonita voz, especialmente cuando leía para que la oyeran.*

Todavía el sol alto, Rómulo se anticipó y esperó a Palemón en el Cruce de la Providencia, resuelto a negarse en el asunto de las varillas, bien que de cuando en cuando volvía la tentación de salir de pobre, aunque no la de hacerse rico. Dentro de lo estrecho de la ermita, en el Cruce de caminos, el sol daba de frente al gran Ojo de la Providencia, encerrado en un triángulo de azul celeste con franjas doradas.

Asosiéguense, no coman ansias.

—Asosiéguense, cristianos, no coman ansias, no se me alebresten.

Don Epifanio. Su vozarrón. Susto, carreras despavoridas de muchachos, mujeres y simples. Embarazo de solicitantes novatos. Los veteranos en conocerlo le hacen el tancredo, quedándose callados, quietos, cuando vocifera, manotea y amenaza. —*Perro que ladra no muerde.* Además: —*Tormenta que pasa pronto.* Deudos y valedores lo saben. Cuando la verdad está de malas, ni grita, ni alza las manos, agarrotado de coraje, trabada la lengua, se queda sentado como idiota o tullido; antes, se agarraba dando vueltas como enjaulado.

Ahora ya casi no puede andar, de tan gordo. Ni le gusta. Él, que fue tan de a caballo, que montaba de día y de noche, como si estuviera pegado a la silla desde que nació; él, tan andariego, tan amante de recorrer sus tierras todos los días, aguas y secas, sin respetar domingos ni fiestas de guardar.

Aplastado en equipal, mañanas y tardes completas. Como esos puercos que de tan cebados apenas pueden moverse, gruñendo. Sus pasos de costumbre, con dificultad, se reducen de la pieza donde duerme a la cocina, y de allí al corredor. En el corredor pasa la mayor parte del tiempo. En el corredor recibe visitas, despacha, manda, regaña, se hace servir tragos y antojos, duerme la siesta del perro, dirige sus negocios con el rigor de siempre. Se ha hecho más exigente. Más gritón y manoteador. Nada se le escapa. Ni nadie puede hacerlo guaje. Sabe cuántos animales hay o tiene que haber en cada potrero; cuántos costales de maíz, de frijol, de garbanzo, de salvado hay en las trojes, y dónde; cuántos monos de rastrojo quedan; cuánta leña, ocote y petróleo; cuándo se vencen préstamos y réditos; no necesita papeles para recordar al centavo las cuentas, nombres y pinta de sus acreedores, como las edades, nombres y pinta de los que, grandes y chicos, viven en los contornos, hasta bien lejos, y de las piezas innumerables de sus ganados: toros, vacas, bueyes, novillos, becerros, caballos, yeguas, potrillos y potrancas, machos y mulas, burros, burras, marranos con sus crías, borregos y borregas, gallos, gallinas, pollos y pollitos, guajolotes, y peones, y aparceros, y medieros, en montón, pero con pelos y señales de cada uno. —*Dios* —dicen los vecinos— *le ha dado esa gracia de la buena memoria.* La implacable memoria de don Epifanio Trujillo, el de Tierra Santa. No se le escapan los nombres de los perros que hay en la comarca, y hasta le dan la guasa, que lo halaga, de saber, con apellidos, los de las golondrinas que vienen al Llano, de las güilotas, calandrias, congas, citos, chuparrosas y demás pájaros cimarrones, como los de las mariposas, avispas, abejas, moscas, zancudos, luciérnagas o brilladenoche, caballos del diablo, chapulines, cuervos, auras y zopilotes, ratones y ratas, ranas y sapos, lagartijas, pulgas, hormigas y asquiles, alacranes, ciempiés, arañas, lombrices, gusanos, jejenes, aradores y demás microbios, uno por uno.

Si pasa el día en el corredor, sus ratos de más gusto son los de la cocina, donde desayuna, almuerza, come y cena. Las *once* y la merienda o chocolate de las cinco, aparte de los antojos, que llama *tentempiés*, se lo hace servir en el corredor. —*Come y traga como descosido* —es artículo de fe lugareño. Lo enfurece que alguno de sus allegados trate de reducirle la glotonería, diciéndole que le hace daño. —*Qué ¿ustedes me mantienen? ¿quieren matarme de hambre? ¡yo como y trago lo mío! ¡nadie me presta, ni me fía, ni me lo dan de limosna!* —fuera de sí, se le hincha, se le abotaga la cara, se le quieren salir los ojos pelados, echando lumbre, y le tiemblan las manos y el cuerpo con el coraje. Cuatro comidas en forma e incontables *tentempiés*. Desayuno: chocolate, leche, galletas, tamales, taco de sal, cuando se levanta de la cama; después, el almuerzo: carne, chilaquiles, huevos, frijoles refritos con longaniza o chorizo, hartas tortillas; entre una y dos, la comida: cocido, principio, carne, frijoles, en platos copeteados, con abundancia de gordas; hacia las ocho de la noche, la cena: chocolate en leche, leche, carne, frijoles, más tortillas, y, frecuentemente, pollo, enchiladas, pozole, sopes, birria, patas de puerco, tostadas. Puede perdonar algunos *tentempiés* durante el día; pero no las *once*: tequila o pulque si lo hay: taquitos de longaniza o chorizo, cuando no hay chicharrones, carnitas, pepena y rellena; tampoco puede pasarse sin la merienda: chocolate en agua batido con huevo y vaso de leche con pan, si lo hay, o galletas. Le gusta discurrir variedad de guisos con que alternar cada día el gusto de comer; su avaricia encuentra excepción para conseguir antojos y arrimar comensales; no hay semana que no sacrifique, con la res necesaria al gasto de la casa, un cerdo, un borrego, varias gallinas, para darse gusto; sin reparo abre la bolsa para encargar que le traigan del monte algún venado, liebres, güillotas, que antes él solo se proveía, rifle o resortera en mano; es de los pocos vecinos que pueden mandar cada ocho días al pueblo por la despensa bien surtida: pan, sobre todo; y lo hace sin falta.

En sus equipales caben cómodamente dos y hasta tres personas, mientras él se acomoda en ellos con apuros.

Está siempre resollando fuerte, aun cuando no haga ningún esfuerzo. No se diga cuando se levanta, camina, grita, ríe a carcajadas, tose o come. Ronca como serrucho de monte. Y es propenso a perder el resuello, ahogándose, amoratándosele la cara, hinchándosele las venas y el cuello. Aquí sí que sale de molde el dicho de *resuella gordo*. Con la fatiga de la gordura y ahogos, como que se le ha entiesado la cabeza, caída hacia adelante, que le cuesta trabajo levantarla y moverla de un lado a otro, la papada colgada jala la boca, enchuecándosela permanentemente, sin poder contener los escurrimientos, dificultando la claridad de las palabras que profiere y en las que dominan explosiones violentas, inarticuladas, con espanto de los no habituados a presenciarlas.

—*No es el león como lo pintan* —dicen deudos y valedores. Gritos, manoteos, arrebatos, disfrazan el humor alegre, dado a chanzas y agudezas, que don Epifanio conserva de los tiempos en que fue arriero. —*Humor de gordo* —suele decirse. No se le caen de la boca los refranes, que maneja con malicia.

Lo chistoso y comunicativo le desaparece cuando de veras se enoja y cuando hay luna nueva, que le causa efectos como a las mujeres, y nadie se lo explica: le entran los nervios y se le ponen de punta; no sale de su cuarto ni recibe a nadie, si no es a quien le lleva de comer, pero sin hablarle una sola palabra; lo que más llama la atención es que en esos días toma no más cecina con atole, cocimientos de azahar y yerbabuena; eso sí: desayuna y merienda su chocolate en agua, sin huevos batidos; no se sabe bien a bien, porque trata de ocultar a toda costa lo que le pasa con la luna nueva, pero parece que le dan mareos, dolores de cabeza, cólicos y vómitos; hay quien diga que son ataques de nervios, no más. Preguntarle algo del asunto es querer que estalle, que amenace con golpear y que deje de hablar para siempre al atrevido, ni permita que le hablen de él, como si lo borrara de su memoria. Ni los de su familia tienen derecho, ni se animan a preguntarle nada de eso, ni hablan del caso, que corre clandestinamente de murmuración en murmuración: desquite de resentimientos, entre risas y muecas disimuladas. Lo malo es que cuando le pica la luna no tiene ninguna consideración por nadie, menos por los que le deben o le piden; ejerce crueldades, y sería capaz de matar si se dejara ver.

Cargado de familia, nunca se ha casado. —*El albur del matrimonio sólo tarugos lo juegan.* Desde muchacho ha venido rodando de mujer en mujer, como chuparrosa, repartidas en los caminos de sus arrierías, y después en los ranchos, cuando decidió no salir más del Llano, clavó las uñas en la tierra y comenzó a hincharse de dinero. Montón de mujeres. Otro sin su memoria, perdería la cuenta de casi medio siglo de andanzas.

Por la pinta de los hijos regados en rancherías del Llano, se adivinan los gustos variados del patriarca en cuestión de mujeres. Los hay blancos, apiñonados, bronceados, renegridos; de ojos grandes y chicos, rasgados y oblicuos, zarcos, amarillos, cafés, negros como capulines; güeros a modo de jilotes, o colorados cabeza de cerillos; de pelo castaño y oscuro; lacios, crespos y sedosos; altos y chaparros; bien parecidos y feos; garbosos y desgarbados; alternan los sangreliviana y los sangrepesada, los indios y los criollos. Sin embargo, todos tienen algo del padre, aunque resulte difícil en muchos casos decir en qué consista el parecido.

Uniones de pocos días o de años, don Epifanio las ajustó a normas que forman parte de lo que, sin brizna de sarcasmo, llama indistintamente su *moral*, sus *principios* o su *ley de actos.* A nadie raptó. Por convencimiento, interés o afecto, las mujeres lo siguieron voluntaria mente, y nunca las tomó sin propósito de cumplirles lo prometido bajo palabra. Nunca le gustaron las uniones pasajeras, ni las güilas de oficio.

Como no andaba con misterios, ni tenía de quién ocultarse, y le parecía lo más natural su proceder, trataba y hacía que los demás respetaran a cada mujer como si fuera esposa legítima. Las instalaba en casas independientes y en ranchos diferentes, alejados entre sí; las proveía de lo necesario para que vivieran en nivel superior al que se hallaban acostumbradas, pero sin holgazanerías, pues las obligaba con los cuidados de la casa; las ponía a estudiar el catecismo, o él se los estudiaba; si no sabían, tenían que aprender a coser; desplegaba formalidades junto a ellas; les prestaba esmeros en sus enfermedades, y principalmente cuando iban a dar a luz; las castigaba en sus faltas, con rigor apropiado al juicio que se formaba del caso.

Como se siente investido de indiscutible autoridad en materias familiares, usa el repudio discrecionalmente, previa indemnización, calculada según años y méritos de servicios, salvo que la falta revista gravedad, conforme lo haya puesto furioso: entonces las corre llanamente con lo encapillado. Los cuentos de la comarca le cuelgan la desaparición y muerte de muchas de sus mujeres, lo que parece incierto; el dominio del polígamo, que inspira miedo en la región, y los recursos de que dispone, son circunstancias adversas a propiciar traiciones maritales que de acuerdo con la *moral* de Trujillo —y éste así lo pregona con desenfado—, es el único motivo de aplicar la pena capital a las mujeres, como en el hombre lo es el abigeato. Al efecto, ni los cuentos más crueles contra don Epifanio incluyen hechos de tal naturaleza.

Cuando había *ardilla en la cerca*; esto es: cuando le gustaba otra nueva mujer y ultimaba compromiso con ella, se lo avisaba a las anteriores y dejaba de frecuentarlas, por lo menos el tiempo de la flamante luna de miel, o para siempre; práctica de abstención también observada en los meses anteriores al nacimiento de sus hijos, período consagrado exclusivamente a la inminente madre. Si las preteridas no se mostraban conformes, don Epifanio las indemnizaba y despedía. En cambio, muchas a las que no ha vuelto a ver por efecto de sucesivos enlaces, continúan sostenidas en sus casas, sin molestia, en tanto se porten como *viudas decentes* —calificación del propio Trujillo. Esos casos de abandono por superposición le han traído conflictos con mujeres que, por apego del bueno, por amor propio, por ambiciones, por incomprensión o por dar guerra, se rebelan a los designios del amo; la rapidez, el rigor drástico e inapelable, las dádivas o amenazas, y las vías de hecho con que procede, han resuelto esas situaciones sin consecuencias adversas, y afirmaron precedentes.

Don Epifanio medía la duración de sus lunas de miel por el desavenimiento, para lo cual no se necesitaban contestaciones ni altercados; a veces la mujer no lo echaba de ver. Una palabra que no le gustara, un ademán o gesto, el retardo en la comida o su falta de sazón, cualquier nimiedad bastaba para quebrar el encanto del amo, quien jura consigo mismo que no había en ello ningún capricho, ni volubilidad del instinto satisfecho, sino causas ajenas a él: defectos descubiertos en la prójima. Era cuando, si el caso no ameritaba repudio absoluto, el polígamo volvía, según dice, a sus otros *comedores, bebederos o querencias.*

Lo sorprendente del sistema es la habilidad con que Trujillo ha manejado la condición de sus hijos, con tantos, tan encontrados intereses, tendencias e influencias, hasta hermanarlos conforme a un plan patriarcal.

Antes de cargar con mujeres —y nunca lo hizo sin aclarar paradas—, hacía reserva expresa, irrestricta, de la patria potestad sobre los hijos. Desde antes de nacer, como quien dice, los observaba, con el mismo método que a los ganados; calculaba el día y la hora de la concepción, relacionándola con los efectos de la luna; vigilaba las contingencias y el comportamiento de la embarazada; le quitaba preocupaciones y le cumplía antojos; la chiqueaba y le dispensaba descuidos y faltas.

Procuraba estar presente a los nacimientos, y hacía tomar las mayores prevenciones: que no faltaran sábanas e hilachos limpios, bastante agua hervida con hojas de fresno, irrigador y bitoques, botellas de alcohol y creolina, petróleo en los aparatos. Él mismo hervía y flameaba las tijeras para cortar el cordón. Recibía a la criatura, la examinaba detenidamente, tocaba el pubis, le veía los ojos, le abría los labios, le frotaba las encías y el paladar, pulsaba los huesos, la mollera, la forma de la cabeza, la consistencia y resistencia del espinazo, las caderas, los codos, las rodillas, los músculos, el empeine, la planta de los pies; y grababa datos en la memoria.

41

De años atrás venía juntando nombres, que tras minuciosas consideraciones distribuía entre los recién nacidos, de modo provisional hasta la hora de llevarlos a bautizar, lo que ordinariamente tardaba de tres a diez años, o más. Algunos de los últimos vástagos esperan aún el sacramento.

Vigilaba a la madre y al crío durante la lactancia. Seguía con atención las manifestaciones progresivas de los instintos y del temperamento; los modos de mamar, llorar, sonreír, y dar señales de conocimiento; los trastornos de la dentición, de la canícula, del frío; la precocidad o tardanza con que gateaban, se paraban, caminaban, corrían, hablaban, entraban en uso de razón. Los iba seleccionando. Poco más o menos, eran los procedimientos que acostumbraba con las crías de sus animales consentidos.

También aquí la malevolencia le achaca muertes de hijos desechados al descubrirles defectos. Ni con los animales inservibles lo hace, sino raras veces; prefiere dejarlos morir, alejándolos.

Pasado el tiempo, cuya duración dependía de las dudas que abrigara, si algo no le satisfacía, los hijos quedaban en categoría de ahijados. Esto es: no los llevaba a bautizar como padre, ni les daba su apellido; se contentaba con apadrinarlos, presentándolos como hijos de padre desconocido, sin perjuicio de reconocerlos posteriormente, si nuevas observaciones o circunstancias lo hacían modificar el juicio antes formado. A eso se debía la tardanza en bautizarlos y darles nombre definitivo, conforme a que cumplieran con el diseño presagioso, asignado por don Epifanio a las advocaciones escogidas en el santoral.

El ejercicio unilateral de la patria potestad implicaba la renuncia en blanco que las madres hacían de sus hijos; el padre se autofacultaba para quitárselos en cualquier tiempo, aun recién nacidos o en período de lactancia. La oposición, que no era parte a dejar de cumplir lo re suelto, constituía el motivo más frecuente de repudios, así como la causa socorrida de arrebatarles los hijos era la renuencia franca o disimulada de las madres a juntarlos con los de las otras mujeres del señor; pero esto respondía determinantemente a las miras de formar una gran familia, indestructible por la unión de sus miembros, empresa complicada no tanto por los orígenes cuanto por los contrapuestos destinos que ideaba dar el padre al concierto de sus hijos, tomadas en cuenta las aptitudes e inclinaciones disímbolas de cada uno. Por esto era imperioso juntarlos, relacionarlos desde pequeños, acostumbrarlos a entenderse, ayudarse y quererse, de preferencia por la buena, y si no había otro remedio, por las malas, independientemente de que al fin resultaran her manos del mismo padre o les tocara sólo aproximación de ahijados. No menos necesario retirarlos de las madres que perjudicaban o no esforzaban las disposiciones que don Epifanio creía o quería ver en ellos, de acuerdo con el papel que les destinaba en el plan.

En tierra diezmada por la mortalidad de niños, ninguna casa escapa, ni menos una descendencia tan irregularmente repartida. Mas el que menos debería inconformarse y quebrantar hábitos inveterados, era el primero en poner mal ejemplo, como siempre, como en todo, llegando a donde nadie llegaba, ni se podría llegar: a la renegación y los insultos contra la Providencia.

No era remordimiento. No era terror frente al misterio. No era furia de todo herrado, de animal que se duele al castigo. Era rabia de hombre al que rompen la esperanza. Cólera del acostumbrado a salirse con su santísima voluntad, que de pronto se halla impotente, inerme ante la fatalidad, sin aceptarla, pero atropellado por ella en tan pequeña cosa como es la vida de un infante, y tan grande, que abarca el futuro, con sus cuentas alegres.

Tantas, tamañas piedras de escándalo lanzadas por el gallón a cada hora, no abrían boquetes en el ánimo popular como esta de su comportamiento al morir criaturas habidas con diversas barraganas. Mucho era lo inaudito de sus blasfemias; mas lo que directamente ofendía el sentimiento lugareño era la incredulidad, chorreando a grito abierto, a llanto desaforado, contra la fe de que los niños muertos son almas en gracia, escogidas por Dios, llevadas derecho al cielo, hechas angelitos con alas, diademas y túnica; sentadas junto a la Trinidad; nombradas intercesoras permanentes de la familia a la que se las quitó.

—En tierra expuesta sin defensas al fatalismo de las enfermedades; en tierra por donde pasa libremente, cuando quiere, el ángel exterminador de niños primogénitos o no, el ataque a la consolación suelta la sarta vieja de improperios:

—Puerco cochino.

—Sinvergüenza descarado.

—Perro del mal.

—Gusano quemador.

—Pico de zopilote.

—Baba de víbora.

—Ponzoña de tarántula peluda.

—Pestilencia de zorrillo.

—Bofe podrido, corazón engusanado.

—Charco corrompido.

—Carroña de gavilán.

—Corral de boñiga.

—Tripa de inmundicias.

—Revolcadero de marranas.

—Aire apestoso.

—Yerba de la Mala Mujer.

—Pezuña del Macho Cabrío.

—Matamujeres.

—Ojo del Enemigo Malo.

—Matachicos infelizados por tu culpa, Herodes.

—Bestia dañosa.

—¡Satanás!

—*No más los estoy oyendo retobe y retobe, años y años, como burros con bozal o caballo que coge el freno, aquí los oigo como quien oye llover y no se moja, porque no hay peor sordo que el que no quiere oír, y porque perro que ladra no muerde, ni buey viejo pisa mata, y si la pisa no la maltrata, y porque son como la chiva de tía*

Cleta, que se come los petates y se asusta con los aventadores, o será
porque el valiente de palabra es muy ligero de pies, y entre la mujer
y el gato ni a cuál ir de más ingrato; además: que para el arriero, el
agua cero, y que soy de los que aúllan cuando el coyote, hasta que
se cansa y corre; de modo que para qué tantos gritos y sombrerazos,
ni tantos brincos estando parejo el llano, pues al fin y al cabo son
como los cabrestos que solitos entran, o como gallinas que duermen
alto: con echarles maíz se apean, o como el pobre venadito que baja
al agua de día, y si no cabrestean se ahorcan, lueguito vendrán a
pedir frías, porque quieren jugar al toro sentados; pero recuerden
que al son que me tocan bailo, y no soy de los que pierden las cuen-
tas como las mujeres; si les gusta el ruido, ruido; calma y nos ama-
necemos; en resumidas cuentas: me gustan las cuentas claras y el
chocolate espeso. Vamos por partes, con las cartas bocarriba, déjen-
seme ir viniendo, no más barájenmelas despacio y no se hagan como
el que pinta el gato y se asusta del garabato, ni como los que hacen el
muerto y luego se asustan del petate, o como el que vomita y tapa
por no oler lo que depuso. ¿De qué mueren los quemados? No más
de ardor, como ustedes, punta de habladores. ¿Qué culpa tengo que
el gallo más grande sea el que más recio canta? Me echan en cara
lo de mis muchas mujeres, pero todos se chupan el dedo y algunos
se sangran al morderse la boca, y es aquello de la iglesia: aviente la
piedra el que tenga la conciencia tranquila; con la diferencia de que
yo hago mis cosas a la luz del día, sin hipocresías ni miedo de nadie
y sin ofender a nadie, porque no soy de los que revuelven el agua, la
enturbian y no se la beben; mi lema es el dicho: no debe moverse el
agua cuando no se ha de beber, y el otro: agua que no has de beber,
no la pongas a hervir, pues por experiencia sé que ollita que hierve
mucho o se quema o se derrama, y yo sólo hiervo lo que me bebo
porque me cuesta, no allí que ustedes, la quieren de balde y escon-
diéndose. Tanto argüende como si esto no se llamara Tierra Santa y
se les olvidara que más mujeres tuvieron Noé y sus hijos, patriarcas
y profetas, y ni quien les dijera nada, ni los que besan la Biblia,
donde dicen que por escrito consta el gusto de tantos santos varones,

porque lo cierto es que no hay albur sin vieja, y las sotas son mis
cartas de buena suerte, a más que cualquier surco es bueno para
echarle la semilla, y ah qué rechinar de puertas, parece carpintería;
pero al que no le guste el fuste, que lo tire y monte en pelo, y el que
tenga gallinas que las amarre porque el gallo anda suelto. ¿Que no
me caso? En el Registro Civil y en la Aduana, lo que no se apunta
se gana. No quiero ser de los burros que no rebuznan por miedo del
aparejo, ni de los que montan el burro para preguntar por él; más
vale que digan: aquí corrió, y no: aquí petateó; el que por su gusto
es buey, hasta la coyunda lame; coyundas no más para los bueyes;
mejor es aquello de que si una puerta se te cierra, cien te quedan,
pues ni una golondrina hace verano, ni en un ángel consiste la gloria,
ni un brinco es la carrera, y muchos arroyos forman río; que si en
una hallas mal modo, adiós y buenas noches, cerró sus ojos Cleta,
aquí tienes tanto más cuanto y en santas pascuas, no más cáete con
los chamacos, según el trato. Díganme quién, pudiendo, no tiene o
quisiera tener más de una bestia de montar, para remudar. Por otro
lado, ¿para qué comprar la tilma si se le han de hacer agujeros? Al
que le venga el saco que se lo ponga, y a ti te lo dije, mi hijo, entién-
delo tú, mi nuera. Yo, aunque sinvergüenza como dicen, soy formal
y no ando cobijándome con el manto de santa Lucrecia; no que hay
algunos que tienen su tilma como cernidor, son candil de la calle y
oscuridad de su casa, largan a su legítima y a sus hijos, y si te vi,
no te conozco; eso sí, avientan la piedra y esconden la mano, o le
hacen como Pilatos, enjugándose hasta el codo. Aquí sí salen con
que no se oye, como el padrecito al que le dijeron sus glorias en el
confesonario. También me motejan por el tiempo que me tomo para
llevar los críos a bautizar, que es tanto como hacerlos mis herederos:
yo no más pregunto cuántos años duran los frailes en el noviciado;
no así como así, porque no es de enchílame la otra, voy a repartir
mi nombre, mis drogas, mis pocos terrones y unos cuantos centavos
que alcance a juntar, según el mandamiento, con el sudor de mi
rostro, o como acá decimos: echando el bofe todos los días, desde que
Dios amanece, y a veces tragándonos el sueño. Anden, atórenles

a mis razones; ya ven que les sale sello. Vamos ahora con lo de los difuntitos, que tanto los encorajina, no más por decirles que es tentar a Dios de injusto y de no saber lo que hace; ángeles tiene hasta para aventar arriba, y para dar y repartir; si por otro lado permite que las criaturas vengan a la tierra, es para que en la tierra fatiguen, porque una cosa son ángeles y otra cristianos; lo que pasa es nuestra ignorancia para defenderlos de sus enfermedades, y luego tratar de consolarnos, haciéndonos guajes de nuestras culpas y con eso de que mal de muchos, con suelo de tarugos, cuando lo cierto es que la corona que uno se labra ésa se pone; con que no hay que echarle la culpa a Dios de lo que no sabemos o no podemos. El que no conoce a Dios, dondequiera se anda hincando. En fin, yo sé que con ustedes va eso del que se ha de condenar es por demás que le recen, pues no entienden que a nadie le falta Dios cargando su bastimento; cuiden su casa y dejen las ajenas, o como el otro dicho: a cada uno su gusto lo engorde; yo por mí, de perdidas, el muerto a la sepultura y el vivo a la travesura: cuando una rama se seca, otra está reverdeciendo.

— Hereje.
— Nido de alacranes.
— Dañoso.
— Pozo envenenado.
— Abigeo.
— Nube de jején.
— Usurero.
— Uñas de gato salvaje.
— Avariento.
— Viento de quemazón.
— Tramposo.
— Dientes de puerco espín.
— Cicatero.
— Rabo de azufre.
— Maldoso.

El rancho de Belén fue la residencia preferida de don Epifanio Trujillo, desde que lo tracaleó a los hijos del difunto Teódulo Garabito. El punto se llamaba Ojo de Pescado antes del bautizo legendario que convirtió al Llano de los Tepetates en el Plan de la Tierra Santa.

En Belén está la Casa Grande que levantó Teódulo. Ampliada por don Epifanio, también se la conoce como Casa de los Trujillos; algunos la llaman Casa del Corredor

Aquí traía el amo a la barragana consentida; en sí, esto era una consagración sobre las otras; pero significaba mayores obligaciones. Desde luego, la de admitir y hacerse cargo completo de los Trujillos recogidos a distintas madres; por lo que la Casa Grande recibió motes: Alhóndiga de bastardos, Limbo de desmadrados, Recogedero de mostrencos; y los allí asilados: lóndigos, méndigos, birutas, moloncos, contrabandos, ñengos, relices, cuscos, naturos, veladoras, granos, tapaderas, comunes, ganados, vacunos, mecos; este último apodo, y los de bastardos, mostrencos y desmadrados, eran los más usuales.

Con los muchachos, don Epifanio fue concentrando aquí sus mejores sementales, razas, armas, equipos de charrería, instrumentos de labranza, muebles, trastos y objetos preferidos. Los equipales de Belén son de manufactura especial, hechos con gamuzas y cueros de vaquilla. En Belén tiene catre formal, ancho, de latón, con colchón; es uno de los pocos catres que hay en el Llano.

La sala de la Casa Grande se halla cubierta de imágenes y de retratos, entre los que impresionan los de personajes muertos, en especial ancianos y párvulos; éstos en mayor número. La mención a la macabra galería de los Trujillos es el mejor medio de asustar en el Llano a los muchachos y a los tímidos; no hay mejor amenaza que la de "te voy a encerrar con los muertos de don Epifanio"; aunque sean muy contadas las personas que puedan alabarse de haber entrado allí: la sala está siempre cerrada; se abre no más a los huéspedes de honor, cuando repican gordo, bien que no haya campanas en leguas a la redonda.

Largas y pretextos de Trujillo a los que, alabando lo inmejorable de Belén para construir por lo menos una capilla en servicio de los ranchos circunvecinos, le piden que regale terreno y encabece la cooperación ofrecida en mano de obra, materiales y dinero. Por un lado entran y por otro salen las adulaciones de que, aparte su situación topográfica en el centro de la Tierra Santa, Belén ha llegado a ser la capital del Llano por su riqueza y movimiento, gracias a don Epifanio; la iglesia o capilla obligaría la venida de la rancherada: nadie discutiría el derecho exclusivo del dueño a establecer comercios, de los que carece por completo la región, ni la facultad de cobrar a los que trajeran mercancía; en vez de andar seis horas o más de ida, y otras tantas de vuelta para ir al pueblo a dejar los centavos de los avíos cada semana, ese dinero acá se quedará, más las ganancias de otros negocios con animales, semillas, fiados, cambios, diferencias de pesas y medidas; en fin, aquello del que parte y recomparte, se queda con la mayor parte. Siempre sale con que ya lo pensaré, a ver si el año que viene, cuando haya buena cosecha, no más me repongo de unos gastos, luego que cobre lo que me deben. Es lo que contesta de ordinario. Pero dicen que ha llegado a decir el boquiflojo: —*Cuando san Juan baje el dedo, porque baile y cochino en la casa del vecino*; con añadiduras por el estilo: —*para rezar basta el jacal, y mejor es el cielo raso porque nada estorba el rezo; cuantimás que por lejos y por pelón no hay modo que los padrecitos se den hasta acá el descolón; habrá que seguir yéndolos a ver en caso de necesidad; ya el dicho lo dice: de los padrecitos y el sol, mientras más lejos mejor*. Tales atribuciones le confirman la fama de deslenguado y hereje.

Claro que a veces lo encandilan posibilidades como la de cobrar impuestos de plaza, nada más por el gusto de aparejarse con el Gobierno en esa forma de agarrar a la gente a querer o no.

La que mayormente lo alegra es la tanteada de inventar algún milagro, la aparición de alguna imagen, que haga de Belén el panal de miel a donde lo mismo vengan abejas que moscas, haciendo hilo las gentes, como asquiles, que cubran de retablos las paredes de la capilla, humeada con tantas velas, irrespirable con el olor de tantas flores, brillante de lámparas y exvotos de plata, reventando los cepos de limosnas. Ya no sabe si fue ocurrencia propia o alguien se la sopló a la oreja. Muchos lo han intentado en el Llano, a imitación de lugares al otro lado de la sierra; pero han sido tan burdos, que de la primera novedad han pasado a la risión de la rancherada, por otra parte deseosa de que la Tierra Santa no quede atrás en eso de milagros y apariciones. —*El agua está para el chocolate* —piensa Trujillo—, *con tal de tramar bien la treta, o sea: menear el atolito como Dios manda.*

Relámpagos pasajeros. Le falta humor para nuevas travesuras. Cansado, comodino, se contenta con imaginar la diversión que le daría la sarta de arbitrios, y con calcular sus provechos. Esto es lo de menos, pues no tiene necesidad de meterse en borucas, enredos o trabajos por pesos de más. Con capilla o sin ella, los necesitados vienen de todos modos a tributar gimiendo y llorando, como en la Salve. Lo del milagro tendría el riesgo de averiguaciones y dificultades con el cura y sus ministros, en caso de meter tanto ruido que los obligara a echarse una vuelta, lo que hacen rarísima vez, a las volandas, por alguna confesión o viático a moribundos; con tanta cola que le pisen, don Epifanio les saca la vuelta y se les niega cuando pasan por Belén; sería bonito hacerles la jugada: conociendo el espíritu lugareño, calculando sus reacciones, preparando el milagro cuidadosamente, haciendo que la credulidad picara el anzuelo y enardeciera el orgullo comarcano, la contra eclesiástica sublevaría los ánimos y los aferraría en defender la gracia concedida especialmente a los pobres desterrados en este Llano de lágrimas, *tan dejado de la mano de Dios,* como es común oír que se quejan sus moradores: algún día habría de acabar el olvido y palpar con los ojos la misericordia manifiesta.

¡Tentaciones inútiles! Eso hubiera sido —para consuelo de tristes y para provecho propio— en otros tiempos; pero entonces el sardanápalo del Llano sólo se ocupaba de copiar tierras, ganados, mujeres e hijos, derrochando fuerzas.

Repantigado en su equipal, en el corredor de la Casa Grande, a la vista de la interminable aridez y de los accidentes invariables del contorno, Epifanio Trujillo baraja el pasado con el presente; ríe consigo mismo las ocurrencias que pasan por su imaginación, las travesuras que regresan a la memoria; lo exaltan hazañas, oportunidades que dejó ir, que no pudo agarrar; lo violenta la inercia en que ha caído; lucha un momento con los gustos en que ahora vegeta, sin ganas de trajinar como antes, en que volaba saltos de chuparrosas.

—Eva.

—Sara.

—Rebeca.

—Raquel.

—Abigail.

—Ana.

—Amanda.

—*¡Teófila! Fue la que hizo falta como señora de Belén. Agua se me hace la boca de acordarme todavía. Desde lejos se conoce al pájaro que es canario. Debajo da agua mansa está la mejor corriente. Ah, qué bonita trucha para tan cochino charco. Bien haya lo bien nacido, que ni trabajo da criarlo. ¡Palabra! por ella fue la única vez que llegué a flaquear en lo tocante a casorio: allí quedé convencido de que velo y mortaja del cielo baja. Almíbar de ésos no paren todas las yeguas. Yo la vi nacer, me planté las hartas horas que tardó en venir al mundo con dificultad, pues no era coneja de monte, ni potranca del montón. Cuántas veces la cargué en brazos, de muy chiquita, con miedo de que se me deshiciera como terrón de azúcar. La vi gatear, le oí las primeras borucas, le adiviné las primeras palabras, mejor que a la más consentida de mis hijas. Granjeadora y sangreliviana desde muy chica. Llegó a buscarme, hallarse conmigo, pegárseme, más que con su mismo padre. Yo les decía a Rómulo y a Merced: qué bueno que no me convidaron de padrino, porque así sería más difícil casarme con ella, como a su tiempo pienso hacerlo; la* dejo apartada y tratada. Ni como chanza les cuadraba: fruncían la boca y no le daban salida a la broma. Después le pegó el sarampión, se vio muy mala de las viruelas, al grado de que Merced ya estaba consolándose con que mejor que se la lleve Dios que cualquier gavilán dañino. Eché la carrera a Cuilán a traer al remediero que pronto le atinó, le paró la enfermedad, bendito sea Dios. Quedó algo picadita de la cara, pero esto la agraciaba. Creció como árbol podado. Se hizo mujer, como milpa de costa, prontito. Comenzó a hacerse arisca conmigo. Un día me preguntó a boca de jarro: por qué dicen que usted es peor que gavilán o coyote, que no hay gallina que no se robe. ¡Inocente! En eso la dejaron ir a pasar una temporada con unos parientes al pueblo de Clamores, o Rómulo se la llevó para esconderla de tantos lobos como empezaron a tupir, pues amor y dinero a la cara salen. Fue menester que Merced se viera a las puertas de la muerte, para que Teófila volviera. Todavía me da hipo, de acordarme, y se me va la respiración. Entonces comencé a sufrir en serio: el carbón que ha sido brasa, fácilmente vuelve a arder. *Casi ni de creerse.* Volvió catrina, muy política en sus decires, muy formalota, sin perder su naturalidad: era lo bonito, que con tanto que traía, no le sacara el bulto al metate, ni a ordeñar, acarrear agua, barrer corrales, madrugar y entrarle tupido al quehacer, y rozarse como antes con rancheros tarugos, abajándose a ellos con llaneza y paciencia, muy compasiva de los rudos y con cara siempre alegre, que a todos admiraba. Discurrió establecer en Betania una escuela para chamacos, y se puso a enseñar a leer y a escribir a la gente grande. No se dio abasto. Nunca en el llano ha habido escuelas formales, ni se conocen maestros; de vez en cuando se juntan los vecinos de algunas rancherías y escogen alguna muchacha criolla que sepa leer y les entretenga a los chamagosos, recompensándola con maíz, frijol, gallinas, huevos, cuando y como puedan. A Betania cayeron muchachos de los ranchos más alejados, las mañanas, de lunes a viernes; Teófila dedicaba las tardes a los mayores. Luego la gente dio en juntarse, principalmente los domingos, para que la hija de Rómulo les leyera el Año Cristiano y otros libros entretenidos que trajo del

pueblo; con gusto lo hacía, a condición de que les estudiara el catecismo y después rezaran el Rosario y el Trisagio. Yo era de los que no
faltaba, aunque rodara el mundo y tuviera que soplarme el catecismo y fletarme a la rezadera, con tal de seguir oyendo su voz cuando
guiaba los misterios, que daba gusto. Lo que en tu casa no hay, sal a
la calle y lo encuentras. Pero la mayor novedad que traía y que asombraba, era su destreza como costurera y bordadora; en eso se pintaba
sola, o según se dice vulgarmente: se escupía la mano y había que
quitarse el sombrero. Rómulo me habló de querer comprarle una máquina de pedales, nueva, de lo mejor. Lo animé, abrí la bolsa para
proporcionarle lo necesario. Acciones son amores, no besos ni apa-
churrones. Yo se la hubiera regalado; por poco se lo digo; a tiempo
refrené la lengua, con el miedo de meterlos en sospechas y que mali-
ciaran la tormenta que yo venía sofocando en mi cabeza y que me
quitaba el sueño en las noches; pues el miedo es como la sangre: por
todas las venas corre, o como la argolla: no se le encuentra la punta;
no fueran a decir: éste da el alón para comerse la pechuga, y me des-
cubrieran el tastole; les hacía que con mis enredos creyeran que a
gato satisfecho no le preocupa el ratón, y no se asustaran con aquello
de caer la rata en el costal de aleznas; me tragué mis ansias; me callé
la boca y me puse a esperar el bien de Dios envuelto en una tortilla.
Llegó la bendita máquina. Fui de los quietos: cuán presto velan los
movimientos rápidos y seguros de aqueprimeros encandilados al hallar una nueva Teófila cuando pulsaba el instrumento ese. Los ojos
se me iban de un lado a otro, sin estarse quietos: cuán presto velan
los movimientos rápidos y seguros de aquellas manos llenas, redondi-
tas, la tentación los llevaba a ver el baile acompasado de las piernas
y las caderas sonándole al pedal, pero enseguidita las miradas re-
montaban el cuerpo hasta la cabeza, buscaban los ojos ensimismados de Teófila, su sonrisa igual a la que les pintan a los ángeles; el
cuello y los hombros firmes, toda ella muy en su lugar, muy mujer.
Ah, chirrión, se me venía a la memoria el dicho de ahora sí violín de
rancho, ya te agarró un profesor, *y el otro de a* mal músico hasta las
uñas le estorban, *y el de* buscar la sota y venir el as. *En todos estos*

53

rumbos no conocíamos esa clase de máquinas de pedal, hechas de maderas relucientes como espejos, nada ruidosas; llenas de fierros, combinaciones y cajones, que Teófila manejaba como si de toda la vida lo hiciera o ella fuera la inventora. Lo que más llamaba la atención era verla bordar llevando de un lado a otro el trapo dibujado, sujeto dentro de unas ruedas extrañas, aprisa, sin detenerse, sin que el piquete de la aguja saliera de punto; en menos que lo cuento, cubría de flores, guías, estrellas y más preciosidades, el trecho encerrado en la rueda. Me daban ganas de hincarme y besar esas manos, que no tenían comparación. Manos de santa se me figuraban. Con perdón sea dicho, en respeto de la difunta: pulgas de ésas no habían brincado en mi petate, como vulgarmente decimos para encarecer a alguna hija de Eva. Por eso, ahora, cansado de ver lo bueno, ya lo regular me empacha. Me aguantaba: corvas son triunfos. No fuera que la paloma se espantara, volara otra vez y se la llevaran lejos, antes de que cuajaran mis buenas intenciones y no se quedaran para empedrar el infierno, como luego se dice; a menos el infierno de la desesperación por los bocados que se caen de las manos y quedan clavados en la memoria, noche y día persécula-seculórum. Tan de buen corazón, tan servicial, Teófila convidó muchachas de los ranchos vecinos para enseñarlas a bordar y a coser. Ninguna de mis hijas, ni siquiera de las que por vivir en Belén se sabe que son mis más allegadas, fue convidada. Yo no lo tomé a desaire. Al contrario: me dio gusto, porque dije: ah, chirrión, esto se pone bueno; la polla me ha leído la cara y escabulle el bulto, largando hilo y disimulando. Déjalas que corcoveen, que ya agarrarán el paso. Donde vuela el gavilán no aletea la paloma. Otras señales había: exageraba delante de mí su seriedad, sus tiesuras, lo remilgoso de sus pláticas; repentinamente se turbaba cuando cruzábamos alguna mirada, o cuando yo le saludaba de mano, y cuando en son de broma le soltaba yo a boca de jarro algunas indirectas y flores, como el día que le dije: faltan ojos para ver las bellezas que hace Dios; y en otra oportunidad: hay veces que un ocotito provoca una quemazón. Ella nunca había vuelto a preguntarme, ni a tocar cosas de mi vida y milagros, notándosele por un lado las ganas de hacerla, y por otro, que se refrenaba. Soy chato, pero las huelo, y más sabe el diablo por viejo que por diablo. Tampoco se disgustó ni me respondió, pero se puso colorada, y creo que hasta temblorosa, las ocasiones en que le lancé pullas más directas: contigo la milpa es rancho, y el atole champurrado; el que fuere enamorado que no pierda la esperanza. *Yo esperaba un tapón, que para eso era fina, o por lo menos que me dejara con las palabras en la boca. Se hizo disimulada. Por todas estas cosas, no tomé a desaire lo de mis muchachas. Entonces, con todo descaro, fui yo el que le llevé a Plácida, mi hija. —Mira, Teófila —le dije—,* aquí quiero que me la enseñes a manejar la máquina como sólo tú sabes hacerlo; pero sobre todo a que aprenda bien el catecismo y a leer el Año Cristiano; ya daré mis vueltas para informarme de su comportamiento; aconséjamela y no tengas miedo de regañarla, jalarle las orejas, las trenzas y darle de coscorrones como si fuera tu hija; lo necesita; de la recompensa, no tengas cuidado; aquí autorizo a Rómulo para que descuente de lo que me debe, lo que sin consultarme decidan ustedes, con toda confianza. *Ni a ella ni a sus padres les di tiempo de replicar. Me despedí con rapidez, dejándoles atravesado el estoque. No sé si por gusto, por caridad o haciendo de tripas corazón, el caso es que Plácida le bebió los aires y en un santiamén aprendió a cortar, coser y bordar; lo que no pudo o no quiso fue leer el Año Cristiano ni meterse el catecismo en la cabeza. Con el pretexto de llevar y recoger a Plácida, casi no había día que yo dejara de ir a Betania. Teófila cada vez más me llenaba el ojo, cada día le descubría cualidades nuevas. Recuerdo que una mañana salió muy catrina, con botas, de esas de tacón alto y amarradas hasta muy arriba del huesito; no sé cómo en un movimiento se le descubrió la pierna, y a modo de relámpago pude vérsela: llevaba medias de popotillo, y la carne, ceñida por la bota, se torneaba en forma que la visión me produjo el efecto de un rayo fulminante; me quedé turulato, sin habla. Con mis visitas tan frecuentes, Rómulo y Merced se ponían muy inquietos; me recibían con cara de palo y me hablaban muy secos; como diciéndome: —lo que* quieras de la cerca; pero de la huerta, nada. *En cambio, Teófila, muy digna, muy afable, había vuelto a tratarme con mucha naturalidad, pero sin separarse de Plácida no daba ocasión a que yo me franqueara; dándose siempre su lugar, mantenía una distancia entre ella y yo, que no era cosa de colocación material, sino de respeto, que me infundía yo no sé con qué artes. Del ánimo retachaba yo al desánimo como pelota. Por primera vez pensé en mis años. Era cierto: le llevaba treinta de ventaja, pero ¿había quien se me pusiera enfrente? Me sentía lleno de vida, resistidor, ágil, capaz de darles raya a los muchachos, uno por uno y en montón. Si es verdad que el corazón no envejece: el cuero es el que se arruga, a mí no me había salido ninguna, ni canas. Muy negro, mi bigote, muy colorado el rostro, brillantes los ojos, recias mis manos, mis piernas de fierro, era yo un fresno corpulento, para no decir que toro. Con eso, a medida que aumentaban mis ansias, me sentía desarmado frente a Teófila; me sucedía lo que a veces a los coyotes, magnetizados con ciertas miradas de las gallinas. Vine luego a descubrir que Felipe y Jesusito, mis dos hijos mayores, andaban tras Teófila. De pronto me agarró grandísima rabia.* —Si se me atraviesan en mi camino —*dije hablando solo*—, hallarán lo que buscan: el muchacho malcriado donde quiera encuentra padre: hijos crecidos, trabajos llovidos: hay quien cree que ha madrugado y sale al obscurecer: mojicones en casa ponen orden. *Jesusito era de la misma edad que Teófila. Felipe le llevaba cinco años. Hasta coraje me dio acordarme del refrán: cada oveja con su pareja, que me hizo reflexionar, pero no bajar de mi mula. Estaba resuelto a pelearles la polla a como dieran lugar.*

—Madrugadora.
—Flor de leche.
—Azucarada.
—Lucero de la oración.
—Canela.
—Coronada.

Volvían las vacas a los corrales, cruzando la plazoleta, frente al corredor de la Casa Grande. La voz hombruna de Plácida las arreaba.

Plácida se había constituido en ama de la Casa Grande.

Trujillo la consagra su hija más allegada. Él mismo, gruñendo y manoteando, ha caído bajo la tiranía de la heredera, como niño chiqueado, con tal que no le limite la guzguería. Mandona, maniática, regañona, incapaz de admitir que la contradigan: esto es lo que, por principio de cuentas, Plácida hereda de su padre. Hace y deshace. Nada tiene de Plácida: inflamable como yesca o algodón.

Su mismo hermano, el temible don Felipe, le alza pelo. Su hermano don Jesusito, el mustio, extrema melosidades en presencia de la que, por debajo del agua, llama *doña Ventarrón, madre de aire, coronela dragona, cacica en greña.*

Por parejo, Plácida trae de la gamarra a familiares y arrimados. Comenzando con Amanda, concubina supérstite, que don Epifanio conserva en Belén: *—por antigüedad y méritos en campaña.*

Sombra de lo que fue, Amanda tiene aire de animal espantado; pasa la mayor parte del tiempo metida en rincones donde nadie la vea; cuando aparece, anda de prisa, escondiéndose, ajena a lo que la rodea. Ella, tan chula en otro tiempo, tan modosa, tan segura de sí misma, tan prudente y paciente, infatigable para el quehacer, y para esperar al señor Epifanio, consecuentarlo, aguantarle con buena cara sus intemperancias y cambios de genio, hasta sosegarlo, ponerlo contento, lograr que se riera, que permaneciera despreocupado en la casa, olvidadas las demás querencias, hoy no encabeza nada: se reduce a obedecer sin palabras lo que manda Plácida. Tan afecta entonces al orden y la limpieza, hoy lastima su descuido; nunca fue mujer de mucho hablar: le bastaban los ojos, el semblante, los ademanes naturales para ser elocuente; ahora, sobre muda, sus ojos no tienen expresión; su cara, sus brazos y demás miembros parecen de palo, con goznes enmohecidos. Poco a poco ha ido arrumbándose, como trasto de más en más inservible.

Cuando tomó estado con don Epifanio, Amanda tenía quince años. El señor la instaló fuera de la Tierra Santa, en el rancho de la Barranca Honda. Sus ocho hijos nacieron allí; tres de ellos allí murieron; allí permaneció soterrada trece años, que habrían de ser los más felices de su vida.

Su señor y amo la trasladó, con todos los honores, a la primacía de Belén, y la hizo cargo del gran Recogedero de Trujillos desmadrados, para lo cual su capacidad se hallaba comprobada de sobra, pues le habían quitado hijos, y entregado los de otras mujeres, a los que trató como madre excepcional. Ninguna barragana cumplió como Amanda los planes de don Epifanio en este terreno. Propios o extraños, no hacía diferencia de niños; comían lo mismo, y juntos; los traía igualmente limpios; lavaba, remendaba y planchaba para todos; repartía premios y castigos con equidad; los hacía sentirse unidos; consiguió desterrar hasta las intenciones de pleitos y de tratos groseros. Estos cuidados no le impedían hallarse lista para recibir al amo, que jamás anunciaba sus llegadas, ni tenía fecha fija ni hora para llegar; al momento estaba la comida, bien sazonada, servida en trastes relucientes de limpios, sobre manteles recién planchados, en una casa que por lo aseada y silenciosa parecía carecer de niños, cuando la verdad es que llegaron a doce los que allí convivían. Si el señor quería reposar, indefectiblemente hallaba la cama tendida con ropas albeantes y, a la mano, botellón y vaso, aguamanil, jarra y jabón, listos para servir. Mayor era el esmero de Amanda en tener arregladas las mudas de ropa, que don Epifanio prefería a las de sus otras casas, comprendida la de Belén. Pero lo que lo hacía respirar a sus anchas en la Barranca eran los niños: educados, respetuosos, hermanables, adictos a la madre, calladamente alegres en presencia del padre, sumisos. —*Estos son méritos, y no los de don Porfirio Díaz* —gritaba don Epifanio, lleno de gusto. Y permanecía en la Barranca más tiempo que en Belén o en cualquiera de sus demás guaridas.

El primogénito de Amanda es don Jesusito, y el último en serie arrebatado por el progenitor. No volvió a verlo, ni a saber de él, ni se atrevió a preguntar por su paradero, hasta que fue llevada a la Casa Grande, donde lo halló convertido en el segundo varón de la dinastía, balanceando las atribuciones asignadas al primero, don Felipe, quien había sido enviado a la Barranca para ocupar la vacante de Jesusito, y estuvo dos años bajo el cuidado de Amanda.

En el plan patriarcal, Felipe tenía reservado el papel de la fuerza; sería, según la expresión de don Epifanio: —*el respeto de la casa*; en el término quería comprender los intereses completos de los Trujillo: tierras, gentes, ganados, créditos, incontables ambiciones de todo género. En cambio, Jesusito tenía el cargo de la maña, con apariencia de bondad: era el gato, mientras Felipe representaba al tigre. Don Epifanio les impuso el tratamiento: *don* Felipe, *don* Jesusito. Ni tardo ni perezoso, el vulgo les añadió calificativos; al primero: *el extorsionador*, o corrientemente: *el exprimidor*; al segundo: *el componedor, el mátalas callando, el friegaquedito, el moscamuerta, el uñas de gato*; y a los dos, las antiguas mentadas: *lóndigos, mostrencos, bastardos, méndigos, mecos, desmadrados...*

Amanda encontró a don Jesusito convertido en extraño; no sólo no dio señal de que lo alegrara el reencuentro, sino que pareció contrariarlo, aunque lo disimulara y aparentara otra cosa; dio en llamarla doña Amandita, con equívoca melosidad que no se sabía si era con fianza cariñosa o desdén zumbón, cuando lo que buscaba era el modo de no reconocerla expresamente por madre, sin que nadie pudiera tomárselo a mal. Desde un principio marcó la distancia que debería separarlos en lo sucesivo; supo hacerlo sin palabras ni gestos, mediante descargas magnéticas de frialdad, ocultas en fingimientos, que las hacían más duras.

No es que don Jesusito renegara o se avergonzara de Amanda. Por lo contrario, se sentía satisfecho de conocer madre, mientras tantos de sus numerosos medios hermanos ignoraban quién los había echado al mundo; guardaba los mejores recuerdos de Amanda, de su belleza y de sus virtudes, que él creía haber heredado en mucho; añoraba las alegrías de su infancia en la tranquilidad y limpieza de la Barranca; siempre suspiró por las atenciones llenas de delicadeza y por el tacto en que fue criado: delicadeza y tacto que también creía poseer; mentalmente saboreaba con frecuencia las palabras: *mama, mamá, mamacita, madre*, como frutas apetecibles, imposibles, o bienes perdidos.

Pero los años de desarraigo materno le habían formado una segunda naturaleza de disimulo, de marrullerías. Era una corteza profunda, blanda en apariencia. —*Parece que no quiebra un plato y es capaz de acabar con la locería*— lo define su padre, y en expresión de complacencia por el cumplimiento de sus planes relativos a Jesusito, añade: —*Más vale maña que fuerza*; sentencia entrañable de superioridad sobre la misión brutal asignada a Felipe.

Ladino al hablar, tanto por lo que dice, como por el timbre atiplado, Jesusito lo hace calmosamente, bajando la voz, entre tímido y respetuoso, al grado de costar esfuerzo seguir sus palabras y entenderlas, más aún cuando se anima y las profiere con rapidez; habla de un hilo, sin lugar a que lo interrumpan, sobre todo cuando está empeñado en convencer, enredar, o llamar la atención hacia rumbos distintos a los de su interés; le encanta andar con muchos rodeos y cobear, dándole a cada quien por su lado, lleno de modulaciones inventadas en provecho propio, para dormir incautos. Cuando habla, dibuja sonrisas, dengues y parpadeos de inocente; juega las manos, frotándolas; tuerce la cabeza con ingenuidad. Se dice que aprendió estos movimientos cuando resuelto su destino por don Epifanio, éste lo mandó a Clamores y allí lo tuvo dos años encargado al cura, en cuya casa vivió y cuya huerta cuidaba.

Nadie como don Jesusito para posesionarse de los papeles que debe representar. Nadie como él para compadecer, lo mismo que para desenfrenar esperanzas y apetitos, o aplacar descontentos. Parece contagiarse con la tristeza o el gusto ajenos. Aun conociéndole lo embustero y falso, aun a sabiendas de que ha de entendérsele lo contrario de lo que dice y promete, la labia del Trujillito deja encandilados, atajados, azonzados a los paisanos; no les da respiro ni tiempo para replicar, para reflexionar; los lleva y los trae al trote, zangoloteándolos; les tapa salidas y razones; los hace reír, los desvía del asunto que traían, los descarrila, los hace decir *sí* a lo que pensaban responder *no*; y todavía salen contentos de lo buena persona que don Jesusito es, lo prudente y jalador, lo distinto a la fiera de su hermano don Felipe, que no atiende razones, ni sabe de buenas palabras. Arrastrados por la facundia y las suaves maneras del Jesusito —*tan fino, válgame Dios*—, copados, atrapados, más que por las uñas, por los ojos fascinantes del gato, se van convencidos de que lo negro es blanco; cuando reflexionan y tratan de regresar con alegatos nuevos, ya pasó la ocasión, ya don Jesusito se salió con la suya y los amoló: ya le dieron la palabra, le firmaron la escritura, le vendieron de balde, los hizo renunciar a su derecho, por más que trinen y se den con la cabeza contra el suelo, confesándose tarugos, arrepintiéndose de haber ido a dar en la boca del caimán, conociéndolo. —*Los vivos viven de los tarugos, y éstos no más de su trabajo.* Ya les ha sucedido al mismo Felipe, a la misma Plácida. —*De que la perra es brava, hasta los de casa muerde.* Sólo se le ha escapado su padre: —*Todavía no se ha llegado el tiempo de dar machetazos al Caballo de Espadas, ni que los patos les tiren a las escopetas.*

Tampoco el menosprecio del hijo, la mayor de las puñaladas que había recibido, arrancó una queja, siquiera un parpadeo de Amanda. Con doblado ahínco procuró servir al ingrato, sin ser advertida. Lo que le dolía no era verse humillada —curtida por la costumbre, ni lo sentía—, sino descubrir la falsedad habitual del Jesusito, tan distinta del carácter que le había inculcado; y todavía más le dolía que disfrazara sus dobleces con la bondad y los usos en que lo educó.

Por primera vez, muy a lo escondido de su voluntad, Amanda sublevó su impotencia contra la determinación del señor Epifanio, que así había cambiado el buen natural del muchachito, y para eso se lo quitó, para convertirlo en mal hombre, hipócrita, sirviéndose de las cualidades que la madre le fomentó, y ahora eran puras apariencias que facilitaban maldades, igual a redes donde atrapar animalitos inocentes.

Otro cambio acechaba. Pronto sobrevino. A poco del traslado a Belén. Sin motivo. El amo dejó de tratar a Amanda. Luego la despachó a dormir a una pieza retirada. La obligó a cargar con los tiliches que trajo de la Barranca. La fuerza del silencio, de las miradas, de la diligencia en adelantarse a los menores caprichos del señor, con lo que hasta entonces apaciguaba sus arrebatos, dejó de servir. La seguridad en sí misma comenzó a flaquear.

Faltaba lo peor. Llegó. Tampoco hubo motivo. El dueño dio señales de serle insoportable la presencia de la barragana. Señales que luego se convirtieron en accesos de furia. El encontrarla o verla de lejos lo ponía fuera de sí, loco. No, no eran efectos de la luna nueva. Enfermedad rara. Ni la canícula. Distaba el día de San Bartolomé. Un mal desconocido. A la vista de Amanda le pasaba lo que a los perros rabiosos a la vista del agua. El alejamiento de la mujer lo sosegaba. Ésta contrajo aire de animal espantado, dio en meterse a rincones donde nadie la viera, dejó de andar limpia.

Tan inesperadamente como los accesos de rabia, un día el señor mandó llamar a la señora. Encerráronse. De allí en adelante se alternaron sin regla las acometidas de furor cuando la veía, y los llamamientos imperiosos a su lado. Éstos eran acercamientos de violencias inconducentes; el señor se arrastraba de las crisis de llanto a los chubascos de gritos, amenazas, improperios, blasfemias; de innobles, torpes, inútiles vías de hecho, al arrepentimiento y los propósitos de enmienda; en sus manos, la mujer ya no lo era, sino hilacha, bagazo: se le habían secado los ojos y los nervios, rotas todas las cuerdas, que antes tan melodiosamente vibraban.

Una de las vesánicas entrevistas terminó con correrla, despachándola a la Barranca. Ninguna cosa mejor deseaba la desgraciada. Mas no transcurría un mes cuando personalmente fue por ella y la restauró a la Casa Grande. Amanda no articuló palabra, no se quejó, no demostró sensación alguna. Plácida, como todas las tardes, arreaba las vacas con gritos hombrunos, y disimuló el coraje ante la pareja que regresaba. Ya en el corredor, multiplicada por los ecos de la hora y del rancho, la voz áspera de la hija chicoteó las orejas del viejo:

—Esa máquina de Teófila.

—Teófila.

—Fila.

—La la.

—Aaaa...

—*Si hay santas en el cielo, Teófila es una de ellas: ni duda cabe. Y yo con mis carambadas, yo, yo, yo fui la causa de su muerte. Tampoco me cabe la menor duda. No que yo la hubiera matado. Sería mucha pretensión. Dios la mató, pero por culpa mía. El bien, cuando es más querido, más pronto se ve perdido. Por mis carambadas. Lo recuerdo con la misma claridad que cuando me cayó el rayo, juntito de mí, matándome a la yegua Golondrina. Cuán cierto es que lo bueno se va o se muere. Fue dos días antes de que la chula cayera en cama para ya no levantarse. Yo seguía más fuerte con mi sonsonete:* —Atórale que es mangana, porque se te va la yegua. *Ese día tuve modo de hablarle más corto, sin la presencia de Rómulo ni Merced. A las mujeres y a los charcos no hay que andarles con rodeos. La paloma se me quedó mirando con lástima. Por fin habló. Me dijo:* —Usted no tiene compostura, eh; si Dios quisiera llevarme a cambio de sacarlo de tantos atolladeros. *Tenía voz y cara de santa, de las que llaman mártires. Yo, todavía riéndome, volví a la refriega, con mi demencia. Comencé a replicarle:* —De lo que veas, cree muy poco; de lo que te cuenten, nada. *Pero había echado a correr, gritándole a su madre que allí estaba yo. Sobre la marcha, Dios le tomó la palabra. Bien a bien comprendí su alcance hasta cuando la cosa no tuvo remedio; y todavía más, después de que murió, a medida que pasaban los días. Nunca hice tan poco tiempo entre Belén y Betania como al* saber que a Teófila le había pegado el tabardillo. Corrí como alma que se lleva el diablo. Todos esos días fui y vine, acarreando de Belén lo que hiciera falta. Eché realada con todos los curanderos de los alrededores. Hasta mandé traer a como costara, peso sobre peso, al médico de Clamores, que jamás había querido cruzar la sierra y venir a este desierto. Por luchas no quedó. Mis carambadas fueron más fuertes en el ánimo de Dios, y se la llevó. Ni acordarme quiero. Ni la vez del rayo, ni si se me hubiera venido encima el cerro de la Tapona, podrían compararse con ese fin del mundo, sobre todo porque me reconocía culpable; me taladraban las palabras de Teófila, dos días antes de caer enferma. Y a nadie podía revelarle lo sucedido, aunque me impulsaba confesárselo al cura de Clamores, que había venido con el viático y la extremaunción; pero aparte de que siempre abomina de verme, ese día echaba lumbre por tantas cosas que sin parar, sin que nadie pudiera contenerme, yo le gritaba a Dios. Más tarde supe que aquella desesperación dio lugar a muy feas habladas. Fue mío el empeño de que la enterraran como angelito. Les extrañó que la idea saliera de mí, que siempre motejo la costumbre. —No sólo ángel; Teófila es una santa, hecha y derecha —les decía yo. Me respondían que la difunta estaba por cumplir veinte años, y que el purgatorio, y que sería tentar a Dios, porque sus justos juicios allá Él, y que no estaba bien, que parecía burla, que se lastimaría todo el mundo, y más de alguien se reiría y recortarían con tamañas tijeras, y quién sabe cuánto más. Yo había mandado prevenir lo necesario. Rómulo resolvió que no, suplicándome en forma que por respeto a la difunta yo no siguiera terqueando. Tan yo estaba casi avenido al casorio, tras darle muchas vueltas, y seguro de no haber otro camino tratándose de esa chula, que por esos días me deshice de varias de mis querencias, indemnizándolas a todas, y Amanda misma volvió a la Barranca, a pesar de los méritos que le reconozco: me dio trabajo resolverme. Quien se acostumbra a lo bueno, desprecia lo regular. Con la muerte de Teófila me cambió hasta el color del sol; el aire olía distinto; me entró una pereza por todo; pereza de la que no he vuelto a salir, y cada día peor, con la gordura. Fue mi consuelo: beber

y comer como puerco; estarme sentado, como piedra, viendo pasar
las horas inútilmente. Quien ha bebido en pocillo, no vuelve a beber en jarro. *Ni los caballos, ni las caminatas, ni las querencias me*
llaman la atención. Acabé por no salir para nada. Y ahora, aunque
quisiera. Si Amanda volvió a Belén fue por lástima: es una ruina,
un desperdicio, y Teófila misma hubiera aprobado esta caridad con
alguien que no tiene a dónde voltear en el mundo, ni valerse por ella
sola, inutilizada como está; independientemente de sus méritos y de
lo cumplido que soy con mis obligaciones; a ésta ni modo de indem-
nizarla y largarla: se moriría como perra vieja, baldada, y además es
la madre del señor Jesusito, y además hace falta una señora en Belén,
para que no se diga otra cosa, con Plácida de por medio, aun que sea
señora pintada, como es el caso, que ni queriendo ni pudiendo habría
peligro, y precisamente por eso, así es que por este lado salimos del
atolladero, como prometió Teófila. Se dirá que hasta cuándo; pero
nunca es tarde cuando el bien llega: hoy estaría dispuesto a levantar
la capilla por mi cuenta sin necesidad de ayudas, con tal que fuera
para santa Teófila y permitieran ponerla en el altar. Pero no puedo
contar a nadie nada de lo de Teófila, pues ya lo dice el dicho: lo que
es para sí no es para nadie. Hasta lo de la máquina. Tengo que servir-
me de Plácida para disimular mi gran interés. Vengo ahora explicán-
dome las historias que cuentan las guerras por hacerse de reliquias.
La máquina de la santa. En Belén hará milagros. Esto es. Vendrán a
tocarla desde tierras lejanas. Y no habrá engaño como lo de las inven-
ciones y apariciones que se me ocurrían. Es la máquina, la verdadera
máquina de la santa. Será como si ella misma bajara del cielo y resi-
diera en Belén. Llegué a ofrecerle a Rómulo echarle borrón y cuenta
nueva a todo lo que me debe, con tal de que por las buenas me traiga
él mismo la reliquia.

—Exprimidor.
—Friegaquedito.
—Madre del aire.
—Mecos.

—Lóndigos.

—Méndigos.

—Desmadrados.

Por parejo, sin distinción de pelo ni señal, don Epifanio daba trabajo en el campo a sus presuntos hijos, y les procuraba oficio, cuando aún podrían considerarse párvulos y se hallaban lejos de la selección final dentro de los designios paternos.

A medida que crecían, los iba responsabilizando de alguna labor, hasta el momento de darles la independencia, si habían probado merecerla. Entonces los colocaba en distintos ranchos, les entregaba un pedazo de tierra y aperos, les daba casa, caballo y armas. Lo principal era pasarles con cierta solemnidad el derecho al apellido.

Para llegar a esto, deberían ante todo ser aprobados en el examen de *lo hermanables y partidos unos con otros*, como el patriarca denominaba la prueba. Prueba de muchos años, minuciosas tretas, tenaces e implacables observaciones por parte de don Epifanio, que se auxiliaba con ejércitos de circunstancias y factores indirectos, remotos: fueran las opiniones de vecinos insignificantes, el herraje de animales de servicio común para varios hermanos, el estado de cercas y puertas de mano limítrofes en parcelas familiares. Práctica invariable del *sistema* era juntar a varios hermanos en la misma tarea, y mancomunarlos en la posesión de tierras. *Lobos de la misma camada siempre andan juntos.*

Los que no pasaban con desahogo esta prueba de ciega solidaridad eran dejados de la mano del padre, así los hubiera llevado a bautizar y dotado de nombre definitivo. Tenían que salir de la Tierra Santa o quedar de medieros o peones, abandonados a sus fuerzas, cuando no rodeados de hostilidades.

Con las hijas mujeres el procedimiento era muy semejante; sólo que permanecían mayor tiempo bajo la vigilancia de la madre, propia o postiza.

El aparejamiento marital de los descendientes era objeto de resoluciones individualizadas. Trujillos había —mujeres y hombres— a los que se les deparaba exclusivamente la solución del matrimonio como Dios y el Gobierno mandan, mientras otros —particularmente mujeres— deberían permanecer solteros a perpetuidad, sin remisión; algunos varones quedaban autorizados tácitamente a seguir el ejemplo paterno de poligamia.

En uso imprescriptible de la patria potestad, el jefe del clan se reservaba y ejercitaba la atribución de descasar y recasar a sus hijos —lo que ha sucedido en repetidas ocasiones—, mediante juicios ejecutivos, inapelables, acerca de la selección y aprobación erróneas de yernos y nueras.

El apartarse de las decisiones del soberano familiar en esta materia, capital para la tribu, es condenarse al abandono, la hostilidad y la persecución. Los desobedientes no pueden quedarse ni de mozos en la Tierra Santa.

Los elementos de juicio que sirven a don Epifanio en estos asuntos, no difieren de los aprendidos con la experiencia de arriero y ganadero. Los compendia en interminable chorro de refranes.

—Gallo, caballo y mujer, por su raza has de escoger.

—Caballo que llene las piernas, gallo que llene las manos y mujer que llene los brazos.

—La comida y la mujer por los ojos han de entrar.

—Con todo jugado, mucho cuidado.

—La mujer mala o buena más quiere freno que espuela.

—La mula es mula y cuando no patea recula.

—La cobija y la mujer, suavecitas han de ser.

—La que al toser te entienda, tiene buena rienda.

—Al que se acuesta con luz, aunque le apaguen la vela.

—Ni grullo ni grulla, ni mujer que arguya.

—A tu palo, gavilana, y a tu matorral, coneja.

—El freno a la yegua al diente y a la mula hasta la frente.

—Yegua grulla o flor de durazno, mejor asno.

—Hijo de tu hija es tu nieto: hijo de tu hijo, quién sabe.

—Garañón que no relincha...

Historia ya casi olvidada por los que la supieron, es la de Miguel Arcángel. Don Epifanio hubiera querido también olvidarla, en la medida de su rencor por el ingrato; pero no es hombre que pierda pistas, y ha seguido, con creciente preocupación, la del hijo maldito.

Miguel Arcángel —así en definitiva lo bautizó, y es uno de los contados hijos que ha llevado a confirmar en las visitas de obispos a Clamores— fue de los primeros en recibir el apellido, durante una comelitona en El Cabezón, que así seguía llamando el amo a Damasco, por ir contra la corriente o por hereje. Miguel Arcángel —primero entre los nombres de la lista que don Epifanio había ido formando antes de que tuviera hijos, y aun pretendía que siendo muy chico se le reveló en sueños ese nombre, asociado en el cerebro del polígamo a representaciones de guerras celestiales, de lugartenientes invencibles, de justicia en balanzas, de flamígera espada, de monstruos vencidos, de ojos y brazos como rayo, de vestiduras solares, de triunfos seguros— Miguel Arcángel fue la primera gran esperanza del patriarca y el estímulo para redondear el plan tribal.

Don Epifanio se veía en el muchacho. Lo hubo con Sara. —*La mujer alta y delgada, y la yegua colorada.* La conoció en sus andanzas de arriero. Era de un rancho más allá de Clamores. Ayudaba a su madre en la venta de comidas a los caminantes. Les decían las Gallos. Cuando conchavó a Sara, le puso casa en Cuilán, al otro lado de la sierra de Cardos. Allí nació el chamaco. Sara Gallo quiso llamarlo Jacob, en recuerdo de su padre y porque había oído decir que significaba El Fuerte. No le disgustó a Trujillo el significado. —*Ya veremos llegado el tiempo, a ver si la merece.* Lo que pensaba era si merecería el nombre de Miguel, no a secas: demasiado corriente; sino con el alucinante añadido de Arcángel. Casi al nacer comenzó a dar señales extraordinarias. O desde antes, a creer los sueños de Sara y sus abusiones: que si la pateaba en las entrañas al tiempo que oía voces de no sabía dónde; que si sentía galopes dentro del vientre y como si unas manos macizas la agarraran desgarrándola; que si soñando veía constantemente a un mismo muchachuelo, espigado él, trigueño, nervudo, que a veces tumbaba un toro por los cuernos, a veces corría con prontitud de rayo, a veces cortaba bosques enteros en un santiamén.

Epifanio dejó la arriería. Sara fue remontada a la Tierra Santa, e instalada cerca de Torres de San Miguel. Allí creció el muchacho. A todos admiraba por lo increíblemente despierto, audaz, potudo, lenguaraz, ágil como el aire, sin que nada se le dificultara; y al mismo tiempo noble, servicial, de buen corazón, listo para congraciarse.

Eran los principios del sistema: para retirarlo de Sara, Trujillo no empleó la crudeza con que procedería después en iguales casos; pretextó llevarlo a la ciudad para darle escuela. Sara Gallo fue trasladada a Belén, donde permaneció hasta la ruptura entre don Epifanio y Miguel Arcángel.

El patriarca veía realizadas en el hijo la fuerza y la maña, juntas: la fuerza bruta y la soterrada: lo que más tarde habría de dividir en dos personas: Felipe y Jesús. No le cabía duda: Miguel Arcángel estaba hecho para sucederlo en la jefatura de la heredad.

Tan ciegamente lo quería, que le pasó por alto la desdeñosa superioridad hacia los hermanos; dispensa que nunca más otorgaría. Lo que no le toleró fue la insubordinación cuando por sí y ante sí Miguel Arcángel decidió casarse. Inútil que una y muchas veces lo amonestara con el adagio: —*Haz lo que te digo, si no quieres andar quejándote de lo que te haga.* Le quitó la casa y las tierras del Cabezón, que le había proporcionado, y donde colocó a Felipe.

Miguel Arcángel no fue para pelear, como don Epifanio esperaba. Ni siquiera se despidió. Tranquilamente cargó con su madre y dejó un recado: —*Ancho es el mundo, y que allí le dejo hasta su nombre: otro sabré conseguirme.*

Lo hubiera querido borrar de la memoria. Sobre todo por la afrenta de aventar el nombre aureolado: bólido en los cielos de agosto.

Tecolote o coyote, don Epifanio lo siente cada vez más cerca. Sabe —sólo él cree saberlo— que desde su fuga se llama Jacob Gallo, que se hizo rico, que tiene numerosa familia, que quiere adquirir tierras en el Llano de Tierra Santa.

Esto ha coincidido con la inquietud notoria del clan, encabezado por Felipe, Jesús y Plácida. Semejante a la formación de tormentas. Ir y venir. Silencios preñados. Miradas vacilantes. Palabras a flor de labio. Reticencias. Nerviosos ademanes.

El viejo huele la incertidumbre, la zozobra, la informulada pretensión de sus herederos. El vozarrón destemplado, fatigado, trata de articular palabras:

—Asosiéguense, cristianos, no coman ansias, no se me alebresten; los conozco como si los acabara de desensillar, y no por mucho madrugar amanece…

Adelante con la cruz.

—Adelante con la cruz, que se lleva el diablo al muerto —es el saludo acostumbrado de Matiana cuando alguien la busca.

—Órale, madre, véngase no más corriendo, a ver si a tiempo llegamos. Pasó el merito Demonio volando.

—¿A qué cristiano se le llegó?

—Pueden ser muchos. Pasó el Demonio. Se soltó de repente una andancia de cursera o chorrera. Mi abuela es la peor: la dejé boqueando en las últimas, con grandes torzones. Yo también lo vi volar y el zumbido me dejó sordo, creo que se me reventaron los oídos. Dése prisa, ai échese no más el rebozo a la cabeza y vámonos: en el camino le platicaré más.

—¿Y la prevención de remedios? No voy no más a tallarme las manos de inútil. ¿Como bilis, dices? —la mujer busca en un zarzo diversos botes y ollas que acomoda en un morral.

—Todos con cursos y cólicos, del susto. Viera usted qué cosa terrible. Creíamos llegado el fin del mundo. Lo bueno fue que pasó pronto. Un rato más y se acaba todo. Ándele, madre, no coma calma.

—Ya está todo. Síguele. Con que a ver ¿qué sucedió? Bien a bien de tu cuento no he entendido más que lo del mal chorro, y que se les apareció el Chamuco.

—Eso es, ¿le parece poco? El mismísimo Chamuco volando, que todos lo vimos y oímos el ruidazo terrible.

El hombre ayudó a Matiana a montar el burro aparejado. Echaron a caminar. El hombre atrás, arreando a la bestia con un varejón.

—Como si fuera a caernos en la cabeza, sobre las casas. Pasó echando lumbre y humo, con unos ojos como tizones encendidos. Eh, si viera qué feo se siente. Con unas alotas. Todavía traigo la boca amarga. De milagro yo y unos cuantos nos hemos escapado hasta ahorita del derrame de bilis. De allí en fuera, todos: viejos y muchachos. Y eso que no más fue una pasada; cuestión de momentos, que se nos figuraron eternidades. Corredero de gentes, lloradero, rezadero, los labios blancos, las caras de cera, ni tiempo hubo de sacar agua y velas benditas que hay en algunas casas, a prevención. Fueron por ellas. Creíamos que daría la rabieta, que retacharía de vuelta. El viejo Néstor trató de partirlo haciendo cruces al aire con un cuchillo, como hace con las culebras en tiempo de aguas. Nada. No más como se medio meneó, y siguió, a modo de zopilote, pero del tamaño de la Casa Grande de Belén. Dicen que usted lo ve seguido, pero no ha de ser en la forma horrible con que se nos apareció en La Tarabilla.

—Tarabilla tu lengua, infestada del chorro que dices. Ni lugar dejas a que te pregunte para escarbar lo que pasó.

—El mero Chamuco: se lo vengo diciendo. Mire: mi compadre Tobías mató un puerco y nos convidó a los de las casas vecinas. El rancho es chico, usted lo conoce, y las casas no quedan muy lejos unas de otras: allí estábamos haciéndole fiestas al marrano, cuando del rumbo por donde se mete el sol comenzamos a oír un zumbido y, pronto, apareció en el cielo un punto negro, que fue

71

creciendo, así como el zumbido. Pájaro no era. Ni aerolito. Viene derecho al rancho. Sí, por las alas parecía un pájaro gigante, cuando lo vimos cerca. Le brillaban ojos por todos lados. —¡El Diablo! ¡El Demonio! Comenzaron los gritos, el corredero, sin hallar dónde meternos. Por ejemplo, yo en la trifulca, se me vino a la cabeza que si entraba en la casa moriría apachurrado. Un pájaro raro. Yo había oído que tomaba forma de animal dañino; pero en la noche, y que no todos le ven, como no todos ven las ánimas, estando en el mismo sitio que aquel al que se le aparecen. Váyame diciendo: a usted ¿cómo se le aparece?

—¿Y el puerco no estaría enfermo?

—¡Con qué distancia me sale! Está como el incrédulo de Melesio. Yo le preguntaba cómo ve usted tanto el demonio como a los muertos. Cómo se le aparecen.

—En tantas formas, que ya ni a calor me llega. Casi siempre cuando alguien va a morirse o está en peligro.

—Así es que lo zahorina le viene por él.

—Cállate la boca. Yo soy su peor enemiga. Nuestro Señor, permitiéndome descubrir al Maligno, por más que se disfrace, me da a entender las maldades del cuernudo para que yo procure ahuyentaras. Es de no creerse la sarta de alilayas a que recurre.

—Yo no puedo revelar tantas cosas que sé y he visto, con mis ochenta y pilón a cuestas. Es lo de que más sabe el Diablo por viejo, que por Diablo. A la muerte de Teófila, por ejemplo. Salía yo a calentar una cataplasma, cuando voy viendo en el patio a don Pifas en figura de Diablo: tiznado, coludo y cornudo, haciendo mil visajes de gusto; como de rayo di la vuelta —qué cataplasma ni que nada—, y corrí a la pieza para luego luego empezar el sal, alma cristiana y lo demás que acostumbro con los agonizantes. Apenas llegué a tiempo. Yo acababa de dejar a la muchacha más o menos tranquila, y la encuentro retorciéndose, como si se defendiera de que la arrastraran; entro, hago la señal de la cruz, pelo los colmillos, prendo humazos con flor de santamaría cortada en agosto, antes

del día de San Bartolomé, ando por los rincones de la pieza regando
agua serenada con palmas benditas, a todo esto sin dejar de rezar a
gritos; cuando me acerco a la moribunda, se le han quitado los re-
torcimientos, tiene la cara tranquila, sonriente, y así da las últimas
boqueadas; así quedó, muy apacible, con semblante de bienaventu-
rada. Entonces empezó el trabajo con doña Merced y con don Pi-
fas. Una: que gritaba y se retorcía como condenada, implorando la
muerte, por ser ella la única culpable de que Dios les mandara se-
mejante castigo. El otro, con el Demonio metido de querer enterrar
a su gusto a la difunta, declarándola santa —¡miren quién!—, yen-
do de un lado a otro, como perro del mal, manoteando, vociferando
contra Dios; a mí por poco me mata, me quiso agarrar del cogote y,
de perdido, alcanzó a darme una patada: estaba furioso, con razón.

—Había yo llegado a dudar que existiera; cuando menos, que
pudiera ser visto de veras, y no con la imaginación o en fuerza de
sustos, como me pasó una vez, que me llenaron la cabeza con que
el merito Chamuco me hacía la rueda; yo sentía bultos y pasos
en los caminos o detrás de las cercas; veía sombras rodeando el
rancho, en las noches; lo peor eran las señales de mis animales:
el rucio paraba las orejas y ni medio matándolo caminaba; gallos y
gallinas se acurrucaban, erizándoseles las plumas; los bueyes mu-
gían como picados de tábanos o con garrapatas; y sobre todo, los ladridos de los perros eran los mismos de cuando ven pasar la rabia,
inconfundibles; por las mañanas, no hallábamos rastros del coyote,
gato montés, víbora, jabalí, cacomiztle, o de otros perjuiciosos, por
más que regáramos arena, y hasta trampas pusimos; ni desapare-
cían los lechones y gallinas que adrede dejábamos afuera; los como
aullidos que yo creía oír no eran de animal conocido, ni la peste
que olía yo: parecía más bien a olor de azufre y brea; el miedo
fue agarrándome y creciendo. La verdad es que mi conciencia no
estaba tranquila: yo andaba en enredos de judas; mi última gracia
había sido perder, con juramentos falsos, a una muchachilla del
rancho de Trancas...

Tronco y cabeza de Matiana se abandonan al vaivén marcado por la andadura monótona del burro. Ni traza de la vieja famosa, que llena con su nombradía los confines del Llano, y los transpone. Flojo, el cuello deja caer la cabeza rítmicamente hacia adelante. Los ojos clavan su cansancio en la catalepsia de reducido espacio; suelo pelón, regueros de piedrecillas, brincos de la vereda, bichos desbalagados, hormigueros, asquiles en hilo; interminablemente pasan por la retina, sin que la vista parezca recogerlos, abstraída. Liviana de ordinario, ligera como ardilla, rápida y categórica en sus observaciones, aguda en sus sarcasmos, sin pelos en la lengua, la sibila del Llano se queda de pronto ensimismada, sin oír, sin responder; y esos silencios presagiosos infunden ansiedad y terror.

Imperturbable prosigue la narración del cliente, ajeno a la desatención de la vieja:

—Una noche dije —*qué caray*; me armé de valor y de una carabina; frente a la casa del rancho brillaban dos a modo de tizones, y por otro lado una gran sombra se movía en amenazas furiosas; apreté los ojos; disparé. ¿Me oye, doña? No vaya a soltar la risa...

La cara lisa de Matiana, como laja de río en que lavan las mujeres; caras sin arrugas, pulida por años de lágrimas, rechupada por el sol y los vientos en largas jornadas. Matiana siempre se halla presta para echarse al camino e ir —cerca o lejos— a la cabecera de calamidades —llueva o truene—, sin pendiente de abandonar su casa, ni de obtener recompensa. Dentro de hundidas cuencas, el fulgor agudo de los ojos, mezcla de aguililla y búho, que no todos pueden resistir. Los lagrimales profundos, como cauces de pedernal, enjutos. Nadie ha visto nunca llorar a Matiana; pero su rostro ha sido tallado por siglos de llanto. Rostro atezado, limpio, con huellas iguales a las que sobre las piedras de lavar, en el río, deja el restregueo diario de jabón y lejía, en años y años. La puerta de Matiana está franca —de día y de noche— al consejo y a la consolación, al remedio y al conjuro, a la comunicación con lo invisible. Las manos huesudas, forzudas, llevan y traen del otro mundo a la tierra, y de la tierra al más

74

allá: privilegio terrible que consume y mantiene las energías de la mediadora. Apariencia de pájaro y fortaleza de mezquite. Las generaciones han perdido la memoria de cuando Matiana era ya Matiana. Bisabuelos y tatarabuelos cuentan que no ha cambiado de como la conocieron siendo niños. —*Enterrará a nuestros choznos* —dicen—, *y seguirá correosa, como vara de membrillo.* En la yema dura de los dedos siente la circulación oculta de los espíritus que dañan o benefician a los vivientes. Nadie conoce como ella, en el Llano y sus alrededores, las virtudes y los venenos de la naturaleza en sus tres reinos; ni la manera de usarlos o prevenirlos.

Las consejas murmuran que Matiana desciende a los infiernos en las noches y cuando queda ensimismada.

—*Las gentes por dentro ¡qué más infierno! Si el justo peca siete veces diarias, en mi vida no he completado siete justos, con todos los pasaderos que, digamos, hacen su docena de pecados al día, y esto casi siempre porque no les alcanzan sus fuerzas para más, a no ser que con el pensamiento. Mis ojos me hacen sufrir, agotándome, cuando hasta sin querer escarban, esculcan, escudriñan interioridades. La exigencia de don Pifas para adueñarse de la máquina es pura venganza, ruin venganza. Él cree, sin decirlo, que cariño y hasta devoción. Otros creen que avaricia común y corriente. También sin animarse a decirlo, el lángara llega a pensar que remordimiento, porque según él no encontró Dios otro modo de quitarle de las garras a Teófila, y ella ofreció su vida por la conversión del manadero; con lo que a éste debe la muchacha el goce de la gloria, o sea: nada de remordimientos: pura presunción. Y él, ancho, con la ocurrencia de haber cambiado de vida por milagro de Teófila. No se ve las entrañas, que antes fueron establo de demonios, y hoy son gusanera que revienta. Eso es lo que lo ha obligado a dejar el trote: su tragonería sin rienda, en engrasamiento del corazón, el oguío, el mal de orina, la mala leche reconcentrada, empedernida con tantas maldades; por ejemplo esta última de quererse quedar con la máquina, por venganza vil de agravios viejos y recientes: la defensa que de lo suyo hicieron Rómulo y sus hermanos a la muerte repentina del difunto Teódulo, para nada, porque al fin de cuentas Pifanio arrebató con todo, a la mala; luego, que Merced, compadecida, tuvo en su casa, unos días, a Sara Gallo, cuando ésta corrió de Belén, y mientras la recogía su hijo Miguel; más tarde vino el capricho de cargar con Teófila, donde se topó con pared maciza y alta, lo que nunca perdonó, ni olvida; su mayor inquina es que olió las intenciones de Merced: desesperada por el temor constante de que algún día, a la fuerza, el garañón los deshonrara, soplándose a la muchacha, invocaba día y noche al Ojo, a la Mano de la Divina Providencia para que se acordaran del maloso, le descargaran un rayo o de cualquier otro modo lo mandaran al otro patio; prometió mandas a todos los santos conocidos; y, el remedio con el trapito, por lo de a Dios rogando y con el mazo dando, Merced anduvo cazándolo para tomarle la medida a la descuidada, con un listón, que llevaría luego a colgar a la imagen milagrosísima de San Benito de Palermo, que se venera en su ermita de Cuilán, y no jierra en conceder a sus devotos el favor de quitarles de encima, en plazo que no pasa de quince días, al prójimo del que le han llevado la medida, y que irremisiblemente se muere, así esté bueno y sano. Eh, Santo Negrito tan cumplidor. Merced tenía lista la cera y la limosna del encargo; le faltaba lo principal: no hallaba modo ni ocasión de medir al aborrecido, ni tenía quien le ayudara, pues a nadie quiso comunicar la treta. En eso se vino la enfermedad y muerte de Teófila. Por eso Merced se volvió loca, creyendo que Dios le quitaba lo que más quería, en castigo de haber tramado la muerte del cochino garañón. Para éste no hay cosa peor que le deseen eso; peor que si alguien intentara de veras matarlo. Algo maliciaba las intenciones de Merced, y algo que soltó ésta en su desesperación, acabó de revelárselas. A mí nadie me lo dijo: fui atando cabitos: el listón, la cera negra, los gritos de Merced junto al cuerpo de su hija: —Eso me saqué por desear males ajenos; y más que todo, el maldito poder y la costumbre de penetrar las conciencias. El usurero sabe de sobra*

que mientras Merced no cambiará la máquina de Teófila por todos
los tesoros del mundo. Rómulo, puesto a escoger entre la máquina
y la tierra, no dudará en quedarse con ésta. En eso consiste la ma-
yor maldad: en que, peleándose con encarnizamiento de chuchos,
Rómulo y Merced acaben distanciados, habiendo sido tan unidos.
Fácil es apurar el plazo de la justicia y cortar el hilo del que cuelga
la vida del inmundo. Pero no: su destino es otro, para mayor escar-
miento: que se lo corten sus propios hijos. Tenemos que esperar. Lo
huelo, lo veo. Veo venir a Arcángel. Veo a Felipe, a Jesusito, a Pláci-
da, seguidos de la chusma incontable de bastardos. Ninguno falta.
¡Qué más infierno!

—Adiós miedos. El gato resultó ser de un vecino, y el buey
traía el fierro de los Trujillos. ¡Santo remedio! Por eso dudaba del
Diablo, hasta ayer que lo vi sin lugar a dudas, no nomás yo: ya
verá pronto el testimonio de tantos enfermos. Qué ¿viene dormida,
doña? ¿me oye?

—¿Has oído mentar un Jacob Gallo?

—Újule, a qué distancia despierta, doña —el acompañante
rasca la nuca en seña de reflexionar. Creo que sí, un fulano Gallo,
por cierto con la pinta entera de los Trujillos, hasta recelo tuve.
Fornido, buen jinete, nervioso, muy vivo y preguntón. Hace poco
pasó por La Tarabilla para este rumbo de Betania. Yo, por las dudas, pico de cera; bien amarrada la lengua.

—¿Cómo le hiciste, tú, tan boquiflojo? Y el Gallo ese ¿qué
preguntaba?

—Verá, madre. Déjeme recordar. Pues... creo que del precio
de las tierras; de cómo nos habilitamos para las siembras.

—¿Y de los Trujillos?

—Algo. Algo. No me acuerdo. Sí; que si había pleito entre
ellos, entre don Felipe y don Jesusito, entre los hijos y el padre.
Bien a bien, mal recuerdo.

La Justicia es atributo de Matiana. La imparte a beneficio de
desvalidos. No es menester que se la pidan. Cuando le presentan

quejas, nada responde, no mueve músculo alguno del rostro; a lo sumo, interroga breve, secamente; si la injusticia raya en iniquidad, acaso se vea un relámpago en los ojos enigmáticos. Ni promete, ni amenaza. Entra en sí misma, se reconcentra en el fondo de sus potencias. En el fiel de su conciencia va pensando las causas, midiéndolas. Libre, serena, fríamente. Por sí. Ante sí. La sentencia puede tardar meses, años. Y otro tanto la ejecución. La inquisidora necesita que descienda el soplo sobre las dudas; espera con paciencia la iluminación que haga transparente el juicio, sin mezcla de pasión personal. Otras veces la sentencia y su cumplimiento son fulminantes.

Sus justicias no necesitan palo ni látigo. Su frecuente ministro es la Muerte. O la incapacidad. Incapacidad o muerte de hombres, animales, tierras, siembras, instrumentos. Antes de las ejecuciones, nadie conoce, nadie puede averiguar el estado de los procesos, ni el plazo de los fallos. Menos aún si son a petición de parte.

—Oiga, doña, ¿por qué usted es a veces tan callada? Se parece al arriero que a los tres días de camino respondió la pregunta.

—Tres días tardaría en hallar la respuesta.

—Lo que le preguntaban era el nombre del huitlacoche.

—Bien pudo ser el de la mula que montaba. No digo los nombres y las cosas: también las personas y hasta los sentimientos se sumen en el fondo de la memoria, no uno ni tres días: meses, años. O para siempre.

—Madre, usted habla medio entre humo, que ni quién la alcance; o según acá decimos: entre azul y buenas noches.

—Humo, gotera y mujer vocinglera echan al hombre de su casa fuera.

Bajaban ya la cuesta de La Tarabilla. Se miraba ya en el fondo el caserío, disperso entre huertas.

—Arriba quedó la mentada Tierra Santa con su tepetatal pelón. Y a todo esto no ha soltado prenda en lo del Diablo, madre.

—Ni tú me has respondido a lo del puerco.

—Ya le dije que a poco usted sale con algo parecido a lo de Melesio, que volvió del Norte incrédulo. Me da coraje acordarme, y se me hace pecado repetirlo.

—Entonces, cállate la boca.

—¿Cómo hace, doña, para no ser curiosa?

—Adivinando lo que quiero saber.

—Adivine lo que dijo el incrédulo.

—No me importa saberlo.

—Dijo una barbaridad.

Cuesta arriba venían gentes a su encuentro.

—Siempre se murió.

—Le tocaba.

—También el hijo recién nacido de Rosenda: le han de haber hecho daño los calostros con bilis por el Diablo.

—¿Lo oye, doña?

—La más viejita y el retoño nuevo, juntos.

—¡El día del juicio!

—Para que no vuelva el Maligno échenos un ensalmo que abarque la barranca entera. Un ensalmo desde la ceja de la cuesta o en el centro del río: donde crea que tenga más eficacia. Un ensalmo como el que echó al Llano desde la cumbre de la Tapona cuando la influenza española o carranzazo, que fue santo remedio.

Sin sacerdotes, ni médicos, ni jueces, ni policías, ¿qué haría el Llano y las tierras fragosas que lo rodean, si faltara Matiana, taumaturga? Se vuelve varias manos para servir; tiene cabeza para ser lo mismo adivina y ensalmadora, defensora, castigadora, curandera, consejera, consoladora, partera y enterradora. En las calamidades públicas y en las privadas. En el desamparo de huizaches y nopaleras.

Analfabeta. Sabe y ha enseñado a leer en las apariencias de personas, cosas y tratos; a escribir y contar en la memoria. Llena de admiración la rapidez exacta con que hace operaciones aritméticas y cálculos como los del tiempo y las fiestas.

Es el calendario popular, en tierra donde muy contadas casas tienen calendarios impresos, y es difícil llevar la cuenta de los días; saber en cuál se vive, cuándo es tal o cual fecha de guardar o recordar. La mayoría de los rancheros están acostumbrados a esta ignorancia; en el alejamiento en que sobrellevan su vida de rutinas, el asunto no les representa sino interés excepcional; saben apenas contar los días de la semana, en relación al domingo, y esto sólo por cumplir con ciertas tareas domésticas, pues pocos pueden hacer la larga jornada del pueblo a misa y mercado: ni tiempo, ni dinero. El calendario de su interés anda de otro modo: las fases de la luna, la posición de las estrellas, la llegada de las cabañuelas, la proximidad o el retraso de las lluvias, la canícula y la calma, el cordonazo de San Francisco, la persistencia o el alejamiento del temporal; en relación con estas señales del cielo: el nacimiento de crías; la preparación de tierras y aperos, a partir de las quemas; las luchas por habilitación; las siembras y contingencias de la labor; las pérdidas o ganancias de las cosechas; en fin: la ruleta de la esperanza y la resignación, a la vuelta y vuelta del tiempo de aguas.

La necesidad, la curiosidad, la devoción o el gusto mueven la junta de los dos calendarios. Se acude a Matiana para saber cuándo hay que mandar al pueblo por las palmas benditas que han de defender las puertas de las casas; por los cordones de San Blas para los males de la gar ganta; por las velas de la Candelaria y el Santísimo para la hora de la muerte y contra las tempestades deshechas; cuándo es el último día en que se puede cortar la flor de la santamaría para formar cruces y coronas que ahuyenten perjuicios y moscos; cuándo es la noche de San Juan para buscar el trébol de la buena suerte y bañarse temprano en el río; cuándo es la fiesta de San Antonio para cumplir las mandas por animales perdidos y matrimonios avenidos; cuándo han de comenzarse los siete domingos de San José, para que resuelva lo que mejor convenga a los pretendientes; cuándo caerá la fiesta de San Miguel para ir al pueblo, y el día de difuntos, y la Nochebuena para ir preparando las pastorelas.

—Eh, cómo pasa el tiempo, y vuelve el año con sus mismas fechas y fiestas, con sus mismos movimientos de sol, luna y estrellas, sin que nada cambie, sin que nada de lo que sucede a las gentes altere la llegada y la ida de las lluvias, la repetición de fríos y calores, vientos, nubes, granizadas, días largos y cortos, mañanas, tardes, noches, con la repetición de las costumbres de cada día, de cada época del año: levantarse, trajinar, comer, matar el tiempo, acostarse, dormir, levantarse, trajinar, cansarse, tener hijos, hacer cuentas alegres, caer y resignarse, morir, mientras el marido, la mujer, los hijos, los amigos, los enemigos, los extraños seguirán despertando, trajinando, comiendo, riéndose, durmiendo a sus horas de costumbre, sin que cambien de lugar los cerros, ni de tamaño el Llano, ni de tiempo las siembras, ni de distancia los surcos, ni de paso las yuntas, ni de tono los mugidos, los relinchos, los rebuznos, los ladridos, los cantos de pájaros, el tiple que distingue a los paisanos, y esta repetición sirva para revivir a los muertos en los sitios, en las ocupaciones, en las horas en que los vimos; como sucede cuando en septiembre comienzan a amarillar los campos, a llenarse de maravillas y mirasoles, a reducirse los días, a sonar con más claridad en el aire los ruidos, a llegar olores del día de muertos, enteramente igual a ese año en que, si nos habíamos escapado de la revolufia, no nos escapamos del carranzazo, que así dieron en llamar a la epidemia, mejor conocida con el nombre de influenza española, que acá pegó a raíz: fue cuando subí a la Tapona, con la mortandad a cuestas, con el terror de todos, con el llanto de viudas y huérfanos, cargando con las invocaciones de vivos y muertos, y le hablé a Dios, y le presenté tanto estropicio, y le dije que ya estaba bueno de castigo, y le pedí que depusiera su cólera y amarrara otra vez al Diablo, exorcicé a los espíritus malignos, ensalmé a la tierra y a los vientos que traían los microbios, conjuré a las aguas que los guardaban y propagaban, alcé cuanto pude las manos con la carga de invocaciones y sufrimientos, al mismo tiempo que de todos los ranchos, de las casas en que alguien quedaba vivo, subían humazos de palmas benditas, de cruces y coronas de santamaría, de ropas y petates infestados: el clamor del Llano fue oído, cambiaron los vientos, los

81

espíritus malignos retacharon en el infierno, eh, cómo pasa el tiempo y nada cambia en la vida de los ranchos, trenzada de repeticiones y resignaciones, año con año lo mismo, día por día, tierras, cristianos, ganados indefensos, entregados, desarmados frente al misterio de las enfermedades, los malos temporales, la usura, toda especie de injusticias, todo género de daños: agua escasa y ponzoñosa, recurrencia de andancias y epidemias, unas veces más fuertes, no tanto como la de aquel año, y otras benignas, dependiendo también de los meses: los de la canícula son los peores, y hay años de gran mortandad, principalmente de muchachitos, que no alcanzan las manos para hacerles a todos la lucha y, por otro lado, para espantar a Satanás y a los demás espíritus malignos que constantemente dan vueltas al Llano, cada vez con más fuerza, para la perdición de las almas, amén. Dicen que soy hechicera, y siempre ha habido quienes traten de perjudicarme, de alebrestar a la inocente ranchería en mi contra, y han intentado darme un mal golpe, muchos golpes mortales, de los que, bendito sea Dios, he podido escapar milagrosamente, porque tengo a la mayoría de mi lado, y son los primeros, en defenderme y dar por mí, no digo la cara, sino la vida, y más: que nunca he tenido miedo a nadie, ni al Diablo; cansada estoy de andar, sola y mi alma, caminos y veredas, a cualquier hora del día y de la noche; cansada de asistir moribundos y velar muertos; cansada de enfrentármelas a los más pintados; al fin son ellos los que me tienen miedo, no se animan a darme la cara, y buscan quien la dé por ellos, o tiran la piedra y esconden la mano, aunque harto saben que sé ver en las tinieblas y descubrir secretos, y saben también que tarde o temprano ellos mismos me necesitarán. No sé qué entiendan por hechicera. No sé si lo seré, según lo entiendan. Lo que sí sé es que no tengo, ni jamás he tenido pactos con el Diablo. Porque no es abajo, sino arriba, de donde recibo iluminaciones repentinas para el servicio del prójimo, que me da lo que buenamente quiere y puede. A nadie cobro, ni nada pido. Pobre yo misma, me mantengo de mis yerbas, de mis frutales y de regalitos voluntarios. Pobremente vivo. A nadie niego ayuda, por penosa que sea. Me duelen los males ajenos y olvido los propios. Ni presumo

los buenos resultados conseguidos, ni pueden achacárseme los yerros.
A nadie obligo a llamarme. Lo que no está en mí perdonar son las
injusticias: de arriba vienen los castigos conforme a mis juicios, lo
que quiere decir que son justos, y que yo misma no puedo detenerlos,
como muchas veces he querido. Escarmientos de la bruja, dicen los
adoloridos. Nuestro Señor sabe que no es así. El gentío también lo
sabe. Nuestro Señor y el gentío me defienden de las asechanzas del
Malo y de las maquinaciones de los maldosos.

—Sí, tengo que decírselo para su gobierno, con ganas de que
nos eche su mejor ensalmo, el más propio al caso, y en el sitio
más apropiado, lo que dijo el hereje de Melesio, riéndose, chupando, paradote con los brazos cruzados, muy tranquilo, escupiendo
por un colmillo, viendo pasar al Diablo con su horrible ruidajal,
burlándose de nuestros aspavientos, de ver los gestos de mi abuela,
hincada con los brazos en cruz, a medio campo, dándose golpes de
pecho, desencajada, con la bilis derramada, saliéndosele el alma, y
todos imitándola, hincados todos, en cruz, golpeándonos el pecho,
arrepentidos, muriéndonos del susto al ver pasar sobre nuestras cabezas, arriba de nuestras casas, al Diablo, sí, al Diablo en persona,
que no más se ladeaba, como viéndonos, como queriendo bajar,
según planean aguilillas y gavilanes, el hereje fue saliendo, y no
haya sido porque traía pistola y por su sangre fría, que nos contuvo,
tuvimos impulsos de echárnosle encima y lincharlo, porque fue
saliendo el hereje con que todos éramos una punta de tarugos, ignorantes, que no nos asustáramos, que aquello que volaba bufando no
era el Diablo, que era uno de esos a los que mientan airoplanos,
que él había conocido en el Norte, y que sabía que ya en México
habían venido.

—Auro ¿qué?

—Airoplanos creo que dijo, y de ribete, llamarnos a todos tarugos, el descreído.

—Acuérdate que cuando Melesio dijo que no nos había llegado la Revolución más acá de Cardos, no fue porque yo así lo

profeticé, sino porque a qué venía, a qué le tiraba: ¿caminos? aquí ni eso, ni buena caballada, ni comestibles, ni enemigos, ni moscas; acuérdate: yo no me enojé por eso. Quién sabe si tuviera razón, o si mi juicio se fundara en sus mismas razones. Quién sabe.

Llegaron al rancho desolado. Después de atender a los enfermos, Matiana se dedicó a rezar a la difunta, a vestir al angelito, a cumplir el general deseo del ensalmo, puesta en mitad del río, manos y cabeza vueltas a uno y otro flanco de la barranca. Cumplidos sus oficios, inició el regreso, al pardear la tarde. Caminaba silenciosa con su acompañante. No habló sino al alcanzar la ceja del desfiladero:

—¿No te lo decía? El puerco descompuesto...

—Y yo que no quería creer que usted se hubiera hecho del partido de los descreídos —rugió el acompañante con sordo acento de pesadumbre o ira.

Siguieron caminando en silencio. La noche había caído al Llano. Poco antes de llegar a la casa de la curandera, en Betania, se cruzaron las últimas palabras:

—Satanás en persona o airoplán, da lo mismo: éste ha de ser forma de aquél. O peor: el Diablo metido en los hombres, y haciéndolos andar por los aires.

—Nada, no le demos vuelta: el Diablo, vivito, coleando y bufando. No sea descreída, doña. No le cae. A usted menos que a nadie. Nos arriesgamos a no tener ya quien apare las calamidades que nos caen de a diario, sin saber ni de dónde nos viene el golpe, y entonces ¿qué haremos, sobre todo los pobres, sin siquiera el consuelo de tener a quién recurrir?

SEGUNDA ESTANCIA

JERUSALÉN: EL REGRESO DE MIGUEL ARCÁNGEL

Haciendo la lucha.

—Haciendo la lucha. Es la misma tonada, desde que nacemos hasta que petateamos. De allí no salimos, no nos sacan. Mientras la tierra, de año en año, se hace más pelona, más dura, sin que valga dejarla descansar una, dos, más temporadas. Y el cielo, por lo consiguiente: más y más escasas las lluvias, más disparejas y traicioneras, de año en año; las heladas más repetidas, más tempranas; cada vez más largas, más penosas las sequías; más temprano el arroyo no arrastra ni un hilito de agua; más pronto se secan los aguajes y bajan los pozos; es cada vez más trabajoso que un árbol prenda; las mujeres tienen que acarrear agua cada vez de más lejos, y para lavar tienen que bajar a la barranca: el día entero para ir y volver.

El gran Ojo de la Providencia, encerrado en triángulo de azul celeste con franjas doradas, oía, como si fuera una gran Oreja pintada en el fondo de la pared, estaba oyendo la plática de los hombres.

—Dios aprieta pero no ahorca, decía mi abuelo.

—De más a más, la dureza de los que tienen y no se llenan de tener más y más, a costas de los pobres, exprimiéndolos sin compasión, dejándolos como platos de fonda: bocabajo y bien fregados; ahora sí que huyendo del Señor de los Trabajos y hallando al Señor de las Necesidades. El avío, por las nubes; los tratos con maíz al tiempo, más trincados, igual que la renta de tierras y bueyes; para no hablar de las condiciones que los medieros tienen que admitir.

—Dios asiste donde todo falta, y habla por el que calla, y si tarda, no olvida: eran evangelios chiquitos de mi abuelo.

—Por más luchas que hacemos por todos lados, ni para echarnos un remiendo ajusta. Con la cruz sobre el bostezo me voy santiguando el hambre. Ninguna lucha nos vale para alcanzar el resuello.

—Ni venimos a jeremiquear, ni sirve de nada, valedores. Con que...

—A eso iba, don, a cruzármele a Rómulo en el camino y atajarlo en lo que dice de tanto hacer la lucha de mil modos, toda la vida, para nada. Y yo digo: lo que pasa es que nos gusta hacernos tarugos solos: unos por flojos, que no más dan vueltas haciendo que trabajan, y otros por costumbre, que nadie los saca de lo que han visto hacer toda la vida, sin ponerse a pensar en que las cosas cambian, lo que quiere decir que hay también que buscar otros modos de matar pulgas, como luego dicen. *El flojo y el mezquino andan dos veces el camino.* Hacemos la lucha, como quien dice: a ciegas, a puros tanteos, adivinando a ver si sale, aunque sepamos bien que sembrar en tepetate, por ejemplo, es como correr detrás del sol para entregarle una carta, y peor que arar en laguna. Ya el dicho lo dice: *peor que sembrar en el río: ni las semillas recoge.*

—Oiga, vale, pues ya le voy creyendo que les gusta hacerse a los del Llano; en pura plática se nos está yendo la tarde: acuérdense que yo no soy del Llano: me gusta salirle directo al toro y, si es necesario: agarrarlo por los cuernos.

—Qué otra cosa estamos haciendo: agarrar por los cuernos la forma de seguirles haciendo la lucha a nuestras necesidades por medios seguros, que nos garanticen, como es el invento de las varillas magnetizadas.

—Y es que ustedes no saben lo que es el agua magnetizada.

—Será como enhechizada: cosa del Demonio.

—De veras: qué atascado eres, qué cabeza de piedra, Rómulo. Sale sobrando querer ayudarte a salir del atolladero. *A la suerte no más una vez se le ven las orejas.*

Rómulo se hundía más y más en la desconfianza. Desde que vio llegar a Palemón con los desconocidos. Desde que vio hablar al que hacía cabeza: sus gestos y ademanes, el modo de pararse. Desde que comenzó a notarle parecidos —extraños al principio, indefinibles— con la raza de los Trujillos. Desde que le hormigueó la lengua con preguntas que, al tragarse, no animándose a soltarlas, aumentaron su desasosiego. No le cabía duda: era uno de los bastardos. Pero ¿de dónde? ¿de cuál rama?

—Bueno, valedores, antes que nos agarre la noche: sí o no. Rómulo se hizo como los caracoles asediados: se enconchó en su hábito de cavilar recordando.

—Entre si es o no es, un mes: *aconsejaba mi abuelo, agregando:* Lo que repugna hace daño. *También este hombre me ha hecho acordarme de otro refrán:* Líbrete Dios de los que ponen patitas y manitas. *Igualito en esto a Jesusito Trujillo. Hasta hermanos parecen. Lo curioso es que le noto algo también de la pinta de Felipito y hasta de Epifanio mismo. Todo se me hace bolas en la cabeza. Por lo muchacho (¿qué? tendrá veinte años o menos) ha de ser de los no bautizados todavía o de segunda generación: ¡hay en eso tantos enredos! Y yo, que aquí, de menso, no me animo a preguntarle, ni a Palemón hacerle siquiera una seña para que se fije y, se vaya con cuidado, no sea que nos estén tendiendo una cama y caigamos redonditos, como acostumbran hacerlo, especialmente el dichoso Jesusito. A veces le doy la razón a Merced, mi señora, cuando dice que por su culpa murió Teófila, porque Dios prefirió quitarla de en medio para evitar mayores males, como despertar a los perros el apetito, y que por ella pelearon y la trajeran, como quien dice: de pelota entre sus garras, por más que Teófila sabía darse su lugar y hacerse respetar; pero con éstos nunca sabe uno a qué atenerse. A donde no se meten, se asoman, y lo que no compran lo dejan tratado. Dios me*

perdone: a veces llego a preferir que se haya muerto, a imaginaría...
¡Ave María Purísima! emparentada con esa gente. Una cosa es no
gustarme andar en trifulcas, no hablar mal de nadie y aprudentar, y
otra, que deje de reconocer sus defectos. Favores les debo (con sus ase-
gunes; pero, al fin, favores), lo que tampoco quiere decir que no ten-
ga motivos de reconcomios en su contra, muchos y muy viejos. Allí
no más: la forma en que se quedaron con los bienes de mi padre y de
mis tíos. Quiero suponer que éstos tuvieron en gran parte la culpa, y
mi padre el primero ¡Dios lo haya perdonado! por despilfarrado res
y deshechurados; pero también es verdad que Pifanio se portó muy
cochino, se les avorazó, los agarró ahorcados, por no decir que los
robó bien y bonito. A la muerte de mi abuelo se desató la discordia
entre los hermanos. Yo creo que lo mismo habría sido si mi abuelo
hubiera tenido tiempo de arreglar sus asuntos y repartirles la heren-
cia. Eran trabajosos, envidiosos, deshermanables. No se parecían a
su padre: tan franco él, tan formal, tan señor, lo mismo en el trabajo
y los tratos, como en pláticas y chanzas. Mi padre no tragó nunca
la preferencia que mi abuelo me daba. Cuando éste murió, me sentí
huérfano, por más que mi padre me recogió y me llevó a vivir con mi
madrastra. Me tocó ver de cerca lo pronto que se desbarató el domi-
nio conseguido por mi abuelo a fuerza de trabajo y paciencia. Re-
cuerdo cómo me dolía cada tasajeada en las tierras, igual que si me
arrancaran pedazos de carne. No podía olvidar el orgullo del viejo al
irme señalando la continuación de nuestras propiedades, al contar-
me cómo las fue adquiriendo, pedazo a pedazo. Lo que más me dolió
y, a pesar de los años, me duele todavía, fue la pérdida de mi alazán
el Tocayo y de la casa de mi abuelo en Belén, donde mucho tiempo
me resistí a volver. Tan me duele, que mi propósito es no acordarme:
—Lo que mortifica, ni se recuerda ni se platica. De quien tengo
que acordarme es de Merced. Ha de estar apurada, sin saber dónde
ando. Salió bien la llegada de Palemón, porque pude barajármelas
para no contarle a Merced la propuesta ventajosa de don Pifas, por-
que imagino el mitote que armará cuando la sepa y lea en mi cara
las intenciones de cerrar el trato, porque no habrá modo de meterle

en la cabeza la gran diferencia, que yo mismo no acabo de creer, si no es por esas chifladuras o caprichos que le llegan en rachas a Pifanio, como esta de ahora mismo en la mañana, cuando temprano fue a verlo, que por la entrega de la máquina me ofreció echar borrón y cuenta nueva en todo lo que le debo, mientras que toma por una miseria el pedazo de tierra que me queda, con lo que no le pago ni los réditos, y será no más estirar unos meses la agonía de entregarle también la casa, y a fin de cuentas, la máquina, en el precio que para entonces le quiera fijar. Yo no sé dónde tienen las mujeres la cabeza para no pensar bien las cosas. Reconozco lo triste y duro de deshacernos del trique; pero no por conservarlo resucitará Teófila, trabajará en él costuras ajenas de todos estos ranchos, ni sacará buenos centavos que iba entregándome completos, ¡tan buena hija! Qué contenta se ponía cuando me daba sus ganancias. —¿Está viendo, padre, que no eran cuentas alegres las que yo hacía con la compra? Pronto pagaremos la máquina y nos quedará libre lo que siga yo ganando —decía, y se le desbocaba la imaginación haciendo castillos en el aire. ¡Sea por Dios! No, si no le quito la razón a Merced; pero debía comprender que en tiempo de guerra no hay misericordia, y que cuando uno anda ahogándose no hay lágrimas que valgan. Vamos a ver cómo la convenzo. Entre tanto, ¿qué hago con éstos? Ya les dije que no y que no. Ellos, tercos. Lo peor es el remate que a mi desconfianza viene a dar el que los encabeza, por la pinta que tiene de Trujillo. Me da muy mala espina eso de que no cobra el alquiler de las varillas a cambio de jalar con él parejo. Voy a hacer de tripas corazón para preguntarle qué quiere decir, quién es y quién lo manda... Ya no fue necesario: se me adelantó en desembuchar sus tanteadas, en revelar la fe de su parroquia.

—Lo que sucede es que azorrillados por los Trujillos, les tienen miedo. Y si eso es, más vale que a tiempo lo digan y se hagan a un lado. Porque se trata de eso mero: de tenerlos a raya y, si se ponen facetos, darles en la torre. El valiente vive mientras el cobarde quiere. Lo que los del Llano, ustedes, no gastan en lágrimas, lo gastan en suspiros, olvidándose de que *a lo tuyo, tú: otro como tú, ninguno; lo que tú te hagas valer, te harán valer los demás.* Ya les dije, valedores: *las palabras son hembras: los hechos, machos; lo mismo es irse que juirse, que irse sin pedir licencia.* Lo más claro es lo más decente. Ya verán lo que es amar a Dios en tierra de indios, y ya sabrán quiénes son los Gallos enfrente de los Trujillos. *Ah qué mi Dios tan charro, que ni las espuelas se quita.*

—Ya era tiempo de que se les llegara la hora —soltó Palemón con ganas—. Conmigo cuente a todo lo ancho y tendido. A éste también téngale confianza; yo respondo por él. *Unos como saben y otros como pueden.*

—De modo que usted es... ¿de los de Sara Gallo? —atragantábansele las palabras a Rómulo.

—Mi mera raíz. Yo soy Miguel Gallo, para lo que se les ofrezca en cualquier terreno. Hijo legítimo de Jacob Gallo y de Florentina Sánchez. *De este filo es mi machete.*

—Ah —expiración o suspiro contenido de Rómulo.

—No venimos en plan de pleito, sino de trabajo pacífico. Pero somos de los que bailamos al son que nos toquen; dejados no, ni mancos. *A pesar de ser tan pollo, tengo más plumas que un gallo.*

Palemón cantó en falsete:

*Ache, huarache, huache,
ay, víboras chirrioneras,
a que no me pican ora
que traigo mis chaparreras...*

Empalmada seguía la plática del mentado Miguel Gallo:

—Hemos puesto pie, más bien dicho: los dos pies y una mano en el Plan. Principio piden las cosas. Lo poco asusta y lo mucho amansa. Un pie y la mano en Torres de San Miguel; del otro lado, en lo que fue la Canana, cerca del Tambor, el otro pie. *Mas que me tape el portillo me he de meter al corral.*

— Tabor y no Tambor — aclaró Rómulo con timidez.

—Si me entiendes, Petra, lo mismo da. No faltará quien se ría de los Gallos por establecerse sobre los tepetates de Torres. Al final de cuentas, los Gallos serán los que se rían de todos. Tan metidos estamos ya en el Llano, que hasta comienzo a contagiarme de perico. Bueno, ya basta de plática. Conque, amigo betanio, váyame diciendo de una vez.

—*Ah, conque hijo de Miguel Arcángel, nieto de Sara, bisnieto de Juana Gallo y, del otro lado: nieto de Pifanio, sobrino de Felipe, de Jesusito, de Plácida: el panino de Trujillos. Bien me lo avisaban el corazón y los ojos. Había no más que abrirlos: ¡Florentina Sánchez! Como en sueños me acuerdo. ¡Bonita muchacha! De súpito se me representa con toda claridad. La veo: chapeteada, cachetoncita, los ojos muy vivos: negros, redondos; toda ella muy agraciada, bien planchada, le gustaban los colores claros, el color de rosa sobre todo; muy bien peinada; era una rancherita, pero a veces más parecía señorita de pueblo. La estoy viendo como si ahorita fuera. De pronto, después de tantos años. Hasta recuerdo lo que oía entonces decir con frecuencia: —Lástima: pronto la van a desgraciar: muchachas así no duran mucho tiempo por acá, no se escapan. Muchas veces oí decir eso. De veras: ¡bonita muchacha! de facciones muy lindas, carirredonda, siempre risueña, de cuerpo bien proporcionado, sangreliviana de ademanes y movimientos. Hija de un Fortino Sánchez. Vivían en Canán, uno de los ranchos que desaparecieron de la Tierra Santa, al que le decían La Canana o Cananea. Como Florentina sabía leer y escribir, le llevaban los niños de los ranchos vecinos, con los que formó una a modo de escuelita. En esto y en otras cosas se parecía a mi hija Teófila. Muy paciente con los diablos de muchachos. Chicos y grandes la querían. En Canán vivía Miguel Arcángel. Allí lo mandó Pifanio para que se potreara cuando volvió de con el cura. Sucedió lo que todos esperaban. Miguel Arcángel se la robó. Pero la depositó en forma. Era muchacho de condición. Como por nada del mundo Pifanio quiso consentir en la boda, y eso no más por capricho (pues la muchacha no tenía peros: al contrario), el muchacho la hizo llevar al pueblo, y allí* *se casaron como Dios manda. Todavía él volvió a recoger a Sara, su madre, que al abandonar a Pifanio y la Casa de Belén, había buscado refugio con Merced, en mi casa de Betania. Y desaparecieron. Nunca se volvió a saber de ellos, bien a bien. Cuentos, chismes que se contradecían. Fue cuando lo más recio de la revuelta, que si no pegó en el Llano, sí nos dejaba incomunicados en semanas y meses. Poco a poco nos fuimos olvidando del asunto. De tiempo en tiempo llegaban deshalagadas algunas noticias. Como muchas resultaban mentiras, acabamos por no creer ninguna. Pasó lo que con los que se mueren: después de tanta desesperación, se va dejando de hablar de ellos, aunque no se quiera, se acostumbra uno a vivir sin que hagan falta, como si no hubieran vivido; poco a poco se olvidan sus hábitos, el tono de su voz, las fisonomías, los nombres, hasta que se hacen polvo y se borran de la memoria.* El muerto y el arrimado a los dos días apestan. ¿No me hallo aquí yo decidido a deshacerme ya de Teófila, siendo mi única hija? Sí, de su máquina de coser: es lo mismo. Un buen día resucitan en la memoria, vuelven a aparecer con fuerza las cosas posadas, a verse, como estoy viendo ahora los labios carnosos de Florentina Sánchez, su nariz respingada, chatita, curiosa, como de niña traviesa y querendona. Una sola vez la saludé de mano. Tenía manos llenas, al mismo tiempo macizas y suaves. La nariz la agraciaba mucho. ¡Bonita mujer! No me faltan ganas de preguntar por ella y qué fue de Sara Gallo: alta y delgada, como Epifanio la celebraba. ¡Estas mujeres de la Tierra Santa, que uno conoció de muchacho! ¡Cuántas se han muerto, se han ido o han envejecido! La vida del ranchero no se presta para echar de ver cómo pasa el tiempo: un buen día, un chico rato, nos extrañamos al sacar edades, o al contar cabos de año; al fijarnos en las arrugas o en cómo, de pronto, los chamacos aparecen hechos hombres o mujeres.* La cana engaña, el diente miente y la arruga desengaña. *Florentina era fruta en punto de madurar: sobre los labios y al nacimiento de las quijadas se le veía la misma pelusilla de los priscos. O cuando algún desbalagado vuelve a la tierra, como el hijo pródigo, después de años: hilachiento y fregado; sentimos entonces que voló el tiempo, que se nos fue de la mano como agua. Comenzamos a* *hacernos el ánimo de morir cuando Dios quiera. En las casas no se acostumbran espejos. Algunos hombres, muy pocos, cargan en la bolsa unos chiquitos, redondos; también los usan algunas mujeres, principalmente muchachas, pero los tienen bien guardados, como con vergüenza de que se los conozcan. No sé dónde Merced tenga escondido el espejo de Teófila: cuadrado, grande, con modo de colgarse o pararse; algunas veces me vi en él, antes de la muerte de Teófila, que me hacía burla por eso, muy cariñosa, y ella misma, en ocasiones, me lo ponía por enfrente: —Mírese qué buen mozo está, padre —me decía. Yo me dejaba querer, me dejaba chiquear de mi hija, Dios la tenga en su santo reino. Más parecía señorita de pueblo y quién sabe si de ciudad. —Lástima —decían. Y ahora retoñada, reverdecida (de mano una vez no más le saludé) en éste que tiene muchas de sus facciones, aunque también es vivo retrato de Miguel Arcángel; esto me lo figuro: la mera verdad, poco me acuerdo de cómo era él, mientras que a Florentina, la estoy viendo de todo a todo. Siempre como si acabara de bañarse, fresca como lechuga, siempre, como si se acabara de peinar y hacer la trenza. Eh, qué trenzas tenía, cómo se las enroscaba en la cabeza, sin que nadie se lo hubiera enseñado, ni a nadie imitara. Lo único que de él recuerdo es el chico rato, pardeando, cuando pasó por Betania, de estampida, para llevarse a Sara, su madre. ¡Lo que Sara contó esos días de las humillaciones aguantadas los años que sirvió a Pifanio, y de la vida en Belén! Qué distinto cuando mi abuelo era el amo allí. Aunque yo no dijera nada (es mi costumbre al sentir alguna contrariedad: callarme; y más mientras no sé claramente cuál es el peligro que siento llegar, amenazarme, perseguirme, o si el caballazo que recibo es lo que menos puedo ver o admitir en la vida, lo que para mí sea la cosa más aborrecible del mundo), eran las pláticas oídas a Sara la causa de mi escondido furor y con seguridad, aunque no lo dijera, ésa sería la causa del furor manifiesto de mi mujer, hecha una furia, cuando Pifanio, haciéndose chistoso, chuleaba en mis barbas a Teófila, con el tapujo de seguirla viendo como a chiquilla de brazos, que él había cargado, que él consideraba como hija propia; no nos lo quitábamos de encima; con este o el otro pretexto, haciéndose el inocente, aparentando* cariño del bueno por nosotros, no había día que no lo viéramos llegar; yo por un lado, Merced por el otro y Teófila seguramente por el suyo, le poníamos las cruces, que de nada nos valían. Teófila ni siquiera había nacido cuando lo de las pláticas de Sara. De porrazo nos las refrescaron en la memoria las impertinencias del Pifanio. Los días en que vino a refugiarse (yo ni siquiera pensé si algo podría pasarnos con el abandonado), Sara no hablaba de otra cosa que del infierno de Belén. No me acuerdo si yo entonces asocié a Florentina con esas conversaciones, alegrándome de que hubiera escapado al riesgo de caer en semejante olla, o compadeciéndola porque al fin y al cabo había caído en manos de la misma camada. El que repartió los Dulces Nombres a los ranchos, quienquiera que haya sido, cuán ajeno estuvo de pensar que Belén, andando el tiempo, sería tenido por el infierno; echado a perder lo que, no más con oírlo, despierta ese nombre: ángeles, pastores, ermitaños alrededor del Santo Niño. ¡Belén! Pienso, mejor dicho: estoy seguro de que si mi abuelo hubiera vivido unos años más, Pifanio no habría criado sangre, ni cometido la manía de tener pila de mujeres, chorro de hijos cambalachados hasta no saber quién es, bien a bien, su madre. Desde luego, yo no estuviera en aprietos. Lo de la máquina. Forzado a entregársela. Precisamente a él. Con cualquier otro no sería tan duro. A él, que tanto nos hizo sufrir con lo de Teófila. Y tener que dársela. Por mi lado no hay portillo: toda la cerca está caída. Para disimular el hervidero que traigo por dentro y el coraje por no dar una en mis asuntos, por no poder hacer nada contra el Pifas, a Merced le salgo con los favores que debemos a la Casa Grande. Sin decírmelo con palabras, en los ojos de Merced leo desde hace tiempo que me llama cobarde. Ah. Ya se van los de las varillas, encabezados por el Trujillo Gallo, sin darme tiempo de desdecir el compromiso que Palemón cerró a mi nombre; mejor dicho: no me animé a contradecirlo. Ya ni modo. El hijo de Florentina Sánchez ya en la oscuridad no se ve; sólo se oyen los trotes de sus caballos, alejándose sobre lo duro del tepetate ¿Para qué reclamarle a Palemón que sin mi consentimiento me haya ensartado? Claramente les dije que no. ¡Ay, Florentina Sánchez!

Familiar el camino y tan clara la noche, Rómulo volaba de regreso. Cielo de invierno, despejado. A la recia luz de las estrellas, el betanio atravesó en vilo el cauce del arroyo: desparramadero de piedras, difícil de pasar por movedizo y resbaloso.

En pocas de las diseminadas casas del rancho había luz o indicios de fogones encendidos. Con Matiana, desde luego. Señal de hora muy avanzada.

Rómulo alcanzó su domicilio en fuerza de carrera; dispuesto a soportar el chaparrón conyugal. Muy merecido. Lo saludaron los perros, ladrando. De la cocina salían reflejos mortecinos. El hombre abrió precavidamente la puerta de la cerca, cruzó el patio, afrontó a su mujer. No tormenta, sino regocijo misterioso había en su cara. Le preguntó sonriente, sin más:

—¿Viste al Diablo? ¿Te halló Miguel?

Añadió, como si hablara sola:

—¡Miguel Arcángel!

Rómulo quedó mudo, desconcertado. Merced parecía ensimismada. Fue una eternidad el momento que tardó la mujer en seguir hablando consigo misma:

—¡Milagro de Teófila! ¿Qué otra cosa puede ser? ¡Verdadero milagro! Cuando menos lo esperaba. De ser cierta, la pasada del Diablo forma parte del negocio. Entre Dios y Teófila. Yo no vi ni oí: he de haber estado acá metida torteando. Los que no lo vieron, aseguran que lo oyeron, o sintieron cuando menos la pestilencia, desde distintos lugares del Llano, y que ha comenzado la mortandad en algunas partes como en la barranca, Dios nos coja prevenidos.

La sorpresa del marido rayaba en estupor. Abrió la boca, se atrevió a preguntar:

—¿Vino Matiana?

—No. Miguel Arcángel.

—¿Chico?

—El mero grande, que ahora sale con que se llama Jacob. No me gusta que se haya cambiado de nombre, pero sí de apellido. No lo reconocí. A fuerza de pelos y señales que no dejaban lugar a duda, comencé a creerlo. El primero que llegó con el cuento del Diablo. ¿Dónde te tocó verlo?

—¿Al Arcángel?

—No, al Diablo.

—¿Yo? No.

Doña Merced salió de su ensimismamiento; clavó los ojos brillantes en Rómulo.

—Cómo, ¿no lo viste?

—O no me fijé, pues... ¡toma tantas formas! A lo mejor sí, me tropecé...

—No dejas de ser un... alma de Dios. En el cielo, volando, bufando. Dicen que así lo vieron, así pasó por el Plan. Echando pestilencia.

—¿Matiana?

—Ella, según dicen, bajó a la barranca para ensalmarlo y atender a los muertos y heridos. Toda la tarde estuvieron viniendo o pasando gentes con las novedades.

Por fin asomó la cólera en el rostro de doña Merced:

—¿Dónde te metiste todo el día?

—¿Y Teófila? ¿qué tiene que ver con eso?

El rostro de Merced se aplacó, se le dibujó una sonrisa bondadosa:

—Ella es la del milagro. Nadie me lo quita de la cabeza. Digo: el milagro de Miguel Arcángel. Te lo habrá dicho él mismo: que no tengamos pendiente, ni entreguemos la máquina; él arreglará todo con el Epifanio, y que tú no te apures con la tierra; él te la renta o la compra sin alegar precio, dejando de ribete una noria o pozo. Muy decidido él; muy platudo a lo que parece, por lo que cuenta.

Doña Merced soltó la lengua en el repaso de la inesperada visita, sin perdonar detalle: la cariñosa confianza con que desde un principio la trató, como de la familia; lo enterado de la situación; el sentimiento por la muerte de Teófila; el gran conocimiento de las prendas que adornaban a la difunta; las noticias de Sara, de Florentina, de los hijos que les nacieron; el caballo negro de gran alzada;

las espuelas y los zapatos relucientes —sí, traía zapatos y no huara-*ches*; las espuelas: estrellas y campanas a un tiempo: así de sonoras y relucientes; también el freno y el herraje de la montura, como de príncipe; en la flor de la edad él, fornido, manos y brazos de fierro, girito de piernas, macizo del cuello, muy en su juicio cuanto dice; vestido fino de gamuza; el sombrero galoneado; el rostro bien ra-surado; bordada la montura, cincelada con dibujos; los herrajes de oro y plata, sobre un azul a modo de flama de alcohol: espuelas, freno, estribos, chapetones de puro Amozoc —sí, traía pantalones *y no calzones como acá se usa, chaqueta y no pura camisa, sombrero galoneado y no de sotol;* muy abierto él, muy gente, acordándose de que acogimos a Sara como de la familia, preguntando por cosas ya olvidadas, queriendo ver la máquina de mi hija, pelando tamaños ojos de admiración y diciendo que a esa madera lo nombran ojo de pájaro, muy fina, cosa que o yo no sabía, o había olvidado...

El aislamiento de estómago y los bostezos recordaron a Rómu-lo que no había probado bocado desde la mañana. No quiso inte-rrumpir el soliloquio de su mujer. Disimuladamente buscó unas tortillas y las arrimó al rescoldo del fogón. Disimuladamente fue devorándolas.

Maquinalmente, sin dejar de hablar, Merced puso a calentar la olla de los frijoles y la del atole —*decidido a plantarse aquí*; trajo plato y jarro —*fajaba pistola cachas de concha, en funda borda-da, la carrillera repleta de tiros; carabina y machete colgaban de la montura;* acercó el molcajete lleno de chile verde —*dos hombra-zos armados y bien montados lo acompañaban;* sirvió los frijoles y el atole —*muy orgulloso de probar si pueden otra vez correrlo de la tierra en que nació;* puso a calentar más tortillas —*resuelto a todo;* encendió un ocote para alumbrar la cocina —*y te repito lo que mu-chas veces afirmó: que no regatearía el precio que le fijaras a la tierra rentada o vendida...*

—¿Vender yo la tierra?

—¿Prefieres que te la quiten con lo del dicho: *dar atrás para que anden por delante?* Y en todo caso el arreglo de la renta o la

97

venta es distinto al ofrecimiento de que por nada del mundo nos quitarán la máquina de mi hija.

—Nadie presta sin interés.

—Qué lástima me das a veces, Rómulo; pienso que no eres, no más te haces el... que no sabes. Pon tú que no sea cierto lo que dijo de la deuda que nos reconoce por haber admitido a Sara cuando escapó de Belén, ¿quieres más interés que hacerle pelitos al desnaturalizado que renegó de él por puro capricho?

—¡Merced!

—¡Qué! Rómulo.

—En todo caso no veo por ningún lado el milagro de que hablas y le cuelgas a Teófila.

—¿Todavía se te hace poco? Bien dicen que no hay peor ciego que el que no quiere ver. Cuando sin remedio nos lleva el río, aparece de pronto en la orilla uno al que ni recordábamos, y no nomás te ofrece la mano, sino hasta para en seco la corriente que te lleva...

—¿Y los favores? tantos...

—Mira: mejor cállate ¡no me enciendas la sangre!

—Sobre todas las cosas me gusta vivir en paz, aguantándome sin mover pleitos.

—Así nos ha ido: siempre viéndonos cara de sus tarugos.

—Las pendencias de vecinos en los ranchos es lo más horrible. De por sí aislados, atenidos a la ayuda de unos con otros. Es como los pleitos en una misma familia. Bendito sea Dios.

—Deja en paz a Dios.

—Tenemos que defender a la Tierra Santa de pleitos, como hay en otras partes, que se acaban las familias unas contra otras, y pasan las rencillas de padres a hijos, a nietos, a primos y sobrinos, hasta descuajar la última rama de los apellidos. Donde no contamos con garantías más que la confianza que nos hacemos, no hay que destruirla…

—Confianza para robarte hasta la única hija si te descuidas.

—¿Por qué te has hecho tan agarrosa?

98

—¿Y tú tan agachón? Qué bueno que haya llegado el que se les aparezca como San Miguel al Diablo.

—A todo esto el Diablo no sé qué tenga que ver con Teófila y lo que se te ha puesto es milagro arreglado entre Dios y ella, ni he llegado a entender lo que cuentas de que pasó, que lo vieron ¿cómo? ¿dónde?

—En el cielo: manifiesta señal de que a los Trujillos les ha llegado la hora de que se los lleve Patas de Chivo.

—¿Volando por el cielo? ¿El Demonio? ¿Donde se ha oído que ande por el cielo? Se arrastra como víbora; o a lo más, corriendo como chucho del mal.

—Allí tienes patente la señal del milagro, al permitirle Dios que volara por el Llano para anunciarnos cosas grandes y maravillosas como dice la Magnífica. ¿Quién si no Teófila pudo conseguir esto de Dios? Ella, que aquí vivió y murió, y aquí padeció el horror del viejo sinvergüenza, y desde la gloria sigue viendo lo que aquí sucede, la corrupción que sale de Belén, las tropelías de los bastardos, y desde allí oye la boca de Plácida: boca de infierno, y mira sus tamañas uñazas queriendo quedarse con la máquina bendita, ¿quién otra en el cielo puede conocer este rincón del mundo y hacer que acá llegue la Justicia de Dios? No le des vuelta: ella consiguió que Dios dejara volar al Diablo sobre el Llano en señal de que a los Trujillos se les llegó su hora.

—¿Qué saldremos ganando con que se vayan los Trujillos y vengan los Gallos? Es la misma historia de siempre. Y como decía mi abuelo: —*Es mejor malo conocido, que bueno por conocer.* ¡Cuántos de esos cambios de mal en peor hemos conocido en la Tierra Santa! Hay cosas que no tienen remedio: son como son, y ni quien las detenga o enderece.

Rómulo se dio cuenta de que su voz resonaba como dentro de un cántaro o debajo de una bóveda. Hueca. Lo que le pasa cuando se deja llevar de sus reflexiones. Nunca sabe si habla o no más piensa. Si habla solo, como loco. Si suspira, no más. Ante lo irremediable.

La raja de ocote crepitaba, en punto de consumirse. Merced hacía rancho aparte con sus pensamientos.

—*Oyendo igual sonsonete toda la vida no hay remedio hasta el morir, nada hay que hacer, más que conformarse con esperar el bien de Dios cruzados de brazos. Por lo menos éste. Buena gente pero bueno para nada. Sin hacerle la lucha a lo imposible, que casi nunca lo es. De otro modo ¿cómo en la misma tierra miserable hay los que nada les falta y los que ni en qué caerse muertos tienen? Es que unos hacen y otros dejan hacer: aguzados y dejados. No que Rómulo sea flojo, no más que se parece a los burros de noria, que de las mismas vueltas no salen, o como el burro del aguador: cargado de agua y muerto de sed, o como el del carbonero: con el trabajo en creciente y la comida en menguante. Se vive suspirándole al tiempo en que vivía su abuelo. Quedó mal impuesto. Se le cierra el mundo a cada paso, a la menor dificultad. No es como otros, que le atoran a la suerte contraria, se arriesgan a lo que venga, se avientan a como venga. Es lo que no me gustaba desde un principio: pensar que sería incapaz de robarme, no porque yo quisiera, ni lo mande Dios, pero eso me daba la medida de lo poquito que era y sigue siendo, incapaz ya no digo de arrastrarme de los cabellos, ni siquiera de alzarme la voz. Yo lo cucaba, lo espiaba para ir sola y mi alma al ojo de agua, o para bañarme yo sola en el arroyo, haciéndome que no lo veía seguirme, a ver qué hacía; ya no digamos hacérseme presente o siquiera fisgarme escondido, sino que se asustaba y corría, como siempre que íbamos a encontrarnos; cuando no había más remedio, se le iban de la boca las palabras, un color se le iba y otro se le venía, no hallaba qué hacer con las manos y el sombrero. Nunca se animó a hablarme, y no había día que por verme de lejecitos no echara viaje a Betulia, donde vivía mi familia. Quien se conforma con ver, ni siquiera en tentar piensa. Don Teódulo, su abuelo, fue el que vino arreglándolo todo: pedirme, casarnos. —Ese no es capaz de sacar al buey de la barranca— decía mi tío don Agapito. Después del pedimento y antes del casorio lo hice ver su suerte, hice que mis hermanos le buscaran pleito, hice que mi padre le alargara el plazo, le mandé muchas veces decir que siempre no. A ver si se le quitaba lo entelerido. Hice correr el cuento de que yo me casaría mejor con uno del otro lado de la sierra. En la fiesta de Getsemaní le hice mil desaires y hasta picones le di con unos muchachos de Cuilán. El abuelo entraba al quite, lo que me daba más coraje. Pero tenía que suceder así, y sucedió: nos casamos. Pobres de nosotras, las mujeres de los ranchos: nunca llegamos a saber bien a bien por qué ni cómo suceden las cosas; no más las vemos venir a modo de tormentas, échansenos encima, teniendo que admitirlas como admitimos la llegada de la canícula; como nos conformamos y casi ni echamos de ver los días que pasan, los meses, las aguas y secas, los aires y nublados, el cambio de lugar de las estrellas en el cielo; igual que ya ni nos extraña que haya diluvios, granizadas o sequías, que de año en año las corrientes arrastren más tierra, se la lleven y dejen al Llano más calvo, más inservible para sembrarlo; que gentes y animales se mueran sin conocerse las causas. ¿Por qué a Teófila le pegó el tabardillo? y ¿por qué se la llevó? Tan fuerte, tan buenisana, tan limpia, tan metódica. ¿Y el casorio? Aunque crea que a ella no le hubiera sucedido lo que por lo regular les pasa a las mujeres de rancho, que las agarra desprevenidas, pues era muy distinta, estaba por arriba de las demás, tenía cabeza, sabía leer y contar, a la cara conocía las intenciones ajenas, y más, y más cualidades, no porque fuera mi hija, que no sacó en eso ni a su madre ni a su padre, bendito sea Dios; pero a veces prefiero lo que pasó, de pensar que se hubiera casado y le hubiera ido mal. Con uno de por acá, malo; con uno de fuera, que se la llevara donde no hubiéramos podido ver por ella, peor. Puro sufrir de mujeres el casorio, desde al principio. ¿Cuál gusto? Si acaso el de los hijos después, mucho después de que nacieron; pero esto es cosa distinta del mero casorio, que se reduce a lidiar con el hombre, soportarlo, consecuentarlo. Por lo menos yo no sé de ninguna mujer de por estos ranchos, a la que conozca y platiquemos del asunto, que le haya encontrado el chiste o gusto que detrás de tanto secreto y misterio esperamos, aunque no sepamos bien a bien qué sea. ¡Mortificaciones! Hasta el día y hora que llega sin remedio ¡ni acordarme* quiero de cuando nació Teófila! Yo no sé qué sea peor: si cuando uno sufre pero con la esperanza de probar algún gusto escondido todavía, o cuando uno se acostumbra como a cualquier quehacer en que ya ni nos fijamos, por penoso que sea o aburrido: el metate, partir leña, sacar agua del pozo, acarrearla, ir al río a lavar, cargada la canasta de ropa. Chorro de obligaciones. Para la mujer no hay distingo de aguas y secas, ni descanso cuando se acaban las cosechas y los hombres pasan el día panza arriba, pero no dejan de comer. Apenas nace un hijo, viene otro; tras el sufrimiento de tenerlos, la constante aflicción de perderlos. A medida que pasan los años y crece la confianza, los hombres son más impertinentes y desconsiderados. No saben ponerle sabor al asunto. Sólo saben hartarnos con exigencias. Las mujeres comienzan sin darse cuenta a sentirse viudas a ratos, llenas de aburrimiento en el abandono del rancho; y muchas sin la ventaja de verse libres en el mando de la casa: desamparadas y maniatadas, cuando no peor: el marido borracho, jugador, mujeriego, vago. Yo, como algunas vecinas viejas o muchachas con las que me animo a platicar de esto, pienso que sí ha de tener algún sabroso gusto el casorio en el mundo; lo que sucede acá es que los hombres no saben tratar a las mujeres, ni buscamos el modo; con tal de cumplir ellos su gusto, igual que animales, ni caso hacen de lo que la mujer sienta o deje de sentir; más bien les cuadra vernos sufrir que gozar; sólo servimos de ollas o metates. Como esclavas. Antes no nos alebrestamos. Lo haríamos si no estuviéramos acostumbradas a aguantar como bestias, que ni patear saben. Si alguna se rebela, se hace lebrona, quién sabe hasta dónde sea por la desesperación de no disfrutar lo que detrás del misterio creía escondido en la tentación del casorio, Sara, Sara Gallo, la única de las mujeres del garañón con la que yo he hablado, no salía de contar atrocidades, y si algún gusto probó, se lo callaba: la madre de Miguel Arcángel.

Cada vez más fuertes los bostezos, hicieron que Merced y Rómulo advirtieran el prolongado silencio en que habían caído.

—Mañana será otro día. Es hora de acostarse.

Soplando el rescoldo del fogón, la mujer prendió una raja de ocote.

—Desde la mañana te dije que se había acabado el petróleo.

—Se me olvidó.

—Como todo. Hasta de que tienes mujer. Por ti es el dicho de que *con un poquito de lomo y otro de resbaladillo se vive siempre tranquilo.*

Soplaba fuerte el frío cuando salieron al patio en dirección a la pieza en que duermen. La pieza en que se guarda la máquina de coser. Escalonados a distancias diferentes llegaban ladridos de todos lados. Hero des, Caifás, Nerón, desperezándose, pasaron lista de presentes. Rómulo permaneció a la entrada de la pieza, contemplando las estrellas. Del interior, mientras encendía una vela, doña Merced lanzó voces:

—Y ¿qué hubo con el cochino de Belén? ¿qué dijo?

—Que me va a esperar unos días.

Temeroso de que a nuevas preguntas acabara por contar la oferta de que con la máquina se daría por pagado el agiotista, Rómulo se puso a chiflar nerviosamente. Doña Merced guardó silencio. Transcurrió algún rato. Rómulo cerró la puerta y al tiempo de entrar a la pieza dijo:

—La entrante luna nueva será la de Nochebuena.

Se acostó. Apagó la vela. Entre sueños habló doña Merced:

—Con pastores y ermitaño, el Diablo. Como si lo estuviera viendo. Largo silencio. Afuera seguían los ladridos interminables.

—Ah, qué tú, siempre creyendo que me haces mensa, más de lo que soy...

Con la música a otra parte.

Con la música a otra parte había mandado Epifanio Trujillo a los que le trataban el arreglo de las competencias que hay costumbre de hacer cada año en Belén, entre las pastorelas de la región. No, no, por lo menos este año no quería guatos en su casa.

Se creyó al principio que la negativa era efecto de la luna en el humor del viejo carrascaloso. Las esperanzas fuéronse desvaneciendo a lo largo de noviembre, a medida que las fases lunares transcurrían, sin quien sacara de su amachamiento al amo de la Casa Grande. La decisión comenzó a divulgarse por los ranchos, a soliviantar los ánimos, complicada con la exasperación que sembraban las noticias contradictorias de los vuelos del Demonio sobre la Tierra Santa, y de la mortandad causada en los lugares donde ha sido visto el Coludo.

El preboste de la pastorela que organizan los vecinos de Betulia iba de un lado a otro perorando:

—No porque ni tantita falta nos haga su cochino patio ni lo que ofrece de cenar a los pastores que van a Belén. Sobra donde hacer la competencia. Y esto es lo bonito de nuestra Tierra Santa: ni rey ni roque tenemos, ni chucho que nos ladre; vivimos como mejor nos cuadra, lejecitos unos de otros, independientes nuestras casas, en sus propios terrones cada quien, pues ningún rancho del Llano es hacienda, donde no más uno manda y es dueño de voluntades. Acá, fuera de los endeudados y de los que les tienen miedo a sus vociferaciones, los tales Trujillos nos vienen guangos: el Plan es grande para resollar a gusto, sin ellos. Lo que da coraje no más es que por capricho de un lunático se rompa y tenga que cambiarse la costumbre, que nadie se acuerda cuando empezó, y que sirve para juntarnos todos los de los ranchos, y hasta comercio se hace, cosa que sucede sólo entonces y cuando la fiesta de mayo en Getsemaní. No, menos ahora que nunca, no es justo romper así porque sí lo que de los mayores heredamos y hemos de conservar. Menos que nunca, necesitando desagraviar a Dios Nuestro Señor que nos ha echado encima, sí, así: encima, como me oyen, al mero Satanás, ¿por culpa de quién? ¡echen los ojos a su alrededor y hallarán la contesta! ¿quién tiene acá descaradamente más de una mujer, y ninguna legítima? ¿quién avienta bastardos por dondequiera, como boñiga, los hace lebrones, igualados y abusivos? ¿quién exprime a los que tienen alguna necesidad: habilitaciones, préstamos, renta de yuntas? ¿quién se queda con lo ajeno por cualquier pretexto? ¿saben lo que pasa con la máquina de la difunta Teófila? ¡se la quieren quitar a sus padres! No los entretengo más. Quién sabe qué otros males nos esperen, anunciados por los volidos del Chamuco. ¡Quién sabe! Ni la Madre Matiana lo puede saber.

Contagiados con estos afectos, los oyentes reproducían los visajes y meneos de cabeza hechos por el preboste al perorar.

Plácida, don Felipe, don Jesusito intervinieron con ganas —con ganas de moler a su padre— a favor de que la competencia se hiciera en Belén; convertidos en portavoces del creciente descontento, desatendieron el furibundo mandato de que se callaran, de que no se metieran en lo que no les importa; con más ganas juntaron, alzaron sus voces, insubordinados de repente, reclamando consideraciones, echando en cara las interminables cuentas de caprichos que habían soportado en su vida de hijosmonigotes.

Don Jesusito era el más mordaz, con apariencia de consejero conciliador:

—Sí, señor padre, usted ha tenido razón en tratarnos cual barajas con miras a su conquián, y estaba en su pleno derecho: no digo nada: es dueño de su casa, de sus ganados y mujeres y criaturas, y siempre lo ha sido, nadie se lo discute; pero la fiesta tiene que hacerse porque sí, porque así nos ha enseñado a obrar cuando se le mete una cosa en la cabeza: tiene que hacerse aunque se caiga el mundo; a ser sus hijos nos enseñó y hemos de cumplirle, ahora que con la gordura que le ha salido en cantidad ya no discurre a veces como es debido, y se pone como los niños necios; después de tantos buenos ejemplos que toda la vida hemos recibido, no vamos a quebrantar el ayuno a los tres cuartos para las doce, yendo contra el respeto a la religión que nos inculcó, secundándolo en acabar con lo poco que hay acá de religión: las mojigangas de pastores y ermitaños, con el instructivo pleito de los ángeles con los demonios y la presencia de la Tentación, a la que tanto le gusta malorear y hacerla desatinar: acuérdese; y dicen que hay ahora una pastorela nueva que vendrá del lado de la sierra con una Tentación parecida, aunque más chula que la difunta Teófila, ¡anímese! —sin hacer caso a las interrupciones, gruñidos y manotazos de don Epifanio, el Jesusito continuaba—: ¿no cree que más que nunca deben venir los pastores, ahora que se han soltado los cuentos de que anda el Demonio suelto, volando encima del Llano? ¡para que vean cómo le da San Miguel de fregadazos y lo tumba! Se lo pido por doña Amandita o por la memoria de santa Teofilita o porque de todos modos tendrá que hacerse la fiesta, no más porque sí, a falta de otros motivos.

Don Felipe y Plácida eran más terminantes, más brutales:

—Ya nos colmó la paciencia su ley de no más porque se le antoja y tiene riñones.

—Acuérdese de que se acabaron sus muchachos babosos que se asustaban con sus gritos.

Ninguno de los tres hicieron caso de que, ahogándose, congestionado, su padre los corría. Frente a él permanecieron, impertinentes, los tres.

—Yo ya lo sabía y me lo esperaba desde la Noche de Muertos, cuando antes de acostarme, hará quince días, fui a la sala para prenderles sus velas a mis Ánimas, y allí me encerré, allí, esa noche del primero al dos de noviembre como tengo costumbre, me puse a recordar, a pensar, y después de arreglar los candeleros, meterles y acuñarles las velas, después de encenderlas y componerlas bien para que al arder no se ladearan o los pabilos se enchuecaran, me quedé allí medio dormido, y se me aparecieron difuntos con vivos, revueltos en el sueño, y vi que San Miguel se me dejaba venir derecho, levantando su espada, y oí que me decía: tú, cristiano, pela los ojos, prevénte, agárrate bien de la silla, el caballo se te va a parar de manos, las yeguas te van a tirar patadas, las reses quieren brincar las trancas, y luego llegó cantando la Tentación, en figura de Teófila, me quitó la máquina de coser, hicieron rueda los diablos juntos con los pastores y

el ermitaño, riéndose a carcajadas, cantando, bailando, volando, encabezados por la Madre Matiana, la demontre de bruja, la que más alto volaba y se carcajeaba más, mientras la bola de mis hijos, capitaneados por Felipe y Jesusito, allí no más con los brazos cruzados, esperando, sin trazas de ayudarme, de sacarme de aquel ajigolón. Ha de haber sido una cabeceada, una pestañeada, porque al enderezarme, las velas no habían comenzado a arder bien, todavía como que las llamitas querían apagarse sin agarrar fuerza, y hasta una se había apagado; por cierto que luego la volví a prender. Tan rápido, y todo con tanta claridad, que llego a dudar si fue sueño, o una de esas figuraciones tan fuertes que ocurren al estar despiertos, pero dominados ya sea por algún pendiente o alguna preocupación que a punto fijo no se sabe de qué venga y por qué nos aflija, escondida entre brumas, abrumándonos; ya sea por fatiga, simplemente, o por aburrimiento; esto me pasa seguido: ver cosas despierto, o al conciliar el sueño, sin haberme todavía dormido. Figuración o sueño, no dejó de impresionarme. Quedé atarantado como si me hubiera caído de un potrillo salvaje, no acordándome de nada, ni de mis dichos habituales que necesito para sentirme vivir, como se necesita el aire para resollar; de nada que no fuera lo que ya sin ver seguía viendo y oyendo, despierto por completo, aunque no con igual claridad. No; más que olvidárseme todo, se agolparon en la memoria todas las cosas pasadas y presentes, en masacote con lo deseado y lo temido, que sin suceder todavía, embroman la cabeza y quitan ya no digo el sueño: hasta las ganas de comer; sin faltar nada de mi vida, yo ahora no podría decir si todo daba vueltas o si el agolpamiento fue de presencias rígidas, como los retratos de muertos míos que me rodeaban, sin moverse, iluminados por las velas: unos con las quijadas desencajadas, hundidos los ojos, como el de mi primera señora, doña Eva, que murió a resultas de haberse desangrado en un malogro, y a la que tengo amplificada junto al cuadro de San Jerónimo, el de la calavera y la cometa del juicio universal; otros con la boca y los ojos abiertos; algunos hinchados, porque no es fácil traer pronto del pueblo al de la fotografía, y a veces ni quiere venir por lo lejos y lo penoso del camino, aunque sabe que yo le pago lo que pide y hasta más, con tal de conservar siquiera ese recuerdo de los que ya nunca podremos ver: es uno de mis gustos, que no falta quien me critique, como todo lo que hago; en tiempos de agua principalmente, con las crecidas de ríos y arroyos, con los atascaderos del camino, tarda más el de la fotografía, y hay veces que llega cuando los cuerpos están ya desfigurados, corrompiéndose, haciéndose necesaria mi mayor energía para oponerme a los que me dan prisa con el entierro; esa fue una de mis grandes contrariedades cuando la muerte de Teófila, que Merced por nada del mundo admitió que retrataran a la difunta, y el de la fotografía, que yo mandé traer costándome mi dinero, echó viaje de balde; allí estuviera con las demás, pero en el centro de la sala. Esa noche, por más que se hallaran los retratos en su mero día, bien iluminados, metiéndoseme a los ojos, las miradas resbalaban sin verlos: el mundo de figuraciones me los tapaba. Permanecía yo agarrotado, como los que después de haber padecido ataque al cerebro, quedan parálisis hasta de la lengua; pero yo seguía viendo y oyendo el chorro de pensamientos, como en los sueños inquietos de cuando agarra y sube la calentura, o no deja dormir alguna mortificación de las que no faltan en la vida. San Miguel con todo y machete, la Tentación con sus trapos de cantadora de feria y la ronda de diablos, de pastores y pastoras, la Madre Matiana y hasta la bienaventurada Teófila fueron arrempujados, hechos a un lado en la bola, por la chusma de otras ocurrencias, que se me plantaron enfrente, y en las que fui descubriendo, uno por uno, los antojos que no se me cumplieron en la vida, desde las muchachonas: ésta, ésa, la otra, la de allí, la de más allá, ¿para qué voy a recordar ahora sus nombres, con pelos y señales que me las hacían tan apetitosas? las muchachonas, las tierras, los animales, los tratos, tretas y ganancias que se me fueron de la mano, hasta la mala jugada de Miguel Arcángel y lo de la máquina de Teófila, todo a lo que le tuve ganas inútiles, las tanteadas que no me salieron. —Ah, no, qué caray —dije para entre mí—, lo de la máquina está todavía por verse, y no hay poder en el mundo que me la quite o que me haga desistir. Cuando miro los huacales, me acuerdo de mis gallinas. *Matiana volvió a la* danza; pensé que todas las ocasiones que la he soñado, siempre de mala manera, porque la tengo aborrecida, siempre han sucedido desgracias; pasó la malora, pero me hallé rodeado de presentimientos, que ocuparon el campo de los recuerdos: me va a ir mal con lo de la máquina, fulano y mengano me la quieren hacer tablas con lo que me deben, lo de Miguel Arcángel, me va a costar caro el capricho de quedarme con la máquina, esas miradas de Matiana, esos ojos de mis hijos, de pronto desapareció todo, pero sentí que Felipe y Jesusito habían entrado en la sala, sin hacer ruido, portando garrotes, quedándose detrás de mí, yo haciéndome disimulado para ver qué hacían y principalmente para no demostrarles ni sorpresa ni menos miedo, aguantándome los nervios de voltear, oyendo la respiración contenida de los muchachos y oyendo también que afuera, en el patio de las pastorelas, cantaba Teófila: era su misma voz y la misma cantada que le oí en muchas ocasiones, cuando aquel maestro músico anduvo por los ranchos del llano, juntaba gentes y las hacía cantar, bonito de veras; de igual suerte que sobre caído, magullado, adolorido, sin hueso sano, de pronto el acordarse de algo bueno que uno haya visto o probado, algo que alegre el gusto, ayuda a sobrellevar las dolencias, la vergüenza, el coraje del porrazo, así oír a Teófila cantar como antes fue tener quien me hiciera compañía, sabiendo que atrás me camelaban los muchachos, velándome el sueño. Al ir ardiendo, tronaban las velas de los Difuntos. Prenderlas desde la noche o a oscuras la mañana es nuestra costumbre de celebrar el Día de Muertos; y rezos: yo no, porque ni sé, ni me gusta; pero en casi todas las casas; los muy pobres, velas de sebo pegadas al suelo; de parafina o cera, los más; ningún camposanto hay en los ranchos del Llano; están del otro lado de la sierra, lejos; no se acostumbra y sobre todo no nos gusta visitarlos, ¿para qué? allí los puros huesos que ni oyen ni ven ni cuenta se dan; después de los entierros nadie vuelve, ni hay nunca flores en las tumbas, como en otras regiones: así es nuestro carácter, y en eso estoy de acuerdo con los demás. Al tronido de las velas me sobresalté, di media vuelta con las manos hechas puño, seguro de hallarlos, con ánimo de correrlos a golpes. No había nadie. La sorpresa de hallarme

109

solo en la sala vacía, los ruidos de las velas al arder, sus luces de
cuando hay en la sala cuerpo presente y que, al temblar, hacían que
las caras de mis Difuntos se movieran, como queriendo romper los vi-
drios de sus marcos, desprenderse de las paredes, agarrarme; juntas
esas causas, desamarraron al sin fin de terrores, los cusilearon, me los
echaron encima. Creo que ni siquiera pude gritar, en mi desespera-
ción. Si grité, nadie me oyó en la casa; nadie acudió. Salí de la sala
con piernas de hilacha, queriendo inútilmente correr, estorbándomelo
el susto y la gordura; sobre todo, el susto. Afuera, vi la luna nueva.
—Ya me picó de vuelta —*dije; y di de gritos llamando a las mujeres:*
—¡Amanda! ¡Plácida! ¡Sara Gallo!

—Miren, muchachitos, no le hagan al embozado, porque
cuando ustedes van, yo vengo; y sé la verdadera causa que los hace
pararse de manos, respingar y patear: tratan de ablandarme a golpes
para que les reparta en vida la herencia y escriture lo que les tengo encomendado. No *quiere la puerca el máiz, y hasta pizcarlo se*
anima. Anímense a decirlo claro. No me vengan con el tapujo de
las pastorelas, que a ustedes les importan menos que a mí; siempre
se han burlado de tamañas mojigangas. Ni menos quieran hacerse
tarugos con lo del Diablo que vuela; eso se queda para los rancheros bajados del cerro a tamborazos; no para ustedes que conocen
mundo y han visto los instrumentos que vuelan movidos por petróleo. ¿De dónde me salen tan devotos? ¡chistosos! *El que de santo*
resbala... Bien haya el que dijo: *nunca engordes puerco chico, porque*
se le va en crecer, y aquello de *cría cuervos y te sacarán las tripas.*
Que reviente como sapo a corajes ¿no? eso quieren, y quedarse con
todo, alzando y barajándoselas solos, con el campo libre. *Lo que con*
tus padres hagas, con tus hijos lo pagas. Sería bueno darles gusto:
morirme sin partirles la herencia ¿me entienden? dejándolos a que
allí, pronto, ustedes solos se muerdan, se acaben unos con otros en
el pleito, ustedes tres y el ciento de mis bastardos, unidos a Miguel
Arcángel, que no ha de faltar al pleito, cuando no sea que ya esté de
acuerdo con ustedes en lo de reventarme y después "ya se verá". No

se les olvide: *lo que uno granjea, eso tiene,* y por mi parte: *como mue-*
ra yo en la raya, aunque me maten la víspera; no se arrimen pues,
que hay lumbre. Con que ya saben la cantada: *mi vida me quitarán,*
pero la herencita ¿cuándo?

Jesusito extendió más miel en su sonrisa, que atusó con remil-
go; entornó candorosamente los párpados; asordinó la voz, enmie-
lada también; con suaves ademanes impidió que Felipe y Plácida
soltaran la lengua; le sacó vueltas al toro, dándole por su lado, buscando la ocasión de clavarle banderillas:

—Qué mi señor padre para ver moros con tranchete por todas
partes, y visiones en día claro. Si usted nos ha dado más de lo que
necesitamos, y más vale atole con risas que chocolate con lágrimas,
pues ¿quién te hace rico? el que te mantiene el pico. Quítese de la
cabeza tantos nubarrones, que no es tiempo de aguas; ni hay que
andarse por las ramas, estando tan grueso el tronco, y qué tronco es
usted, nuestro señor padre...

A vuelta de refranes, el *cógelas volando y mátalas callando*
fue aturdiendo al gruñón, cercándolo, metiéndolo a terrenos de
confianza. *Libre Dios nuestros panales de esos que no comen miel.*
Volvió al sonsonete de las pastorelas, brincándole por otro lado: se
irán a otro rancho, Belén dejará de ser centro de atracción, perderá
dominio sobre la gente...

—Lo que ustedes quieren es ponerme en evidencia; si ya dije
que no, y luego que siempre sí, ah, qué viejo rajón, dirán, ya no
tiene pantalones.

—En otra cosa no se ha fijado, señor padre: ¿qué necesidad
hay de pelearnos o quedar mal con los vecinos, acostumbrados
como están en hacer aquí el fandango? Mejor que nadie usted
lo sabe: no hay que meterse ni con las mujeres ni con las diversiones de los cristianos, porque respingan. Fíjese que por acá, en
todo el Llano, poco hay en qué se distraiga la gente: músicas, no;
cantinas y billares, tampoco; casas públicas, menos; ni serenatas,
ni bailes, ni paseos; fuera de uno que otro coleadero, de algunas
parejas de caballos, y hay años en que ni eso, no tenemos más

que dos fiestas: la competencia de pastorelas aquí, en la Nochebuena, y la de danzas en Getsemaní, el tres de mayo. No sólo es justo, sino para nuestra tranquilidad es necesario conservarles a los vecinos esas distracciones. *Ojo me hace la tristeza en medio de dos fandangos.*

El viejo rasposo daba señales de ceder; volvía luego a reparar, en interminable duelo de refranes con los hijos:

—No me rajen tanta leña, que ya no tengo fogón, ni me hablen de cosas agrias que se destiemplan los dientes...

—El tiempo es buen consejero y sabe desengañar...

—Como dueño de mi atole, lo menearé con mi palo...

—Hay quien mucho cacarea y no pone nunca un huevo...

—El que de veras es hombre no le busca pico al jarro...

—No sea que se te haga llaga y te supure al andar...

Don Jesusito lanzó un derechazo a la avaricia:

—Mi señor padre, a mí desde hace tiempo se me ha ocurrido una idea, que no había querido decírsela por no adelantármele, porque no hay duda que lo habrá pensado y sólo por compadecido que usted es, por buena gente con los pobres, no la ejecuta; pero sería justo cobrarles plaza a los que traen comercio los días de las competencias; aquí no hay más gobierno que usted, por una parte; y por otra, tienen que compensarle las molestias, la basura que dejan, y el derecho a la diversión; hasta diría: cobrar la entrada; pero eso después, para no encorajinar gente; los vendedores, en cambio, son los menos, y sin poner nada, se llevan sus ganancias. Yo arreglaría el asunto.

—Como pensarlo, sí, pero...

—Pero ¿qué? Mientras uno tiene la friega de admitir aquí a todo fiel cristiano; de darles de cenar a los pastores; de proporcionar agua a todo el que la pide; gastar petróleo y ocote para la iluminación del patio; barrer y regar antes; barrer, limpiar tanta suciedad, reparar desperfectos, levantar cercas destruidas cuando pasa la competencia; en cambio, los de las vendimias: no sólo la ven de balde, sino con ganancia; ellos no se friegan meses o semanas ensayando como los pastores, ni hacen gastos de vestidos, ni cantan ni bailan, ni sufren ni se abochornan...

—En eso no te equivocas.

—Como tampoco en defender a las pastorelas como medio de tener a la gente sosegada. Se acordará de aquella época en que aquel maestro músico venido de la mera capital nos puso a todos a cantar, y algunos hasta templaron instrumentos. Nunca hubo más tranquilidad en la zona. Los vecindarios estaban contentos y se trabajaba mejor. ¿Se acuerda de cómo cantaba Teófila? De lo que no me acuerdo es del nombre que tenía el maestro músico.

—Se llamaba Gabriel —respondió don Epifanio y se metió al mundo de recuerdos evocados por las palabras de Jesusito.

—*Se llamaba Gabriel, Gabriel Martínez, y decía ser nativo de un pueblo de por estos rumbos, adelante de los cañones. Cuando comenzó a darles vueltas a los ranchos, la gente lo veía con desconfianza; decían, maliciaban, murmuraban que fuera protestante, o espiritista, o socialista, quién sabe qué más, aunque nadie de por acá supiera lo que significaban esas palabras; le negaban de comer, le cerraban las puertas. Teófila fue de las primeras en ponerse de su lado, en ayudarlo a vencer la resistencia, en secundarlo, animándose a cantar y haciendo que cantaran los grupos de rancheros, que siempre lo han hecho, solos, por gusto, sin maestro; pero que al ser convidados, les entraba la vergüenza; el Gabriel y Teófila se dieron maña para quitársela. Por cierto que al principio no me cayó nada de bien la amistad entre la muchacha y el músico; lo combatí en todas formas, tratando de correría, afirmando que sí, que por lo menos era protestante, que nadie le hablara ni le hiciera caso, pues yo estaba bien informado de lo perjudicial que sería, como en el pueblo me lo habían dicho; pero él me buscó, me sacó plática, me halló el lado flaco, me cayó bien, me convenció de sus buenas intenciones y, sin decírmelo, comprendí que Teófila no era pulga para su petate; había corrido mucho mundo (hasta la verdadera Tierra Santa) y conocía esos que llaman teatros, al revés y al derecho; sin presumir, se le conocía*

*que no era un cualquiera; total: que yo también me hice de su partido
y le ayudé. Me puso a buscar instrumentos de música, que con trabajos conseguí de aquí y de allí, casi todos arrumbados, descompuestos;
me hizo comprar en Clamores una gruesa de organillos de boca; bajo
sus órdenes, Rómulo compuso flautas de carrizo, dos violines y hasta
un tololoche; juntó fierros, botellas, botes de hojalata, palos que so-
naban. En cada rancho levantó grupos de cantores, a los que les puso
nombre de orfeones; un día en una parte, otro en otra; todas las tardes
y las noches los hacía cantar. Por primera y única vez el Llano fue un
río de músicas; en las noches resonaban los ranchos; labores y coami-
les llenáronse de cantos; cantaba el sembrador y el yuntero; cantaban
las mujeres en las cocinas, y al llevar el almuerzo a las sementeras, y
al ir al agua o a lavar al río; cantaban los muchachos al correr y al
tirarles piedras a los pájaros; cantaba el ordeñador y el rastrojero, el
cortador de leña y el amansador, el cuidador de ganados y el herra-
dor, alegres todos en sus trabajos. Cantaba Teófila: era la que hacía
cabeza, la principal en los coros; y sola; todavía recuerdo de pe a pa
muchas de las canciones que le oí entonces:*

Tu imagen está en mis ojos
en mi boca está tu nombre,
en mi corazón tu albergue,
ausente tú de mí ¿adónde?

y aquella ranchera, que cantaba con voz muy ladina, quebrada:

Palomita copetona, sí, sí,
dime quién te lo dijera, no, no,
que ibas a poner columpio, sí, sí,
para que otro se meciera, no, no…

*La sigo oyendo. Unos días con más claridad que otros. Al oírla, se
me despiertan gusto y tristeza juntos; el tiempo se para o da la vuelta.
Eh, qué días esos ¡quién puede olvidarlos! El maestro Gabriel vino a*

enseñarnos un lado de la vida que no conocíamos. Lado alegre sin porquerías como las de otras diversiones, que más tardábamos en alegrarnos con ellas cuando ya estábamos con el gusano del arrepentimiento. Ésa no. Ésa nos ponía contentos, sin sobresaltos de conciencia, y nos inculcaba buenos propósitos. Yo me hice desprendido; algo se me quitó lo cascarrabias, lo rasposo para con los demás, y hasta caritativo resulté, por obra del maestro Gabriel y de Teófila. Oyéndole sus canta das, me llegaban impulsos de saltar o volar; era como esas bañadas en el río, con agua bien fría, que sale uno tonificado, sintiéndose más fuerte que muchacho, capaz de amansar una manada entera de yeguas brutas, y con ganas de gritar y cantar en forma de retumbar al otro lado de la sierra, o más allá. En todo ese tiempo yo no tomé ninguna nueva señora; con las demás que ya tenía, ni modo de no cumplirles, pero lo estrictamente necesario: casi ni las veía; también es verdad que se me había metido el brete y traía entre manos la esperanza de formalizar el chisme con Teófila, muy picado por las gracias que vine descubriéndole al oírla cantar y verla entusiasmada en ayudarle al músico; en el fondo, no dejaba de picarme algo de celo, comparándome, yo, tan cimarrón, tan calzonudo, con lo vivaracho y sangreliviana del forastero, al que todo le salía bien y todo lo hacía con gracia. Nos dominaba la curiosidad por saber y entender lo que haría con la pila de instrumentos arrumbados, inservibles, hallados y acarreados de aquí y allá; primeramente los compuso: qué sorpresa tuve al oírlo tocar la mandolina quebrada, sin clavijas ni cuerdas, que yo le había llevado y que hallé un día en el rancho de un compadre, apachurrada debajo de un cerro de monturas viejas, yugos, manceras y otros palos; en mi vida yo había oído cosa semejante (dejando aparte la voz de Teófila: es claro); quedé súpito, transportado a la gloria, queriendo que aquello no acabara nunca. Pocos días después le oí templar la guitarra, los violines, el clarinete y un acordeón. Cuando tuvo compuestos los instrumentos que pudieron conseguirse, puso en estudio a muchachos a los que les había echado el ojo, descubriéndoles disposiciones; a todo lo largo y lo ancho del Llano se soltaron las escoletas; no hubo ranchería en que por las noches dejaran de oírse los repasos más o *menos entonados. Al principio era pura boruca. Los eternos tijereros llegaron a decir que aquello no tenía pies ni cabeza, ni nunca los tendría. El maestro fue juntándolos por grupos: instrumentos de cuerdas, de boca, de golpes; fueron éstos los últimos: hacían sonar palos, botes, botellas, hojalatas. Los incrédulos dieron traza de rendirse a la evidencia, cuando un domingo, en Betania, tocó el conjunto de muchachos provistos con los organillos de boca: el maestro los acompañaba en el acordeón ¡Diablo de maestro Gabriel: todo lo sabía pulsar, y en qué forma! La siguiente semana entraron los de las cuerdas: allí violines, allí la vihuela y la mandolina, seguidas del taloloche. La cosa iba subiendo de más en mejor, al propio tiempo que la admiración general, sin descontar los antiguos motejadores, aunque no le hallaran todavía cómo acomodaría el maestro Gabriel a los tocadores de palos, fierros y botellas.* —No coman ansias, cristianos —*les explicaba yo* —: ¿cómo quieren el techo si antes no hay cimientos y paredes? *Otro domingo, en Betania, estrenaron los de las flautas de carrizo, primero solos, y después acompañados por los de los organillos. De rechupete salió: unas piececitas muy tres piedras. Le pedí al maestro Gabriel, y a ruegos me concedió que fuera en Belén, aunque había pensado hacerlo en Betania (seguro por quedar bien con Teófila), el ensayo real del conjunto y los coros. Así fue, un domingo en la tarde. Vino más gente que a las mentadas pastorelas; del otro lado de la sierra, de Cuilán y hasta de Clamores y otros pueblos lejanos llegaron curiosos, a modo de moscas en busca de miel; no podían faltar las vendimias, a montones. Peor que coleadero fueron los aplausos, los gritos y aullidos de los concurrentes; lo que más llamó la atención fue que a la hora de la música se podía oír el volido de un zancudo, salvo algunos chillidos de criaturas de pecho, entre tanta bola. El maestro Gabriel y su gentío se lucieron. Al acabar, cada ranchero, hasta los más badulaques, quería tocar algo; chiflar, cuando menos; tentación tuve de gritarles:* No la chiflen, que es cantada; ni todos los que chiflan son arrieros. *Estaba demasiado contento para quitarle a nadie su gusto. Lo único que no me cuadró fue ver la cara, los ojos de alegría, como chispas de fragua, que Teófila traía, y las miradas que al maestro echaba.* A la cuesta abajo, las calabazas ruedan, *pensé; luego me consoló decir:* En la cuesta, como pueda la bestia; en el llano, como quiera el amo. *Tampoco me agradó, ni tantito, que la primera función formal haya sido en Betania. Me aguanté, por no ir contra la corriente, y porque saber esperar a que vuelen las golondrinas es la ventaja de los viejos. Convidé al maestro Gabriel y a sus músicos, les hice una comelitona en la Casa Grande, les maté una vaquilla y cuatro cerdos muy sabrosos: resultó muy alegre. No faltó Teófila, por supuesto. La pura verdad es que nunca hubo tanta paz en el Llano, ni tanta concordia entre los vecinos de las rancherías como entonces, unidos todos en el gusto de lo que cantaban, tocaban o escuchaban; entretenidos en sacar tonadas de las mismas piedras; embobados con las nuevas ocurrencias diarias del maestro, y con sus gracias. Estoy seguro de que Teófila, sabiendo la distancia que la separaba del farandulero trotamundos, y lo imposible de que se fijara en ella como Dios manda, estaba locamente prendada del maestro Gabriel. Esto me producía lástima.*

La sospecha era exacta. Miguel Arcángel o Jacob Gallo había tenido entrevistas con sus medios hermanos, principalmente con don Felipe y don Jesusito, cabecillas indiscutibles de los bastardos Trujillos.

Desafiante y halagüeño, Jacob explicó sus planes de grandeza y los recursos de que disponía: desde luego, tres hijos mayores, tres hijos como potros impacientes por soltar carrera, resueltos a todo, baleados. Llegaban en plan de trabajo; no de pleito. Querían participar con sus parientes el resultado de las mejoras que con sistemas nuevos implantarían en la tierra. Si no les convenía, lo dijeran a tiempo y claro, para hacer rancho aparte. No admitirían dobleces —al decir esto, Jacob Gallo clavaba miradas decididas a don Jesusito. Si llegaran a descubrir trampas, los Gallos no respetarían razones de parentesco. A nadie, menos a los Trujillos, que viven bajo tejas muy rompedizas, convendrá tener dificultades. Esto vino a decirles, a convencerlos de no pelear. Los Trujillos llevarían la de perder, pegados como estaban: con saliva. En todo caso ¿qué ganarían con oponerse a los Gallos? ¿a qué le tiraban, si su situación andaba volando con el genio caprichoso del padre? ¿qué derechos firmes tenían? Estaban en el aire, tirados a la calle, sin seguridad cual ninguna. Mejor era la concordia, o cuando menos el respeto mutuo.

No entraba en discusión que los Gallos se plantaran en el Llano. Plantados estaban ya. Lo único que Jacob quería saber, aclarando paradas, era si los Trujillos escogían ruido o silencio: alianza, guerra o distancia respetuosa.

Si alianza, los Trujillos tendrían estas ventajas: ayuda de Jacob para el arreglo de la herencia; modernización de métodos agrícolas; acceso a obras y negocios, entre los que Jacob mencionó reforestación, defensa de suelos, introducción de pastos nuevos, perforación de pozos, construcción de presas, apertura de caminos, substitución de la agricultura por la ganadería, variación de cultivos remunerativos; uso de abonos, de semillas mejoradas y de maquinaria; industrialización de productos; explotación de los bosques en la sierra de Cardos; posibilidades mineras de la región; influencias y poder político; dinero y disponibilidades financieras.

Como advirtiera una sonrisa franca de incredulidad y burla en don Jesusito, mientras don Felipito fruncía el ceño como diciendo: "a otro menso con esas mentiras", Jacob levantó la voz:

—Eh, cómo se le conoce que... ¡siguen viviendo en el año del caldo, cuando se amarraban los perros con longaniza; y que no han visto mundo! ¿Quieren apostarme sus dudosos derechos a que en un año les cumpliré casi todo lo que les digo? Pero ha de ser apuesta consignada en escritura pública, donde yo me comprometa a esto y aquello, así como ustedes a renunciar su herencia en mi favor. ¿Juega?

Don Felipe y don Jesusito se mordieron los labios, atusaron sus bigotes, movieron la cabeza. Don Jesusito trató de bromear, de salirse por la tangente, de adular a su medio hermano.

Acorralados por Jacob, quedaron — por boca del *mátalascallando* — en que les parecía bien la idea de juntarse; no más necesitaban hablar con otros de los hermanos para tener un acuerdo en forma.

—¿Y la apuesta?

—Cómo crees que pongamos en duda lo que dices, ¡qué esperanzas!

—No más no vayan a tomar vereda por camino, se lo advierto, porque toparán en duro.

Corriendo tomó don Jesusito las veredas de sus medios hermanos para formar frente contra el bastardo intruso. Halló minado el campo. Jacob se había adelantado. La raspa de los Trujillos y gentes de los distintos ranchos estaban encandilados con la reaparición del Miguel Arcángel. Don Jesusito, don Felipe se daban cabezazos: ¿cómo es que se habían dormido sin sentir la llegada del coyote hasta que se les pre sentó él mismo cuando menos lo esperaban?; ardían de coraje al tener que admitir ser de los últimos en enterarse; no estaban seguros de que don Epifanio aparentara ignorarlo: ¿con qué fines? Acabaron por acordar que fingirían placer al Gallo, en forma de no comprometerse, dando tiempo para ver cómo se venían las cosas, y hasta dónde Jacob resultaba puro petate de muerto, jarabe de pico.

Gallo pidió en prenda que hicieran cambiar a don Epifanio la resolución de no permitir el concurso de pastorelas en Belén, o determinar que aun contra la voluntad del amo se realizara; según Jacob, era paso necesario para ganar después el negocio de que les escriturara en vida los bienes, a gusto de cada quien.

—Seguro que se hará la competencia, ¿cómo vamos a dejar que se salga con su capricho tan fuera de razón? —ofreció don Jesusito.

—Si nos dejamos ganar ésta, no veremos ninguna —remachó don Felipe.

A esto fueron, esto los indujo al altercado con su padre. Por no dar su brazo a torcer, el viejo no dijo al fin: sí; tampoco: no; señal de que dejaría obrar a los muchachos.

—Ah, pero antes de que se me larguen lejos, óiganme una cosa, ya que son tan buenos hijos y dicen que quieren darle gusto en todo a su padre, ¡modelos de hijos! Necesito aquí la máquina

119

de coser que fue de la difunta Teófila, ¡no se habrían de acordar, sinvergüenzas¡; la necesito para cumplirle aquí un gusto a Plácida. Un gusto y una necesidad de la Casa, que las mujeres tienen que coser y remendar a mano, habiendo este tiliche que ni se ocupa en donde lo tienen, y debiéndome lo que Rómulo me debe. Pero él se hace remolón, a pesar de las ventajas que le ofrezco para pagarme con la dichosa máquina. Merced es la que se opone más. No he querido, ni quiero proceder como acostumbro, en espera de convencerlos, de que no me traigan ellos mismos el aparato. Los días pasan, y nada de nada. Llego a creer que comienzan a verme cara de guaje y que nada les haré por respeto a la difunta. Y aquí, Plácida, echándomelo a las orejas, reclamando diario su máquina, que le hace falta. *Háganme favor del real que ya la mujer me acaba.* Es hora de ponernos serios. Han pasado muchos plazos. Quiero que tú, Jesusito, con tus buenos modos, hagas que me traigan el tiliche; tú verás cómo; y si no puedes, dejo el asunto en manos de Felipe. Yo no quiero hacerlo directamente. Conque: ya saben, a ver qué cuentas me dan.

—No por nada le dicen a éste *uñas de gato* y a mí *el exprimidor:* allí calcule su merced las cuentas que le traeremos —dijo la voz bronca de don Felipe.

Cuando de allí a pocos días no faltó por quién supiera don Epifanio la rancia novedad de que Miguel Arcángel, su hijo rebelde, andaba queriendo establecerse en el Llano, por poco se muere de la carcajada que soltó al enterarse de que los tales Gallos habían comprado, peso sobre peso, y hablaban de cultivar las tierras pedregosas, ensalitradas en Torres de San Miguel, fanfarroneando de volverlas a su antigua grandeza, bajo el antiguo nombre de Jerusalén. Por poco la carcajada le quita el resuello; cuando la dominó, escupió palabras:

—Mi maldición le alcanzó hasta para volverse loco el desgraciado desagradecido, para escarmiento de malos hijos. Ah qué gente tiene mi amo, y más que le está llegando...

Igual que hilo de hormigas el gentío.

Igual que hilo de hormigas, el gentío hizo camino a la casa de Madre Matiana, retachando el sonsonete, que llevado de boca en boca, retentaba fuera del Llano, al otro lado de la sierra:

—¿Que lo vido?

—¿Que campamocha del tamaño de una casa?

—¿Que sembrando mortandad?

—¿Que sigue dando sus vueltas volando?

Contados eran los que se tomaban la confianza de preguntar:

—¿Cómo está eso de que te cuentan entre los que no creen?

La casa, junto al río, hervidero de curiosos. Después de preguntar, de recibir su contestación, se quedaban a oír las preguntas y respuestas de los que iban llegando sin parar, o a preguntar de nueva cuenta.

Franca con unos, misteriosa con la mayoría, en vez de aplacar la curiosidad, la general ansiedad, Matiana la atizaba. Los que oían la versión exacta del viaje a La Tarabilla, sintiendo defraudado su apetito de saber convertida la comarca en escenario de sucesos nunca vistos no creían; les quedaba la certeza de que la zahorina escondía la verdad, tanto más cuanto comparaban otras respuestas enigmáticas, allí mismo:

—No de ahora, de siempre anda suelto el Enemigo Malo, y es raro que no se lo hayan topado, como aseguran...

—Más que volando, hay que tenerle miedo metido en los cuerpos...

—Si no les ha tocado verlo, se lo figuran bien en forma de campamocha, y con eso sale sobrando saber si lo vi o no...

—Miro venir caminos que le allanen viajes por aire y tierra; que lo tengan aquí constantemente, no nomás volando, sino hablando, aconsejando día y noche, metido en las orejas y el gusto de cada quien...

—Lo que haya de cierto y anuncie la venida del Coludo ustedes podrán contestarlo si escarban la memoria, si la espulgan bien...

—Fuera de toda duda: la llegada del Anticristo y el fin del mundo; quién sabe si lo veamos: hay hartos anuncios de que se acerca; entonces hasta ciegos verán lo que se vio en La Tarabilla, y sordos oirán lo que se oyó, y tullidos correrán como, espantados, los de la barranca...

Comidos por la curiosidad o llevados por la ociosidad —el asunto dio pretexto para alargar la haraganería que sigue a las cosechas—, muchos no se quedaron con la tentación de hacer viaje a la barranca para cerciorarse dónde y cómo pasó el Maligno. De La Tarabilla volvían perplejos, acongojados con la contradicción que Melesio, el descreído norteño, había sembrado: —*no el Chamuco, sí un aeroplano*; en tanto la mayoría chillaba: —*sí, el mero Diablo en forma de campamocha gigante, con tizones por ojos y cola que rezumbaba.*

De la región de los pueblos, del otro lado de la sierra, llegaba el runrún de que sí había sido un aeroplano: el primero que pasaba y era visto por estas tierras arrinconadas. La versión era también propicia a enzarzar novelerías interminables para pábulo de la imaginación; sin embargo, la del Diablo cuadraba mejor con el carácter agorero de la comarca, y fue la que predominó, impuesta por voluntad mayoritaria, intransigente.

—*Cuelen, cristianos. Mejor sería que buscaran algún quehacer, que no estuvieran de flojos en el tiempo de secas; alguna entretención que les dejara provecho. Seríamos menos pobres y menos atenidos a que la Providencia saque de atascaderos y cumpla cuanto antojo les hormiguea la sangre. Conmigo recalan si pierden las esperanzas, como si se dieran en mata los milagros, no más con apretarse las manos y fruncir la boca. De mí quieren sacar secretos que sólo Dios conoce, porque los justos juicios de Dios no más Dios, y porque sin su voluntad no se mueve la hoja del árbol, menos una hoja seca como yo. A mí acuden cuando se les cierra el mundo. Desde una aguja o una res perdida, hasta que resucite muertos y les lea el futuro. Yo no me determino sola y Dios no siempre se vale de mí, no*

diario me ilumina, por más que viendo las necesidades yo se lo pida
con ganas de remediarlas. Estudien su catecismo, les digo. No lo
entendemos, responden. Métanselo de memoria, y en momento de
aflicción el apuro hará que lo entiendan y apliquen; así podrían leer
solos el futuro, como seguido lo hago, sin molestar a Dios, no más
con la práctica de contemplar bien las caras y los actos. El refrán
lo canta claramente: Al que se ayuda, Dios lo ayuda; *y también:*
A Dios rogando... *No me vengan como cierta ocasión el Felipe y el*
Jesús, cada uno por su lado, los dos con el empeño de una brujería
para que aquel músico que traía en vilo a Teófila se muriera o se
fuera dejándoles el campo despejado. —Será también a Epifanio,
su papa, que también anda detrás de la muchacha, *les dije. Se mor-*
dieron los labios. Porfiaron en que yo hiciera un mono representando
al músico y lo prendiera con las espinas del maleficio. —y tú ¿no
tienes manos con qué hacerlo? —*pregunté a uno y a otro.* —Lo
que yo tengo son buenas pistolas —*respondió el Felipe.* —Entonces
¿qué esperas? —*le contesté* —ah, sí, como el señor Gabriel tiene
agarraderas en el Supremo Gobierno, es comprometido hacerlo
desaparecer como a cualquier infeliz ranchero. *Tronaron amena-*
zas: —Yo no sé cómo —*manoteó el Exprimidor*—, el caso es que
a ese fulano de tal por cual tiene que quitárnoslo de enfrente y
pronto, tú sabrás cómo: no te vayas a exponer a que te suceda algo:
un tropezón, una caída, que después nadie sepa cómo te pasó, ni
quién se lo explique: ya ves que no faltan casos de hallarse muertos
de buenas a primeras, sin jamás saberse cómo fue. *Levantándole*
la voz y las manos, respondí: —Cuándo has oído que Matiana le
tenga miedo al Diablo, ni a los alacranes, cuantimás a ti, que ni
a tenejal del infierno llegas, ni alacrán eres: apenas ciempiés serás, cuando mucho. *No se animó a golpearme, rojo de rabia; no*
más alzó los puños cerrados, escupió amarillo, masculló: —Quedas
avisada. *Dio media vuelta, sonando las espuelas, pegándose con el*
fuete sobre las chaparreras. Lo mandé a la porra, tranquilamente,
segura como siempre de que sólo sucede lo que Dios tiene determina-
do y nada más, por mayor lucha que hagan los hombres en disponer

*otras cosas. De allí a pocos días el músico se volvió a sus querencias,
por su purita voluntad. Los Trujillos propalaron que se había ido
por artes mías, Teófila lo creyó, aunque a las claras no me lo dijo.
En la primera ocasión le hablé:* —Oye, muchacha, ¿cómo se te ha
podido meter eso en la cabeza? Si era lo más natural: uno que le
ha dado la vuelta al mundo, y estudió en la población en que vive
el Sumo Pontífice, según le oí decir; acostumbrado a muy distinta
vida, de mucho ruido y diversiones, como son esos cómicos de los
que llaman teatros, que ni sé, pero creo que no es otra cosa el señor
Gabriel, y así se me figuró desde que lo vi y oí; un hombre como
él no podía que darse mucho tiempo remontado acá, ni sé cómo te
hiciste ilusiones. La cabra tira al monte. Para retenerlo entre tanta
incomodidad es para lo que se necesitaban brujerías; no para que
se fuera. *Nada respondió. Mis motivos tengo para pensar que hasta
el último suspiro, Teófila conservó la ilusión y el sufrimiento por el
ausente, aunque jamás hablaba de él. Era hombre fuera de lo común. Su campo no fue para ninguno de los Trujillos: Teófila lo llenó
con la Muerte. Cuelen a buscar quehacer, cristianos. Hay cosas que
no puedo revelar, y otras que ni yo misma comprendo, por más
que me hacen sufrir. Tiemblo cuando siento que Dios quiere servirse de mí: son dolores más terribles que los del parto, mucho más,
cuando sirvo de pararrayos, yunque, intermediaria, recadera del más
allá. Y no hay modo de curtirse para dejar de sentir; al contrario: son
cada vez más horribles los dolores de las revelaciones; a veces creo
estar empapada en sudor de sangre; me faltan fuerzas, como si me
hubieran aporreado o hubiera caminado mucho. Váyanse, déjenme.*

La casa de Matiana junto al arroyo. En lugar de uno, tres fresnos tutelares, añosos. Diminuto el patio, en corral de cera doble,
con puerta de mano a la vereda. Plantas trepadoras, matas floreci-
das en poyos, macetas o botes, algunos colgados en las paredes. La
casa de terrado, en escuadra; los frentes al oriente y al sur; muros
de adobe, deslavados; cornisas de cantera, patinadas, en puertas y
ventanas; puertas y ventanas chaparras. Una gran cruz de mezquite,

tosca, sobre la puerta principal. Una bugambilia morada cubre media pared al oriente, y da vuelta por el costado de la casa. Tan chaparra como las otras dos —la de la cocina y la de la troje—, la puerta principal es la de la pieza más amplia: oratorio, dormitorio, laboratorio, botica, sala de visitas y consultas, con ventana al patio, y postigo directo a la vereda; postigo que sirve para llamar y comunicarse a deshoras con Matiana, en casos de urgencia. Veteadas de amarillos a verdes, maduran hileras de calabazas en las cornisas. Al fondo del ángulo, entre la pieza grande y la cocina, el brocal del pozo, trepado sobre gradas, como altar, con escalas de macetas a los lados. Cántaros de agua, rojos, en formación sobre un banco, junto a la puerta de la cocina. Una parra retuerce sus sarmientos, los tiende al aire para formar un palio, en el patio, a un lado de la pieza grande, sitio para oráculos de menor reserva.

Casa de pobreza extrema. Muy limpia y arreglada. Cada cosa en su sitio. Nada tirado ni sucio. Ninguna basura. Las yerbas y flores, las frondas de los fresnos, la frescura en fila de los cántaros, la hacen alegre y, a la par, sombría, sobre todo a ciertas horas, en ciertos días.

Hay quienes digan que con verla de lejos o al pasar cerca, la casa de Matiana les produce respeto, con algo de recelo o de miedo. Al franquear la entrada, en el patio, hay algo reverencial, que se siente sobre la piel e induce al silencio. Quién sabe hasta dónde sea, más que la casa, la fama de su moradora. Aire, olor, quietud extraños. Espera de que repentinamente lo extraordinario haga su aparición. Sobrecogimiento. Cuando menos: encogimiento. Olor, por de pronto, a viejo; gradualmente: a húmedo; a cerrado; a estancado; a mucho tiempo guardado en cajas de maderas fragantes, entre yerbas no por secas menos penetrantes; mezclado a raras esencias desconocidas o vagamente reconocidas: copal, cera consumida, resina de ocote, mezquite o palo santo; agua florida y esos que llaman perfumes; yerbas, flores, maderas, aceites y grasas medicinales; aceite de comer y aceite de lámparas encendidas; unto de ardilla, de puercoespín, de jabalí, de coyote, de leopardo, de mil

animales fabulosos; infundia de gallina, de pato salvaje, de golondrina, de cotorra, de tecolote, de gavilán, de zopilote, de aguililla; el
misterioso, vasto reino de bálsamos y ungüentos, aromáticos unos,
otros apestosos, y de polvos, en coro de nombres mágicos: Bálsamo
de Fierabante, de Judea, de María, de Guayacán, de Aloe, de Al-
mizcle, de Lágrimas de Incienso y Mirra, de Almendras Vírgenes;
Bálsamo Magistral; Ungüento de la Misericordia; Oleodeángeles;
Unción de Arcángeles, Tronos y Dominaciones; Santaunción del
Serafín; Pomada del Querubín; Leche de la Doncella; Linimento
de la Peregrina; Agua de Oro Cocido; Agua de Contraespanto, de
Contracólera, de Contralatido, de Contrarrotura; Bizma de Redaños de Toro; Emplasto del Profeta; Polvos de la Buenaventura; Polvos de la Madre del Amor Hermoso; Polvos de la Dichosamuerte,
hechos con cenizas de palmas, algodones, trapos y otras materias
consagradas o benditas; Polvos de Ánimas, hechos con huesos de
muertos insepultos; Polvos del Juicio Final, hechos con huesos, pelos, plumas, pezuñas y uñas de animales rapiegos.

Cuentan que muchos, al entrar, encorvándose por la puerta
baja, se han desmayado en la pieza grande. La pieza de los Misterios. Penetrar allí es privilegio de pocos. Menos aún son los que
se atreven. Todavía menor el número de los que al salir den razón
aproximada —exacta, ninguno— de lo que hayan visto. Comparable a entrar, ofuscarse, perderse dentro de una nube densa, preña-
da de rayos. Aire enrarecido. Sublimación de olores en confusión.
Sagrados. Fúnebres. Floridos. Acres. Agradables. Enervantes. Ran-
cios. Nauseabundos. Penumbra eterna, acentuada por el parpadeo
mortecino de una lámpara de aceite, roja, de un rojo profundo,
sangre de toro, casi negro, que arde perpetuamente hacia un rincón, frente a borrosa imagen o cúmulo indescifrable de imágenes.
Quién dice haber distinguido un Corazón vivo, palpitante dentro
de un vaso. Quién habla de criaturas con cabezas de niños y cuerpos de animales, o al revés; enjaulados; del tamaño de ratones.
Otro ha visto una caja de muerto, tapada con un cuero de cerdas
gruesas como espinas. Que hay un cerro de calaveras revueltas con

canillas. Que una silla como trono de culebras enroscadas. No; que un petatillo hecho de culebras tendido en el suelo, donde la Madre se sienta y camina por la pieza. Que unas lechuzas ojos de lumbre le dicen a la Madre lo que ha de decir, y ella les pregunta. Que la caja de muerto está tapada con un a modo de pabellón o bandera, pintado encima un Diablo colorado. No; que la bandera es la colorada y lo pintado, un chango negro. No; morada la cubierta y blanca una Cruz encima. Será eso a veces por aquello de que atrás de la Cruz el Diablo; Diablo fue lo que yo vi. Cruz, pero no blanca: verde oscuro. Blanca, pero no Cruz: esqueleto entero desde calavera y costillares hasta huesos de pies. El Ánima Sola tiene llamas de veras y suena cadenas que se oyen. No Ánima Sola: todo el Purgatorio; yo lo vi. Con llamas de alcohol se ilumina o calienta o hace sus conjuros la Madre. Todo lo que allí hay se mueve, tiene vida. En la oscuridad, los ojos de la Madre brillan, echan chispas. Ojos de Gato, Lechuza o Tigre. Son tanto Santo, las paredes parecen la Corte Celestial. Ni un Santo hay: son figuras de Tentaciones, de Animales; colguijes de dientes, cuernos, cabezas, patas, rabos. Juro y perjuro que por lo menos, por lo menos, están allí El Príncipe de las Milicias Celestes; San Martín, con su pobre; San Jorge, con su dragón, abogado contra piquetes de animales ponzoñosos; Señor Santo Santiago, con su demonio abajo, todos éstos de a caballo; San Nicolás con su tina en que hay dos niños descabezados; Santa Bárbara Bendita, para rayos y centellas; creo que hasta Santa Rita, abogada de imposibles; y aunque no lo recuerdo, es increíble que falte San Ramón Nonato. En tu casa los tendrás; yo no los vi; lo que vi fueron Ídolos antiguos. Cara de Diablos. Ídolos de piedra y de barro. Habladores. Montón de contradicciones.

La pieza grande siempre cerrada. Cerrada con llave. Llave grande, pesada, que Matiana guarda bien escondida. No más abre a la hora de irse a dormir. Entre día, no más en caso de conjuros y oráculos mayores, o cuando la Madre tiene que sacar algo. Al abrir por cualquier caso, inmediatamente cierra por dentro con llave, así sea entrada por salida. En noche o cuando hay conjuros y oráculos, pone además aldabas y corre la tranca de mezquite, igual que avara que cuida y cuenta su oro.

Matiana pasa la mayor parte del día entre la cocina, el patio, la troje y el huerto. En la troje guarda los objetos de uso corriente; los medicamentos ordinarios; los trebejos inservibles, amontonados en orden.

El huerto detrás de la casa, escalonado en contrafuertes de piedras hasta el arroyo. Guayabos, duraznos, limoneros, granados, naranjos agrios y dulces, naranjoslimas, cidras; en la terraza superior, al nivel de la casa, cajones de abejas; en la inferior, cerca del arroyo, una tabla de hortalizas. Esto basta para la mantenencia de Matiana, que vive a base de frutas, miel, verduras, chile. Sin ser estrictamente necesarios, nunca, ni cuando la revolución, le faltan otros comestibles: maíz, frijol, piloncillo, sal, queso, manteca, con que le retribuyen servicios, le demuestran afecto y la propician los vecinos. Con frecuencia dispone de leche, carne, pan, galletas, chocolate y diversos bocadillos, que comparte con quienes la visitan, "para no malacostumbrarse", como dice.

Sólo a clientes y amigos de confianza, y eso al ser preguntada sobre lo que necesita, pide otros efectos relacionados con sus oficios: especias, alcohol, alquitrán, aguarrás, petróleo, sebo, unto, velas, vino, aceite, harina, vinagre, incienso y copal, alcanfor, goma arábiga y de tragacanto, álcali, altíncar, creolina, cera campeche, cola de pegar, levadura, clorato, azufre.

Aunque sin saber leer, los papeles impresos encantan a Matiana, sobre todo si tienen imágenes; con ellos tapiza puertas y ventanas: décimas de festividades religiosas y programas de toros en los pueblos de la jurisdicción; estampas de santos, héroes y personajes públicos; propagandas comerciales; ilustraciones de periódicos; algún billete de lotería. En las paredes hay profusión de tarjetas postales, retratos, alegorías devotas y profanas, paisajes, alternando con flores de papel, en ramos, abanicos y festones, a que también es afecta la Madre.

Vive sola. Ni perro guardián de la casa. Hubo tiempo en que abundaban animales: vaca y becerro de leche, burro, engorda de marranos, gallinero, pajarera variada en múltiples jaulas, conejos, perros bravos. —*Era fuerte y podía dar abasto a plantas y animales; ahora no más mis abejitas, por la cera del Santísimo y la miel de mi mantenencia, con lo vieja que soy. Ni perros ¿para qué? No queriendo Dios cuidarme, sale sobrando que otros lo hagan.* Sobrevinieron tan fulminantes calamidades al amanecer misteriosamente degollados los dos últimos perros guardianes, que la protección del Ojo de la Providencia sobre Matiana y cuanto la rodea se hizo artículo de fe; nadie desde aquel aciago escarmiento que igualó a justos con pecadores, ni los Trujillos en sus mayores arrebatos por agravios atribuidos a la bruja, nadie ha vuelto a sacarle las uñas, ni a rondar de noche la casa si no es en demanda de servicios apurados. Los viandantes rehúyen pasar cerca, sobre todo en horas avanzadas, cuando arriba y en torno de la vivienda se ven luces, bultos en movimiento, y se oyen ruidos de armas, voces de alerta, y en ocasiones parece que arde la casa por dentro, con llamaradas que la hacen transparente y salen por las rendijas.

—Doña Matiana, señora Matianita —llaman, tocan al postigo.

—Adelante con la Cruz, ¿quién eres, cristiano, que me hablas en forma tan extraña?

—El que espera.

—El que espera desespera.

—El que su merced espera.

—Yo a nadie ni nada espero.

—Sí, acérquese, para decírselo por entre la rendija.

—Miguel Arcángel o Jacob Gallo.

—El mero Jacob Gallo: le atinó.

—¿Por qué tan a deshoras?

—Conviene así: usted sabe.

—Pareces el Jesús, disfrazando la voz.

—Ya me tiznó, doña Matiana.

—No que seas, que te pareces en la voz, me lo habían ya dicho, y nada tiene de raro, al fin la misma sangre, que no negarás.

—Otro es el que la reniega, y a eso vengo; pero a más que usted lo sabe porque lo lee en el aire que lleva y trae; ni la hora ni el lugar son para explicarle con calma, ni eso me trae con usted, sino saludarla y decirle que ya estamos por acá, yo y mis muchachos, para servirla, y que nos eche sus bendiciones, que ponga de nuestro lado a las potencias que no se ven, que nos hagan buen tercio y no nos le volvamos ojo de hormiga a la buena hora de sus intercesiones en el partido de la justicia que buscamos igual que su merced; saque no más la mano por el postigo, que allí otro día la veré con el sol y platicaremos despacio.

—Si algo te propones darme, antes dime por qué y qué.

—Antes que nada, tocarla para que se me comunique alguna fuerza y suerte...

—Te burlas de una vieja chupada.

—Atiéndame: luego también para que sienta en mi pulso mis intenciones y las juzgue...

—Por qué voy a juzgarte.

—Ponga usted que no más porque yo así lo quiero y se lo pido.

Rechinan aldaba, trancas y maderas. Gira la mirilla del postigo. El hombre alcanza en la oscuridad la descarnada, enérgica mano.

—Además un presentito para que lo aplique a mis intenciones.

La mano es retirada con presteza. Se oye un golpe metálico.

—Así es que mentiras desde un principio. Te lo pregunté.

—¿Dónde está la mentira? Estaba respondiéndole y usted interrumpía.

—Yo no recibo dinero, ni menos eso que oí sonar. ¿Qué tanteas comprar al tiempo? Hay cosas que no se venden —la mirilla se cierra, se corren trancas y aldaba. Jacob levanta la voz por hacerse oír:

—Sería echarme sal si su merced no toma esta miseria que le ofrezco no para comprar nada, sino para que la distribuya por mis intenciones y necesidades.

Silencio.

—Ni se ofenda ni me responda si no quiere, señora Matiana. Dios sabe mi buena intención. Aquí queda la ofrenda en el batiente del postigo. Ya no es mía. Usted sabrá lo que hace con ella. No le pido ni le pediré otra cosa que lo dicho: sus bendiciones para conseguir justicia y adelanto en la tierra donde nací. A sus órdenes para cuanto mande, si algún día necesita de nosotros —Jacob habla fuerte y lento, junto a la rendija, para ser oído.

—Óyeme —prorrumpe al fin la mujer, sin abrir de vuelta—, en vez de darme nada, pues nada he hecho para que quieras recompensarme, ni tampoco sueñes con amarrarme a tus órdenes, allí arregla, infórmate de una injusticia que tu padre quiere añadir a su lista con la máquina de coser que fue de una hija de Rómulo y Merced: infórmate.

—Informado estoy, y puedo asegurarle que a doña Merced no le quitarán la máquina. Le respondo. Y óigame: no me eche sal, negándose a recibirme la ofrenda. Se lo dejo aquí.

—Para que luego digan que robé. Llévate eso. Más delante, si es tu voluntad, allí me traerás unos puños de maíz.

—Por lo menos guarde esto. Ya no es mío.

—Si eres testarudo, imagínate cómo seré yo, con mis años.

—Pues aquí se queda y ojalá se lo halle alguno con necesidad.

—A ver si no es el Felipe o el Jesús, y les sirva para atizarte.

—Eso es cuento suyo, doña Matiana. Quédese con Dios.

En la noche se oyen los pasos del hombre que se aleja.

—*Genio y figura, bien dicen. Trujillo al fin, aunque renegado. Como quien dice: refinado, según es el aguardiente bueno y la azúcar blanca. Pensé al oír pasos: otro desvelado que viene a la boruca del airoplán. Los modos de los toquidos, y luego la voz, la seguridad con que dijo:* el que su merced espera, *pronto me sacaron de duda. Pronto formé juicio: éste sabe su cuento: lo que trae entre manos, lo que se ha metido entre ceja y ceja. Siendo tan de a tiro distintos — ranchero uno por los cuatro costados; gente de mucho mundo el*

131

otro—, me recordó al músico Gabriel, primero la forma de hablar, el tono de voz; luego, principalmente, su pulso al darme la mano, tan distinta de las manos tiesas de los de por acá. Como mal pensamiento me pasó por la cabeza: —De los que han de saber hacer gozar a las mujeres. No más por la pulsación, por el calor de la mano, por las modulaciones de la voz. Como el señor Gabriel. Apenas es de creerse: ¡tan vieja y pensando en eso! Será porque a mis años me causan más lástima todas estas pobres mujeres que conozco, que se les pasa la vida sin haber probado más que las contrariedades del matrimonio, a causa de la ignorancia de los hombres, de lo brutos y atrabancados que son, sin chiste, sin gracia, sin consideración cual ninguna para tratar a las mujeres, que no saben hacerlas gozar; las más muchachas me dan mayor lástima. Con un señor como el señor Gabriel, era el peligro de Teófila, que tras encandilarla (ella, tan extravagante, tan dada a vivir de imposibles), él abusara, y «si te vi no me acuerdo». Allí, según entiendo, nacía la reconcomia que al señor Gabriel tenían individuos como Felipe, el Jesús y otros de su jaez: olían la diferencia en el efecto causado sobre las mujeres; la veían, la oían, en el modo de ver, de hablar, que a las mujeres les salía en presencia del músico, sin que éste se lo propusiera, pues nunca se le miró hacerle la rosca a ninguna; por el contrario, como que las despreciaba en el fondo, aunque sin dejar de ser atento y muy político con ellas, y hasta bromista, campechano, según era natural en él. Ellas gozaban con verlo y oírlo, con adivinar lo que sería en lo íntimo, comparándolo con el estilo corriente de los paisanos. Era lo que no le perdonaban éstos; la envidia que le tenían; el miedo. Bueno que a la mayoría los distraía, entreteniéndolos con la música, embobándolos. Recuerdo todo eso a propósito de Jacob Gallo, el resucitado; siendo tan diferentes, en eso malicia que se parecen. Bien entiendo lo que a las buenas vino buscando: ponerse a mano por mi conducto con los Poderes que no se ven, como él dijo, porque me tiene fe; se lo entendí; si con otra cosa le salí, es para que no la vea tan fácil, y porque ni me conoce ni lo conozco, aunque bien me lo imagino, y sé cuál misión trae de lo Alto, que ni él mismo la sabe, instrumento como es, como somos todos en

132

este valle de lágrimas, instrumentos de la Mano y del Ojo Poderosos;
por eso mismo, porque bien a bien él mismo desconoce los Designios
que lo traen, al final de cuentas no quiera descargarse conmigo, y
para que no pueda pensar: —esta vieja interesada lueguito estiró la
mano al oír oro. No porque lo diga. Pero por las dudas. Al dinero no
estoy acostumbrada: sabido es de todo el mundo; ni me hace falta.
Oro, menos. ¿De qué sirve por acá? No más los que lo guardan lo
conocen. De allí en más ¿quién? El escándalo que se armaría si un
pobre llanero saliera queriendo comprar sus avíos con monedas de
oro. De ratero no lo bajarían. La desconfianza le cerraría las puertas
aquí como en los pueblos. Ya dice el dicho: quien pobre anocheció y
rico amaneció ¿de dónde lo cogió? *De pronto se me ocurrió recoger-*
los y, a pesar de la hora, agarrar camino para llevárselos a Merced,
con fin de que redima la máquina; o por lo menos guardárselos al
Jacob para cuando vuelva, sin verlos ni contarlos, antes que alguien
pueda venir a tocar, y por más seguridad que haya en el Llano con lo
ajeno; pero lo caído es tentación acá como en todas partes. Allí que
se queden. Cuando no sea que se los llevó. Me dan ganas de desenga-
ñarme. Si alguien los encuentra y carga, ya le tocaría, ya lo socorrería
Dios. Allí se quedan. Cuánto será. Miles que sean. El Demonio no
me hará caer. Aléjate, Satanás: anda con el cuento a los Trujillos, y
diles también que resucitó ya Miguel Arcángel, que por aquí estuvo,
que allí dejó, que pronto se les aparecerá y les refrescará la historia,
la historia de los Trujillos, ni acordarme quiero, es el cuento de nunca
acabar, quién sabe, creo que sí, Jacob Gallo la acabará, o Miguel Ar-
cángel, resucitado, parecido al señor Gabriel. Ojalá no se descarrile,
y se vaya chueco, y de nada sirva su venida.

Muy temprano llegó un buen mozo, seguido de tres acompañantes, todos a caballo, con una mula cargada; y el buen mozo dijo
que lo mandaba su señor padre, Jacob Gallo, y a una seña suya
descargaron la mula y metieron cuatro costales; y el buen mozo
anunció que dos eran de maíz y dos de frijol, regalo de su señor
padre; y Matiana:

—Por lo menos eso sí, dile, y mira, muchacho... ¿cómo te llamas?

—Miguel. Miguel Gallo, a lo que usted ordene, hijo legítimo, el mayor de...

—Pues mira, Miguel, aquí a la vuelta, en el postigo que da sobre la vereda, debe hallarse algo que has de llevarle a tu papá; anda, recógelo.

El muchacho fue, volvió con un envoltorito.

—Aquí, tenga. Yo no sé de otra cosa que de traerle las cargas ésas. Lo demás, allí lo arreglará con mi señor padre cuando venga. Los Gallos somos de pocas palabras y mucha resolución. Allí nos vemos, viejita.

—¡Cabezas de pedernales!

El paquete al suelo, no hubo manera de que lo juntara el buen mozo, ni de que aceptaran —él con sus acompañantes— quedarse a almorzar.

—Allí cuando mi señor padre arriende, se lo dará... Dispénsenos, tenemos priesa... Otro día será con gusto... Libre sus órdenes...

—Tan muchachón y ya tan recio de carácter, tan cerrado de cabeza.

No hubo más remedio que recoger del patio el envoltorio y, sin abrirlo, guardarlo. Chirrió la puerta de la pieza grande y Matiana penetró a su reino.

Goma de incienso en infusión para el dolor de costado, y de tragacanto para las pulmonías, con friegas de aguarrás, parches de trementina y cocimiento de ocote. Para el mal de ojo, cogollos de mezquite y esa flor tan colorada que casualmente nombran de mal de ojo. Para fiebre puerperal, que hay tanta por todos estos rumbos, hojas de fresno en lavativas repetidas y con tanta agua que casi las haga reventar, lo más que aguanten; ya también las mismas hojas tomadas en cocimiento. Para el tabardillo, lo mismo, y cataplasmas de fresno. —*Son de los remedios naturales. No más de los naturales.* Cabellos de elote, lantén, cebada perla, semillas de melón, yerba de la sinvergüenza, chía, jamaica, pingüicas en agua de uso y en sinapismos para mal de orina; y para los chancros, la goma de la vaina de la flor del huizache, que también sirve refregada para las encías, y de la misma flor de huizache se saca perfume. Infundia y lenguas de golondrinas para mudos y tartamudos. Vino guardado en guaje cirial y cordiales de carlón para el oguío. Ungüento y agua de San Rafael con aceite y escamas de pescado para los ciegos. Yerba del Venado y ruda para dolores de aire, y la del Perro para los de estómago, junto con el manrubio, el istafiate, la yerbabuena, la Oreja de Ratón. —*Unos cuantos no más de los naturales.* Azahar para la tristeza; cáscara de granada de china y de naranja agria para la bilis; flores de guayacán para el corazón. En la calentura, borraja y lavados de tianguis. Extracto de hígado de zorrillo para la debilidad. Gordolobo, zaragatona y alcohol apagado en azúcar, para la tos. Para los reumatismos, raíz de la sinvergüenza, macerados un mes en alcohol sus camotes, y piquetes de hormigas, abejas y avispas, buenos también para los fríos. —*Unos cuantos remedios no más naturales.*

TERCERA ESTANCIA

BELÉN: LA VIOLENCIA DESATADA

En Belén los pastores y había luna.

En Belén los pastores y había luna. Unas noches preciosas tocaron.

—Lástima con lo que pasó.

Otros años ha llovido, al grado de tener que hacerse la competencia en el corredor de la Casa Grande, con grandes apreturas.

—Casa Grande aborrecida.

Este año, ni una nube en el cielo todas las noches, las cuatro noches: 25 y 28 de diciembre, 1° y 6 de enero, en que fueron las funciones.

—Por poco ni una se hace a causa de la sorpresiva injusticia.

Otros años las cabañuelas adelantándose deslucen, desconchinflan el fandango.

—El descarado abuso deslució la devoción.

Este año ni menester hubo de iluminación artificial.

—Hasta eso se ahorró el grandísimo avorazado, y ni por eso se contuvo de hacer lo que hizo tan a la mala.

El patio resplandeciente a la claridad de la luna, parecía de veras la Noche del Nacimiento a la luz de los ángeles avisándoles a los pastores y con la Estrella encendida.

—Apenas puede creerse que escogieran esa Noche precisamente para amolar a los pobres cuando menos lo esperaban.

La noche resonante. El cielo limpio.

—Conciencias negras.

Aunque como es natural cuando en diciembre hay luna y cielo despejado, hizo harto frío.

—No tan despiadado como los Trujillos.

Con la luna, con su luz oxidada, los diablos, con sus máscaras coloradas, con sus capotas negras, salpicadas de lentejuelas plateadas y solferinas como chispas de brasero, y con sus cuernos, unos chicos, pero enormes los más, parecían más diablos que otros años, como sombras salidas del antro de la noche al patio iluminado. Brillaban muy blancas las barbas de los ermitaños. Enredada en velos carmesíes agitados por el aire, la Tentación andaba de aquí para allá como estopa en llamas.

Al saberse que por fin habría competencia de pastorelas, renació el alboroto; corrió por el Llano la sorna:

—Se salieron con la suya los cuervos, le ganaron al viejo la partida sacándole las uñas don Felipe, don Jesusito, Plácida. ¡Terribles!

—La yunta de Trujillos: tan malo el pinto como el amarillo.

Pronto el encono inoculó la sorna:

—Ay, a qué precio se dejó convencer el viejo roñoso.

—Hubiéramos sabido. Nos lo hubieran dicho antes.

—Abuso inaguantable.

—Una infamia, una verdadera infamia la que cometieron, y según acostumbran: contra pobres indefensos.

Estuvo a punto de producirse tumulto general. A nadie le cabía en la cabeza:

—Cómo, dónde, cuándo se había oído en Tierra Santa que alguien quisiera cobrar algo por la lucha que uno hace libremente, por lo que uno tiene con su trabajo.

—Dizque contribuciones.

—¡Ya! Ni que fuera el pueblo, al que por eso nunca voy, porque allá todo se vuelve multas y sacada de dinero por esto, por aquello, hasta por resollar.

—Dizque hasta por la entrada querían cobrar los indignos Trujillos, condenados.

—Hasta por debajo de la lengua, entrada a golpes les habríamos de dar, pero allí que se hacen todos atrás, corveados, como sucedió.

—Ya mero, como en el pueblo, van a querer cobrar porque uno ande en calzones y con huaraches. Mismamente lo que hace poco me pasó cuando un domingo fui allá, que a prisión me llevaron porque dizque andaba indecente, con calzones, y estaba prohibido en un papel a la entrada, como si alguien supiera lo que representan los papeles: total, que pagué dos pesos de multa para salir de entre tanto borracho, y me quedé sin traer los avíos; con decirles que hasta sin misa me quedé, allí no más encerrado hasta que no hubo más remedio que me sacaron los dos pesos, rebajándome uno que me pedían. ¿Cuándo se había oído que por andar como siempre andamos en calzones y ceñidor? A poco van a exigir que con pantalones de gamuza y botonadura de plata. El caso es la sacadera de dinero.

—Y allá siquiera hay eso que llaman gobierno, pero ¿y acá?

—El gobierno y la ley de sus riñones, los tiznados Trujillos.

—En el pueblo, al que ande con los pies a raíz, multa; al que no pudiendo aguantarse busque un rincón para hacer su necesidad, cárcel y multa doble; al que pare sus bestias en la plaza o en la calle, prisión doble, multa y que se dé de santos si no le quitan los animales. Así por el estilo. Hasta porque se quede uno parado, bobeando, ¡cárgale para la cárcel! Basta que a uno le vean la cara de ranchero pazguato, sin quien hable por uno en el pueblo.

—No más eso nos faltaba en Tierra Santa, donde lo bonito es que ni gendarmes hay, ni nada que impida vivir a nuestras anchas, con pobreza, pero haciendo cada quien su santísima voluntad.

—Sobre todo sin tener que pagar por lo que uno tiene o hace.

—Para acabarla de fregar, como si fuera poco lo que les aguantamos.

—Hasta del aire se sienten dueños. Del sol y de las estrellas. ¿No allí querían cobrarnos la luna?

—Que cobro de plaza. ¿Cuándo ni nunca se había oído eso en todita Tierra Santa?

Fue tan de sorpresa, tan a las malas.

Como todos los años, antes que los pastores habían ido llegando e instalándose los vendedores de comidas y golosinas; los vendedores de corridos, devociones y mañanitas, bandolón en mano; los yerberos, falluqueros, barberos y sacamueleros, carcamaneros, loterilleros y suerteros, componedores, afiladores, hojalateros: el enjambre bullicioso de placeros y artesanos, en cuya busca la gente viene tanto o más que por ver las pastorelas.

Ese primer día, veinticinco de diciembre, sábado por más señas, la concurrencia era mayor que otros años. A media tarde, Belén parecía hormiguero. Distintos motivos excitaron la curiosidad pública: el peligro de que a última hora todavía don Epifanio quisiera suspender la fiesta; el ser día de Navidad y seguir un domingo; el haber luna tan bonita, que permitía regresar a deshoras de la madrugada, cargando con la familia, como si fuera de día en los caminos del Llano; y, principalmente, atestiguar si, como se afirmaba, la pastorela de Damasco, la más famosa, que se presentaba esa noche y había ganado sin interrupción en los cuatro últimos años, venía sobre las nubes, afianzada en su silla, para que no la tumbara, para no dejarse ganar por la nueva pastorela formada en la sierra, de la que se hacían lenguas los que juraban haber presenciado el ensayo real. Se cruzaban apuestas en los ranchos, desde días antes, como si se tratara de carreras de caballos. Había cosas extrañas. Cómo las apuestas llegaban a dos por uno en favor de la pastorela desconocida, siendo la de Damasco tan famosa y familiarmente apreciada; sabiéndose que para garantizar su triunfo había ensayado mañana, tarde y noche, durante semanas; renovado por completo su vestuario y reforzado sus coros; preparado con gran reserva un montón de sorpresas, a modo de milagros, que asombrarían a los asistentes. Corrían versiones de mutuos espionajes para no dejarse comer el mandado con efectos desventajosos, y agarrar la delantera. Sin embargo, nadie daba razón exacta de dónde venía la pastorela serrana, ni de quiénes la formaban, y cómo, cuándo hicieron el ensayo real.

Suposiciones, gustos, chismerío recrecían el guato. Volvía con fuerza, subía retumbante, dominante sobre las crestas del vocerío, la causa del Diablo Volador, al fin más apasionante que las otras; ¿qué mejor ocasión para cernirla y discernirla en junta de lenguas venidas de todas las congregaciones? Fuera de los de la Barranca, los de otros ranchos que pretendían haber visto el Espanto, se contradecían, salían con vaguedades al fijar circunstancias: que a mediodía, que a medianoche, que como campamocha, que como gusano con alas, que venía, no, que iba rumbo a la sierra... Apareció inesperado número de vacilantes y reticentes, y aun de francos disidentes e incrédulos frente a lo que días antes pasaba por artículo de fe. Ahora resultaba que muchos conocían los aparatos voladores; pero sin saber precisar dónde ni cuándo; sin atreverse tampoco a sostener que lo fuera el monstruo visto por los de la Barranca.

Seguían llegando más y más gentes, más vendedores ambulantes. Con semejante animación, se habían puesto buenas las ventas, entre cuentos, alegatos, pronósticos, apuestas, encuentros de vecinos que no se veían desde antes de las siembras. Comerciantes y artesanos no se daban abasto. Tupida rueda de hombres, mujeres y niños oían absortos a la pareja que vendía corridos; era el punto de mayor atracción; entonaban *La horrible aparición del Demonio Satanás en forma de animal volador que causa mortandades por donde pasa en los ranchos de Tierra Santa*; se apeñuscaban los oyentes preguntando si el papel traía figuras de cómo pasó el asunto; los vendedores —hombre y mujer— contestaban que traían el corrido no más en la cabeza, como lo habían oído al poeta que lo inventó, añadiéndole cositas nuevas, y que si al fin casi nadie de los presentes sabía leer, no necesitaban papel, sino aprender de memoria los versitos, a fuerza de repeticiones, que para eso estaban, y eran a veinte centavos cada cantada, pudiéndose juntar varios para pagar el precio; con esta treta, embolsaban fierros y más fierros, a repite y repite la cantada con su siniestra introducción:

Ya llegó el terrible día
de espanto y de confusión.
La aparición del Demonio
trae un anuncio fatal;
una destrucción completa
del pecado original,
el clamor del reconcomio
y el día del juicio final...

La gente a gritos rezaba
con verdadero fervor
suplicándole al Creador
que al Demonio retirara
de arriba del firmamento...

El restallar de cohetones anunció que al fin llegaban los pastores. Corrió el alboroto. Corrieron las gentes a ver la entrada. Los vendedores ambulantes acudieron; los que tenían tendido voltearon a la curiosidad. Pardeaba la tarde.

Venían cantando muy entonados la Caminata:

Miren cuántas luces, cuántos resplandores,
sin duda es Belén. ¡Qué gloria, pastores!
¡Qué gloria, pastores!

Era cierto: qué trajes nuevos tan primorosos; llenaban de admiración. Qué báculos tan bien adornados. No había habido exageración al nunciar el estreno de vestidos.

—Y eso que no traen puestas las capas ni las máscaras. Ya verán, ya verán.

—Y su modo de cantar como si fueran otra vez los tiempos del maestro Gabriel; como si él mero los encabezara.

> *Qué llano tan grande; parece que ya*
> *llegamos felices y sin novedad,*
> *y sin novedad.*

Ermitaños y diablos apartaban a los curiosos, asustaban a los muchachos que querían tentar los trajes flamantes.

En esto; en hacer tiempo para que todo quedara listo y empezara la función; en oír otra vez los pregones de vendimias y juegos; en esto andaba la gente distraída, cuando ¡purrum! se suelta el cobradero por pago de plaza. Los vendedores de corridos daban la vuelta a los versos del usurero:

> *Dispóngase el usurero,*
> *arregle bien su conciencia*
> *con un fervor verdadero...*

> *Que restituya el dinero*
> *quien lo haya adquirido mal,*
> *porque no es bueno el caudal*
> *que se tiene con tal treta.*
> *Por eso el Diablo Cometa*
> *trae un anuncio fatal...*

Creyendo que algún igualado quería darles chanza, el hombre siguió cantando y rasgueando el bandolón. La insistencia grosera, las palabrotas, le hicieron luego pensar que sintiéndose aludido por los versitos, el usurero Trujillo lo mandaba callar.

—Qué ¿no tiene orejas, burro tarugo? ¿No me oye que son cuatro reales por el campo? ¡Aflójelos! No se quede allí haciéndose guaje, ¡pazguato!

Como si por distintos lados fueran saliendo tarántulas o alacranes, viéronse remolinos de gentes en diversas direcciones, amontonándose, arrempujándose; se oían gritos. De qué se trataba, bien a bien no se sabía. Comenzó la confusión, el corredero.

—¿Con qué derecho? —dijo el vendedor de corridos. Contestación fulminante: una mano le arrebató el bandolón y se lo quebró en la cabeza, antes que una voz tronara con insolencia:

—Con el derecho de mis calzones, hijo de la tiznada.

Era don Felipe Trujillo, enfurecido, la mano en la pistola.

—Si no les gusta, lárguenseme orita por donde vinieron, méndigos lángaras.

El achichincle que cobraba se lanzó a patadas contra el tendido; bailó sobre papeles y estampas. La mujer del vendedor pasó del llanto a los gritos inarticulados y de allí a los bramidos y denuestos.

A la sorpresa, a la vista de las armas, la multitud hizo un instintivo movimiento de retirada, abandonando a las víctimas del atraco. Al anchetero le habían volteado el cajón de su mercancía, que a gatas, entre maldiciones, trataba de rejuntar. El varillero, de bruces y en cruz, luchaba por defender de robos y perjuicios el tendido de retacerías y paliacates. Los más pobres causaban más lástima: viejecitos y viejecitas que vendían semillas y cacahuetes tostados, puestos en pequeños montones, pisoteados sin piedad por los agentes de la Casa Grande. Reposteros y dulceros corrían de un lado a otro, alzando con destreza sus cajones para salvarlos de estropicios. Una vendedora de sopes y enchiladas izaba en fiero ademán las tenazas con carbones al rojo vivo. Ruegos, injurias, amenazas.

Repuesta del intempestivo acontecimiento, se inició el reflujo de la multitud con murmullos amenazantes, en lucha la ira de unos y la medrosidad, la indecisión de otros. Atizada, se propagaba, ganaba terreno la indignación, en lucha contra la inerte curiosidad. Se generalizaba la idea, el grito —sordo o abierto—:

—¿Con qué derecho?

Como clavo ardiendo se hundía en las conciencias el anuncio inaguantable:

144

—¡Contribución!

—Y lo peor es aquello de *cuando veas las barbas de tu vecino cortar, echa las tuyas a remojar.*

—No. ¿Con qué derecho?

La indignación iba juntándose, soplando chispas. De un momento a otro se desataría la trifulca.

Se habían juntado los prebostes de las pastorelas, tratando de calmar los ánimos, de contener a los agresores. Don Jesusito Trujillo, unido a los prebostes, hablaba y hablaba, cambiando de gestos, de tono, según veía la situación, sin dejar de frotarse sus manitas de gato, parpadear con inocencia, torcer la cabeza como quien no rompe un tepalcate.

Al principio se había encarado resueltamente a los vendedores, bien que sin la insolencia de don Felipe, mas con igual intransigencia. Generalizado el clamor de *¿con qué derecho?* sostenía que con el derecho de dueñazgo: —*esto es casa particular y no plaza pública; ¿cómo quieren llevarse todas las ganancias sin contribuir a los gastos? No es justo.* No se le caían de la boca las palabras *justicia, derecho, equidad, respeto a lo ajeno.*

Al intervenir los prebostes, al transcurrir el primer momento de sorpresa y ver que se venía encima la gente, don Jesusito pasó de la exigencia sin dilación, al alegato persuasivo, tratando de sondear los ánimos, de dividirlos, de ganar tiempo y ver si era todavía posible sacar dinero a los vendedores, a los que comenzó a culpar del percance; los Trujillos no hacían sino defender los intereses públicos, amenazados por quienes explotaban vendiendo caro, abusando de la necesidad y la ignorancia de la gente, engañándolos con mercancías echadas a per der, con alimentos descompuestos, dañosos y hasta venenosos; estafándolos con distintas trampas al medir y pesar, al correr las barajas y la ruleta, como era fácil probar. A todo trance quería don Jesusito convencer a los espectadores para que se les echaran encima a los careros, envenenadores, tramposos, o por lo menos para que no hicieran causa común. Los mercachifles resultaban los únicos culpables de los desaguisados, por lebrones, por faltos de respeto en casa ajena; ellos habían comenzado el pleito, ellos mismos habían quebrado sus cosas para prender la mecha y calentar la sangre de los demás; no era justo que por unos cuantos avorazados, muertos de hambre, sinvergüenzas, estafadores, el pueblo se quedara sin fiesta; no era justo hacerles el juego, defenderlos; al contrario, ¡duro con los encarecedores, enemigos de la salud!

—Vengan, huelan este pollo, este chorizo: están descompuestos, ¡pobres de los que hayan comido estas porquerías! andarán ya con torzones. Y vean este frasco dizque de agua fresca: teñida con anilina que tan dañosa es; y miren; hay ajolotes: ha de ser agua de charco puerco. ¡Miserables! Y así no quieren que Felipe mi hermano los castigue.

Don Jesusito afocaba las baterías de sus palabras en los alebrestados y en los indecisos; acallaba las negativas y razones con que intentaban defenderse los acusados; no les daba respiro su verborrea, enfatizada con ademanes de mansedumbre.

Alguien se apresuró a quebrar el frasco de agua fresca y a dar en tierra con las fritangas, mientras inútilmente sus dueños gritaban:

—¡Mentiras! No está teñida ni tiene ajolotes...

—Pollitos nuevos recién cocidos...

—Agüita limpia, bien serenada...

—Yo misma los crié, yo los maté ora en la mañana...

—Tiene pura jamaica y azúcar blanca...

—¡Todos vieron los ajolotes!

—¡Levantafalsos!

—¡Todavía huele la manteca rancia!

—¡Trujillos puérperas!

—¡Desmadrados!

—¡Satanases hijos de!

Don Felipe desenfundó la pistola.

—Hermano, sosiégate, hasta que se convenzan de que lo hacemos por su bien y que la justicia nos asiste.

Los prebostes exigieron la suspensión del cobro y, ante todo, del vandalismo.

—Nosotros no hemos sido; es la indignación de la gente contra los que venden cosas envenenadas...

—Contra los que al medir cada vara de manta y percal se roban buenos pedazos...

—Contra los rateros del carcamán...

—Lo que nosotros queremos es dar garantías a los que vienen a Belén...

La gente se había dividido en favor y en contra de los vendedores; pero la mayoría se conformaba con ver y oír pasivamente.

—Por lo pronto que ora paguen y allí veremos los otros días.

Los prebostes no aceptaron. Alegaron, alegaron.

Después de mucho alegar, don Jesusito propuso:

—Por lo menos que admitan ser justo que se les cobre, y que se comprometan a vender barato y bueno, a ser legales y no dar cosas corrompidas o inservibles.

Los prebostes deliberaron; decidieron que las cosas deberían seguir como todos los años.

—Entonces que se salgan del patio, que hagan sus trafiques fuera de nuestros linderos...

—¿Y quién sabe —respondió el preboste de Betulia—, quién conoce hasta dónde son sus linderos?

Hubo risas generales, francas o disimuladas.

Don Felipe hizo impulso de lanzarse contra el respondón; lo contuvo don Jesusito.

—Qué ¿dije algo malo? ¿le falté al respeto? Según ustedes todo es de ustedes. No más digan dónde. Es todo lo que quiero saber para evitar nuevas trifulcas.

La cuestión resultaba inútil. El mayor número de vendedores había escapado, y levantaban el campo los que restaban.

Se precipitó la iniciación de la pastorela. Los truenos de una ristra ahogaron las discusiones. Una bomba de luces pobló el cielo de colores. Apareció el coro de ángeles capitaneados por Luzbella, vestidos de blanco deslumbrante:

Arcángeles valerosos, hechuras de mi saber...
¿no es ya tiempo, mis valientes, de que peliemos con celo y arrojemos de este cielo al que se llama Potente?

Y el Pecado:
Luzbella, ángel poderoso, a ti por rey te queremos
y a Dios haremos destrozo.

Relámpagos, truenos, pelea, y la voz del Arcángel Miguel:

Calla, lebrón desgraciado...

Ya no fue igual. Había quedado sabor amargo en todas las bocas. Ya no sirvió la cosa. Mucha concurrencia se había ido con los de las vendimias. Los que se quedaron estaban ataranteados; lengua y garganta resecas; no prestaban atención; se bullían de un lado a otro, inquietos; dominados por el coraje impotente, por presagios funestos de nuevos abusos, por el reconocimiento interno de su cobardía para no rebelarse y defender a los atropellados.

Algunos —Rómulo entre ellos—, no pudiendo soportar lo que por la cabeza les pasaba, se marcharon en el transcurso de la representación, que había perdido para ellos todo interés.

Avergonzado, corrido, mascando sorda irritación, hacía Rómulo el camino de Betania, bajo la luna.

—¡Atajo de cobardes! ¿Para qué más que la verdad? Somos eso. Y eso y más de lo que pasó merecemos. La pura verdad. ¡Lo que tendré que oírle a Merced cuando se lo cuente! Cantará de su ronco pecho, como luego dicen, y no acabará. Se acabó en la Tierra Santa la dignidad. Hasta la esperanza se acabó. Se acabó la vergüenza. Ya ¿qué nos queda? Nos queda el destino de ser herrados el día de mañana, como bueyes. ¿Habíase visto? Nunca se había visto ni oído. Si resucitara mi abuelo, volviera en el acto a morirse de rabia, pero más: de tristeza. ¡Qué esperanzas que hubiera él consentido eso! Los

habría obligado por principio de cuentas a pagar daños. No, en Tie-
rra Santa no ha vuelto a nacer un hombre como el finado Teódulo
Garabito, defensor amante del necesitado y enemigo declarado del
abusivo. No tenía pelos en la lengua para llamar al ratero, ratero;
ni qué lo atara para correr y levantar la mano en favor de los que
sufrían injusticias o miserias. En su tiempo no se conocían envidias
por todos estos rumbos. Teófila decía que la envidia es tristeza del
bien ajeno. Al contrario, nos alegramos todos cuando le va bien a
alguien: todavía es la costumbre general, así como entristecernos por
las desgracias de los vecinos, y ayudarnos unos con otros en casos
de necesidad: que yo no tengo esto, no me apuro, porque Fulano y
Mengano me lo prestarán con toda seguridad. Las envidias comen-
zaron cuando el Pifanio comenzó a crecerse, a ser malaentraña con
los demás, a no querer prestar cosas de remedios para enfermos: el
aparato de las lavativas, las píldoras purgantes, las yerbas curativas.
Cundió el mal ejemplo. Comenzó a saberse de vecinos que negaban
el puñito de azúcar y sal, el repuesto de petróleo, la raja de ocote,
que nadie hasta entonces negaba de una casa a otra, como si fuéra-
mos una sola familia, sobre todo lo de los remedios, que se ofrecen
antes de ser pedidos. Y comenzó a saberse de gentes que no devolvían
las cosas prestadas, o no correspondían favores, lo que desconchinfló
amistades; el modo de tratarnos con confianza se descuacharrangó;
comenzó a perderse la confianza en la palabra dada. Bendito sea
Dios que no somos así todos: quedan muchos que vivimos como nos
enseñaron a vivir los mayores; pero al paso que vamos, adiós, armo-
nía y tranquilidad. Esto que acaba de suceder es un caballazo a la
unión de los ranchos. Cómo me he acordado de aquello que Teófila
nos leía, cuando el Rey Nerón quemó Roma y les echó a los cris-
tianos la culpa, como ahora el Jesusito: de su cuenta hubiera querido
que todos nosotros despedazáramos a los marchantes; eso se llama
sembrar discordia. Pero ya mi abuelo decía: el que siembra vientos,
recoge tempestades; *y también:* con la vara que midas serás medido. *No que les pronostique males: así es la Justicia de Dios contra los*
que a los pobres amuelan. Alguien tiene que ver por ellos y salir en

defensa suya. Porque es que nosotros, los vecinos, ¡atajo de cobardes!
¡buenos pa nada! como dice Merced. ¡Ah! y con la irritación se me
olvidó el trepe que don Jesusito me echó antes del sanquintín con los
de las vendimias; apenas me vio, me hizo una seña para que me le
arrimara; obedecí; puso semblante halagüeño; me dio unas palma-
das en el hombro al decirme: —Rómulo, qué tal, óyeme, tengo por
allí un encargo de mi padre, ya de a tiro ni la amuelas: dice que
le estás viendo la cara, ya ves: cuando se le pone una cosa: quería
que Felipe mi hermano, pero yo me ofrecí a arreglar el asunto en
buena forma, ya ves que Felipe tiene modales bruscos y se le va
la mano; yo dije: a Rómulo hay que saberlo tratar como amigo; a
ver si antes de que te vayas hablamos y no me haces dar la vuelta
a Betania; yo lo que quiero es que Felipe no meta las manos y nos
fastidie; tú dirás... *Yo ¿qué había de decir? En eso le hablaron; oí que*
le decían: —Que don Felipe dice que ya. *Pensé que iba conmigo*
la cosa. No. Fue con los de las vendimias. Y Merced pensando que
con lo dicho por Miguel Arcángel estaba el asunto arreglado: lo de
la máquina; no puede ser otra cosa. Ya de que meten esos las manos,
¡malo! Hay que esperar lo peor. Acabo de verlo. Ni a dónde voltear,
ni a quién acudir. Pifanio dirá: —Ya no es cosa mía, no quisiste
arreglarte conmigo, entiéndete con los muchachos, al cabo Jesusito es muy buena gente, allá con él, yo ya nada tengo que ver. *Eso*
dirá, como si lo estuviera oyendo. Su derecho no se lo discuto. —Lo
primero es no deber — *decía mi abuelo; y repetía:* —No hay plazo
que no se llegue, ni deuda que no se pague. Tarde o temprano,
todo se paga en ésta o en la otra. Más vale ser legales y caminar
derecho. *Y ahora que me acuerdo, antes don Jesusito me hablaba*
de usted y de don; bien dice el dicho: Cuando yo tenía dinero me
llamaban don Tomás, y ahora que no lo tengo me llamo Tomás
nomás; *pero es aquello de* Lo que no tiene remedio, remediarlo es
imposible. *Aunque Merced no lo crea. Y dale con Merced. Y vuelta*
a la máquina. La luna preciosa. ¡Lástima! Como si fuera de día. Po-
bres de los pobres. Arrecia el frío. Remediarlo es imposible. O quién
sabe si sea escalofrío.

Los pensamientos de Rómulo se trenzaban con las conversaciones de los que a pie o montados regresaban por el camino de Belén a Betania.

—Tienen el Diablo metido. (*Atajo de cobardes*)

—Es la ley de Caifás: al fregado, fregarlo más. (*Eso y más merecemos*)

Los alcanzaba tratando de pasarlos. Le hablaban. Le sacaban conversación. Les tenía que responder. Caminaba de prisa. Esforzábanse por emparejársele. Al fin se les adelantaba. O los rehuía, cortando camino, entregado a su sorda irritación, a su conversación con él mismo, bajo la luna preciosa.

—¿Qué dices de lo que sucedió? (*Se acabó la dignidad, volviera a morirse de pura tristeza de ver esto*)

—Tú, que eres tan valedor en Casa Grande. (*No ha vuelto a nacer*)

—No volveré por nada del mundo. (*No había envidias: tristeza del bien ajeno. Teófila*)

—Si viviera Teófila no hubiera sucedido. (*El Rey Nerón*)

—Ya ni el consuelo de la Madre Matiana queda. (*Merced, su ronco pecho*)

Iban en grupos. Los niños cargados, dormidos. Lloraban. Ladraban perros por todos lados. Luna de la Nochebuena. Cerca, lejos. Ladraban.

—Don Rómulo, ¿por qué a pie, usted tan de a caballo? (*Cuando yo tenía dinero, lo que no tiene remedio*)

—¿Y doña Merced? ¿no vino? (*Remediarlo es imposible*)

A poco andar de Belén, lloraba una mujer a gritos:

—¡Infames! ¡Todo lo que tenía! ¡Infames! ¡Mejor me hubieran matado! ¡Mi locita! ¡Infames! ¡Mis trastecitos! ¡Infames! ¡En lugar de quebrármelos! ¡Infames! (*Atajo de cobardes*)

Como perseguido por avispas que le picaban las orejas, los ojos, los labios, las manos, pasó Rómulo a la carrera.

—Hubiéramos sabido. (*Por andar de mitotero, dirá Merced*)

—Tan en paz que vivíamos. (*Arréglate allá con los muchachos*)

—En tanta conformidad unos con otros. (*Ya no es cosa mía*)

—En perfecto acuerdo. (*Yo ya no tengo que ver, dirá Pifanio*)

—Dándonos la mano, auxiliándonos, al pendiente unos de otros como una sola familia. (*Tengo por allí un encargo de mi padre, dijo*)

Con luna o a oscuras, otros años, al regresar de Belén, las gentes iban cantando, repitiendo las tonadas de las pastorelas,

> *Cuándo llegará ese cuándo*
> *que el Príncipe Lucifer*
> *vuelva a tener la fortuna*
> *de que le digan Luzbel,*
> *cuándo...*

contando los incidentes de diablos y pastores, refiriendo las gracias de Bartolo el flojo, las tentaciones de la Tentación, la lucha entre Bato y Gila. Este año se oían abominaciones.

—Abominación de la Casa Grande. (*Qué infamia*)

—Abominación de los Trujillos. (*Tan infames el pinto como el amarillo*)

—Abominación de Belén. (*Cueva de mecos desmadrados*)

—Abominación de la Tierra Santa. (*Ni a quién voltear*)

—Abominación sobre abominación.

Qué lástimas causaban —qué remordimientos— los maltrechos comerciantes, que a la luz de la luna iban cargando su desesperación, con los restos del negocio a cuestas. (*A la hora de la hora todos nos corveamos, nos pandeamos, nos echamos atrás, los abandonamos, no tuvimos valor de defenderlos, de dar la cara con ellos y rechazar la injusticia*) Un mercillero corría despavorido, con el cajón vacío; se detenía, volteaba, gritaba como loco, hablaba solo, maldecía. El vendedor de fruta de horno había sólo salvado el aparato de petróleo que izaba entre gemidos. No pudiendo andar más, algunos reposaban a la orilla del camino, aniquilados, cubriéndose la cara, sollozando; mientras otros miraban la luna, mudos, inmovilizados como estatuas, y la luna iluminaba los rostros, los ojos desmesuradamente abiertos, la desolación petrificada de las fisonomías.

—Con qué derecho.

A la luz de la luna, la blancura inabarcable de los tepetates era cruel. (*No tanto como los Trujillos*) Y amenazadoras las tropas de huizaches en sombra. (*Con el derecho de mis calzones, hijos de la tiznada*) Por todos lados ladraban los perros. (*Con el derecho de dueñazgo, cristianos*) Había de ser esta noche del veinticinco de diciembre, día en que nació Nuestro Señor. (*Peor que si fuera Viernes Santo*) En el cielo ni una nube que mitigara la recia luz de la luna. (*Ni a quién volver la cara*) Maldiciones, ladridos, lloros y sollozos, murmullos, pasos en la noche sobre los caminos que vienen de Belén. El frío arreciaba.

—Sí, escalofríos en forma. No hallo la hora de llegar. *Eso te sacas por andar de mitotero*, dirá Merced.

—¿Qué hay de cierto, don Rómulo, en lo de que quieren arrear con la máquina de su hija?

—Ya no es asunto mío, sino de Miguel Arcángel.

—Nos tenga de su mano el Príncipe de las Milicias Celestes. (*¡Florentina Sánchez, eh, qué buen moza, pronto la van a desgraciar!*)

—Mi vieja conserva todavía un vestido que le hizo Teofilita con sus manos de santa. (*Padre, pronto pagaremos la máquina y todo será entonces ganancia con que ayudarle a su merced*)

—Yo ni muerto permitiría tamaña infamia. (*Sí, escalofríos*)

—Y allí andábamos todos preguntando, muriéndonos por saber qué anunciarían los volidos del Diablo en forma de campamocha ojos de lumbre. Ora ya lo sabemos, ya nos desengañamos. (*Voy a caer en cama*)

—Bien dicen que ninguna desgracia viene sola. (*Achaques quiere la muerte*)

—¡Quitarles la máquina: como si dijéramos: la reliquia! El día que lo hicieran habría una revolución en el Llano, ¡eso sí! (*Que don Felipe dice que ya ya de a tiro ni la amuelas*)

—Capaces de no dejar piedra sobre piedra de la Casa Grande y de todas sus demás cochinas casas. (*Atajo de cobardes*)

—Qué diferencia con mi abuelo: Belén era la casa de todos, y a él todos acudían, todos lo querían y respetaban como a padre y bienhechor de los pobres.

—La verdad sí; recuerdo.

—Lo oigo decir en todas partes.

A medida que se alejaban de Belén, iba surgiendo entre los murmullos, entreverándose, predominando sobre quejas e imprecaciones, cobrando claridad, el rumor:

—Los Gallos que vienen, que ya llegaron a su antigua tierra... Creciendo:

—Gallos contra Trujillos: habrá que ver...

Alboreando esperanzas:

—Les darán en la torre a los lóndigos... (*Merced lo cree*)

—Dios te oiga... (*Merced lo jura*)

—Un Jacob, hombre poderoso... (*Que se llevó a Florentina*)

—Miguel Arcángel... (*Ay, Florentina Sánchez, ojos de capulín*)

Consuelo de quebrantos:

—Los pondrán en orden.

Descanso de cobardías:

—Que se pongan con ellos y no con pobres indefensos.

El cuerpo cortado, sacudido por escalofríos, Rómulo divisó los perfiles de Betania bajo la luna; distinguió el tono de ladridos familiares que lo reclamaban. (*Cantará de su ronco pecho y no acabará*) Tras el espectáculo de la injusticia, los olores de la querencia desbocaron los ímpetus de llanto en el convicto de cobardía, como el niño que al entrar en casa, después de haber cometido falta o corrido peligro, rompe a llorar desesperadamente; anudada la garganta, sacudido por sollozos, Rómulo llegó al arroyo, que desde niño supo vadear con ligereza en cualquier época del año, a cualquier hora de la noche. (*Quién me mandó haber ido a presenciar semejante infamia*) Quiso reconocer el bulto erguido sobre las piedras de la opuesta orilla. Los ímpetus desbocados lo tumbaron al saltar una laja movediza. En boca conocida oyó su nombre:

—Rómulo.

El bulto avanzó, parecido a zanate de los que cruzan a saltos el cauce pedregoso. Ligero y negro como zanate. Acostumbrado a saltar las piedras del arroyo. Manos huesosas (*achaques quiere la Muerte*) y sabias.

—Derrame de bilis, cristiano.

Al reconocerla, se consoló; pero lloró con más fuerza, como el niño que tras la falta o el peligro halla el regazo de la madre.

—Matiana, quién me mandó ir.

Con el apoyo de la mujer se levantó, atravesó el pedregal.

—No me quedó hueso sano con la caída y el escalofrío.

—Y con lo que presenciaste sin defenderlos de la iniquidad.

—Sí; es la pura verdad.

—¡Los inicuos! Con llorar nada se compone. Ven para darte algún remedio. Adelante con la Cruz, cristiano.

Renqueando la siguió.

—Lástima de luna.

—Temprano me vinieron con la primera llamada de auxilio: que en la balacera había muertos y titipuchal de heridos y golpeados; me eché a la cabeza el rebozo, cargué con el morral de luchas para accidentados y allí voy lo más aprisa que los años me dejan; por el camino fueron encontrándome noticias de mal en peor: que los bastardos en bola estaban abusando de las pastoras; que habían llegado los Gallos y se daban el primer agarrón con los Trujillos, echando bala entre la gente; que la concurrencia enfurecida había puesto fuego a la Casa Grande, y a cabeza de silla querían arrastrar al Pifanio, al Felipe, al Jesús y demás lóndigos.

Las gentes venían corriendo como bestias espantadas. Ya cerca de Belén comencé a encontrar a vendedores que huían cargando sus anchetas con trabajos. Fui enterándome de la verdad. Ya no quise llegar a verles la cara a los inicuos. No hacía falta. Me quedé

155

un rato esperando allí por si era necesario servir de algo, si llegaban otras noticias de trifulca. La poca cuasia que llevaba se acabó en un momento; ni de dónde sacar para tantos, como tú ahora, que la necesitaban. Curé a varios golpeados en la sanfrancia: unción de árnica. No eran muchos: una más viejita que yo, desaldillada por querer correr; otro al que Felipe y su gente le descoyuntaron el hombro en los jalones; algunos torcidos y más magullados por pisotones. No salgo de mi asombro pensando que con tanta concurrencia no hubo quién les parara bola.

—Fue tan de repente, tan a la mala...

Fueron derecho a la cocina. Brillaba con la luna la humedad de los cántaros de agua. Tres, cuatro jarros bebió Rómulo y no se le quitaba la sed.

—Susto y coraje ¿no? Me volví despacio, ayudándole con el cargamento a una vendedora de gorditas que traía un muchacho de pecho y otros tres chiquillos. ¡Qué atrocidad! Mira, te voy a dar un cocimiento de azahar con cuasia y valeriana; llegando, que Merced te ponga una lavativa de tianguis; voy a prestarte las píldoras purgantes para que las tomes mañana temprano con atole bien caliente: cuídamelas mucho al obrar; me las lavas bien y me las devuelves, porque harto se van a necesitar. No está por demás que al salir el sol te pares en un hormiguero, no se te vayan a hacer fríos biliosos; hasta que te piquen bien las hormigas. Necesitas estar bueno y sano para Reyes.

Rómulo preguntó por qué.

—Para que vuelvas a Belén ese día.

—Nunca jamás volveré. Ni creo que haya nada ya con lo sucedido.

—Sí: el mitote de la pastorela nueva. Forzosamente tienes que ir. Toma esta cobija y vete. Cállate la boca.

Lo acompañó a la vereda.

—No quieras saber más. Tápate bien por el frío. Es temeridad querer asomarse al futuro. Los justos juicios de Dios. Fue bueno haberme que dado un rato en la orilla del arroyo, gozando la luna.

Mañana, luego que pueda echaré una vuelta a tu casa. Tápate bien y adelante con la Cruz. ¡Bonita luna!

Luna y perros por toda la Tierra Santa. Madre Matiana permaneció junto a la cerca, repasando memorias y pronósticos.

—*La tierra dormida. Causa tristeza. Como cuando entra la muerte con el adormecimiento —a pedazos— del cuerpo. Así el valor dormido de cristianos que antes gozaban fama de polvorillas. Causa tristeza recordar otros tiempos; otras caras, y entrar en comparaciones. La luna tiene la culpa: es picadora de la memoria y espanta sueños. La luna, congregadora de recuerdos, resucitadora de gustos y duelos. Qué ocurrencias de loca tiene. Como ella no envejece, hace vivir lo que hasta se duda si fue o no más quiso ser. Por ejemplo, pero me acontece pensar que fui muchacha; yo misma creo imposible que lo haya sido. Y esta luna, dale y dale: toda la noche ha estado aglomerando visiones de aquellos años y felices días. Cuando nada sabía de muertos, ni de males, ni curas, luchas, envidias, amenazas, calamidades, ni miedos, ni nada del más allá o de las asechanzas (creo que ni de la misma existencia) del Demonio. Aquí, siempre igual, en el Llano, quién sabe si entonces un poco más verde, menos pelado en tiempo de aguas, escaso siempre y disparejo, lleno de calmas, como siempre, aunque se me figura que había más árboles, y más voluntad, y comercio, y gusto, y posibles; o será que yo era chiquilla bulliciosa, que a veces no me cabía el alma en el cuerpo, y a veces me llegaba la tristeza, sin motivo, sin dolencia, gustándome; les caía en gracia lo fuerte de mi genio, pero no dejaban de regañarme por dispareja de carácter, como las lluvias del Llano que vienen y se retiran. —Eres muy caprichosa— recuerdo que a cada rato me decían, y se me quedó grabado, y quise hacerme la chistosa fingiendo caprichos a cada paso, con y sin motivo. Siempre sin salir del Llano, aquí encerrada. Ni cuando los franceses. Todavía niña. Decían que yo nací el año cuando los americanos acababan de robarnos mucha tierra, pero yo veía que allí estaban los potreros y que los montes no habían cambiado de sitio, ¿cómo podrían robárselos, cargar con ellos? ¿Cómo*

157

podrían robarme? Robarme los franceses: eso temían en mi casa; oía decir que se robaban los caballos, las monturas y que imponían préstamos, los chinacos; pero los franceses, a mí, ¿por qué? El miedo de los de mi casa se me fue pegando. Para entonces yo ya sabía lo que es alborotarse: sufrir por las ganas de algo: algún hilacho vistoso, unos zarcillos como los de las muchachas mayores; pero de lo que más me acuerdo es del alboroto por salir en los pastores; qué trabajo me costó: no querían en mi casa; lo conseguí a fuerza de encapricharme. Vivíamos entonces en un rancho que luego se acabó, llamado La Canana, donde cada año hacían unos pastores famosos. Primero me admitieron en el coro. Salí entonada, llamando la atención lo ladino y penetrante de mi voz, que aturdía, sobresaliendo de todas las demás. Hasta en mi casa se sorprendieron, admitiendo por fin que fuera pastora. Pronto, ese mismo año, por haberse enfermado la muchacha que hacía de Gila, salí en su lugar. Cómo me acuerdo todavía de cuánto me cuadraba oír al Bato que me cantaba: —Sábete, oh Gila, que yo te adoro —*más que a mi toro* —*más que al carnero cuando lo como* —*tú eres mi vida, tú mi tesoro* —*más que a tus patos y a tus gallinas* —*más que a tus pípilos y golondrinas. Yo* contestaba: *más que a las flores que tiene el campo* —*más que al zenzontle que quieres tanto* —*más que a tus vacas y a tus becerros. Eso era alboroto. Y al año siguiente me hicieron la Tentación. Tampoco querían; se opusieron en mi casa. Me encapriché, alborotada. Me gustaba y lo hice muy bien. Decía Luzbel con voz de cántaro:* —Avanza, Tentación fascinadora, silenciosa introdúcete, hija mía, en esa tierra fértil y traidora. Yo *avanzaba, chillaba:* —Sólo respiro como tú venganza, yo como tú sin fe, sin esperanza, y como tú caída, siento salir de mí fascinador hechizo, y perderán a Dios y al paraíso. *¡Qué ocurrencias acordarme a mis años de todo eso! ¡Ah, cómo me gustaba distinguir las caras de admiración en los concurrentes al oírme, al seguir mis movimientos y dengues! ¡Y los ojos de los hombres, muchachos y viejos, clavados en mí, como lumbres, siguiéndome, sin despegárseme, como tábanos, como esos animales voladores de noche que acá nombramos alumbradores, qué gusto, aunque siendo yo tan chica no me daba bien cuenta* *de lo que significaban y querían esos ojos hambrientos, ese misterio animal de los que con las miradas me comían, llenándome de felicidad inexplicable! Decían los de mi casa, les oía decir, me regañaban:* —Qué se me hace que sacó sangre de pizcapocha, Dios nos libre, Dios te libre de ir saliendo con las velas quebradas, con alma destorrentada que te lleve derechito a la perdición, sin escapatoria, mucho cuidado con los resbalones, criatura. *Hablaban corajudamente de tantas mujeres perdidas. ¿Cuál perdición? —pensaba para entre mí; ¿cómo iban a perderse, ni mujeres ni hombres, aquí en el rancho, con distancias tan cortas y veredas tan conocidas? ¿qué clase de perdición mentaban? Yo sentía como si hubiera nacido y vivido siempre en la danza; ni el primer día me destanteó la curiosidad con que me miraban, ni vergüenza me dio salir, comenzar a cantar, ir de un lado a otro, como si toda la vida lo hubiera hecho; ningún trabajo me costaba cambiar de rostros, en momentos alegres, en momentos tristes; a veces maliciosos, a veces inocentes y asombrados; igual que pasar del canto a la recitación, como si hubiera nacido enseñada. Yo misma me sorprendía de la naturalidad con que de ser Gila o pastora del montón, me convertía, sentía ser la hija del Diablo, retorciéndome como culebra, con semblante halagüeño, muy hipócrita, fingiendo voz de ángel, para ofrecer a Eva la manzana y hacer que se la tragara, que convidara el bocado a Adán, mientras la gente se rebullía, les brillaban más los ojos a los hombres, parecía que les sudaba todo el cuerpo, se les atragantaba la garganta, se les agarrotaban manos y quijadas; Adán y Eva corrían a esconderse; Luzbel se carcajeaba, encarándose al Arcángel:* —Dile a Dios que haga universos y hombres como éstos, Miguel. *Y así, con la misma naturalidad que de Tentación, un año salí de Eva, muy mustia y provocativa; otro año me tocó hacerla de Virgen María. Sí, yo era la primera en sorprenderme de la facilidad con que brincaba destinos y me posesionaba de cada uno; pensándolo mejor: no brincaba: los llevaba en mí, a modo de vestidos distintos, que podía ponerme y cambiarme a voluntad, y tan aprisa, que costaba trabajo creer que fuera la misma persona; el caso es que yo sentía ser la propia Virgen cuando me tocaba representarla, y no* tenía que hacer esfuerzo por aparecer llena de gracia, de pureza, de humildad, pues del fondo de mi alma salían al momento las virtudes, los ademanes, los tonos de voz apropiados. Igual sucedía siendo Gila o la Tentación: de nadie había aprendido los retorcimientos y demás facetadas que se me ocurrían; brotaban como veneros profundos, manaban por nervios y venas, estremeciéndome. Como Virgen, me sentía capaz de dejarme matar por defender al Niño Dios en mis brazos; como Luzbel, me dominaba el odio a muerte contra San Miguel y hasta contra Dios, temblándome las palabras de verdadera rabia. Pero la concurrencia, sobre todo a los hombres, les gustaba más verme de Tentación; afirmaban que no habían visto nada parecido. Las mismas palabras de los de mi casa corrían de boca en boca, desbozaladamente o con misterio; unos las decían con vergüenza; otros con lástima; y no faltaban los ofensivos, los alegrados, ni los burlescos que repetían: piruja, cusca, pizcapocha, güila. Yo ignoraba su significado, aunque lo adivinaba por el modo de oírlas, y me moría por comprenderlas, desentrañándolas, sin animarme a preguntar qué significaban y por qué al decirlas parecían mentar algo malo y al propio tiempo sabroso, deseable; a la memoria me venía el dicho: lo prohibido causa apetito. ¡Había, me rodeaban tantas cosas prohibidas! El misterio por mí despertado me gustaba y me mortificaba: lo primero más que lo segundo; es la verdad. Me halagaba ver que los ojos decían, repetían el juicio escondido en las palabras. De una cosa no me cabía duda: sea lo que fuese, yo era causa de aquellos pensamientos, padecimientos, apetitos, reflejados en los ojos, en las bocas abiertas, en el movimiento continuo de labios, manos y cuerpo entero; en las bocas que yo adivinaba secas y sin alcanzar resuello. No puedo negar que me gustaba sentirme causa de aquellos dengues y visajes; Dios me perdone: las mentadas palabras me inquietaban como zancudos, a pique y pique; o mejor, como palomas de luz, tercas, a vuele y vuele alrededor de la llama, que se queman, que no se queman. Así comencé a ser adivina: leyendo en los semblantes las intenciones; adivinando el sentido de las palabras. Pronto comenzaron a decir: es una bruja, y a llamarme Madre Matiana. ¡Tarugos los que lo decían, cuando

ellos eran los que denunciaban en sus modos el pasado que los morti-
ficaba y el futuro que los consumía! ¡Tarugos! Yo no hacía más que
leer, acostumbrarme a leerles la cara, las palabras y silencios. ¡Taru-
gos! Volviendo a lo de los franceses, el miedo de que me robaran se
convirtió en alboroto nuevo, parecido al de la pastorela o al de hallar
la significación de las palabras ver gonzosas; no me cansaba de pre-
guntar quiénes eran, cuándo por fin vendrían. —Muchacha loca, no
seas curiosa: eres muy impertinente. *Tomaba parte en las conversa-*
ciones de los mayores. —Eres muy metiche. *Quería saber para qué*
los franceses robaban muchachas de rancho; a esto no me contesta-
ban sino queriéndome comer con los ojos; entonces me ponía yo a
imaginarlo, revolviendo invenciones confusas de guerra y violencias.
Descubrí, supe lo que la impaciencia es; probé su sabor, ¡untándolo
con el del alboroto: sabor de chile con sal. —Eres muy alborotada,
muy comeansias, te gusta coger vísperas —*decían en mi casa*—,
como si estuvieran quemándosete los chiles. —"O con hormigas en la
sangre" —*pensaba yo. Al fin, después de tantas alarmas, se supo de*
cierto que los franceses habían ocupado la plaza de Clamores y ven-
drían al Llano. A toda prisa me llevaron los de mi casa, con otras
muchachas, a escondernos en un rancho perdido en los recovecos de
la Barranca, lo que me hizo probar una bola de gustos y sustos desco-
nocidos, en la compañía de las demás fugitivas, noveleras como yo, y
casi todas de mayor edad que yo. ¡Ah, qué conversaciones de nunca
acabar en aquel arrumbamiento que nos espoleaba la imaginación y
los sentidos, alebrestándolos! En vista de que ni luces de franceses,
¡qué ganas de que nos delataran! ¡qué aburrición de encierro! Nos
preguntábamos cómo serían: si blancos o negros, de ojos azules o co-
lorados, barbudos o lampiños, comedidos o groseros. ¡Lo que son las
cosas: allí, entre aquellas muchachas hijas de familia, vine a saber lo
que significaban las palabras que tanto me habían inquietado! Por
fin se supo que los invasores habían llegado a Cuilán, habían llegado
a la sierra de Cardos, y avanzaban al Llano. En mi casa precipitaron
mi matrimonio. ¿Qué? Yo apenas habría cumplido los quince años, o
andaría en ellos.

Nadie se lo explicó. A pesar de tantos gritos, enojos y sombrerazos; de tantas idas y venidas, malas caras y suposiciones, la competencia continuó en la Casa Grande de Belén. A pesar, sobre todo, de que por descontado se daba la falta de concurrencia, como en efecto sucedió la noche del 28, día de los Inocentes, y el primero del año; sólo y a fuerzas asistieron los domésticos del rancho; compitieron, como forzados, los pastores de Betulia y El Tabor. ¿Por qué? ¿Para qué? ¿Para que la concurrencia bostezara y se durmiera? El empeño parecía inexplicable.

Pero subterráneos corrían sordos rumores. Muda, oculta expectación se adivinaba de rancho en rancho, de ceño en ceño, y en los ojos azorados de los inocentes.

Como bajo la consigna de una conspiración se fueron llenando temprano los caminos, el día de Reyes. Hasta vendimias aparecieron. Cierto que las mujeres escaseaban, y era raro, aunque de pronto nadie pareció fijarse ni en eso, ni en la seriedad y escasas pláticas de los que llegaban, como temerosos de una emboscada o ansiosos de alguna novedad.

Ni el día de los Inocentes ni el primero del año aparecieron en público don Felipe ni don Jesusito. —*No fue chica gracia la que cometieron.* Tampoco don Epifanio se hizo presente, bien que tras el postigo de la sala no se haya perdido de ver a las Tentaciones. —*Aunque no valieron la pena.* Estados de ánimo y ensimismados pensamientos iban por los caminos dejando palabras deshilvanadas:

—río suena

—autoridad ¡újule!

—agua lleva

—donde hay, donde se mete, ¡malo!

—por fin de dónde son, quienes

—la misma gata

—¿habrá plomazos?

—revolcada

—será su cuelga

—por las dudas vengo solo

—torear balas y machetazos

—yo tampoco quise traerla

—hacerles pelitos

—a la curiosidad

—a ver

—a cómo nos toca

Algunos, como aprendiendo a leer en el silabario, juntaban palabras:

—Andan muchos borregos de cosas grandes y maravillosas que irá a pasar hay mucho misterio el mismo terror se siente de cuando en el cielo se pone un fuerte tormentón que se anuncia con ventarrones rayos y truenos Jesús mil veces y se oscurece la tierra Santa Bárbara bendita con los relámpagos que lo dejan a uno ciego en espera del tronido es lo de menos la pastorela pura tapadera otra es la curiosidad y a poco todo resulta puro aire como luego pasa después de tanto estrépito en que el cielo parece venírsenos encima de todo salgan puros borregos y ni haya nada lástima de sustos que la vieja por nada del mundo quería y se quedaron llorando los chiquillos con ella como si no hubiéramos de volvernos a ver pero hay quienes aseguran que sí que sí poco hemos de vivir para no verlo ver la cuelga que le traen por ser día de su santo en fin otros borregos o los mismos que hay otra vez autoridades acá que ahora se aparecerá juandiego álgame tan a gusto que se vive sin esas monsergas de gobierno casi olvidadas que sirven sólo para fregar y andar en vidas ajenas y en dificultades cortando el resuello por hacer o dejar de hacer a ver si no me arrepiento de no haberles hecho caso por miedo de quedar mal con Utimio que me cucó diciéndome a poco tienes miedo de ir a poco eres de los que se han corveado no qué esperanzas yo a nadie le tengo miedo y aquí vamos aunque con nudo en la garganta no doy mi brazo a torcer.

Entre palabras deshilachadas caían voces incendiarias:

—La cosa se va a poner buena.

—Harán el cuento de Caín y Abel en que nuestro padre Adán es el que a su hijo mata.

—A toda capillita se le llega su fiestecita.

—Hoy son los Epifanios y sus hijos le dan su cuelga.

—Y el cuento del hijo desobediente que reclama cuestión de herencia.

—Hemos visto caer iglesias, cuantimás este jacal.

—No dejen de ir a la destrucción de Belén por Luzbel.

—La historia de la túnica de Jesucristo cómo se la reparten.

—Hermanos contra hermanos por cosa de intereses.

—Hijos contra padres o el fin del mundo.

—Su cuelga ¡tenga!

Voces que sembraban lumbre sobre el pasto; acumulaban curiosidad.

Belén fue llenándose de rostros desconfiados, en extraño silencio multitudinario. Abundaban cataduras desconocidas. Estallaban palabras, risas forzadas, tensas, que mal disimulaban y querían divertir la zozobra, pronto apagadas. Dominaba el silencio de las iglesias a reventar, llenas de toses, de carraspeos nerviosos, antes de que la liturgia empiece. Tardaba la luna en salir. Tardaría más. Tardaba también la pastorela de los enigmas —*por fin de dónde son, quiénes*. Encendiéronse contados hachones —*el muca del Epifanio*. Las voces cusiliadoras proseguían su tarea:

—Hay que vengar agravios.

—Muerto el perro se acaba la rabia.

—Injusticias como la de la máquina de la difunta Teófila.

—La profanación de la Nochebuena.

—Su cuelga, hoy que es día de los Epifanios.

—¡Listos! ¡Pelen los ojos!

—¡Tenga su cuelga! —Y a las palabras seguían ademanes obscenos.

Desde al principio se cumplieron las esperanzas, cuando a lo lejos resonó una música de viento en toda forma. Se había borrado en la mayoría el recuerdo de esa clase de música. Venía tocando una marcha guerrera que enardeció los ánimos. Apareció un enjambre de luces antes nunca vistas, que mezcló el miedo con la curiosidad, pues parecía fenómeno del cielo. Se oyó tropel de caballos numerosos, bien herrados. La admiración rayó en espanto cuando a la descubierta se vio un escuadrón de cuerpos blancos, resplandecientes: ángeles eran, vestidos con túnicas de plata, que brillaban al fulgor de las lunas asombrosas por ellos mismos portadas, en alto la mano diestra, con ademán de triunfo; montaban caballos blancos, tan cotejados, que parecía imposible diferenciarlos, y lucían jaeces y gualdrapas deslumbrantes; lo increíblemente maravilloso fue atestiguar que los ángeles movían sus grandes alas adelante hasta cubrirse la cara, y hacia atrás hasta plegarias; hacia arriba y hacia abajo, acompasadamente; y descubrir que eran alas de plumas verdaderas, muy blancas. Tras el celestial escuadrón caminaban los pastores y pastoras, escoltados por los músicos en doble hilera; cerraba la comitiva el ermitaño, montado en burro, al que a talonazos y gritos espoleaba. Magnetizados en pos de los ángeles, los concurrentes hacían poco caso del atuendo colorido de los pastores y de que faltaran los diablos en el cortejo.

El asombro creció al entrar la pastorela en el patio de la Casa Grande; a un tiempo exacto se apagaron las lunas, las alas quedaron fijas en alto y saltaron los ángeles al suelo en brinco uniforme, como volando, sin apoyarse en los estribos; tomaron a los caballos por las riendas de plata y, divididos en dos filas inversas, hicieron evoluciones al tiempo que cantaban la caminata:

Vamos, pastores, vamos,
vamos a Belén,
a ver en aquel Niño
la gloria del Edén.

El desarrollo era tan rápido y preciso, sin que se percibieran voces de mando ni destanteos, que la sorpresa estalló en desacostumbrados aplausos, que acabaron de caldear los ánimos.

Con aérea ligereza saltaron de nuevo los ángeles a sus cabalgaduras, reencendiéronse súbitamente las inexplicables lunas de mano, moviéronse las alas y sin transición comenzó el coloquio:

¿Sufriremos por más tiempo este horrible vasallaje? ¿este abominable ultraje que nos da a cada momento?

A esta voz de rebeldía los ángeles formaron dos alas y se aprestaron a la lucha, que se daba por primera vez a caballo. Se alzó la voz de San Miguel:

Vade retro, traicioneros,
aquí topáis en pader.

Apartáronse los bandos, brillaron espadas de oro y comenzó la pujante pelea, en que fue de admirar la destreza rítmica de los movimientos y el pleno dominio de las cabalgaduras. (Nadie se dio cuenta del momento en que don Epifanio salió al corredor, ni de la presencia de don Felipe y don Jesusito.) Frente a frente, San Miguel y Luzbella rayaron los caballos, los hicieron bailar, los pararon de manos, alzaron las espadas y un trueno espantoso estremeció la tierra, estalló una gran bomba de lumbre con grandes llamaradas, que tendieron gruesas nubes de humo; corrieron asustados los espectadores, buscando refugio; fuertes voces pidieron calma; sin que se restableciera, continuó el espectáculo: caídos entre llamas y humo, transformados instantáneamente, se revolcaban los demonios, vestidos de rojo y negro, con alas de murciélagos, despojadas de luces las manos, coronadas de cuernos las cabezas, con colas entre las piernas: unas largas colas que se movían desesperadamente.

Del centro de los ángeles caídos levantóse la Tentación. Al verla, iluminada por rayos rojos que salían de los demonios, entrecruzándose, hubo exclamación general: desgreñada, sinuosa, untada de sedas solferinas, o cobrizas, o moradas, conforme al juego de las luces, era una mujer de bien formadas opulencias, los ojos llameantes, la boca golosa, las manos de blandos ganchos, el cuello erguido, el semblante imperioso y risueño a la vez.

Por mí circula
un veneno letal que se inocula
dulcemente en el alma...

La voz era cálida, conturbadora. La mujer se retorcía como serpiente, igual que contorsionista de circo. Fue otra novedad mirar cómo se arrastraba en busca de Adán y Eva, cómo se enroscaba en el árbol del paraíso, cuán modosamente cortaba el fruto prohibido y lo tendía a la incauta casada, mientras la música imitaba una risa infernal, acompañando el alarido de los demonios, y detonaban gases pestilentes. Los inusitados recursos mantenían en vilo la atención, llevándola de sorpresa en sorpresa.

En el horizonte apareció la rueda de la luna, ingeniosamente aprovechada para servir de fondo a la figura del Padre Eterno, que subido en una cerca gritó:

Adán, Adán,
¿por qué te me has ocultado?
¿por qué te me has escondido?

La pareja se acurrucaba detrás de una maceta. El hombre respondió:

Pos porque estoy encuerado
y lo mismo está la güera.

Las escenas se sucedían con rapidez. Los parlamentos eran breves, despojados de los interminables monólogos tradicionales. Dominaba la acción, subrayada con inesperados efectos de luces, ruidos, truenos, olores. Todo estaba medido y cumplido con exactitud para crear la ilusión y retener dentro de ella a los espectadores.

Mundo real y mágico. Algo nunca visto ni oído. Milagros en ristra. Fantasías realizadas. Obsesa, la gente se olvidó de presagios vengativos.

Pero convenientemente distribuidos, los misteriosos paleros y cócoras que operaban semanas atrás, al servicio de oculta potencia, hicieron correr la observación:

—Esta demostración de orden y riqueza de recursos no es no más por no más; trae tamaña cola...

—¡Fíjense!

A la expulsión del paraíso siguió el imprevisto episodio de Caín y Abel, jamás incluido en las pastorelas. Adán interviene. Los paleros hicieron que los asistentes se preguntaran por qué.

El hijo desobediente
quería quitarte tu herencia:
dale en la mera maceta.

Consumado el asesinato salen los ángeles con sus lunas; amortajan y se llevan el cadáver de Abel; San Miguel Arcángel anuncia:

¿Ya lo vieron? No es así:
el justo sacrificado
volverá: ya lo verán.

Los insidiosos:

—Más claro no canta el gallo, sí, el gallo.

Mas apenas desaparecido el cortejo fúnebre de los ángeles, hicieron su entrada por opuesto lado los coros de alegres pastores:

Pajarillo, clarín de la selva,
que cantas al alba con tanto primor,
si encontrares al pastor divino,
le dirás que triunfe de nuestro opresor,
de nuestro opresor.

El Demonio con sus alaridos
a toda la tierra la hace temblar,
porque sabe que el rey ha nacido
quien a su cabeza ha de quebrantar,
ha de quebrantar.

Extraños instrumentos primitivos, de gran dulzura, acompañaban el canto. Al fin fue reconocido el primor de los trajes que vestían los pastores, hasta entonces opacado por la deslumbrante presencia de los ángeles. Telas finas como espejos en colores chillantes armoniosamente combinados: verde bandera, rojo encarnado, guinda, coral, rosa, azul celeste, amarillo, azul turquesa, morado, distribuidos, aglomerados, revueltos en faldas y sayas, en medias y pantalones, en capas y sombreros, en huaraches y báculos, en cintas, listones, cenefas, vueltas, adornos, aplicaciones, con alegre, frenético derroche.

—¡Ah! —nueva exclamación de asombro— éstos sí que son pastores y no tarugadas ni cuentos.

—La verdad, sí: demostración en toda forma; pero por qué, para qué...

—Pronto nos desengañaremos: falta lo mero bueno.

—¿Qué?

—No sé. Quién sabe.

—Su cuelga.

Corrieron graciosamente los contrapuestos idilios de Gila, Bato, Flora y Bras; las intrigas de la Tentación entre los pastores y sus asedios al ermitaño; las impertinencias de los demonios; la flojera del Bartolo, sacudida —juntamente con los nervios de todos los presentes— por un recio, victorioso acorde de la música, simultáneo al encendimiento de enorme estrella y la aparición, flotando en lo alto, de un ángel revestido de luces, que resueltamente se precipitó en diagonal vertiginosa —con la certeza de que se estrellaría, las gargantas concertaron un grito de angustia, seguido de una expiración de alivio—; sano y salvo, disminuyendo la violencia del vuelo, abiertas las alas, el cuerpo luminoso puso pie en la tierra, se reunió con los demás ángeles, portadores de lunas; el coro rodeó a los pastores cantando con abiertas voces:

Gloria, gloria, gloria a Dios
y en todo el Llano, paz.

Venid, venid, pastores,
cantemos con fervor,
que los campos se cubren
de gloria y esplendor.

Uniéronse al coro los pastores; aullaron los demonios en huida; entre tupidos hilos de bengala se descubrió el Nacimiento.

De un tronco nació una rama,
y de la rama una flor,
y de la flor ha nacido
el Divino Redentor,
que nos pondrá en libertad.

Arrodillados, ángeles y pastores entonaron:

Salve, Niño hermoso, salve, luz del cielo,
del hombre consuelo, del Padre, estupor.

Cuando todos esperaban que la fiesta había llegado a su fin, entró al patio un desfile de antorchas a colores, con estrépito de coheterías; avanzaban conjuntos de hombres con túnicas y turbantes abigarrados, que cargaban fardos a la espalda; detrás, escoltados por guerreros con lanzas y rodelas, llegaron los Tres Reyes Magos, ricamente ajuareados, en caballos de gran alzada: alazán tostado, montaba el Rey rubio; prieto zaíno el Rey negro; moro estrellero el Rey amarillo. Con imponente garbo se apearon a medio patio, y al son de sus espuelas dirigiéronse al Nacimiento y se prosternaron; el aire se llenó de incienso; los coros cantaron:

Los Tres Reyes Magos vienen del Oriente
a darle homenaje al Omnipotente.

Docenas de girándulas de todos colores ascendieron y estallaron en el cielo; el artificio era desconocido en la región. La plétora de luces hizo día de la noche y opacó la luna.

—Si la bilis del otro día no me hizo daño, ésta con tanto asombro sí me tumbará...

—Espérense, falta lo mero bueno: la cuelga.

Se levantaron los Reyes. La música seguía tocando. Se dirigieron los Reyes al corredor de la Casa Grande. El Nacimiento quedó cubierto. El Rey rubio se volvió al público e hizo ademán de calma para ser oído. Cesó la música y la cohetería. El Rey rubio habló con voz poderosa:

—Hoy por ser día de Reyes y santo de nuestro huésped, nos juntamos para pasar un rato a gusto, en buena armonía, pues da la casualidad de que los Reyes Magos que aquí venimos, somos paisanos de esta tierra, que queremos que salga de miserias, y no venimos a competir con pastorelas que ya tienen muchos años, o como si dijéramos: con méritos en campaña; a lo que venimos es a demostrar lo que se puede hacer con buena voluntad y empeño; lo que han visto no tiene nada de milagroso; las luces que traen los muchachos en las manos son lámparas de pilas eléctricas que cualquiera puede tener con pocos centavos; los reflectores y la estrella del Nacimiento son lámparas; de gasolina; el ángel bajó por una polea sobre doble cuerda; la bomba fue de gases inflamables, que son inofensivos si se usan con cuidado, y sirvió para formar una cortina de humo que diera tiempo a que los diablos se quitaran el vestido de ángeles; así todo por el estilo: cuestión de organización y de saber hacer las cosas bien y rápido; nada de magia hubo en parar el Nacimiento y los palos con las cuerdas para que bajara el ángel sin que nadie se diera cuenta. Otras buenas novedades hay, que algunos conocen ya, y que todos pueden saber si se toman el trabajo de indagar; en prenda de ellas los Reyes Magos cimarrones van a hacer su reparto de regalos: maíz, frijol, sal, azúcar, manta y otras cosas; no más que debe ser con orden y nada de bolas; lo que traemos ajustará para todos; yo empezaré a hacer su regalo, como es debido, al dueño de la Casa Grande, que hoy es su santo —hizo ademán de orden; acudió uno de su séquito, la espalda encorvada bajo gran peso; el Rey se despojó con destreza de manto, túnica y corona, dejando al descubierto un traje flamante de charro, con botonadura de plata; se dirigió resueltamente al asiento de don Epifanio; el Rey —quién hubiera creído que traía máscara— llevó las manos al rostro, y el viejo se transfiguró en galán.

—¡Felipe! ¡Jesusito! —invocó despavoridamente don Epifanio ante la inminencia del huésped aborrecible; ni don Felipe ni don Jesusito aparecieron por ninguna parte; nadie supo a la hora que se despintaron; la que allí estaba, entre hostil y curiosa, era Plácida; el cargador destapó el bulto: una máquina de coser, en empaque de fábrica.

—¡No! ¡No! —vociferó don Epifanio desesperadamente.

—Señor, es necesario que me oiga con sosiego unas pocas palabras por bien suyo y de todos...

El alboroto del reparto en el patio traía embargados aun a los que adivinaban el desenlace, sólo presenciado por unos cuantos; Rómulo entre ellos.

Para que la cuña apriete.

Para que la cuña apriete ha de ser del mismo palo. La conmoción del Llano asumió proporciones distintas a las habituales de sucesos que distraen la curiosidad insaciable de los lugareños, en espera perpetua de novedades difíciles de hallar bajo la monotonía de su vivir. Esta vez no fue como las rudas, pero pasajeras tormentas de verano, que pronto despejan el cielo al sereno discurrir del sol. El caso admitiría la comparación con los ataques cerebrales que dejan chueca la cara, o con una fuerte tunda que produce cicatrices permanentes. Porque no habían sido hechos que pasan una vez consumados, y cuyos ecos en la memoria se extinguen con el tiempo. Había quedado en pie una lucha no sólo entre cuñas del mismo palo —Adán, Caín y Abel—, sino entre dos modos distintos de ver el futuro de la tierra —San Miguel o Luzbel—; y había sido restablecida una fuerza olvidada, temida y deseada: la autoridad civil y militar. —*Esto sí que... a ver cómo nos va.* Con haber sido tantas y tan intensas las impresiones del día de Reyes, la mayor fue saber que Jacob Gallo se presentaba con el doble cargo de comisario municipal y jefe de armas; la comparsa de soldados con lanzas y rodelas resultaron ser gendarmes provistos de carabinas.

Comenzó el acarreo de trozos para construir la olvidada historia del hijo desconocido y maldecido. Como asquiles formaban hilo con invenciones hasta los que nunca supieron del caso. La tarea de recordar —toda la comarca tomó parte— se asemejó a un alumbramiento desesperado. Todos, desde don Epifanio, el progenitor arrepentido, hasta núbiles e impúberes traían en la cabeza imágenes, o sueños, o preguntas. El Rey rubio quedó apoderado de miedos y esperanzas.

A los que sentenciaban: *para que la cuña apriete ha de ser del mismo palo, y pa los toros del Tecuán los caballos de allá mesmo,* se oponían los que recordaban: *de tal palo tal astilla; tan peor el pinto como el amarillo; lobos de la misma camada...*

El temor a la restauración de la autoridad —no la había desde que la revolución comenzó— produjo reacciones adversas al intruso y favorables a la Casa Grande de Belén, que hallaban disculpas para los excesos trujillanos. Divididas las opiniones, dominó el bando ganado por las dádivas, las promesas, los recelos que Jacob y sus cócoras aventaban con prodigalidad.

Don Felipe y don Jesusito se hicieron ojos de hormiga en los días que siguieron al seis de enero. Don Epifanio, ni se diga: encerrado, sin salir de su recámara.

—Qué buena cuelga le dieron el día de su santo.

—Milagro que no le pegó apoplejía.

—Dizque lo que más le contrarió fue verse sorprendido por primera vez en público, él, siempre tan sobre aviso. Se le durmieron las güilotas. Y eso, que lo esperaba; desde hacía tiempo sentía los pasos del coyote que se acercaba; veía sus huellas. Le fallaron por primera vez las antenas que lo hicieron fabuloso.

—Culpa de sus malvados hijos: el Felipe, el Jesusito: le echaron arena en los ojos, en las orejas, en las narices, a fin de que ni viera, ni oyera, ni oliera lo que le esperaba. En el taztole andan. Hasta el cogote metidos.

—El cochino interés por la herencia.

—Con su pan se lo comerán.

—Al que Dios quiere perder, lo ciega primero.

—Para que la cuña apriete...

—Qué cuelga. Mejor de una vez lo hubieran colgado.

Los ecos volvían a juntarse para recomponer los pasos del generoso Rey rubio.

—Que cuando lo corrió su padre, Miguel Arcángel partió carrera con los gringos...

—Que la causa de la corrida no fue la desobediencia, sino que don Pifas, el cochino, había puesto los ojos en la Florentina; eso sí que no podía perdonar, que su hijo consentido se la ganara...

—Que quién sabe si entonces o más tarde: lo cierto es que sí vivió en el Norte y allá aprendió tantas tretas con que viene apantallándonos.

—Que con buenos pesos volvió y compró tierras al otro lado de la sierra, y acabó haciéndose rico en el comercio...

—Que no, que se halló un tesoro enterrado...

—Que no, que volvió cuando lo mero fuerte de la revolución y ganó grados de un dos por tres...

—Que se hizo dedo chiquito de los mentados generales Fulano, Mengano, Zutano y Perengano...

—Que sigue siendo gente con grandes agarraderas en la Federación...

—Que se deben a eso los grandes poderes que trae...

—Que bien sabe el Diablo a quién se le aparece...

—Que ha jurado vengarse de toda su parentela...

—Y quitarles todo lo que tienen...

—Y apoderarse del Llano entero...

—Desde que se quitó el nombre, lo juró: que volvería, que verían...

—Ah ¡Jacob Gallo!

—Para que la cuña apriete...

—El mismo palo...

Encerrado a cal y piedra en su recámara, Epifanio Trujillo le da también vueltas a la memoria, mascando recuerdos y abusiones rabiosamente; bramando como res herida, engusanada.

—Pelado que se ha encumbrado no deja de ser pelado. *Yo lo sabía desde antes de que naciera; sin embargo me hice guaje, me hice ilusiones.* Como quiera sale un buey pariendo la vaca un toro.

Me encapriché en que fuera toro; lo cuidé como cuido mis sementales; aunque todo me gritara que lo hiciera buey de yunta. Compré potrillo en panza de yegua. *Cuando quise, ya fue tarde para seguir el dicho:* caballo bañado, a la sombra o ensillado. *Se me paró de manos. Yo tuve la culpa:* el mejor caballo necesita espuelas, *pero a su tiempo;* y el caballo de silla, poco comido y bastante coludo. *Antes ya de nacer se paraba de manos, pateaba furiosamente, y la madre tan contenta, sin achaques cual ningunos: ascos, no; jaquecas tampoco; ni antojos, ni vómitos, ni se hinchó de las piernas ni de la cara; en cambio, yo me puse insoportable de chípil, con hartos trastornos: que dolores de cabeza, que mareos, que mucha flojera, que me dolían los huesos, y más gusgo que nunca; pero no entendí, no*

quise hacer caso a esos avisos del destino, ni a los sueños que Dios o el
Diablo me mandaron: un perro que me mordía las entrañas, un toro
que me cornaba, un alazán que me pateaba, un rayo que quemaba
la casa, una casa que se desbarrancaba; y las calamidades que me
cayeron ese año: sequía en grande, mortandad de ganado, pérdida
de cosechas, juida —la única— de una de mis esposas, que ni me
quiero acordar; ese año me tumbó un potrillo —la única vez que me
ha sucedido esto ; y se me murió el toro semental, único que tenía
entonces. ¡Y yo tan alborotado con el hijo que Sara echaría al mun-
do pasando la canícula! Si sale varón —*pensaba yo por dentro*— es
que se cumple la revelación que tuve desde chico, y le pondré, sin
más, el nombre de Miguel, y si todavía el nacimiento es rápido, le
añadiré lo de Arcángel. *Esto último no lo esperaba; por lo que de-*
cía Sara de los galopes que le pateaban las entrañas y de las manos
macizas que se las desgarraban, daba yo por descontado que venía
de patas, atravesado, y que costaría muchas fatigas pasarlo a la otra
orilla. Cuál no fue mi sorpresa que salió destapado, como balazo,
sin que la madre se desangrara mayor cosa, ni casi sufriera. En cam-
bio yo, no me lo expliqué, tuve retortijones de barriga bien fuertes,
cuando apenas comí ese día. —¡Nervios!— *dijo Matiana, que para*
entonces la llevaba bien conmigo. Varón resultó, y muy bien dado. Yo
estaba loco, y ahora digo que ciego, de gusto. Tan ciego y loco que no
até cabos: mis sueños tan contrarios a los de Sara, las voces que oía
ella y las calamidades que me tupían; tampoco atendí las inclina-
ciones y mañas de que dio trazas casi desde al nacer y que a todos les
parecía cosa de fenómeno. Yo, alelado con la criatura, no veía cómo
iba sacando las uñas, cómo se iban cumpliendo los sueños de Sara:
un muchachote que coma como rayo, que agarraba por los cuernos a
los toretes y casi los tumbaba, que cortaba leña como si se tratara de
popotes. Gavilán viejo no chilla, no más se arruga y encoge el ala.
A estas horas, la cosa no tuvo remedio, ni sirve lamentarse. ¡Tan fácil
que hubiera sido darle su agüita y aumentar el número de los ange-
litos con un San Miguelito Arcángel verdaderamente bien vestido,
en lo que yo no ahorrara gastos; o después, con tantos peligros que

corrió. *Si Matiana leyera mis pensamientos, muy oronda se burlaría diciendo:* —Meditaciones para después de la muerte, *o aquello de* niño ahogado, pozo tapado. *Estoy como el perro de San Roque: chilla y chilla, y con la mazorca en el hocico.* El que nació para buey, de arriba le caen las llaves. *De qué sirve salir con que pude hacer y deshacer. Lo bueno es hacer y deshacer ahora y pronto. No de balde pasan los años. Y es lo que más me duele. Otro gallo cantara. Para más amolarla, nadie me quita de la cabeza desde hace tiempo que obran de acuerdo todos estos hijos de la vida airada, que ni siquiera le tapan el ojo al macho viniendo a darme la suave, comenzando con el Felipe y el Jesús de mis pecados, y la mustia de Plácida, que no quiere devolver esa fregada máquina del Demonio. ¿Qué dijo el bastardo desgraciado? Lo alisaré, y con esto me ganaré a los devotos de Santa Teófila. Pues no, y no, y no. Lo que quiero es la máquina que fue de ella. Pero esto por de pronto es lo de menos. A lo que hay que darle prisa es a romper el sitio de silencio, de mañas o como de humo en que sordo y ciego ando a tientas; lo peor que me haya sucedido en la vida: yo que presumí siempre de adivinar las intenciones del prójimo y sabérmelas todas; bien y bonito se burlaron de mí con esto de las pastorelas, en mi propia casa, en mis narices, sin que nadie me pusiera al alba, como sucedió siempre; y quién sabe las demás camas que me tengan tendidas el enjambre de cuervos que crié, ahora que me ven viejo e imposibilitado; pero por viejo el diablo sabe más que por diablo, y sacaré fuerzas y tretas.* El que no tiene quehacer, piensa en los males que hará y el que ríe al último, lo hace más a sus anchas. *¡Hijos montoneros! ¡Hijos de la vida airada! ¡Puros mecos!*

Pasados los días, tras de darle muchas vueltas y alegar mucho, convinieron don Felipe Trujillo y su hermano don Jesusito, en que buscaría éste al Gallo para de una vez por todas aclarar paradas. (Era la primera vez en su vida que se molestaban por buscar a alguien; estaban acostumbrados a mandar llamar sin excusa ni pretexto, y hasta entonces nadie había fallado a sus requerimientos. ¡Pobre del que lo intentara! Ya podría componerse.) No poco trabajo —qué humillación— costó a don Jesusito llegar a su medio hermano.

—Vengo a felicitarte por el milagro de pastorela que hiciste y por tu buen corazón de repartir regalos, hermanito...

—¿Por qué hasta hoy resuellas, Jesusito? Creí que te hubiera tragado la tierra.

—Tantos pendientes que tengo me hicieron ir dejando de un día para otro las intenciones de venir pronto, sobre todo el pendiente de mi señor padre...

—Me dispensarás mucho; pero tengo prisa: dime a lo que vienes.

—Ya te dije: a felicitarte, a ver cómo estás, qué se te ofrece, y a pasar el rato echando párrafo como acá se usa...

—Yo no tengo tiempo que perder ni se me ofrece por ahora nada.

—Cómo se conoce que tienes triunfos en la mano, Rey de Oros, y se te olvidan compromisos pendientes...

—Háblame claro y sin chistes.

—Nos tanteaste con lo de la competencia...

—Ninguna tanteada. Se comprometieron ustedes a que no se suspendiera, como prenda de paz conmigo, y estoy a sus órdenes.

—Si mal no recuerdo entre los compromisos, hablamos de que arreglarías la partición de la herencia...

—Ofrecí ayudarlos; no tomar por mi cuenta el asunto. Bien saben que yo no tengo ningún interés en el caso.

—Ni siquiera le hablaste del asunto...

—No era la ocasión, y ustedes, los del interés, no se presentaron.

—Ni nos pusiste al tanto de los planes que tenías.

—No tenía por qué hacerlo.

—Me hablas en tono de enemigo...

—De gente ocupada, que le gusta ir al grano y llamar al pan, pan.

—No fue así la otra vez...

—La otra vez y siempre. Son ustedes los que tienen la palabra para responder a mis proposiciones. Tampoco me gusta ni estoy acostumbrado a rogar.

—¿Tan seguro te crees por los puños de maíz que repartiste y por los retazos de manta?

—Mira, Jesús, conmigo no uses ni el juego del gato ni el de la avispa, ni me vengas con rodeos ni sartas de palabras tratando de camelarme, ni menos quieras asustarme con petates de muerto; estoy curado de espantos. Di lisa y llanamente lo que quieres, a lo que te mandan.

—También eso de la autoridad, no nos lo habías dicho...

—Como ustedes no me pusieron al tanto del cobro por contribuciones, que ha colmado la paciencia de las gentes.

—Déjame hablar; me cortas la palabra.

—El vicio de la palabrería. Lo sé: te mandan, vienes a aclarar paradas; y para que no te enredes creyendo que vas a enredarme como a la punta de majes que se dejan, en pocas palabras voy a repetirte mis proposiciones, y no compromisos, como tú dices. No quiero pleitos; pero tampoco los rehúyo. Ni menos trato de molestar o cobrar agravios de don Epifanio...

—Y sin embargo por poco lo matas, siendo como es tu padre.

—Traigo suficientes recursos para salvar al Llano de la miseria. Lo del seis de enero sirvió para demostrarlo.

—Y ganarte a la gente...

—Vengo dispuesto a participar beneficios. Eso es todo.

—Si mal no recuerdo, hablaste de alianzas con nosotros.

—Con ustedes y con quien de buena fe lo quiera, pero no me hagas decir aquello de *ya te conozco, campana: no te vuelvo a repicar*.

—Eso cambia.

—No, a menos que hayas entendido complicidad por alianza. Que venga don Epifanio, Felipe, tus demás hermanos, y sobre la marcha cerramos compromisos concretos para pozos, reforestaciones, maquinaria...

—Yo creía que con el arreglo de la competencia, el compromiso que daba firme; digo: el compromiso de quedar unidos.

—Desde luego, por mi parte; pero unidos para el trabajo. En cambio ustedes, tú, principalmente, no han jugado limpio. ¿Para qué quieres pruebas? No me gusta perder el tiempo. Ven, voy a enseñarte lo hecho en dos meses, para que te formes idea de algún compromiso que podamos hacer en firme.

—Y ¿qué?, dime, con eso de la autoridad y tus peones armados, dime ¿qué piensas hacer?

—Orden y justicia. Seguridad. Por única vez te paso la falta de respeto y la mala leche al llamar peones a la policía. No se te olvide que las cosas han cambiado definitivamente. ¡Ah! sí, se me ofrece algo: que le digas a don Epifanio que no insista en lo de la máquina y que no ande extorsionando gente con el pretexto de que no le delataron lo que iba a suceder. Si no cumples el encargo, sabes que tengo modo de hacerlo cumplir.

—Recuerda que también es tu padre.

—No fui el que renegué. De sobra sabes que me llamo Jacob Gallo. Si así no fuera, como autoridad tampoco reconozco parientes. Ni a mis hijos, para que mejor entiendas.

—*No hay más amigo que Dios, ni más pariente que un peso. Hay que aprender a perder antes de saber jugar. Al platicar como amigos; al tratar como enemigos. Lo mismo es chile que aguja: todo pica; y al que le pican se bulle. Con tiento, santos varones, que el Cristo está apolillado. No piensen que soy tan viejo, lo que tengo es mal cuidado, ni crean que soy mala reata, lo que tengo es mal torcido. Al que se aleja lo olvidan y al que se muere lo entierran. Cosa mala nunca muere, y si se muere no hace falta. Las noticias malas tienen alas y las buenas andan apenas. Ánimas que salga el sol pa saber cómo amanece.*

Lo que la bola de consejas tenía por imposible: la reconstrucción de Jerusalén, estaba consumada en empeñoso tiempo.

Reparada la casa principal; construidos el edificio para la comisaría municipal y un lote de veinte viviendas para peones; terraplenadas vastas superficies con cerros de tierra negra traída de Cardos en hilo de recuas; defendidos de la erosión los desniveles con muros de cal y canto, en serie de terrazas enormes; erigiéndose a gran prisa dos silos altos, en forma de torreones. —*Ahora sí habrá causa para que digan* Torres de San Miguel *cuando nombren al rancho.* Corrales, caballerizas, chiqueros. Dos anchas trojes rellenas ya de forrajes e instrumentos modernos de labranza.

El milagro mayor fue haber hallado agua. —*¿No dizque no sirven las agujas mágicas?* Aunque para todos el mayor milagro es ver cómo levantan una torre de fierro que Jacob llama *Molino de Viento*, y asegura que movida por el aire, la estramancia sacará agua, y le saldrá más barato que cuando pueda bombearla con electricidad.

¡Electricidad! La palabra conmociona. Jacob también asegura que antes de las aguas la traerá, y que habrá focos de luz, y molino de nixtamal, y una diversión que nombra cine, y quién sabe qué más.

Los que vieron su pastorela, pero sobre todo los que no la vieron y oyen las exageraciones al pasar de boca en boca, comienzan a creer ciegamente lo que anuncia el Rey de Oros.

Don Jesusito se deshizo en asombros y alabanzas; de Rey Mago no lo bajó. —*De veras lo eres, ¡malhaya quien lo ponga en duda!* Por dentro el odio le quemaba las entrañas. —*¡Malhaya quien lo echó al mundo, maldito bastardo desgraciado infeliz méndigo puérpera!* Jacob se reía; —*Estoy leyéndote los ojos; pero también estoy en lo dicho: dispuesto a celebrar un contrato para instalarles tomas de agua, planta eléctrica, defensas de la tierra; y a darles garantías; esto último sin contrato, por obligación que tengo como autoridad.* Y Jesusito; —*Ni la burla perdona el hijo de su tiznada, vamos a ver de qué cuero salen más correas* —y en voz alta, Meliflua; —*Gracias, hermano, un millón de gracias, ¡cómo no! ¡qué buen corazón tienes, Rey de Oros!*

Aturdido por la bilis, por los ruidos de albañiles, herreros, carpinteros, canteros, don Jesusito Trujillo se despidió al trote, aturdido por la risa burlesca del renegado, jurando y perjurando.

—*El que tenga cola de zacate que no se arrime a la lumbre. No seas mono porque te bailan. El que se quemó con la leche hasta al jocoque le sopla. La culpa no es del gallo sino del amarrador. Ni es buen garañón el que no aguanta patadas. La rana más aplastada es la que más recio grita. Muerto el perico para qué quiero la jaula. No más con que no me arree, aunque me desunza tarde. Reconoces al cabresto en la primera potreada. A ver si lavado tupe o se acaba de arralar.*

—Con una chiflada, cómo demonios, con qué cara, tiznados, hijos de su pelona, se me presentan, qué carambas quieren, a qué vienen, ¡despíntense orita mismo! ¡quítenseme denfrente! ¡lárguenseme mucho a la tiznada, judas satanases, malagradecidos, sanguijuelas, víboras venenosas, cochinos puercos, traidores asquerosos! ¡retachen allá con ese méndigo puérpera a lamberle las patas! ¡aténganse a que *perro que mucho lambe, acaba por sacar sangre,* chinches muertosdehambre, arrastrados sin vergüenza, canallas vendidos! No más miren lo que les ha sucedido: *correr de caballos y pasar de burros. A la madera se le busca el hilo, a los tarugos el lado:* qué fácil fue hallárselos, ¡vendidos! ¿Qué dijeron? De palo caido cortaremos leña; cisco haremos al viejo panzón; lo reventaremos como sapo, de un pisotón. Y ni siquiera son hombrecitos: con la mano del gato ajeno quieren pepenar su tatemado, ¡montoneros! ¡maricas! ¡todos cortados por la misma tijera! *Nunca los collones llenan los panteones.* ¿No me oyen? Que se larguen, hijos de la vida airada...

—Quieto, hermano, al fin es nuestro padre y hasta cierto punto tiene razón de pensar... (*Ora sí que la fregamos: picados del gallo y zurrados del guajolote*)

—Cállate el hocico, demontre de hipócrita, tú principalmente. Ya sé que vienes porque te cortó de a feo el móndrigo puérpera.

—Desahóguese, padre, y tú, Felipe, refrénate.

—¡Mustio hipócrita! ¿Vienes como el centurión a dar fe del muerto? Habla, tú, Felipe: prefiero que me la mientes en vez de oír a este jijodeún persignado.

—No hay otra que tronarlo...

—Eso debías haber hecho desde un principio...

—Nos engaratusó...

—Con la herencia.

—No; con la promesa del mando de armas.

—¡Babosos!

—Óigame, ya estuvo suave de insultarnos, bastante me he aguantado.

—Felipe, cálmate; a mí me ha puesto peor que al perico y me aguanto... (*hasta que me colme también la paciencia, que tiene su límite*).

—Vamos hablando a calzón quitado. Lo que hace falta para pararle bola a ese fregado que quiere comernos el mandado es una mano dura que lleve las riendas; una cabeza que diga por aquí aunque nos eche al voladero. Nosotros ¿qué? ¿con qué derecho? ¿de qué somos dueños? ¿Para que nos eche en cara que andamos de entremetidos? ¿Qué papeles podemos refregarle en el hocico?

—Qué bien aleccionados me los manda, muchachitos, el puérpera ése. Cómo no ¿y qué más? ¿a qué horas me echan de mi casa? ¿siquiera con lo encapillado? ¡síguele, muchachito!

—Ultimadamente haga lo que quiera. Yo me largo mucho lejos y ai se las averigua. Vámonos, tú, ¿o te quedas?

—Entienda razones, padre. Si no fuera porque la lumbre nos anda en los aparejos, no le hablaríamos así, como hasta hoy nunca le tocamos el punto. Óiganos sin hacer berrinches que no más nos zambuten más. Deje que Felipe acabe y acataremos lo que disponga su merced, palabra de Dios.

—Cuádrele o no, aunque quisiera, sus años y sus achaques no lo dejan hacer frente a lo que se le vino encima; ni moverse puede, y el enemigo es peor que ardilla, lleno de alilayas, como se vio el día de Reyes. *No hay gavilán gordo, ni coyote barrigón.*

—¡Malcriados, par de aretes! ¿desde cuándo sienten ustedes tullidas las manos para obrar como machos?

—Señor, con franqueza: desde que comprendimos que nuestra condición de arrimados no sirve para darle pelea a ese tal por cual. Por eso tratamos de aparentar con él un arreglo, dando tiempo al tiempo, sin que usted se enterara y le hiciera daño; ¿qué más podíamos hacer, ni qué decisión en firme podíamos tomar? Todavía después de su tropelía en esta casa, quisimos convencerlo de lo mal que había procedido, buscando que le pidiera perdón y le ofreciera irse. El hijo desalmado no quiere entender ninguna razón; tampoco tiene sentimiento; el otro día llegó a decirme que ni a sus hijos reconoce si se le atraviesan en el camino; ¿qué puede esperarse de un individuo desnaturalizado en ese grado? Aquí no hay más que, como dice Felipe, hacerle frente con un mando único legalmente acreditado.

—Yo les he dado ese mando, y no de ahora.

—¿Sin escrituras?

—¡Ah, qué moler de criaturas, parecen personas grandes!

—¿Ve cómo ni usted nos reconoce categoría de gente mayor?

—Es inútil, Jesús. Yo me largo. Ai se las barajan solos. Yo sabré qué hacer con mi pellejo.

—Felipe, no te hagas faceto.

—Padre, parece que no lo conoce. Nada habrá que lo haga volver.

—Y tú, ¿también te largas y dejas solo a tu padre imposibilitado?

—No, no me voy; pero me desespera quedarme a que nos lleve la trompada, y nosotros con los brazos cruzados. ¡Los Trujillos!

—Aconséjame.

—No tiene caso. Se le ha metido en la cabeza que venimos a hacerle una comedia. Ni Felipe ni yo nacimos para reyes magos cómicos. Tenemos dignidad. Por mi parte, haré lo que usted ordene. Yo cumplo con decirle que la cosa es más grave de lo que imagina.

—Haz que vuelva Felipe.

—Usted lo conoce mejor que a su mejor caballo. Felipe no volverá si no lo trata en forma y le hace aprecio. Ni él ni yo queremos ser los amos. Lo es usted; pero entienda que ha de resignar el mando en alguno capaz de afrontar al hijo desnaturalizado y de pegarle. Si ninguno de los dos merecemos confianza, nombre a cualquiera otro de los muchachos hijos suyos.

—Tan bien que íbamos.

—Es lo que yo digo; pero dónde iba a faltar una mosca en el atole.

—Tráeme a Felipe. Lo arreglaremos en sana paz. Una cosa te pido, hijo, que le lleves la máquina ésa al méndigo farsante y se la avientes al hocico; y que le hagas saber que no se meta en mis asuntos; que yo también tengo caprichos, y uno es quedarme precisamente con el trebejo inservible de Rómulo, aunque quisieran cambalachármelo a peso de oro ¿me entiendes? O si prefieres, llévale la máquina a Rómulo, y tráeme la de la difunta.

—Está bien, padre; digo, si Plácida me deja sacarla; yo creo que habrá pleito con ella y eso empeorará las cosas.

—Aunque tengas que pasar sobre Plácida muerta, haz lo que te digo. Llévate de esta casa ese maldito tiliche.

—Está bien, padre.

Cuando con apariencia resignada se marchó don Jesusito, el viejo volvió a darles vueltas a sus cavilaciones.

—Cortados con la misma tijera. Ya me lo habían dicho cuánto se parecen sobre todo en la voz, en ciertos gestos y movimientos de gente plantillera, dada a embaucar. Ese día, como ahora, cuán presto creía que era uno, el otro, o los dos juntos. Por eso ahora me emperré con éste, sintiendo detrás de él al inicuo, representándome sus farsantadas con que se me dejó venir esa noche y hablándome con voz de Jesusito me dijo: —Vengo a trabajar en paz con olvido del

pasado pero dispuesto a defenderme y como traigo autoridad de comisario y jefe de armas vengo poniéndome a las órdenes de mis paisanos y rogándoles por la buena que no me obliguen a usar la fuerza. Ayúdeme usted a que haiga justicia y tranquilidad en el Llano, y acepte este regalo en prenda de que quiero ayudar a unos amigos en un asunto que tienen pendiente con su merced; respondo por ellos —esto y quién sabe cuánto más me dijo como chorro de agua, y no me dio tiempo de responderle; me hizo una caravana como las de Jesusito y se fue tan orondo; aunque también tiene mucho de Felipe. Eh, cómo se vinieron al suelo en chico rato, se hicieron añicos mis tanteadas de formar una familia respetable, unida, que hiciera famoso y temible el apellido de los Trujillos en cien leguas a la redonda, por los siglos de los siglos. Para eso puse tanto cuidado en las cruzas y usé rigor con las hembras. Yegua mal arrendada, ni regalada. En ese caso de la mentada Florentina sí es verdad que le había puesto el ojo, pero como se pone la esperanza cuando aparecen los jilotes, sabiendo que ha de pasar tiempo para que cuajen tiernos los granos y puedan comerse asaditos con sal, cocidos o en tamal dulce: ni verlas cuando jilotes, ni esperar cuando mazorcas; la causa del enojo no fue enterarme de que mi muchacho entonces consentido había tomado vísperas con la fulana; no, el enojo fue porque se me salió del huacal y brincó las trancas; pero principalísimamente por soberbio y retobado, que de un dos por tres, me avienta nombre y apellido y todo lo que con mis años le había procurado y todo lo que yo había fincado en él para el porvenir de la tierra y de todos. No es más que la verdad: me veía en él; le pasaba sus malditurías de muchacho; le cumplía sus antojos. Otro gallo cantara, si cuando por lo de la Florentina ésa quise castigarlo quitándole casa y tierras, viene y se me humilla, me pide perdón, o siquiera me reclama y prende pleito; pero el muy lépero, arrastrado, jijo de la vida airada, se larga bonitamente, carga con su madre y ¡el colmo! deja el Trujillo por el Gallo, cuando lo había legitimado con todas las de ley, al muy bastardo. La cabra tira al monte y el capón al muladar. No tiene la culpa el mula sino el que le hizo el favor. De que la madre es de paso, la cría hasta el cincho azota. Y

ora el renegado bellaco sale con querer opacar un apellido con el otro,
declarando la guerra entre Trujillos y Gallos. Eh, cómo es el corazón
llevado por la mala: en el fondo estoy sintiendo que me cuadra esa in-
solencia que descubre buena casta: la casta de mi fierro; porque más
se siente lo que se cría, que lo que se pare. ¡Ah, si todavía ora me diera
una satisfacción, reconociendo sus descarríos, arrepintiéndose, pon-
dría todos mis bienes a su nombre, lo repondría en el destino que le
asigné mucho antes de que naciera, mucho antes de que yo conociera
a Sara, su madre; Felipe y los demás le quedarían subordinados, o yo
y él los mandaríamos al diablo, muy lejos, que ya me tienen hasta la
coronilla con sus dobleces, con sus villanías, ¡los collones! incapaces
de pararle bola al que viene a borrarlos, creyendo que con aplacarlo
escaparán; y tratando de llevarme entre las espuelas, arrancándome
la herencia, escupiéndome al rostro que soy viejo achacoso, que no
sirvo para nada. ¡Miren quiénes quieren hacer cabeza, empuñar las
riendas del Llano! En el hocico se las pondré, los azotaré con ellas
de pies a cabeza, mecos, hijos del ventarrón. El caballo que no raya,
que se vaya; y el que no jala de puntas, a las yuntas. Al hombre por
la palabra y al buey por el cuerno. No pueden con los ciriales y han
de poder con la cruz. La mula es mula: cuando patea recula. *En*
fin: los que están de Dios que mueran, hasta lástima que vivan. A
todo esto, *¿qué habrá sido de Sara, la pobre?* Lo que mortifica, ni se
recuerda ni se platica. *¿Y de Florentina?* Lo que no se gasta en lágrimas hay que gastarlo en suspiros. *Aquel jilotito. Bien hizo mi hijo*
en arrancarlo y llevárselo. ¿Para qué quería yo la tentación? Ah, estoy
acordándome, o por mejor decir, desde ese día no se me ha olvidado
la Tentación de la última pastorela: qué *¿sería Florentina o alguna*
de sus hijas? ¡Florentina!

La curiosidad y la necesidad llevaron el hilo de gente al nuevo
Jerusalén. Allí había trabajo para quien quisiera, en lo que quisiera;
allí, diversión para los desocupados; allí, posibilidades de avío; allí,
surtido de noticias frescas e historias para saciar la ansiedad provo-
cada por el Rey de Oros. (Entre tantas contrariedades, don Jesusito

Trujillo sentía el consuelo de una especie de venganza oyendo la fortuna del apodo por él inventado para burlarse del aborrecido, aunque la gente lo repetía despojado de sarcasmos, en forma de admiración popular).

Los que habían visto, pero en mayor número los que oían contar prodigios de la pastorela misteriosa y se daban contra el suelo por no haberla presenciado, fueron los que abrieron la marcha en busca del secreto y los restos de tanta maravilla, igual que cuando acabados los títeres o el circo se quedan los fisgones tratando de hallar por dentro los resortes de la ilusión y de perseguir a los héroes, con ansias de tocarlos, de comprobar su hechizo y prolongar las emociones de la representación; o como se agolpan frente al castillo quemado, luchando por explicar y reconstruir la magia de luces que los tuvieron con la boca abierta, sin resignarse al acabamiento del encanto. Así, chicos y grandes iban a Jerusalén con la esperanza de ver el fulminante descenso del Ángel y descubrir las armazones de milagros parecidos: estrellas y lunas de mano, movimiento de alas reales, transformación instantánea de diablos, retorcimientos de la Tentación, ensueño de trajes y atavíos.

Hallaron otro milagro: la súbita reconstrucción de Jerusalén; muchedumbre de trabajos y trabajadores; obras hechas de la noche a la mañana, más portentosas que las vistas en la pastorela de Belén. Rápidamente difundidas, estas nuevas acarrearon mayor y más lejana concurrencia.

El Rey de Oros no se dejaba ver con facilidad, lo cual excitaba la avidez de oír sus ausencias en bocas adiestradas, que lo ponían sobre las nubes.

Cada visitante, aun los de notoria insignificancia, recibía raciones de asombro a su medida:

—¡Oh, sí, es un hombre con toda la barba, siempre le da el sol de frente, todo le sale bien, a todo le tupe, nada le asusta, y qué reata, qué dadivoso, qué partido con los pobres y necesitados, qué valiente con los malditos, qué justiciero con los maldosos; hombre de buena suerte, que ni duda cabe, pero al mismo tiempo con la cabeza y el corazón bien puestos, con los pies firmes en la tierra, con piernas y brazos de fierro; lo que piensa lo hace, y es el primero en entrarle a la obra y al riesgo; el que pone ejemplo de buen tirador, de buen jinete, de amansador, de tumbador de reses, de capador, de ordeñador, de sembrador, de podador, de constructor; incansable, a los más aguerridos cansa; ocurrente, a todos admira y hace reír con agudezas; rápido, no da tiempo a meter la mano ni a cerrar los ojos; estricto, ninguna dilación perdona, ni permite que discutan sus órdenes; pero qué bien paga a los que le son fieles; cómo ayuda a los que le sirven; cuánto alienta a los que padecen trabajos: un hombre con toda la barba.

Los que iban en busca de historias, las tenían de primera mano:

—Yo he andado con él casi desde que salió corrido por su padre; soy testigo de cómo a fuerza de tenacidad y riñones fue subiendo, se hizo rico y poderoso; a todo le pegó con suerte: al comercio, a las tierras, a la industria y a la política; muy bizbirinco, supo aprovechar bien y bonito el movimiento de la revolufia, comprando, vendiendo, prestando y cambalachando desde armas y cartuchos, hasta víveres y bilimbiques; propiamente no anduvo en la bola, con las armas en la mano, pero tuvo y tiene comal y metate con los principales cabecillas; desde luego con los que han llegado a ser ahora los meros mandones, a los que sirvió en peligrosos encargos cuando lo más duro del borlote; yo no sé cómo le hacía para estar bien con unos y con otros: villistas y carrancistas; entonces tenía negocios en Zacatecas y Aguascalientes, aunque no dejaba de echar vueltas a unas tierras que cultivaba por acá, del otro lado de Clamores, pues le ha estirado siempre por el rancho; cuando las cosas comenzaron a ponerse en paz, compró de oportunidad unos terrenos de riego en las vegas del río Juchipila, cerca de Jalpa, y unas huertas de frutales en Calvillo; con la inseguridad, podían adquirirse gangas regaladas en ese tiempo, contando con dinero en la mano, y el amo tenía su dinero en monedas de oro; ¿para qué decir lo que pudo hacer?; los dueños no querían oír de otra cosa que malbaratar sus pertenencias y largarse lejos; cuán cierto es que dinero arrastra dinero.

Algunos viejos preguntan por Sara y Florentina. —¡Eh, qué par de mujeres tan enteras, tan hechas y derechas, a cual más! —contestaba otro de los más antiguos secuaces de Jacob—; ¡qué temple de una y de otra! Da gusto hablar de ellas, acordarse de cuánto han ayudado al amo. Desde que salieron del Llano, sin un centavo, con lo puro encapillado, hicieron miles de luchas, en Cuilán y en Clamores primero, después en todos los lugares por donde peregrinaron, hasta en tierra de gringos: aquí, vendiendo comida, lavando y planchando ajeno; allá, sembrando, pizcando; luego, haciéndole a la falluca; no le sacaban a ningún trabajo por duro que fuera: lo mismo fregar suelos que cargar fardos pesados; desvelarse, madrugar, o de plano sin pegar los ojos, días y noches en ringla; servir en hospitales y mesones; tender vendimias en calles o plazas. Alegres siempre. Poniendo siempre buena cara y encima de todo, metiendo el hombro al señor en sus trabajos, lo mismo cuando anduvo de peón aquí al otro lado de la sierra, que cuando la emprendió por su cuenta. ¡Esa doña Florentinita, qué águila para los números y los tratos! Coge al vuelo las operaciones más entrambulicadas, igual sumar, restar y dividir. Ella fue la tenedora de libros en los negocios de Zacatecas y Aguascalientes, como doña Sarita la hacía de almacenista, más estricta y avispada que celador de aduana. Todavía ora, que pueden descansar y merecido lo tienen, parecen hormigas por lo infatigables. ¿Quién pues creen que inventó y arregló los milagros de la pastorela pasada? Pues doña Florentinita; ¿quién había de ser? Se conserva tan fresca y lozana como una lechuga; no parece que tenga los hijos que tiene, tan bien dados.

Lo de la fortuna política de Jacob picaba mayores curiosidades.

—Tiene mucha mano izquierda, y como es tan sangreliviana, tan resuelto y tan diligente, tan servicial, se gana la confianza de personas por naturaleza desconfiadas, y hace amistades bien macizas, como la que trabó en Aguascalientes con el general Obregón, el que ahora se halla en la Silla que fue de don Porfirio. (No pocos en el Llano se sorprendieron al saber que no se llamaba ya don Porfirio el que ocupaba la Silla; era la primera vez que oían tamaña novedad). Tan amigos, que no hace mucho el amo lo visitó en el Palacio de México; allí lo halló sentado en la mismita Silla de Oro y platicaron hasta chistes, ¡palabra de Dios! ¿Qué no será con otros de más abajo? Creo que querían hacerlo Gobernador; pero ni necesidad tiene, ni le gustan esas danzas. Con ser su amigo y tener sus puertas abiertas, como las tiene, se contenta, y le sirve más. ¿No ven?

Estas versiones causaron mayor efecto que la bomba caída en la lucha de San Miguel contra Luzbel. No faltaban incrédulos que preguntaran cómo, por qué, si era cierto tanto poder, tanta riqueza, Jacob Gallo prefería volver al destierro del Llano. Apresurábanse las contestaciones de paniaguados:

—Al amo siempre le ha estirado la tierra. El comercio, los viajes al Norte, las industrias que emprendió fueron modos de hacer dinero para invertirlo en el campo. Allí es donde respira gordo y a sus anchas y siempre suspiró por volver al Llano; siempre se lamentó del atraso que aquí reina; siempre habló de implantar sistemas aprendidos en otras tierras y de traer adelantos. No, de veras, no es el desquite lo que lo impulsa, ni el interés. Ranchos tiene a montones en mejores tierras. Pero ¿a quién no le gusta ser profeta en su propia tierra? Esto es.

A los vecinos que se les consideraba influencia en sus respectivos ranchos, proporcionábanseles lujos de detalles al mostrarles el proceso de las obras, tanto en Jerusalén como en Canán; se les confirmaba el deseo de facilitarles iguales ventajas: pozos, defensas contra la erosión, mejoramiento de suelos, abonos, pastos, animales de buena raza, créditos.

Inesperadamente Jacob Gallo hacía su aparición. Preguntaba, aconsejaba, prometía, regalaba, deslumbraba; desoía chismes. Él, personalmente, repartió dádivas a los que se quejaron de no haber ido a Belén el seis de enero; los paisanos caracterizados recibieron lámparas de las que portaron los ángeles y pudieron mover en sus propios hombros las alas que los habían maravillado. Jacob se moría de risa.

Sólo una cosa rechazó: las proposiciones de comprar maíz al tiempo.

—No. Yo les hago préstamos de habilitación y avío, y les ayudo gratis a que mejoren sus cultivos. No más los indolentes perderán sus siembras. Tenemos que acabar con sistemas negativos como ese de vender al tiempo, de contraer deudas a lo tarugo. Claro que yo prestaré al que garantice rendimientos porque se ponga a trabajar como yo le diga. Y para que mejor entiendan mis tanteadas: este año prestaré sin rédito; y para los venideros, con el módico del ocho por ciento. Lo que quiero, es que despierten.

Los desconfiados propagaban dudas. De Belén a Jerusalén iban y venían chismes: que Jacob echó cacallacas, que don Epifanio amenazó con esto y aquello, que don Felipe, que don Jesusito, que los hijos del Rey de Oros...

Sobre Jacob llovieron, como autoridad, quejas formales: que fulano me hizo esto, que zutano me quitó aquello, que mengano se niega a pagarme, que perengano inquieta a una de mis hijas...

—Borucas, bretes, borullas. ¡Tan en paz que vivíamos!

—Para que la cuña apriete...

Se habían soltado los ventarrones.

Se habían soltado los ventarrones que anunciaban la llegada de la cuaresma. Eran ya mediados de febrero. Las cabañuelas fueron prometedoras. Con todo y esto, ni las moscas se paraban en la Casa Grande de Belén. Medieros, vendedores de cosechas al tiempo, solicitantes de bueyes y demás avíos, nadie había ido con los empeños de todos los años. Tampoco los artesanos, ni Rómulo mismo, siempre tan puntual, habían cumplido los compromisos que de costumbre don Epifanio exige como ribete de operaciones usurarias; para esta época, todos los años, Belén estaba lleno de albañiles, canteros, carpinteros, talabarteros, herreros, hojalateros, peones gratuitos, obligados a reparar casa, caballerizas, corrales, cercas, instalaciones, aperos; a herrar el ganado y acarrear materiales, bajo pena de no conseguir ayuda para las próximas siembras, quedar proscritos y ser entregados a las persecuciones de don Felipe y demás bastardos.

Los únicos que llegaban eran los sembradores de veneno, como zancudos que transmiten daños:

—El Rey de Oros hizo y tornó, dijo que poquito se le hace el mar para echar un buche de agua, anunció que quemaría la Casa Grande y todos los ranchos de los Trujillos, que para eso tiene valedores muy arriba, que mandará en cuerda desde a don Epifanio hasta el último achichincle; que esto, que aquello, que lo de más allá; que todo le viene guango, que se la pelan, que es la Divina Garza, que no pierde la esperanza de bailar en lo que quede del corredor donde lo humillaron, que son unos collones todos los Trujillos —picaban y se iban, dejando la comezón, la hinchazón, la siembra de malos microbios.

Llovía sobre mojado encima de la Casa Grande. Por su culpa, por su culpa, por su grandísima torpeza. Causada la irritación con las tropelías de Navidad, como si hubiera sido poco, añadieron la trifulca de la máquina, que ultrajó el sentimiento aun de los más ajenos al asunto.

Quién sabe qué alacrán le picaría para que don Jesusito decidiera obedecer esta vez a su padre, abandonando sus hábitos de hipocresía, procediendo con mayor brutalidad que si don Felipe hubiera sido el ejecutor.

Con el diablo metido, entró una mañana, de estampida, como ventarrón, a la pieza de Plácida, y sin más ni más ordenó cargar el mueble a los fortachones que le seguían. La dragona, madre del aire, cacica en greña —como llamaba don Jesusito a su hermana— se dejó venir hecha una culebra de manotazos e improperios, para romper los oídos más empedernidos; abalanzóse con las uñas crispadas; un golpe rápido, seco, inesperado, la contuvo, la derribó, la dejó turulata; prestamente se repuso, saltó como pantera, empuñó la tranca de la puerta y se lanzó sobre su hermano; éste, la pistola en la diestra, mandó a sus hombres que la amarraran a como diera lugar; tronante, los ojos echando lumbre, no admitía réplica ni dilación; cuatro fornidos cayeron sobre la energúmena, la desarmaron, con grandes trabajos la liaron en sogas; ordenó don Jesusito que le taparan la boca, le metieron a fuerza un trapo y luego ataron las quijadas con un paliacate; afianzaron el cuerpo de una alcayata, para que no se moviera. En eso apareció el esqueleto de Amanda, muda, brillándole una súplica en los ojos hundidos.

—Cuele para adentro, doña Amandita; es lo que tiene que hacer —aconsejó el hijo a la madre—; no se meta porque será peor; en tiempo de guerra no hay misericordia. —Él mismo la impulsó a retirarse, amenazándola si algo hacía por desatar a Plácida; él mismo cerró con llave la pieza.

Cuando la máquina estuvo cargada en una mula, don Jesusito designó a dos centinelas de vista, con órdenes terminantes de que nadie se acercara. Seguido de dos hombres tomó la vereda de Betania.

Con cautela de asaltantes bragados rodearon la casa de Rómulo, entraron al patio, acallaron con la muerte los ladridos y defensas de los perros, registraron la cocina, el corral; hallaron echada llave a las piezas; don Jesusito mandó que a prisa forzaran y si era necesario tumbaran la puerta del cuarto en que se hallaba la máquina de Teófila; lo hicieron a empujones; irrumpieron; sacaron la reliquia codiciada por don Epifanio; descargaron el regalo del Rey de Oros; y cuando subían el nuevo fardo sobre la mula, vieron venir, oyeron los gritos desaforados de doña Merced, que volvía del agua con un cántaro al hombro y otro en la mano; los bajó al suelo, para poder correr desesperadamente, como loca, invocando a Toda la Corte Celestial, maldiciendo al chucho dañero y a los bandidos que lo seguían, amenazándolo con todas las Potencias del cielo y de la tierra, suplicándoles que no cometieran ese crimen, que mejor la mataran; aullaba, lloraba; violentamente tomó una piedra, la lanzó contra el Trujillo, quien desenfundó, esgrimió la pistola, hizo ademán de tomar puntería para disparar; tropezó, cayó doña Merced, quedó tendida, no se levantó, no se movió, dejó de gritar. Don Jesusito y su tropa apresuraron la retirada.

Cruzaban el pedregal del arroyo cuando sobre sus espaldas llovieron renovadas maldiciones. Rígida, terrible, alargada, Matiana estaba erguida sobre unas piedras, a la puerta de su casa:

—¡Malayan sus patadas de ahorcados, hijos de loba y puercoespín, que al fin se les llegó la hora de reventar, satanases tronados!

El Trujillo volvió la cara, disparó sobre Matiana la carga completa de su pistola. Matiana permaneció inmóvil, impávida, los brazos en alto, amenazantes, desafiantes. Encorajinado, Trujillo jaló la rienda, picó espuelas para retroceder; el caballo se encabritó, resbaló en el pedregal, dio de bruces, tirando al jinete; huyeron los compañeros del bastardo, jalando del ronzal a la mula cargada.

Cualquiera sea la cierta de las muchas versiones que luego circularon —que un resplandor de lumbre cubrió a don Jesusito la vista de la Madre y de Betania; que levantado con apuros, el caballo resistió a retroceder; que voces y truenos ensordecieron al jinete; que una fuerza poderosa lo montó y lo empujó a la otra orilla—, el caso fue que, maltrecho por la caída, Trujillo desistió de ir a poner mano en Matiana; se contentó con gritar:

—¡No la verás de balde, bruja güila, tinaja convertida en tapadera, lángara alcahueta, pronto has de verme la cara, y sentir que se te aparece tu pelona, vieja liendre, piojenta!

La retahíla no tenía fin, al paso de la retirada. Los insultos anudáronse con los lanzados a los cobardes que lo abandonaron en el trance; allí mismo, como justificación, tuvo nacimiento la sarta de leyendas milagrosas, en boca de los que acompañaban a don Jesusito, quien hizo impulso de golpearlos con el fuete; otro misterio es por qué se arrepintió, yendo como iba tan fuera de sí mismo, tan desconocido y sin rienda.

La cosa no paró allí. A la vista de Belén, cuando menos lo esperaban, tras de una cerca les marcaron el alto, aparecieron bocas de fusiles y oyeron órdenes de que se apearan con las manos arriba. Fue tan repentina y amenazante la conminación, que don Jesusito y sus secuaces obedecieron como autómatas, despojándose de sus armas, echadas al suelo.

—¡Bonito judas malora! Ya sé qué te picó para soltarte haciendo tiznaderas no más a lo tarugo sin ton ni son como chucho enyerbado que hasta los de casa muerde que ni tu piltrafa de madre se te escapó. Tanteaste madrugarme ¿no? adelantarte haciendo méritos con el viejo para que te deje de amo, sobajándonos a los demás para que tú nos tengas con el pie en el pescuezo, desgraciado molonco, sietemesino...

El susto hizo más ancho campo a la vuelta de la ira, recreciéndola, cuando don Jesusito, creyendo habérselas con gente armada de los Gallos, reconoció a Felipe su hermano:

—¡Con que tú eres, dichoso don trinchón! ¿qué dice Cuernos de Oro?, tu nuevo amo, al que lambes los pies —camelando mientras hablaba, se arrojó a rejuntar del suelo la pistola que había tirado; de un brinco, don Felipe, como rayo, más potudo, más ágil, alcanzó a trincar al segundón; de un golpe le hizo aventar lejos el arma; lo humilló torciéndole los brazos por detrás:

—¿Ves cómo ni pal arranque sirves, collón?, y sobre collón, traicionero. ¿Así quieres pialarme, lagartija?

—Pos eso pues ¿qué buscas conmigo?

—Hacerte ver a tiznadazos que no eres quién para poder jugarme el dedo en la boca, matrero.

—No hago más que cumplirle su gusto a mi padre, ya que tú, tan valiente, digo: ventajoso y a las malas...

Con violento jalón que hizo tronar las coyunturas, don Felipe arrancó al atrapado un alarido de dolor; luego, con un empellón lo tendió a tres metros de distancia; sobre caído, se le acercó pistola en mano:

—Voy a darte una última oportunidad. Vente a donde no nos oigan...

Tras de la cerca seguían apuntando las bocas de los fusiles. Con las manos arriba permanecían los hombres de don Jesusito. A medio camino, inmóvil, con las orejas paradas, la mula cargaba el bulto de la máquina.

La cerrada descarga —era tan raro que se oyeran tiros en el Llano— había estremecido a Betania. Poco a poco acudieron, se agolparon los vecinos en la casa de Matiana; pero la Madre, cuando vio la retirada del agresor, depuso su actitud hierática, descendió del pedestal y se metió a la pieza de los Misterios, insensible al vocerío exterior, a las llamadas angustiosas.

—No conocí los mentados franceses; nunca por fin llegaron al Llano. Me quedé con el alboroto. Como mucho después tampoco asomaron por acá las narices los revolufios, a pesar de cuentos y mitotes. Como luego hace rato se desviaron los tiros del don Calambres. Pero mi matrimonio se dio prisa, no se detuvo, llegó, empujado por el miedo a los franceses, que robaban muchachas. Yo qué sabía de nada. Se les había metido en la casa, dale y dale: muchacha loca, eres muy curiosa, tan alborotada y sanquintina. *Tuvieron miedo, más que de los franceses, de mi carácter:* —no vaya saliendo con sangre de pizcapocha. *Recuerdo la violencia con que un día mi padre se me dejó venir, me tapó la cara con mi propio rebozo y me metió a la casa para que yo dejara de ver cómo el toro luchaba por trepársele a la vaca, con lo que consiguió que yo entrara en malicia y aumentara mi curiosidad por entender misterios que antes no se me habían ocurrido. Puras imaginaciones borrosas, a veces calenturientas, y una inquietud constante, de manantial en donde el agua nace a borbollones, así era yo, una polvorilla que inventaba dengues y cuentos, una muchachilla llena de vida, que sin querer despertaba malicias con sus bullicios, y que bien a bien era inocente de todo a todo; impulsiva, no más. El miedo los hizo andar con carreras, sin tomarme parecer ni darme parte cual ninguna en el negocio. Escogieron a un señor de edad, al que mentaban muy seguido como amigo antiguo, de confianza, que vivía lejos, tanto que yo lo*

confundía con gentes ya muertas, de las que hablaban como si vivieran todavía en tierras distantes. Vine a conocerlo el día del casorio, que me noticiaron unos días antes, igual que si me hubieran dicho: prevente, que mañana te llevaremos a las danzas de la Cruz o a lavar al río; si me lo comunicaron fue porque recibieron las donas, y me las enseñaron. —Está bien, dije yo sin gusto ni disgusto, creyendo natural que sucedieran así las cosas. Por primera vez dejé de imaginar, inventar y alborotarme; tampoco el sueño se me fue, como pasaba siempre hasta en cosas que ni me iban ni me venían. Del rancho de la Barranca donde me tenían escondida me sacaron una noche directamente a Getsemaní donde se hizo el casorio; había sido ésa la dificultad, según lo supe después, porque ni mi familia ni el señor querían arriesgarse a llevarme lejos ni menos trasponer la sierra para ir, como era lo debido, a la parroquia de Clamores, porque allí habían estado los franceses y podrían volver cualquier chico rato; al fin el señor consiguió que la presentación se hiciera por poder (que dio mi padre), con dispensa de amonestaciones, y que viniera un ministro a Getsemaní, única parte del Llano en que había capilla. Llegado el día, madrugamos mucho; apenas pasada la media noche comenzó la fatiga de aparejar los burros; orita mismo estoy oyendo como si entonces fuera, que decían: —Qué bueno que va a tocarnos luna todo el camino. Así fue. Una de esas lunas de madrugada, muy amarillas, que hasta encandilan los ojos con la desmañanada. La recuerdo muy bien. Tenían que llegar a Getsemaní antes de la primera claridad. Hablaban de todo, menos del motivo que llevaban. Entretenidos en sus pláticas, de mí no se ocupaban, dejándome ir callada. Eso fue todo el camino. Yo misma extrañé que me llegara el sueño en una caminata que ni mandada hacer para una muchacha novelera, amante de impresiones desconocidas, y que no se me soltara la lengua en las conversaciones de asaltos, aparecidos, cometas, auroras boreales y otras historias y milagrerías, con que divertían el camino disimulando el miedo provocado por sombras y bultos que parecían moverse o estar en acecho. —Ésta es la hora más segura de andar por caminos peligrosos y en tiempos de revuelta —les oí

decir varias veces. Entre cabeceadas, me divertí todo el camino vien-
do la cara de la luna y descubriendo figuras caprichosas en sombras
y reflejos, que a mi antojo componía y descomponía, sintiéndome
creadora, dueña y soberana de un mundo que, según yo lo quisiera,
pasaba de ser un circo completo, con gigantes, enanos, maromeros,
leones, changos, pirámides, jirafas, camellos, elefantes, osos y demás
fieras (yo no había visto nunca un circo, mas me lo imaginaba con
lo que oía platicar), y se convertía en cuento de los de hadas que
también había oído, con castillos, monstruos y toda la cosa; o en
formación de gran ejército, con caballos y máquinas enormes; o
en población de las que llaman ciudades, con palacios y torres, que
ni entonces ni nunca he conocido. En fin, con esas divagaciones el
camino se me hizo corto. De cuando en cuando seguía las conversa-
ciones, principalmente cuando por el perfil de los cerros o el sitio de
luna y estrellas en el cielo, alguien apuntaba rumbos, nombraba ca-
minos y lugares, fijaba la orientación de comarcas remotas. Todavía
con luna, sin que hubiera trazas del alba, los ladridos de perros, el
movimiento de luces y gentes, hicieron saber que habíamos llegado.
Derechito fuimos a la capilla. Me entró la curiosidad por descubrir,
entre aquellas caras desconocidas, la del señor; sólo sabía que se lla-
maba don Concepción. De nada sirvió el empeño de habilidades
que tanto me celebraban; a nadie se le ocurrió decirme quién era,
ni yo me animé a preguntar, hasta que por fin salió el padre y dijo:
aquí el novio y aquí la novia; de reojo lo vi, pero rápidamente bajé
los ojos y los tuve clavados en el suelo todo el rato del chisme y de la
misa; sin levantarlos contesté lo que me dijeron que contestara; sin
levantarlos hice lo que me indicaron: dejarme poner un anillo, abrir
las manos para recibir un puño de moneditas, dar unos pasos, hin-
carme. Cuando aquello acabó y salimos, había esclarecido la maña-
na; pude ver todavía luna, metiéndose. Don Concepción había vuel-
to a perderse. Cuando se presentó traía chibarras con espuelas, una
cuarta en la mano y el sombrero galoneado, muy ancho, embutido
hasta las orejas, puesto el barbiquejo; atrás esperaba un caballo
con silla y otro con albardón. Oí que se des pedían. Sentí que me

ayudaban a montar, que decían: —Muy mujer, *al mirar que no lloraba, ni pucheros hacía. La voz de don Concepción:* —Tengo que llegar pronto y está retirado. *Quiso entrarme susto. ¿Susto? Gusto no fue. ¡Ah, qué Jesusote! más bien me da lástima, ¡pobre! ¿cómo saldrá del atolladero? Por lo bajo hace sesenta años de aquella madrugada. No faltará quien diga que hoy volví a nacer. Qué mala puntería tiene el pobre.*

—No sé ni oí nada —respondió Matiana cuando la hicieron abrir los gritos de que por caridad acudiera: doña Merced estaba en las últimas por la felonía de los Trujillos, que habían cargado con la máquina y hasta con los perros habían acabado.

—Adelante con la Cruz, no sean porfiados, ya les dije: ni oí ni sé.

Ni pasados los días, nadie la sacó de allí. Ni cuando el atentado pudo comprobarse y se dieron por ciertas las inagotables maravillas que rodearon la retirada del felón. Pero por los ojos de la Madre pasaban siniestros destellos, fríos como brillo de puñal en alto, irremisibles, que hacían temeroso el sagrado hermetismo de la justiciera.

—Con ella ni necesidad había de Miguel Arcángel con su tropa.

—¿Qué hará el Rey de Oros?

—Ah, Jacob Gallo poderoso.

—En las aflicciones no nos desampares, ahora y siempre, Madre Matiana, contra los enemigos protégenos, invicta, por los años de los años.

—Sus allegados le decían Chon o Concho. Yo siempre lo llamé don Concepción. Serio, reposado, era muy consecuente conmigo; me tenía mucha paciencia; con él aprendí muchas cosas: desde saber esperar y darle valor al tiempo —quien reniegue del presente, no merece el porvenir—, *hasta no tenerles miedo a los animales brutos* —más vale amansar, que quitar mañas—; *me enseñó a partir las*

culebras puestas en el cielo, a ahuyentar la peste de campos y gana-
dos, a rezar el Trisagio, la Letanía de Todos los Santos, la Magnífica,
la Oración del Justo Juez y otras invocaciones, ensalmos y conjuros.
Era muy trabajador, muy cumplidor en sus tratos. Nada mujeriego.
No le gustaba la copa ni la baraja. Tenía su dicho: —Naipe, tabaco,
vino y mujer echan al hombre a perder; *o también:* —El que quiera
ser buen charro, poco plato y menos jarro. *Era muy ahorrón, por-*
que: como decía: donde no hay humo no hay lumbre, y en la casa en
que no hay lumbre, lumbre son los que la viven, y donde lumbre ha
habido, rescoldo queda. Como si el corazón le anunciara lo que pron-
to sucedió, me repetía: —Cuesta más trabajo guardarlo que ganarlo.
Se dio a querer. Comencé a quererlo. Poco me duró el gusto de hallar
el cariño escondido, de irlo probando como miel o terrón de azú-
car, con susto de que se acabara o de que viéndomelo, se lo robaran.
Como aconteció: se lo robaron, se lo llevaron de leva; esto lo supe
mucho tiempo después. Por de pronto desapareció, no volvió de un
viaje a los Cañones para cobrar centavos que le debían de unas reses;
no volví a tener noticias en meses y meses; no más infundios con que
trataban de consolarme; yo, remontada en aquel rancho, arriba de la
sierra, no me hacía ilusiones. Hasta que casi al año me desengaña-
ron: se lo habían llevado a pelear, y en un encuentro entre chinacos y
franceses le llegó su hora. Entonces recordé otro de los dichos que te-
nía muy pegados: —De la suerte y de la muerte no tiene escapatoria
ni el fuerte; por eso no le tengo miedo al rayo, sino a la raya. *¡Tanto*
miedo conmigo a los franceses, y venido a ver quién al fin los conoció!
El que nació para ahorcado, no morirá de ahogado. *Malditurías del*
destino que a cada quien le toca. No dejé que me compadecieran o
que trataran de consolarme ni ayudarme con la carga. Si desde que se
fue tuve las riendas del rancho, al saberme viuda las apreté con ma-
yor fuerza. Ni creían que pudiera con el tercio, ni faltaron parientes
de repente, amenazándome con pleitos por la herencia. Se les hacía
fácil: una muchachilla, viuda antes de cumplir los diecisiete años.
Más fácil se les hacía el negocio a la cáfila de pretendientes, dere-
chos o chuecos, que me dieron guerra durante años y años, hasta

ya de vieja, por aquello de que al que le ven caballo le ofrecen silla, *creyendo que* el hombre ha de ser porfiado aunque le digan que no, pues a tanto porfiar no hay quien resista. *Lidié a muchos desvergonzados que me salían con dichitos:* —Qué le cuidas a la caña si ya se perdió el elote; de que se lo coman los gusanos, mejor que se lo coman los cristianos; a este cilantro tan seco le falta su regadita; olla que no se menea, se quema. *Epifanio, para no ir más lejos, fue de los más tercos; todavía cuando andaba tras de Teófila me soltó·* —Ay, Madre, qué pan tan duro y yo que ni dientes tengo. —No más los raigones te quedaron —*le respondí. El tiempo todo lo tapa. Ni quien se acuerde ya de que don Concepción existió. Son cada vez más largas las temporadas en que a mí misma se me olvida y llego a caer en la confusión que reina en el Llano con el misterio de si fui alguna vez casada, si soy viuda, o si en conservar la virginidad radica mi dominio de lo invisible. Pero yo sé lo que todos olvidan o no saben. Ésta es mi fuerza y mi tormento, que cargo yo sola. El silencio exalta mis Poderes, y es necesario para contener a los espíritus. Así he visto pasar asechanzas desbaratadas, tempestades rotas, inicuos enemigos caídos en muerte perpetua, como cada año las hojas de los árboles. Adelante con la Cruz, cristianos. Arriba está quien reparte.*

Lo que doña Merced tenía era el susto, el coraje y sobre todo la impotencia de no haber defendido, de no haberles arrancado a los cuervos la prenda profanada. Lo de menos, aunque le dejó cara de santocristo, bañada en sangre, lo de menos era el golpe que la privó al caer. A medida que se reponía, que hubo quien la atendiera, se le renovaban aumentados los dolores padecidos por la muerte de Teófila; y cuando volvió a la memoria —por más que no lo hubiera querido— la máquina cargada sobre la mula, sobrevino el dolor de puñalada que la traspasó al ver que cargaban el cuerpo y lo sacaban a enterrar.

—Mejor me hubiera matado y rematado el inicuo —no tenía otro clamor, obsesivamente repetido, hasta martirizar a los que la oían.

Llegó Matiana. Impávida. Majestuosa.

—¿Para qué tanto aspaviento si sabes que te devolverán la máquina? Sí, ¡te la devolverán! Era necesario que para los justos juicios de Dios pasara esto.

—Yo tenía un plan. Estos iscariotes lo acedaron con sus barrabasadas. Antes de tiempo se cumplieron mis pronósticos de que habrían de darse en la madre, y salió que hasta en el padre, mordiéndose por ambición de la herencia, peor que chuchos que se hacen pedazos por una carroña. Qué dientes, qué uñas le aparecieron al muchachito Jesús: feroces más que las astas y pezuñas del Felipito. Ya lo sabía yo. Pero nunca pensé que su salvajismo, y menos el de Jesusito, llegara a causarme vergüenza, por no decir arrepentimiento de haber criado semejantes aberraciones; y coraje, más que todo por su idiotez —con tarugos ni a bañarse, porque hasta el jabón se pierde—, que nos avienta al voladero, sobre darle mayores alas al otro fregado felón, contra el que iba mi plan. Era muy sencillo: echarle la gente encima difundiendo sus malas artes en pacto con Satanás; él hizo volar al diablo y luego ha dicho que fue un aparato parecido a los que habrá en el Llano; su soberbia levanta unas torres como las de Babel, que junto con la mentada electricidad, serán la perdición de nuestra pobre tierra; qué ¿no han oído hablar y hasta experimentado los toques eléctricos dados por unas cajitas de mirruña? ¿pues qué será con máquinas grandes? todo quedará electrizado, nadie podrá moverse sin riesgo de una muerte peor que de rayo, los ganados azotarán, las semillas no nacerán, los pocos árboles de la comarca se descuajarán, las lluvias desaparecerán por completo ahuyentadas por esos inventos, y por igual causa los niños nacerán baldados, en caso de que nazcan, y no habrá remedio para los enfermos, ni absolución para los moribundos, ni nada de indulgencias para los difuntos. Mentira que ganó sus talegas de oro en el comercio cuando lo recio de la revolufia; se lo dieron los masones para venir a pervertimos, a satanizarnos. Por las hojas se conoce el tamal que es de manteca. Mentira que sean cosas naturales los prodigios que a nombre de Belcebú obró aquí en

Belén y sigue obrando para embaucar incautos. Quiere arrancarnos la fe y la resignación. Es Luzbel que grita el ¿quién como yo? de las pastorelas. Lo bueno es que ningún pinacate sube media pared. Mentira que trate de favorecer a nadie; puros enredos, y compromisos, y pactos detrás de los cuales está el diablo, dorando la píldora con móndrigos regalos que acá les podemos hacer, y mejores. A todo lo llaman cena, aunque sea taco de sal. Porque también había ideado ir yo de rancho en rancho prometiendo quitas y perdones de deudas, con tal de renovar convenios de amistad con que oponernos y hacer el vacío al intruso endemoniado. Dejaríamos la violencia para lo último, cuando estuviéramos fuertes otra vez, contando con la gente, que un día les quemaría esto y aquello, les haría desaparecer gendarmes poco a poco, hasta que corrieran los demás. Eh, si yo fuera muchacho: esas eran mis meras especialidades, a las que debo en gran parte mi dominación sobre la tierra, muy a pesar de tantos lebrones que quisieron atravesárseme al paso; ¿qué me duraron? se los llevó la porra, los borró el aire, ni añicos quedaron de sus resistencias; los desbarató mi mano, como torres hechas de barajas. Ahora ya no; ahora contaba con mis muchachitos mayores; a los otros, ¡tantos! les doy vueltas y no hallo uno capaz de atorarle al negocio; ni siquiera son para engallárseles a sus hermanos; reconozco que tengo la culpa, ¿dónde iba yo a pensar, con tanto esmero que los crié? Después del desastre, caigo en la tentación de perdonar a Miguel Arcángel, aunque no me lo pida, y de arrimarme a él, y entregarle cuanto soy y valgo. A veces no veo más remedio. Sólo uno entreveo, y le doy vueltas y vueltas: Plácida, furiosa como manada completa de panteras hambrientas de venganza; ni sola se aguanta, como loca embravecida; se salió de la casa y anda revolviendo cielo y tierra para desquitarse de Jesusito; su rabia es mi única esperanza, si la convenzo de que yo nada tuve que ver, que yo no escuché sus gritos y por eso no acudí en su auxilio; si se lo pruebo nombrándola única heredera; ella sí tiene garras para enfrentarse a sus hermanos, escarmentarlos y meterlos en cintura, sin que se le escape ni el renegado pastorelero, el grandísimo petatero que nos quiere asustar con chorros de oro y electricidad. ¡Pobre de ti, Epifanio Trujillo, que no puedes valerte de tus propias manos, y dando patadas de ahogado tienes que renunciar a lo que con tantos trabajos conseguiste! ¡Uno por uno se te derrumban tus sueños!

Corrió la cuaresma en una calma chicha, entrecruzada de rumores. El despliegue de retenes en las inmediaciones de sitios que solían ser las principales guaridas de los Trujillos fue la única novedad.

Los vecinos, que al principio se retrajeron en sus casas, acentuando el vacío del Llano en tiempo de secas, comenzaron a salir, ansiosos de noticias, con las caras largas de los que se asoman al desastre para contemplar sus efectos, precaviéndose de riesgos personales.

Tras el desaguisado, nada en fijo se sabía de don Jesusito ni de don Felipe. O se habían remontado a sus ranchos cerriles, o estaban encerrados a piedra y cal en sus respectivas fortalezas de Damasco y Galilea. No sólo se supo de cierto que Plácida, liberada por manos de don Felipe, huyó de Belén echando maldiciones desde a su padre, sino que muchos en distintos ranchos la vieron y no pocos hablaron con ella, o más bien ella los buscó para vaciar en sus orejas las abominaciones que la llenaban, y para tronar el anuncio de su venganza. —*Que todo se lo lleve la tiznada pero esto no puede quedarse así* —dicen que decía furibunda.

De boca en boca, dominaba en el Llano la sentencia de que *toda casa dividida será destruida.* La rancherada repetía con asombro sacramental estas palabras, maravillada de su descubrimiento.

Comenzaron a levantarse, a correr murmuraciones desesperanzadas por la lenidad, por la impunidad con que Jacob Gallo iba dejando las depredaciones de los Trujillos, en especial el robo de la máquina; y por la displicencia con que recibía las quejas contra la Casa Grande; por la brusquedad con que atajaba los ríos de chismes que le llevaban.

Se había esperado un castigo estrepitoso: que la gente armada de Jacob diera sobre Belén, rescatara la máquina, hiciera estallar bombas parecidas a las del seis de enero, pero que no dejaran piedra sobre piedra; y que hubiera llevado amarrados, en cuerda, no sólo al Jesusón, sino a toda la cáfila de Trujillos, para aplicarles la ley fuga, o cuando menos pudrirlos en una cárcel.

Llegado marzo, tampoco veían claro los solicitantes de créditos y habilitaciones, ni los medieros que trataban de conseguir con los Gallo mejor condición que con los Trujillos, conforme se les había hecho creer. Lo único efectivo eran los buenos jornales pagados en Torres de San Miguel a operarios y peones; así como el comienzo de aperturas de pozos y construcción de bordos y aguajes en contados puntos del Llano, para beneficio de unos cuantos consentidos de Jacob: entre ellos, Rómulo y Palemón.

Cundían propósitos de capitular ante la Casa Grande, sólo en suspenso por la expectación que provocó el pleito entre los Trujillos; desafío, al mismo tiempo, aventado a la cara de Jacob en su doble condición de autoridad y de amigable componedor en el asunto de la máquina, que se creía concluido con la entrega de otra flamante a don Epifanio, el día de Reyes, en presencia de numerosos testigos.

Las murmuraciones alcanzaban a Matiana. ¿Cómo también ella se quedaba con los brazos cruzados, negaba los hechos y se contentaba con proferir palabras confusas en las que podrían entreverse, o no, amenazas contra los maldosos? ¿qué la detenía para que rayos y centellas no cayeran sobre las casas y los campos trujillanos? ¿para no hacer tronar de algún modo misterioso: un torzón, una caída, un derrame cerebral, o algo por el estilo, no sólo al que le aventó balazos, sino a toda la aborrecida familia, con todo y ganados mayores y menores, hasta perros, gatos, pájaros, lombrices, piojos? ¿qué se traía? ¿qué compromisos la maniataban, ya no para castigar el agravio que le habían cometido, sino por cumplir su misión escarmentadora que Dios le había confiado para edificación, salud y ejemplo de la cristiana grey indefensa?

Palemón, que había sido uno de los primeros muy activos agentes de la labor subversiva en favor de Jacob, cavilaba y discutía con éste si la oleada de inconformidades, particularmente las alentadas por ignorancias, por supersticiones inveteradas: que Jacob negara la presencia del Diablo volando en el Llano; que Jacob traía dinero de los masones para corromper las costumbres cristianas y echar a perder a las gentes; que Jacob tenía pacto con Satanás para usar la electricidad y demás instrumentos diabólicos que ponían en peligro a las personas, a los animales y las tierras; que Jacob era un vulgar embaucador; que lo que quería era adueñarse de todita la Tierra Santa; que la vuelta de autoridades y hombres legalmente armados acabarían en tiranía insoportable; que acabaría entendiéndose con los Trujillos para dar mate a la religión y a la moral, ¿eran brotes espontáneos, o eran obra de cizaña mañosamente regada por correveidiles al servicio de la Casa Grande?

Con tanta inquietud, escasos vecinos hicieron jornada al pueblo para visitar las Siete Casas y concurrir a las procesiones de Semana Santa, que otros años vacían los ranchos.

A medida que se echaba encima el tiempo de aguas, aumentaba el tronadero de manos; los nudos en las gargantas dejaban pasar apenas la interrogación angustiosa: —¿Qué iremos a hacer? Secos los labios. Desmesuradamente abiertos los ojos.

Los únicos que no se apuraban eran los chiquillos y los enamorados. Seguían corriendo, haciendo diabluras, jugando los juegos de secas: la rayuela, el timbiriche, la hoya; espiándose, persiguiendo ocasión de verse, de cruzar palabras, de hacer y conseguir alguna brusca demostración de tenerse voluntad. Lo mismo sucedió en la época de levas, o cuando las alarmas por los alzados en la revuelta, o cuando hay penas grandes en las casas, en los ranchos. Lo mismo acontece siempre.

CUARTA ESTANCIA

BABEL: EL DÍA DEL JUICIO

Se quedaban contemplando.

Se quedaban contemplando la extensión del Llano en la mayor resequedad, a la salida de la cuaresma. La delgadez de la luz, del aire, agrandaba las distancias, las acercaba y afinaba detalles en la lejanía: sobre la sierra y la circunvalación de los montes, nítidamente aparecían de bulto los árboles, dando a simple vista la impresión de distinguir sus especies y número, la diferencia de ramas y hojas, como si en esa época del año los ojos fueran catalejos, tuvieran alas o imanes, capaces de llegar o atraer la pinta, el hierro de los animales que discurrían como juguetes en parajes distantes, o la fisonomía de remotos transeúntes, o las particularidades de las casas esparcidas en lontananza; los ojos como lupas aplicadas al fino dibujo de cercas, de surcos, que trepando y cayendo a líneas rectas, parcelan el panorama, con apariencia de capricho pueril, tras el que se oculta el drama, la larga historia de ambiciones, luchas, muertes y sobrevivencias transitorias, cubiertas por el olvido, pero que un día causaron tribulación, de la cual sólo restan cicatrices en el paisaje, cicatrices armoniosas a la vista, pero que incitan renovadas ambiciones, luchas, cambios de líneas en el sesgo de cercas y surcos con que los apetitos triunfantes han de substituir las viejas cicatrices a ras de la tierra, de la dominación efímera de la tierra.

Para los desterrados en este rincón del mundo, la cuaresma se reduce a sentir los colores con que la resequedad cubre campos y montañas, revistiéndoles metálica solemnidad. Según es la hora y la temperie del día, el gran velo oxidado refulge o amortigua sus matices. A la mañana, el sol —oblicuo en la iniciación primaveral— unta de sangre tierna, luminosa, los altos acantilados, los desmoches y resquebrajaduras de la cordillera, como pedazos de espejos encendidos en carmín, o tajos de corales al fuego; albean al orientarse los caseríos dispersos; al oriente se hacen leves, a esta hora del primer sol, el cobre con el estaño y el plomo, que tiñen la vista, mientras al poniente, contra el sol, enardecen su foscura, mezclándose a golpes de luz. El aire seco rompe obstáculos y distancias a la transverberación, que hiere ámbitos y dilata los ardientes, profundos, contritos colores cuaresmales, a medida que sube la mañana el camino del mediodía. La implacable, creciente crudeza de reflejos muestra la desnudez, la desolación de la tierra; su piel depellejada por todas partes; manchada de inflamaciones y gangrenas; como nazareno caído en medio de montañas, todo el cuerpo azotado, encarnizadamente azotado por turbas de huizaches, que invaden el escenario, encarnizadamente. Llega el sol a la cruz del meridiano; el clamor de los calores crepita en las retinas, a lo largo y lo ancho del horizonte: crisol de minerales vespertinos, donde luchan colorados con cárdenos, ocres y amarillos, cobaltos, azufres y pedernales, en abotagamiento agravado conforme los mediodías avanzan al fin de las secas. Colores requemados: costra de sangre oreada en la extensión del Llano. Transcurridas las tres horas de agonía, los colores entran en reposo, se suavizan, juegan con los huizaches, las veredas y cercas; corren por las laderas; lamen mansa mente las heridas y costras del paisaje; aclaran perspectivas, resaltándolas. El ocre sangriento se mitiga. En su descendimiento, el sol derrama yodo gradualmente cargado: al bronce y los fulgores del oro sucede la escarlata, la grama, la púrpura, el yodo puro, fuerte, con resplandores bermejos. Llegado al triunfo de la primavera, el sol vencedor agranda los días para que los colores prolonguen su batalla. El mundo vuelve a dividirse: las tierras al occidente caen condenadas a rápidas sombras; el oriente levanta defensas de luz. El cielo invierte los campos: hogueras deslumbrantes al poniente; asomos caliginosos en levante. Al yodo se mezclan azafranes y añiles. El gran velo vuelve a ser morado, corroído de oxidaciones y escaras, que avanzan de poniente a oriente, precipitando lutos.

Hay unos días —de marzo, de abril— en que, desligado del cobre, queda el estaño flotando sobre las bajas tinieblas, a la vez en lucha contra los bronces resistentes del poniente, fundiéndolos poco a poco en plata, sin romper la claridad, avivada por momentos, perceptiblemente soldada a la del día. Es la luna nueva de la Semana Santa. La luna que guía el regreso de los que han ido a los remotos oficios y procesiones del pueblo lejano. La primera luna de la primavera, hecha con plata de antigua ley.

En el sentimiento, en la sensación cuaresmal de los colores, los vecinos toman vísperas, comen ansias, comulgan en la religión de la tierra, sienten la inminencia del temporal, tratan de adivinar la suerte, de hallar en los distintos rumbos del cielo, en los colores del cielo, señales del cómo y cuándo de las aguas, aunque falten muchas largas semanas para que lleguen. Hombres, mujeres, pasan las horas muertas del día escudriñando con devoción los altos signos.

Las altas nubes compactas, metálicas, parecidas a mujeres de gran alzada, suntuosas; pero estériles. El vuelo de las golondrinas que llegaron o llegarán el día de San José, y apresuradamente construyen sus nidos en resquicios caseros. ¡Las golondrinas ventureras, remedieras! ¡El día de San José! ¡San José: verde, amarillo y milagroso: azucena en la mano, según su imagen y semejanza: eh, sólo su imagen! ¡Ah, si reverdeciera la tierra; si pudieran darse azucenas en el Llano! A ver si ésta o las próximas lunas tienen su casa o halo: signo de lluvias, como lo son las nubes en borregadas, y las calandrias cuando construyen sus nidos en las ramas alejadas del tronco de los árboles; o el funesto signo del yunque: la inmensa nube así llamada por su forma; la funesta visión de que se han puesto las

211

palmas: grandes nubes embijadas en lo alto del cielo, alargadas en estrías, puntiagudas. ¡Ay, los enigmas del firmamento: causa de angustias y esperanzas!

Enigmas de los vientos. Los ventarrones van cesando. Ahora el aire levanta remolinos, en columnas que semejan torres en marcha; en espirales a veces tan violentas, que su avance aterroriza: como tirabuzones que absorben, arrebatan cuanto encuentran, furiosa, irresistiblemente; como pánico al paso de gigantes ebrios, en convulsión, ciegos, de garras implacables, que caminan al azar, erguidos, en culebrilla. Columnas del paisaje, retorcidas. Remolinos, espirales de polvo, paja, hojas, breñas, espinas, pájaros, huizaches descuajados, palos, tejas, techos descuartizados. Enigmas del viento seco, ardiente, sofocante; o de la brisa refrescante, nuncio de humedades recónditas; o del aire frío, helado, que aparece como ánima de meses ya sepultados.

Esperanza y angustia puestas en el vuelo de pájaros y abejas; en el caminar de hormigas y asquiles; en los gallos cuando cambia su hora de cantar; en el modo como las reses abren las ternillas para resollar, y ventean los rumbos de las lluvias.

Ojos y bocas aferrados al salmo de oráculos: *El labrador al cielo, el comerciante al suelo —El llanto sobre las siembras, olvido de cabañuelas —Cuando veas arañas en el suelo, habrá nubes en el cielo —Neblina en el cerro, seguro aguacero; neblina en el llano, seguro verano —Maíz que no le ve la cara a mayo, ni zacate para caballo —No hay que fiar en tiempo de aguas —Cuando el temporal es bueno, hasta los vaqueros paren —Por las vísperas se sacan los días —Como el tiempo dure, lugar tiene la esperanza —No hay que dejar el jorongo en casa, aunque esté el sol como brasa —El interés tiene pies —Más hace una hormiga andando que un buey echado —El trabajo no es entrar, sino encontrar la salida —Aunque te digan que sí, espérate a que lo veas...*

El asombro, ese año, a la salida de la cuaresma, en la extensión del Llano, era contemplar las alturas —increíbles—, que alteraban el paisaje habitual. Sólo viendo podía creerse, y aun viéndolo, el asombro se hacía cruces al divisar de lejos y al acercarse a la estrella que como reguilete, colocada en altísima estramancia de fierro, daba vueltas a todos los rumbos de la tierra, en Torres de San Miguel, junto a las otras dos elevadas construcciones dizque para guardar pasturas y granos. Las Torres de Babel, dio en llamarlas el despecho de algunos, presagiosamente; lo que no disipó el asombro lugareño, antes lo avivó.

Lo avivaron palabras nuevas, nuevos rumores: *pozo artesiano*, *veleta*. Una entre las palabras de nueva circulación: *cisterna*, corrió como caricia en orejas y lenguas ávidas. El Rey de Oros *perforó* un *pozo artesiano* y construye una *cisterna*. ¿Perforar? ¿Como los balazos el cuero? ¿como con agujas las orejas de las niñas? Sí, en la tierra, un pozo profundo, de donde la veleta sacará el agua y llenará la *cisterna*. Bonita palabra para calmar la sed.

Se quedaban contemplando los rancheros; y pensaban para sus adentros que algo habría de cierto en lo del pacto de Lucifer, en que Rey de Oros era protestante y traía dinero de los masones; que no habría que arrimarse a buscarle tres pies al gato; sí, que había gato encerrado; que por las dudas, entre que si la electricidad es o no es, entre si produce aquello y lo de más allá, mejor estátelo en tu casa y no te bullas. Los rencores, pero sobre todo el miedo a que criara sangre la autoridad en donde durante tantos años no la hubo en forma, daban vuelos al recelo de la paisanada.

Disminuyó la afluencia de gente a Jerusalén.

Ahora que todo pasó, bendito sea Dios, lo que ni yo ni nadie podemos olvidar ni perdonar, son mis perros, a esos infames que tan sin motivo me los mataron con tanta crueldad, aunque malicia que la saña del malhechor pudo tener por causa que haya llegado a sus oídos que por ellos, por los Trujillos, les había yo puesto los nombres que llevaban mis perros, aunque qué esperanzas que se les parecieran, eh, mis pobres perros eran muy nobles, valientes a lo derecho, nada ventajosos ni traicioneros, muy leales, y sabían distinguir a la gente buena de la mala; jamás hicieron daño a los niños; aunque corrientes, tenían buen olfato y eran muy apegados a los cristianos que conocían; eso sí, que nadie tratara de arrimarse a Merced o a Teófila: se volvían más bravos que leones, para defenderlas de que las abrazaran; en eso se parecían al carácter que van perdiendo los vecinos de Tierra Santa, celosos en cuestiones de mujeres, porque la mujer y la guitarra son del que las toca, *lástima que se vayan perdiendo las costumbres de antes*, y que los Trujillos sean causa de que se les haya perdido el respeto a las mujeres, principalmente don Epifanio con sus descaros; pero esto ha servido para que la gente reflexione y más que a otra cosa, se debe a eso el coraje que reina en toda la Tierra Santa, no tanto por el robo inicuo de la máquina, ni por lo de Merced, ni por lo de Plácida y Matiana; son los inocentes perros lo que a pesar del tiempo transcurrido nos hacen trinar de coraje. A la única que no puedo aplacar es a Merced: se le ha metido que ya que Jacob no se comió crudos a los Trujillos, a mí me toca, ya que según dice fui el más agraviado; por más vueltas que le doy y más coraje que le echo al negocio, no hallo modo, aunque ganas no me faltan y resulta que viéndolo bien tiene razón: yo sigo siendo el agraviado; pero si nunca fui hombre de pleito, menos ora que soy viejo cada vez más inservible; tuve al principio esperanzas de que Jacob tomara en sus manos el castigo; por ser autoridad le correspondía, y porque la verdad el agravio más bien iba contra él; a nosotros nos tocó de refilón; yo estaba seguro de que apenas supiera lo sucedido (y por eso corrí a enterarlo), se dejaría venir hecho un chilaquil; era su ocasión de afianzarse y de que no ninguno lo baboseara, tomándole la medida, para luego reírse, como ha pasado; cuál fue mi sorpresa que cuando llegué, ya sabía más cosas que yo, ¡y tan tranquilo! No fui yo solo, muchos otros que lo rodeaban, Palemón entre los más exaltados, le pedían a gritos que hiciera un escarmiento, estrenando así con ruido su autoridad, para que de allí en adelante a nadie le cupiera duda de que nadie se podía burlar ni de él ni de ella, y de que se habían acabado los desmanes en Tierra Santa; no más oía como el que oye llover y no se moja, contentándose con decir que todo a su tiempo se arreglaría, mejor de lo que imagináramos; con el pendiente

*de ver cómo seguía Merced, y en vista de que nada se conseguía,
volví a Betania, creyendo que él vendría conmigo a dar fe de los hechos, a hacer alguna averiguación, o por lo menos a saludar a Merced y a Matiana; todavía le pinté, lo mejor que pude, la inquina con
que habían matado a los perros y la desesperación de verlos allí tirados, retratada la furia en los ojos, que les habían quedado abiertos, y
en los colmillos pelados; los hocicos llenos de espumarajos; no me
valió; ni si quiera ofreció darse una vuelta, ni vino. Se lo conté a
Matiana.* —Para qué quieres que se meta en el pleito —*me contestó—, si con dejarlos hacerse pedazos solos es suficiente. Pueda que
tenga razón, aunque no sé cómo no le respondí entonces que eso se
lleva tiempo y que lo necesario es castigarlos como de rayo. Merced
no me dejó estar quieto en la casa, dale que dale con ir ya no tanto
por la dichosa máquina, sino a cobrarme agravios. A tanto moler, no
hubo más remedio que agarrar el sombrero y salirme, sin rumbo; en
el arroyo me senté a reflexionar: si nadie daba razón del principal
malhechor, ¿a dónde me echaría a buscarlo, yo solo, sin armas ni
caballo? ¿cómo podía yo irle a pegar a un viejo inutilizado que quién
sabe si nada hubiera tenido que ver en el salvajismo de su bastardo?
Lo que hice fue ir a contemplar a mis perros, a ahuyentarles los zopilotes: era una compasión; las gentes que pasaban, lloraban de lástima, pero más de coraje, y me compadecían, sin que faltaran quienes
en el colmo de su enojo me propusieran juntarnos para ir a quemar
la Casa Grande; yo casi no me animaba a decirle que Jacob había
ofrecido hacer justicia; creo que por lo que me compadecían era por
mi falta de resolución para hacerme justicia por propia mano. Así
pasé junto a mis perros el resto del día. Qué de recuerdos hice de
cada uno: Nerón, el más viejo y ladrador, el más fiel, a pesar de su
nombre, y el más bravo; Herodes, el más ladino, el que olía de muy
lejos; Caifás, el más travieso y corredor, el más alborotador; ahora
me arrepiento de haberles puesto esos nombres; lo hice por vengarme
de otros tantos malos ratos que don Epifanio me produjo; y así se
les fue quedando, de cariño, sin ánimo de ofender más que al de
la Casa Grande, y esto muy en secreto. Cuando se vino encima la*

noche, volví al jacal. Merced seguía en un vivo grito, rodeada de vecinas, que habían dejado sus quehaceres por hacerle compañía o a la curiosidad, ganosas de saber pormenores. Desde que comenzó a saberse, no faltó gente hasta de ranchos alejados. Había que comenzar siempre la narración y responder a más y más preguntas. Por su parte, las visitas traían montones de nuevas: el agarre de los dos hermanos facinerosos, la furia arrebatada de Plácida, la idiotez del viejo semental y, a coro, el fastidio: ¿qué esperamos para acabar con semejantes bestias ponzoñosas? Yo, haciéndome desentendido, recomenzaba el relato: Andaba yo en el barbecho que descansó este año, cuando oí los tiros en esta dirección; corrí despavorido, avisándome el corazón que algo había pasado en la casa; en el camino, iba buscándome Nicandro y me suelta de pronto, como balazo: creo que mataron a doña Merced; sentí que me daba vueltas la tierra y a pesar de esto corrí más aprisa; llego, y lo primero que veo en charcos de sangre, mis inocentes perros; a Merced la acababan de meter en la pieza los primeros que llegaron al alboroto; estaba pasándole el soponcio, a fuerza de rociadas de alcohol en la cara; —parece que no más fue el golpe y el susto —oí que decían; en eso, como golpe en la nuca, echo de ver que no estaba la máquina de Teófila; no pude contenerme y grité; —sí, cargaron con ella los infames, y dejaron allí en el patio la otra nuevecita —volví a oír que decían; caí en la cuenta; Merced comenzó a gritar: —¡la máquina! ¡la máquina! ¡que no se la lleven! ¡collones¡ ¡lóndigo hipócrita! ¡la máquina! Le dije: —orita voy por ella. Cuando tuve seguridad de que Merced no estaba herida, salí a ver la otra máquina y los cuerpos despedazados de mis perros. En mi ofuscación, casi ni entendía las palabras que rebotaban cerca de mí, rozándome no más: —los tiros fueron contra Matiana no le sucedió nada ya fueron por ella bastante rato hace si no llega es que siempre algo le pasó... Yo seguía en el patio sin animarme a entrar y presenciar el estado de Merced, sin resolverme a lidiar con sus gritos desgarradores, ni hallar qué hacer, oyendo distraído lo que otros platicaban o me preguntaban, saliéndoles yo con distancias, que los hicieron pensar que yo estaba trastornado de la razón, y decían que no era para menos; tarde se me hacía para correr en busca de Jacob, del auxilio de Jacob, único remedio que se me ocurría; pero ni modo de irme no más saliendo sin avisar, dejando a Merced en aquel estado. Por fin llegó Matiana, seguida de un tumulto de gente; se le apiñaron las personas que me rodeaban, preguntándole si era cierto que la balacearon; más misteriosa que nunca, entró a la pieza, sin hacerles caso a los preguntones, diciendo no más: —Adelante con la cruz. La seguí. —Vamos a ver, cristiana. Entre borucas como rezos examinó a Merced, la registró del cabello a las plantas de los pies, le agarró un rato la canilla izquierda. —Desta no nos morimos, cristiana. Me animé a decir: —Voy corriendo a dar parte a Jacob Gallo. Como ni Merced ni nadie contestó, salí rápidamente; al pasar les eché una vista a mis pobres perros: el Nerón había caído adelante; Caifás y Herodes, atrás, encimados uno con otro, ¡inocentes! el horror de la muerte y el furor de la pelea pintados en los hocicos, en los ojos y las patas agarrotadas; qué bueno que por lo menos a los infames se les haya quedado, como resultas de su fechoría, otro apodo de burla: ahora también les dicen mataperros, y la gente se ha acordado de los perros de Matiana que aparecieron misteriosamente muertos, hace tiempo, y el hecho se liga con los Trujillos. Cuando volví de Jerusalén, Merced seguía gritando: —Mejor me hubiera matado y rematado el inicuo. Ya no estaba Matiana. Me contaron lo que había dicho, profetizando que devolverían la máquina y que para los justos juicios de Dios fue necesaria la maldad. Tampoco estaban ya en el patio los cuerpos de los perros; pregunté qué habían hecho con ellos; los habían ido a tirar arroyo abajo; por acá es falta de temor a Dios enterrar animales como si fueran criaturas con alma; refrené las ganas de romper la costumbre; lo que nadie me quita es el gusto de irlos a ver todos los días, a pesar de la pestilencia cada vez más insoportable, y el consuelo de poder espantarles a ratos los zopilotes, aunque de nada sirva. Ideas que a uno se le meten.

Apenas pudo, Merced hizo viaje a Torres de San Miguel, en busca de Jacob. (*Qué ingrato: ni siquiera una razón o un saludo bien a bien.*) El hijo de Sara la recibió con extremosas demostraciones por verla buena y sana. (*Me hago cruces por entender a este cristiano, que se parece tanto en el habla y los modos al otro Barrabás, y es tan distinto de todo a todo.*) A los sentimientos, a las quejas de doña Merced, Jacob opuso palabras, ademanes convincentes:

—Falsamente supone que yo no esté y haya estado muy al pendiente; más de lo que imagina. Lo que pasa es que mi sistema no es madurar a palos la fruta. ¿Ya se le olvidó aquello de darle tiempo al tiempo?

La mujer seguía terca en sus reclamaciones:

—Entonces, contigo, vamos a seguir lo mismo: esperando que se compongan solas las cosas o se descompongan. Me había hecho ilusiones...

—Acuérdese que soy nacido y criado en estas tierras...

—Lo estoy viendo y lamentando...

—Ah, qué doña Merced tan geniuda. ¿Qué prisa le corre porque le devuelvan la máquina si no la usa?

—Eh, qué angelito tan sangre de machigües como... ¿cómo no quieres darte cuenta de que lo que más me ha hecho sufrir estos días es pensar que teniéndola por fin en su poder, el viejo cochino a toda hora la estará manoseando como si fuera...? ¡cómo se conoce que no sientes en cabeza propia esta punzada, y que no sabes lo que es tener una hija!

—¿Qué se gana con escarbarse la herida y enyerbarse cargando juicios?

—En resumidas cuentas vine a saber si haces justicia; sé que a Rómulo le toca; mejor ni hablar; si ya no queda quien tenga calzones bien fajados en el Llano, seremos las mujeres, y yo la que haga cabeza para castigar lebrones, aunque caiga en la raya: ¡esto ya no es vida!

—Bien haya, doña Merced, así me cuadra.

—Teníamos tantas esperanzas de que pusieras remedio.

—Pero no de un soplido, a males que llevan años. Acuérdese: con el tiempo y un ganchito.

—El ganchito quisiera ver; pero ni cuándo.

—Ya lo verá, doña Merced, como está viendo estas ahora sí que Torres de San Miguel, usted tan impaciente.

—Dale con la paciencia; estoy harta de oír el sonsonete desde que nací.

—La paciencia es la única virtud que al ranchero le queda.

—Por inútil y menso.

—Por lo que usted quiera; pero en la paciencia está su fuerza y su dignidad.

—Ni la burla perdonas, ¡cómo se conoce que eres rico! ¿Dignidad con lo que estamos viendo? Eso era antes: sí había dignidad; todo podría faltarnos, menos eso.

—Doña Merced, doña Merced: el que se enoja, pierde.

—Pero más el que se deja.

—Una cosa es dejarse y otra dar pleito en terreno que otros escogen.

—El pleito se da donde te ataquen; de más a más, tú eres el que has venido por tu voluntad y escogido el terreno. Ultimadamente: me han dicho que no te gusta perder el tiempo en pláticas, y no sé cómo alargas ésta. No más respóndeme una cosa; ¿de qué sirvió la dádiva de la máquina que les llevaste? Yo digo que para ponerte en mayor vergüenza.

—Diga lo que quiera, doña Merceditas. Yo no más le contesto; mis cuentas me están saliendo. Y más le diré: centavo sobre centavo, las cuentas de Rómulo con la Casa Grande quedaron ya pagadas y tengo recibo en forma.

—¿Recibo? No entiendo. Ni menos eso de centavo sobre centavo. La máquina, entonces…

—Ni se haga bolas por entender. Pronto lo entenderá. ¿Quiere ver lo que llevamos hecho en el rancho?

La mujer permanecía sin moverse, sin darse por satisfecha, sin atreverse a decir más, y sin entender cabalmente lo escuchado; sin resolverse a irse ni a quedarse. Al fin, como saliendo de un sueño, preguntó por Sara y Florentina; quería verlas, saludarlas. Supo que

Jacob, hasta ahora, no había querido que vinieran; pronto llegarían, y una de sus primeras visitas sería a Betania.

—Los Gallo nos alabamos de tener buena memoria.

—Entonces…

—A encabezar mujeres; hace falta.

—Para descabezar hombres.

—O para ponerles la cabeza en su sitio.

—La cabeza y lo demás —alzó la cara, el tono de la voz, tornó a ser áspero, relumbraron los ojos, chicoteó la increpación—: ¡Jacob, ya que ni Rómulo, ni tú, ni nadie pueden o no quieren hacerme la caridad, y les faltan redaños, yo sola iré de aquí derechito a recoger la máquina a como dé lugar, sin que nada me importe ni me detenga, y si algo me sucede o le sucede a la máquina, Rómulo y tú serán los culpables, principalmente tú, por ser dizque autoridad y persona poderosa! Quédate con... con Dios no, con tus presunciones que ni para sacar a un buey de la barranca sirven.

Como si una súbita fuerza sobrenatural invadiera nervios y músculos, la envejecida emprendió la marcha presurosa, vigorosa. No dejaba lugar a duda de que cumpliría lo dicho. Jacob la siguió, tratando de contenerla, de hacerse oír, de hacerle ver que aquel paso echaba por tierra los planes a punto de cumplirse. Doña Merced avanzaba imperturbable, sorda, sin volver la cabeza. Jacob intentó tomarla de un brazo. La mujer lo sacudió.

—Lo único que se sacará es que le destruyan la máquina. Como si lo viera. En cambio yo se la aseguro.

Todavía la enajenada dio unos pasos. Luego se detuvo en seco. Habló como consigo misma:

—Es a lo único a lo que le tengo miedo, no a lo que a mí me pueda suceder, si es que a la máquina no le ha sucedido algo para que acabe la fatiga y así no sea de nadie.

—La máquina está bien cuidada y asegurada.

Vaciló doña Merced. En seguida gritó:

—Quieres engañarme como a tantos a los que tantas cosas prometes.

—No me colme la paciencia.

—¿La paciencia? ¿no decías qué? ¡qué falso! ¡embustero!

—Vaya pues, y que le quiebren la máquina en su cara.

—¡No! ¡Eso no! ¡Primero que me maten! Sería como si Teófila...

—Déjeme a mí. Yo sé lo que le digo.

—Por tus hijos, por tu madre, por tu mujer, ¡¡júramelo! y júrame que harás escarmiento con los desalmados ¡aunque sean tu misma sangre!

—*Muchas veces después he querido saber por qué mi compadre Palemón anduvo al principio con rodeos, destanteándome con las historias de varillas magnetizadas y tesoros ocultos, cuando a lo claro pudo descubrirme la venida de Jacob Gallo y sus planes. Palemón jura y perjura que tampoco lo sabía, ni lo maliciaba. Igual que conmigo hicieron con otros muchos vecinos viejos: andarles picando la curiosidad con pláticas muy descaminadas; esparciendo misterios y, junto con miedos de no se sabía qué, ciertas esperanzas como de buen temporal, para luego ¡purrum! de sopetón, el volido del Diablo y la vuelta de Miguel Arcángel, con talegas de oro, aunque no falta quien diga que aquí en la Tierra Santa, con ayuda de las varillas, encontró ese dinero en ollas repletas, y hasta se asegura ser el entierro de mi abuelo y de mi tío Salvador, lo que dudo; mejor dicho: no lo creo ni nunca lo he creído, como desde aquel día se lo dije a Palemón; yo de todos modos relaciono esa plática y la terquedad con que Palemón quiso sacarme lo que supiera; cada día que pasa, y con lo que cada día descubro y veo, se me mete más en la cabeza que Jacob sí dio con algún entierro, y no sería raro que hubiera sido en Belén mismo, sin que nadie se las oliera, cuando anduvo la gente de su pastorela escarbando y haciendo agujeros para clavar estramancias por distintos lados; le digo a Palemón esto que pienso y no más alza los hombros y cierra la boca, dándose prisa en cambiar de conversación, lo que me afirma en la idea, que cada vez corre con más fuerza, sin que yo a ningún otro vecino se la haya soltado: cuando* el río suena, es que agua lleva, *según decía mi abuelo. Que hay o hubo tesoros ocultos en Tierra Santa, nadie lo duda. Queriendo adelantarse a los maliciosos y preguntones, Miguel Arcángel asegura y porfía que no hay tesoro —seguro debajo de la tierra más que el agua, y encima, el sudor de los cristianos; nos reímos, aunque sea por dentro, los que casi estamos seguros de que dio con el entierro, y tenemos informes de que con el achaque de hallar veneros de agua, anda tras de minas, que también sabemos hay en Tierra Santa, donde como si dijéramos, estamos sentados en oro y plata: ¿qué otra cosa significan los colores que toma el llano principalmente al fin de las secas? colores requemados, de mineral en bruto, iguales a los de los sitios en que hay minas, como siempre oigo decir a los que conocen esos lugares; en esta creencia hemos vivido siempre: desconocidos o completamente olvidados, hay aquí minerales; ahora que también puede ser cierto lo que repetía mi abuelo: Si no le tienes cariño a tu dinero, métete a minero; eh, y cómo se enojaba cuando alguno le salía con la conversación de los denuncios, proponiendo emprender esta clase de negocios; yo quedé contagiado de su repugnancia, lo que no quiere decir que no deje de suspirar con la idea de que una sorpresa parecida podría sacarnos de trabajo si la Providencia lo tuviera determina do y ni modo de oponérsele, ni tampoco de pensar que fuera mala una cosa que viene de lo alto, y si en todo caso lo de las varillas con magnetismo es malo, esto no quita que yo como muchos que las hemos visto ya funcionar estemos admirados de cómo se van derechito y se mueven como víboras con olfato; sí, algo tienen; y si para encontrar minas resultan tan buenas como han salido para encontrar mantos de agua donde ni cuándo se pensara, no hay duda que Jacob se hará más rico en menos que canta un gallo. Aquí la costumbre, que yo aprendí de mi abuelo, es buscar dónde hay agua por medio de algodón en rama, con salmuera, secado al sol, que se pone sobre un platito y se tapa con una olla encretada, que se coloca dentro de un agujero, y si al día siguiente el algodón amanece empapado, señal es de que allí hay agua. Lo malo es que donde quiera que le busquemos, en toda Tierra Santa, raras veces el algodón se empapa. Le oía contar a mi abuelo que algunas veces en sueño se le revelaron sitios donde cavando a poca profundidad halló agua, y todavía están en servicio algunos de esos pozos de mi abuelo. Cansado de buscar, hace ya bastantes años dejé de hacerle la lucha a dar con agua en tierritas de mi pertenencia, mismas que han venido encogiéndose, reduciéndose como camisa de pobre, a fuerza de lavadas y remiendos: quedan ya puras tirlangas, de dar lástima, bendito sea Dios. No más me reí cuando un día Miguel Arcángel, seguro para consolarnos del estropicio, me anunció que iba a hacerme un pozo aquí en Betania; no le quise llevar la contra; debe haber sido la semana de pascua (bien a bien acá no sabemos el calendario si no andamos preguntándole a Matiana las fechas), llegaron los de las varillas y en chico rato dijeron: —aquí; como esas víboras de cartón que los maritateros traen para Nochebuena y es juguete muy solicitado por las criaturas, las varillas apuntaban yéndose a la misma dirección; la gente de Miguel Arcángel comenzó a escarbar, entre dudas y burlas de los que pasaban, y a los tres días brotó buena agua y en abundancia, que yo no sé si atribuir a Teófila, pues desde que se murió (cosa que se me había casi olvidado) le pedí que me hiciera el milagro de darme agua, principalmente por el deseo que yo tenía de saber con toda evidencia si la muchacha estaba gozando del cielo; y cuando ahora me pongo a pensar si tanto retardo significa que todo este tiempo lo pasó en el purgatorio, me mortifico mucho y le doy vueltas escarbando qué motivos habría, pues era muchacha modelo, y no hallo ninguna causa de que pasara por las llamas del purgatorio, a no ser que haya pedido la gracia de sufrir por pecados ajenos; por otra parte, Merced ha dicho que ofreció sus padecimientos del día en que la iba a matar el perdulario ése, en sufragio de las Benditas Ánimas del Purgatorio, y sólo Dios sabe si eso aprovechó a Teófila. De lo que Merced no tiene duda es de que debemos el agua a un milagro de Teófila, y así lo anda proclamando por todas partes.*

Se venían encima las aguas. Alentados por el resultado de las obras emprendidas en Betania y otros ranchos, a cuenta de los Gallos;

pero principalmente urgidos por el tiempo que se les dejaba venir, hallándolos desprevenidos, las manos vacías, no pocos rancheros decidiéronse a formalizar tratos con el Rey de Oros. —*A ver cómo nos va.* Otros, los menos, no tuvieron más remedio que buscarles la cara a los Trujillos.

Hallaron a don Epifanio del remate. Había vuelto a la infancia. Él mismo se daba cuenta. Comenzó a darse cuenta, resistiéndose a aceptar el hecho, desde que al resentir la falta de sus hijos más allegados tuvo la sensación de que le faltaban, primero, los brazos; luego, las piernas; y así, hasta la cabeza para discurrir. No lo quería reconocer; por lo contrario, se empeñaba en imaginar, en arrastrar la lengua repitiendo que, sin él, aquellos iscariotes no tendrían pies ni cabeza, que se darían frentazos en cuanto emprendieran. La verdad fue que a los pocos días de no contar con Plácida, con Felipe y con Jesusito, don Epifanio no se atrevió a salir de su recámara. Allí comía y hacía sus necesidades. Sin el freno de Plácida, le recreó la gula. —*Lo comido y lo gozado es lo único aprovechado.* No quería que se le apartara la sombra de doña Amandita. —*El que mucho mal padece, con poco bien se consuela.* No se le apartaba la botella de aguardiente. —*Pal mediodía que me falta, como quiera lo completo.* Se le ocurrían, lo exaltaban mil arbitrios para remediar las cosas, para castigar a los rebeldes o hacerlos venir y arreglarse con ellos. Entonces advirtió la falta de pies y manos para obrar, para mandar y ser obedecido, como antes, a pesar de todo, lo era por Felipe, por Jesusito, por Plácida. Echó de menos la agria compañía, la tiranía de Plácida. No tenía de quien fiarse ni para un simple recado. No podía moverse. —*Con qué chiflas, desmolado, si no tienes instrumento.* Se refugió en Amanda, en la comida y en la bebida. Fue embotándosele la cabeza. —*Con amor y aguardiente nada se siente.* Disminuyeron exaltaciones y gruñidos, aquietándose.

La ralea de los Trujillos mínimos, aun los bastardos no reconocidos, fue llegando, arrimándose a la Casa Grande, husmeando como perros recelosos, como cuervos. Aguantaron extrañamientos burlescos. —*Como el perro del herrero, que a los martillazos ronca y a los masquidos despierta.* Mostrábanse sumisos, deseosos de servir en algo, de granjearse la confianza del padre y señor, dándole por su lado, desviviéndose por adivinarle y cumplirle caprichos. Como no hallaron mayores resistencias, poco a poco fueron tomándose atribuciones: contrataron con los medieros que iban a rendirse, compraron maíz al tiempo, vendieron semilla y rastrojo, rentaron bueyes y aperos, prorrogaron deudas, procuraron ganarse a los que acudían a Belén, y aun hicieron aprestos para el caso de que se presentaran los Trujillos mayores.

Se sabía en definitiva que, a jaque por ellos mismos y por los retenes del Rey de Oros, don Felipe y don Jesusito se habían hecho fuertes, el primero en su casa de Damasco, y el segundo, remontando en el criadero de la Tapona, más allá del Tabor. Una vez libre de su hermano *el exprimidor* a fuerza de aceptar los compromisos que le exigió, *el friegaquedito* corrió con propósito de no cumplir nada de lo prometido, y resuelto a hacerse de fuerzas para no dejarse sorprender otra vez. La máquina de Teófila fue lo único que dejó en poder de Felipe, la mañana del asalto.

Ese día, tras de las violencias con que don Jesusito fue humillado, su marrullería volvió a triunfar. Cuando escuchó que su hermano le decía: —*Voy a darte una última oportunidad. Vente a donde no nos oigan*, y bruscamente lo apartó, *el mátalascallando* vio el cielo abierto; sintió que lo llevaban a su propio terreno. Dejó que Felipe hablara, hablara hasta cansarse; para nada lo contradijo, y aun con muecas parecía que aprobaba el chorro de despropósitos oídos.

El *exprimidor* pretendía que de allí fueran juntos a la Casa Grande y le arrancaran a don Epifanio el reparto de la herencia; don Jesusito sabría cómo presentar el negocio para no empeorarlo y tener que recurrir a medios bruscos; don Jesusito declinaría todo intento de que su padre lo nombrara representante, administrador de bienes, albacea o algo parecido, que le diera supremacía; don Jesusito se obligaba a no aceptar o a renunciar cualquier porción de Belén que pudiera tocarle, y desde luego la Casa Grande; don

225

Jesusito se comprometía a luchar para que Plácida no heredara nada, y para que los demás Trujillos recibieran efectos, pero no tierras; don Jesusito se retiraría a sus ranchos de Galilea y la Tapona, sin poner nunca los pies en el centro del Llano; don Jesusito probaría sus propósitos de vivir en paz con su hermano, aunque de lejecitos, dándole una buena llegada a Torres de San Miguel: algo que hiciera mucho ruido y sirviera de finta para saber si don Felipe decidía unírsele para echarse sobre los Gallos, en guerra sin cuartel, a sangre y fuego. Esto último fue la mayor obsesión del *exprimidor:* un golpe de sorpresa preparado ingeniosamente para que nadie supiera quién o cómo, y a todos admirara la audacia e infundiera respeto; por ejemplo, hacer volar la torre con la hechicería ésa que nombran la veleta, o alguna de las otras torres que la soberbia del renegado había construido; también podía ser el incendio de casas a las altas horas de la noche, o la destrucción de plantíos e instalaciones, o el envenenamiento del agua y de los animales más finos, o el saqueo de dinero y efectos valiosos, o caer desprevenidamente sobre los policías para escabecharse a unos cuantos y darles a los demás una buena pela, que los haga correr y los ponga en ridículo; esto, sobre todo: burlarse del Rey de Oros, de su autoridad y de sus gentes. Don Felipe se daba vuelo imaginando el estropicio. No sería la primera vez que Jesusito se luciera en hazaña semejante. Con gusto comenzó a recordar tropelías que fundaron el respeto hacia los Trujillos, y de las que no había quedado rastro para culpar a alguien. —*Así, así quiero que sea el susto y disgusto que sirva de advertencia a ese tal por cual de tu hermano.* Finalmente propuso pensar en el secuestro de Florentina, la mujer del aborrecido, y si a mano venía, cargar con su madre también. —*Eso, eso saldría retebién; dicen que Florentina todavía está de antojo, Jesusito, casi como cuando nuestro papa la quería para él.*

Don Jesusito soltaba la hebra, le daba más vuelo, para que no dejara de hablar don Felipe.

Cómo no: pronto pensaría la mejor maña para dar un sonado albazo en Torres de San Miguel; pero la cosa resultaría mejor si la planeaban juntos, como tantas otras ocasiones, aunque la ejecución, sí, cómo no, sería por cuenta y riesgo del friegaquedito; ah, eso de la Florentina sería lo mejor, aunque no fácil cosa, y ha de ser la mira principal del preparativo. —*Me gusta, me gusta mucho tu idea: es lo que yo desde un principio proponía; me das en mi mero mole y con esto te demostraré que aquí no ha pasado nada; sería lo peor que nos aconteciera, valedor.* Lo más fácil, tal vez lo más aconsejable, por la admiración despertada en los paisanos, era volar el mentado molino de viento y llevarse de pilón las trojes de pastura, convertidas en cenizas; también sería bonito robarles las mejores armas y monturas, más que sus bolsas de oro. —*Fíjate cómo nos vería la gente, montados en esas sillas con herrajes de plata, y fajadas al cinto sus pistolas automáticas, con cachas de concha y fundas bordadas con sus iniciales; con sus carabinas y ametralladoras, y hasta con sus trajes con botonaduras y alamares de plata maciza.* Cómo no: prontito estaría la treta bien preparada; no más unos cuantos días para pensarla como es debido; porque Jacob tiene más alilayas que una zorra, y es necesario tomar en cuenta todo; ¿miedo? ¡cual ninguno! pero nunca están por demás las precauciones y ventajas. Todo, todo muy bien. De acuerdo en todo.

—Vamos pues andando para Belén.

Aquí fue donde Jesusito extremó sus mañas.

—Ándale, vamos, y así te convencerás de que todo fue orden del viejo; en mi presencia no lo podrá negar. Allí mismo haré renuncia de cualquier ventaja en su favor—. Esto dijo; pero a poco andar comenzó con subterfugios: pensándolo despacio, quién sabe si ése no era el día propio, con lo que pasó, para sacarle nada, ni por las buenas, ni menos por las malas, a no ser matándolo, y eso complicaría, empeoraría la situación; habría que imaginar el estado de Plácida, cuya presencia todo lo estorbaría; la imprudencia de los tiros disparados contra Matiana, tan a lo tarugo, habría llevado mucha gente a la Casa Grande, lo que impediría más una plática formal con el viejo, que tuviera resultados positivos. Tranquilamente fue moviendo, conduciendo la reflexión de don Felipe.

—Mira, llévate la máquina; podrás hasta decirle que tú eres el que la rescató, con lo que quedarás bien y asegurarás el favor de nuestro padre; yo me iré aquí, a tu casa de Damasco; esperaré que me avises cómo se ponen las cosas y lueguito que me indiques, volaré a juntarnos.

—Estoy viendo que según tu maldita costumbre quieres tantearme.

¿Yo tantearte? ¿cómo? ¿en qué? si todas las ventajas te doy y me avengo a cuanto se te ocurre, sin discutir justicia ni razón; hasta este maldito tiliche viejo, capricho de mi padre, que me ha metido en tantos quebraderos de cabeza, comenzando con los malos pensamientos que se te han puesto en mi contra, cuando lo que hice fue acatar lo que delante de ti me mandó el lurio, contra mi gusto, contra las razones que le sostuve tanto tiempo, como te consta, pues aquí está, te dejo la causa de su mala sospecha, para que seas el que la entregue, aunque otro haya sido el que por conseguirla se echó encima el mundo. ¿Qué más quieres?

—Pues quiero, ya te dije, fuiste un grandísimo tarugo en sacarte la máquina nueva, que vale dinero, anda recógela y llévamela a Damasco, sí, pero déjame tus hombres y llévate dos de los míos, porque más seguro más marrado, no sea que quieras burlarte, hacerme tarugo como es costumbre tuya; éstos llevarán instrucción de tronarte a cualquier intento de traición.

Don Jesusito protestó contra esta humillante amenaza; pero aceptó, concibiendo rápido plan para burlar a los guardas, como lo hizo apenas llegaron a la primera casa de Betania, donde los convenció para que lo esperaran, alegando que sería peligroso llegar juntos, ya que las muertes de Matiana y doña Merced habrían sublevado al vecindario; él solo se daría mejores mañas para apoderarse de la máquina y reunírseles al tiempo que los adoloridos quisieran echársele encima. Condimentó con zalemas y cobas el rápido discurso; sin darles tiempo a reflexionar, encaminó los pasos a la casa de Rómulo, y a cubierto por el lienzo de cerca que corre hasta la Ermita de la Providencia, echó a correr por un atajo y se perdió.

Temerosos de lo que les acaeciera con don Felipe, los burlados resolvieron acogerse a los Gallos.

Tras la inútil espera, *el exprimidor* prefirió espiar, echar tanteadas, maniobrar desde su fortaleza de Damasco; la rabia se le disipaba con las tretas que iban ocurriéndosele para sacar raja de la máquina que tenía en su poder: caro le costaría el antojo al viejo lúbrico; tendría que clavarse de cuernos ante don Felipe para recuperarla; don Felipe lo haría desatinar, desesperar, antes de dársela, y esto no sería sin el nombramiento de único heredero, con todas las formalidades. Y puesto que había sido libertador y reparador del agravio inferido a Plácida, don Felipe creía contar con ella bajo la sola condición de fundir definitivamente al facineroso Jesusito.

La primera sorpresa fue verse acosado por los retenes de Jacob, tanto más temibles cuanto se mantenían a la expectativa, no más; a lo sumo esculcaban y desarmaban a ciertos transeúntes. La segunda sorpresa fue no conseguir contestación alguna de Plácida, ni señal de su paradero exacto, ni de sus intenciones. En cambio, supo que Jesusito se preparaba para ponerlo en jaque. Intentó entenderse con Jacob, ofreciéndole cuanto pidiera; tampoco logró respuesta firme o alguna esperanza de arreglo; aun las gestiones dirigidas al retiro de los retenes o a que no molestaran a la gente del *exprimidor*, fueron inútiles.

Sucesivamente cayeron sobre Damasco las nuevas de los que iban arrimándose a contratar con los Gallos, y de los que buscaban rendirse a los Trujillos; pronto supo Felipe la postración de don Epifanio, la llegada en cáfila de los bastardos menores y su apoderamiento de Belén, sus diarios atrevimientos. No le cabía el furor en el alma: que hoy, que mañana, mañana muy de madrugada, Felipe iba posponiendo la hora de dar sobre la Casa Grande y poner mano sobre la caterva. —*Voy a colgar por lo menos a media docena.* Lo detenía, lo acorralaba el recelo de que le madrugaran, lo cazaran, por un lado, Jacob; por otro, Jesusito. A éste le sucedía otro tanto.

Por donde menos lo esperaba les vino el golpe. Plácida se les adelantó; se posesionó de la Casa Grande; metió en cintura a los bastardos menores; pero no los corrió; por el contrario, los atrajo para contar con ellos como aliados e instrumentos.

Se dijo que obraba de acuerdo y aconsejado por el Rey de Oros.

Los armoniosos, rigurosos, tupidos escuadrones de golondrinas agrandaban los días en las largas curvas de sus vuelos. Pasaba la larga pereza de las secas. La gente se la sacudía. Los hombres apresuraban trabajos diferidos: componer techos y canales de las casas, reparar cercas y puertas, componer aperos, picar la piedra de metates y molinos de nixtamal, remendar talabarterías, aprovisionarse de leña, preparar semillas y animales. Hombres, mujeres, niños y bestias aguzaban la contemplación del cielo, de los horizontes, del corazón propio, en acecho de augurios. Iban y volvían las formaciones de golondrinas en curvas tan dilatadas como arco iris. El bochorno, teñido de cien y un colores, aquietaba las algazaras de los vientos. Impulsos de cantar, gritar, correr.

Mi mujer y mi caballo
se me perdieron a un tiempo.
Mi mujer, Dios la perdone:
qué mujer ni qué demonio.
Mi caballo es lo que siento.

Cesaba la larga pereza de las secas. La inquietud prendía en los ganados. Asquiles y hormigas apresuraban trajines. El cielo se poblaba de nubes.

Las nubes, las nubes.

Las nubes, las nubes mentirosas. Llegaban, se apeñuscaban corriendo, parecían la pura verdad. Volaban. Se iban.

230

La eterna historia.

La esperanza, que no entiende de desengaños.

La fe, terca.

El amor ciego a las tierras flacas, enhuizachadas, tepetatosas.

Las bocas, los tonos, los corazones aferrados a la virtud milagrosa del Trisagio.

Con los Serafines, con los Querubines, con los Tronos:

> *Santo, Santo, Santo, Señor Dios de los Ejércitos,*
> *Santo Dios, Santo Fuerte, Santo Inmortal,*
> *Ten Misericordia de nosotros.*

El inmemorial sonsonete: *Yo te adoro, venero y bendigo con las Tres Angélicas Jerarquías y con los Tres Coros de la Primera: Amantes Serafines, Sabios Querubines y Excelsos Tronos...*

Con las Dominaciones, las Virtudes, las Potestades.

Con los Principados, con los Arcángeles, con los Ángeles.

> *Tres son los que dan testimonio en el cielo,*
> *y estos Tres son una misma Cosa.*

El corifeo: *Santuario de tu Divina Naturaleza, donde nadie entra, donde no se puede correr el velo, sino que todas las criaturas debemos adorarla profundamente desde fuera...*

El coro:

> *Señor Dios, en dulce canto*
> *te alaban los Querubines,*
> *y Ángeles y Serafines*
> *dicen: Santo, Santo, Santo.*

El semicoro:

> *Eterna y pura Deidad...*

Tu piedad y tu ternura
van diciendo tus Edades...

Tú del hombre delincuente...

Nuestros padres celebraron,
con sus cánticos de gloria,
de tus prodigios la historia

Cuando tu Justa Venganza...

Tus Excelsas Bendiciones...

Quién del amante Isaías
ardiera en el Sacro Fuego...

El corifeo: *Bendito eres, Señor, en el firmamento del cielo.*
El coro: *Y llena está de tu Gloria toda la tierra.*

—*Desde antes de casarnos tiene esta devoción. Los domingos y*
el primer día de cada mes, en honor de la Divina Providencia. Casa,
vestido y sustento. Y desde que las nubes comienzan a anunciar el
tiempo de aguas. Prende tres velas, hasta que se consumen. Y cuan-
do se van las nubes por el cerro. Cuando se ponen culebras y grani-
zo, al Trisagio junta la Magnífica y la Letanía de Todos los Santos.
Ella siempre ha suspirado por tener un cabo de Cirio Pascual, para
las tempestades y la buena muerte.

Para cuando las tempestades:

Glorifica mi alma al Señor y mi espíritu se llena de gozo...
pues ha hecho cosas grandes y maravillosas...
extendió el Brazo de su Poder y disipó el orgullo de los sober-
bios...

desposeyó a los poderosos y elevó a los humildes...

a los necesitados llenó de bienes y a los ricos los dejó sin cosa alguna...

—*Ah, qué bien sabía todo esto Teófila. Mejor que Matiana. No sé dónde andará el libro del Lavalle donde leía. Donde aprendió las Oraciones para ayudar a bien morir y las Letanías. Me gustaba escucharla por más fuerte que fuera la granizada, o aunque se partiera el alma viendo a los agonizantes. Parece que la oigo todavía.*

Sal, alma cristiana de este mundo, en el nombre de Dios, en el nombre de los Ángeles, de los Patriarcas y Profetas, hoy tengas tu lugar en paz, y tu habitación en la Santa Sión...

La solemne voz de los momentos angustiosos:

San Miguel, San Gabriel, San Rafael, Todos los Santos Ángeles y Arcángeles...

El coro: *Rogad por nosotros.*

Todos los Santos órdenes de Espíritus Bienaventurados...

Todos los Santos Patriarcas y Profetas...

Los Santos Mártires...

Los Pontífices y Confesores...

Todos los Santos Doctores...

Los Sacerdotes y Levitas, Monjes y Eremitas...

Todas las Santas Vírgenes y Viudas...

El coro: *Rogad por nosotros.*

De súbita e imprevista muerte...

De las asechanzas del diablo...

Del espíritu de fornicación...

Del relámpago y la tempestad...

De muerte perpetua...

En el día del Juicio...

El coro: *Líbranos, Señor.*

Que nos perdones... que nos indultes... que libres de condena-
ción eterna nuestras almas y las de nuestros allegados y bienhecho-
res... que te dignes dar y conservar los frutos de la tierra... que te
dignes conceder eterno descanso a los fieles difuntos... que te dignes
oírnos...

El coro: *Te rogamos, óyenos.*

—*Se me enchina el cuerpo de acordarme, de representarme el*
sonsonete del rezo cuando las calamidades, las agonías, los rosarios
en que acostumbran seguirse juntando los parientes y las amistades
del difunto las noches que siguen al día del entierro. Tienen su lado
bonito esas reuniones; así fue como conocí a Merced; me habían
llevado a su rancho en la visita de pésame que mi familia les hizo
por la muerte de un tío carnal nombrado Petronilo; allí, esa misma
noche me cuadró escuchándola rezar sin turbarse, viéndola después
ir y venir entre los concurrentes, y más que siempre lo haya negado,
ella se fijó en mí esa misma noche, a pesar de que yo permanecí todo
encogido, pues no tenía costumbre de andar en visitas. El amor es
como el frío: al más perdido lo carga. *Mi abuelo era muy cumplido*
en acompañar a los vecinos cuando sus duelos; no era muy rezador;
pero en esos casos lo hacía con gusto, hincado todo el rosario, los
brazos en cruz cuando la letanía; parece que oigo todavía su voz
ronca tan sonora respondiendo: Dales, Señor, el eterno descanso;
luzca para ellos la luz perpetua; y desde Sión defiéndelos. *Eh,*
cómo siento resucitar a tantos que han muerto, cuando recuerdo esas
oraciones. Teófila se las sabía de memoria; con qué voz tan clara
las pronunciaba, sin equivocarse nunca; era la que guiaba los re-
zos donde quiera que se hallara; la misma Matiana le daba en esto
su lugar. Lástima que a mi abuelo no le haya tocado conocerla; se
hubiera vuelto loco por la bisnieta, él, tan reposado y tan medido
para sus manifestaciones; pero tan amante de tratar a personas
con chispa. Sí, resucita un mundo de recuerdos, de caras, de costum-
bres, cada vez que oigo esos rezos, que ya oía mi abuelo cuando era
chico, según contaba, y así han pasado de padres a hijos, juntando

a generaciones en un mismo sentimiento, por obra de palabras que no cambia el tiempo, pero las carga de más y más lágrimas, de más y más esperanzas; qué consuelo repetirlas cuando uno se siente atribulado y tan poca cosa en el mundo; y saber que cuando de uno ni el polvo quede, ni el recuerdo, seguirán diciendo sin alteración, hasta con el mismo sonsonete, ya se trate de pedir lluvia o de aplacar al cielo, de ahuyentar enemigos o de asistir agonizantes o de rezar por los difuntos y por el remedio de necesidades.

Las nubes mañosas resbalábanse por el Llano, se untaban sobre los cerros y seguían su camino. —*Te rogamos, óyenos.* Vino y pasó la fiesta de la Santa Cruz en Getsemaní, el tres de mayo, con su junta de danzas. —*Ángeles y Serafines dicen Santo, Santo, Santo.* Muchos esperaban una sorpresa del Rey de Oros, como la de Belén; se dijo que pararía una danza fastuosa para encandilar, y que repartiría regalos. La Cruz resultó deslucida; concurrió poca gente. —*Que te dignes dar y conservar los frutos de la tierra.* Las nubes infecundas empujaban a mayo hacia su fin. Pájaros, ni ganados, ni hormigas, ni asquiles daban señales de presentir la lluvia. Los labios redoblaban rezos y el Ojo de la Providencia, en la ermita del cruce, sentía el asedio creciente de velas y flores. Los ojos ahondaban su desesperada contemplación del cielo, fijos en las lejanías de la sierra, por donde aparecen los relámpagos pre cursores, inequívoca señal de aguas.

El pendiente de más substancia relegaba los demás pendientes, pleitos, cuentos, entretenimientos. ¿Qué importaba el mundo si el año se pierde? —*Líbranos, Señor.* Llegado el tiempo de aguas, la ociosidad no tiene campo para invenciones con que distraerse.

Dureza del suelo, del cielo. —*Que te dignes oírnos, te rogamos, óyenos.* La vida entera gira alrededor de estos meses.

Las tierras estaban preparadas, rotas en surcos por el arado, pisoteadas por las yuntas. A mano, la semilla. Como año con año, habían sido vencidos los obstáculos de la usura y la pobreza. Sólo faltaba la clemencia del cielo. —*Miserere.* El milagro esperado año con año. —*Cristo, óyenos. Cristo, escúchanos.* ¿Para qué sirve cumplir orgullos de amor propio si por falta de temporal se pierde la tierra?

—*Eso que lo diga Rómulo, que se halla prendido con abrojos a la tierra, como huizache, y por nada quiere cambiarla; pero yo ¿qué intereso ya en ese cuento de nunca acabar de las esperanzas: que si este año se perdió, el otro podrá ser bueno? Habiendo perdido mi máquina. Va para cuatro meses. Que ya, que ya pronto, que mañana, que pasado. Lo mismo me viene diciendo. Lo peor es que no saben su paradero. Que si la tiene Felipe, que si Jesús, que si la rompieron en el pleito. Lo cierto es que no está en Belén. Yo fui. Nada me detuvo. La pobre piltrafa del Pifanio, hasta lástima me dio. Sin mi máquina, ya qué me importa la tierra, las necias esperanzas de todos los años en las tierras ñengas, cada vez más inútiles, más machorras. Que todo se pierda, que todo se lo lleve la chiflada, sin más. Plácida misma se ha compadecido de mí. Plácida misma me ofrece devolvérmela. Pero ¿cuándo? Ya nada creo. Ni espero. Sí, espero que todo se lo lleve la patada. Tierras ñengas, machorras, como el cielo, a su imagen y semejanza, tal para cual. Ñengas.*

En el retardo del temporal, en el amontonamieno de nubes infecundas, rápidamente fugitivas: indicio de que sería mal año, de lluvias escasas e inconstantes, erráticas, apareció la confirmación de que la electricidad y las otras hechicerías de los Gallos serían la ruina de la Tierra Santa; Jacob en efecto era un masón, un protestante, un descristianizador, al que habría que correr cuanto antes, y quemar, destruir sus posesiones; echar sal sobre Jerusalén para que nadie, nunca intentara de nuevo reconstruirla.

Por eso no servían de nada ni el Trisagio, ni la Magnífica, ni las Letanías de Todos los Santos, ni los ensalmos, ni los conjuros de Matiana. Ni tendrían eficacia mientras los Gallos no fueran expulsados, y su memoria borrada de raíz.

No era menos fuerte la reacción levantada por los parciales de Jacob. Acusaban de ser títeres con sueldo de los Trujillos a los que hacían tanto barullo por un retardo que no era cosa del otro mundo, sino lo más natural y frecuente, pues algunos años no ha llovido ni en junio, y se han logrado buenas cosechas; qué casualidad que de pronto aparenten olvidar una cosa tan sabida como es lo ñengo de estas tierras cansadas, deslavadas, y lo malo del cielo a causa de tanto cerro pelón tan desaforadamente rapados de árboles, para venir de la noche a la mañana queriendo criminar al que precisísimamente se propone mejorar el suelo y hasta el cielo. Tan se lo propone, que allí está su dinero regado en tantas obras hechas en un santiamén; allí están pilas de dinero comprometido en ayudar a muchos otros a los que ha hecho confianza para que siembren o para que le alquilen terrenos que hace mucho no se cultivan por inservibles. Basta reflexionar un poquito para saber de dónde viene la pedrada traidora. No hay que dejarse arrastrar así no más por chismes embozados. Cuestión de esperar con paciencia un poco. Jacob jura y perjura que no será malo el año. Para vida de afirmar esto, tiene los pelos en la mano; él no es de los que se avientan, de los que se embarcan así no más, a lo tarugo, a ver qué sale, a ver si hay suerte, como es aquí la costumbre de siempre y ni quien la quite. No, tampoco es incrédulo en cuestión de rezadas; pero no cree que sirvan solas, y hasta dice que son pretexto y refugio de flojos, repitiendo el dicho bien sabido de que *los credos son buenos para espantar a bestias dañinas; pero acompañados de pedradas y palos*. Cuenta él con informes que le llegan de lejos, de la capital y hasta de los Estados Unidos, en que pronostican el temporal, y son cosa de ciencia, como lo es también un aparato de nombre raro, que predice frío y calor, aguas y secas. Lo bueno es que sus dichos están de acuerdo con los anuncios de Matiana. Este año no será malo. Y no hay que ir tan lejos para saberlo: cuando se amontonan en mayo las nubes y no llueve, señal de que serán parejas las aguas; lo malo es cuando se adelantan y a lo mero bueno, una vez hecha la siembra, se paran y vienen las calmas. Esto lo sabemos bien. Por último, la mejor prueba, es que Jacob tiene preparadas grandes extensiones para sembrar; a lo que no se arriesgaría, si no tuviera seguridad.

Rechinaban las dudas de los contrarios. Tomaban vuelo las prevenciones. Parecía orgullo satánico querer cambiar el cielo; recibir informes gringos, esto es, protestantes, para conocer el futuro, y guardar instrumentos para predecir el tiempo, esto es: enmendarle la plana a la divina Providencia; desafiar a Dios.

Como centella corrió el reto de Jacob Gallo: aseguraba que llovería sin falta el último día de mayo, cuando no desde la víspera. Nunca Matiana se había atrevido a fijar a Dios el día en que habría de llover. Era tan inconcebible la audacia, dejó tan atónitos a los vecinos, que ni tiempo les dio para pensar en apuestas; pero sí lugar a que aumentaran las burlas y sospechas heréticas contra el Rey de Oros.

Por sí o por no, aumentaron en los ranchos los rezos del Trisagio, la Magnífica, las Letanías de Todos los Santos. Los parciales de Jacob habrían de decir que con esto se quiso sembrar confusión sobre si al cumplirse el pronóstico fue obra de las oraciones o de los adelantos traídos al Llano por el Progreso. Al estrenar esta palabra se llenaban las bocas.

La duda quedó. ¿Quién habría de sacarles de la cabeza lo que cada cual pensaba? Lo bueno es que llovió el día anunciado: —*sale sobrando lo demás*. Y a querer o no, el respeto, la admiración hacia Jacob quedaron consolidados.

En los trojes principiaron las señales de que se cumpliría el anuncio del Rey de Oros; las palomas del maíz se convirtieron en gusanos. Siguieron las señales de hormigas y abejas; aquéllas dábanse prisa en sacar escorias en gran cantidad; éstas volvían pronto a sus cajones. Luego comenzaron a salir sapos en abundancia.

Ese día, treinta de mayo, cantaron los gallos a las nueve de la noche. Al poco rato aparecieron relámpagos lejanísimos, muy al fondo de la sierra de Cardos. Engrifáronse los ganados y mugieron larga mente. Ladraron con alegría los perros. Juntáronse chivos y borregos cuerpo a cuerpo, apeñuscándose. Perdieron la esperanza los malquerientes de Jacob.

Y sin embargo, el cielo amaneció despejado de nubes. Los malquerientes volvieron a concebir esperanzas. Débiles. Deshechas a mediodía del treinta y uno, cuando se formaron grandes borregadas por el rumbo de la barranca.

A las tres expiró don Epifanio Trujillo.

A la misma hora se oyó el primer trueno. *Al primer trueno de mayo salta la liebre y retoza el caballo.* Estentóreos, múltiples relinchos. Largos, plañideros ladridos. Volaron a la luz los tecolotes. Resonantes rebuznos entre los que se distinguían, sobresalían los de los burros manaderos, frenéticos. Volaron las bandadas de las golondrinas, como expulsadas de sus nidos. Alzáronse vientos frescos, húmedos, revoloteando. Una nube negra, más y más densa, avanzó. Al exhalar el último aliento de las secas, ¡qué olor exasperante, corrupto, fecundo, vegetal, animal! ¡olor de tierra, de aire! A esa hora, las tres de la tarde, los gallos cantaron a deshora. Los garañones de Belén saltaron las trancas.

La muerte de don Epifanio fue rápida, sin dar tiempo a que pudieran hacérsele luchas.

Pareció que para reventar, las nubes aguardaban que rindiera su juicio particular el difunto.

¡Qué señora tormenta cayó —*Mi espíritu se llena de gozo.* Con estruendo de rayos. —*Pues ha hecho en mi favor cosas grandes y maravillosas el que es Todopoderoso.* Encandilamiento de relámpagos. —*Disipó el orgullo de los soberbios trastornando sus designios.* Rápidamente quedó empapada la tierra, calada hasta los huesos. —*A los necesitados llenó de bienes y a los ricos los dejó sin cosa alguna.* Los viejos no se acordaban de que hubiera jamás llovido en igual forma. —*Santo Dios. Santo Fuerte, Santo Inmortal.* ¡Qué tormentón tan de colmar el gusto!

Si Dios presta vida, mañana temprano a sembrar sin más ni más, Dios por delante.

De la suerte y de la muerte.

—De la suerte y de la muerte no escapa el débil ni el fuerte. Nadie saca de la monótona repetición del refrán a doña Amandita, única alma viviente que presenció el fin de don Epifanio.

Verónica, Salomé, Cleofas, Andrea y otras piadosas mujeres que han acudido, imponen silencio, piden respeto, porque caliente todavía el cuerpo, el alma está rindiendo juicio particular a su Creador. Contemplan al muerto; se representan lo que allí mismo, sobre la cama, invisiblemente, a unos cuantos pasos, está sucediendo: el Tribunal constituido, el Juez justiciero, el Ángel de la Guarda por un lado: el derecho, y al izquierdo, Satanás, acusando; el reo, postrado, anonadado, buscando abogados celestiales que lo ayuden a responder, que respondan por él. En la cara, en la boca y en los ojos abiertos — *¡no, no hay que cerrarlos todavía, no hay que tocarlo hasta pasado un rato¡* —, las mujeres tratan de adivinar los descargos y el resultado del tremendo trance. Suspiros, sollozos contenidos. Los circunstantes repasan historias, recuerdos del finado. Las mujeres hacen salir de la pieza a doña Amandita, con la obsesión del refrán. De pie, impasible, con ceño duro, las manos en puño, Plácida se halla presente. Golpea, entra el aire de tormenta. Llegan los bramidos de las reses, los ladridos de los perros. Entre todos, resuena el bramido del toro semental. Aumentan las velas encendidas, el murmullo de rezos.

Cierto. Así es. Pero yo tenía mi moral con sus principios, según los que creí obrar bien. Desde luego a ninguna engañé y a todas les cumplí, sobre ser verdad aquello de que al cabo cuando ellas quieren solitas se dan lugar. Yo las cuidé, fui riguroso con ellas y hui siempre de puerta abierta, perro guzgo y mujer deshonesta. Las hice aprender su catecismo para que luego lo inculcaran a las criaturas. Las obligué a cumplir aquello de que la vergüenza en la mujer se conoce en el vestir. Lo reconozco: es lo que más me gustaba en la vida, lo que del mundo me hacía gozar más, contemplándolas, queriéndolas a

montones, como se quieren las flores, que no basta una, porque otras
tienen colores, gracias, olores que le faltan a la primera, y en esto
no veía cosa mala, porque para mí eran hechura de Dios, como los
pájaros que pueden juntarse dentro de la misma jaula, o las dichas
flores, para componer bonitos ramos que yo he visto en los altares;
para mí eran las mejores hechuras de la creación; casi veía en ellas a
los ángeles, o por lo menos una especie de aves venidas del paraíso,
tan chulas, tan llenas de misterio, que nunca me cansaba de verlas
y buscarlas; no, nunca, ni cuando me salían ingratas, ni cuando ya
no pude con mis años; seguí contemplándolas como el regalo más
precioso que Dios hizo a los hombres. Oí, sí, pero nunca se convenció
mi naturaleza de que fuera pecado; en lo más hondo de mí escuchaba
el mandato de andar sin cansancio tras ellas; ¿cómo pudo engañarme
una razón tan constante, tan de acuerdo con mis mejores impulsos?
Por otra parte, lo veía en los animales, criaturas, al fin, como nosotros, con iguales instintos, que obedecían alegremente, del modo
más natural, sin hipocresías, el mandato del Padre Eterno: crezcan y
multiplíquense, conforme lo aprendí en pastorelas y sermones. Yo me
multipliqué, sin miedo a cargarme de familia y de responsabilidades;
en eso gasté fuerzas y vigilias; por eso hice mucho de lo que se me acu-
sa: revolver razas, apartar influencias, escoger productos; me propuse
formar una Casa Grande, poderosa, que nadie pudiera destruir. Hice
todo lo posible. No es mi culpa, sino de mi rudeza y cortos alcances
el haber errado. A ninguna de mis crías desamparé, por indignos que
los considerara; no más no les concedí lugar que no merecían o en el
que yo tanteaba que no podrían servir, según mi ley de actos. Dios
humilló la soberbia o la flaqueza de mis juicios; aunque barajando
despacio el asunto, me asisten dudas de ser yo el responsable, porque
los muchachos ya son grandes, saben lo que hacen, no soy dueño de
su voluntad ni de sus acciones, por más que lo quisiera; sería tanto
como culpar a Dios de las barrabasadas de los cristianos, como mis
paisanos creen; y precisamente porque nunca estuve de acuerdo
en echarles la culpa de nuestra pereza, vicios y demás, labré fama
de deslenguado y hereje; o por dichos guasones, como los de pedir

prestado ni a Dios, y regalado ni al diablo —¿qué le debo al sol con que me haya calentado? —algo es algo, dijo el diablo, y se cargó a un obispo —a mí no me tizna el cura ni en miércoles de ceniza —a lo dado hasta los obispos trotan —¿qué ha de dar San Sebastián cuando ni calzones tiene?; *en cambio, repetía y cumplía otros de buenas enseñanzas:* delante de los muchachos, persignarse bien y no equivocarse —porque son muchos los diablos y poca el agua bendita, hay que acarrear más —con muchas gotas de cera se forma el cirio pascual —para todo alcanza el tiempo sabiéndolo aprovechar. *Yo tenía buenas intenciones...*

Verónica y las otras piadosas mujeres prolongan la quietud, calculando el rato largo que cuentas tan cargadas necesitarán; mas no logran sofrenar la impaciencia de pasos que van y vienen, de preguntas que llegan, de demostraciones incontenibles.

La lluvia se desata. Penetran los relámpagos. Los rayos estremecen la cámara mortuoria. Queda de manifiesto la presencia de la Divina Majestad. Cerca, en el patio, estridente, rebuzna un burro manadero.

Plácida no puede ya contenerse. Con recios pasos sale de la pieza. Vuelve resuelta, con pasos resonantes.

—Abundaban ejemplos y, aparte de la ya declarada inclinación por lo más bonito que hallaba yo entre las cosas creadas y que me arrastraban con fuerza natural, ¡qué caray! no era para dejarse ganar en esa muestra de poder que, ustedes me perdonen la comparación, hacía sentirme a imagen y semejanza de Dios, que creó todas las cosas. Eso mero sentía: el gozo inacabable, nunca desfallecido, de poder crear, de seguir creando, gustosamente, con apetito nunca saciado por la hermosura del acto creador y de las criaturas escogidas para compartir la sabrosa tarea de la fecundación. Allí se origina la lucha contra la conformidad por la muerte de niños, que tanto me critican llamándome también hereje por eso. El que da la vida tiene que luchar por conservarla bien robusta. Están allí mis hijos

atestiguándolo. Alguna vez oí celebrar en la iglesia del pueblo a no sé quién por tener descendencia numerosa como ramas de vid, o estrellas del cielo, arenas del mar, o algo parecido; y si recuerdo bien, allí mismo creo haber oído decir que los santos antiguos, como San Abraham, San Jacob, San David, San Salomón y otros muchos, tuvieron pilas de mujeres. Entonces... Pero no me refiero a estos ejemplos, que sirven para tranquilizar mi conciencia y sirvieron para componer mi moral, y alentarme no sólo a tener tantos hijos como estrellas el cielo y uvas la parra, sino ganados incontables, y casas, y tierras, y dominios. Esto exigía dar muestras de poder, como lo hacen las abejas reinas en los panales, los gallos en los gallineros y los sementales en los potreros. A esos ejemplos me refiero. Ya no era tanto el gusto, como la necesidad en la lucha por dominar la tierra, demostrándoles a todos mis fuerzas. Abundaban ejemplos no tan lejanos como los de los santos antiguos. Aquí mismo, y entre cristianos respetables, muy cumplidores en cosas de religión, para no decir más, que Usted conoce bien. Ya no digamos otros que no tenían religión, como aquel general García que se posesionó de la comarca de Totache, acá, por los Cañones, y que fue terror durante años, abusivo como él solo; no viene al caso recordar sus matanzas y robos, ni su guzguería, ni su gusto por el guato, que pasaba días y noches bailando sin parar, y emborrachándose; ¡qué naturaleza! tenía por reglamento celebrar sus cumpleaños casándose con alguna muchachilla, sin contar sus casi diarias travesuras en cosa de mujeres, que nada respetaba y todos le tenían miedo; andaba ya por los ochenta y seguía con la costumbre del estreno de cada año, seguido de ocho días de fiesta continuada, en que mataba montón de animales, corría el vino como agua, traía músicas de los contornos, que se alternaban sin interrupción, y él baile y baile sin cansarse; otra costumbre tenía: la de juntar en esa fecha, todas vestidas igual, a sus hijas, que un año en que fui al jolgorio eran entonces treinta y siete; sus hazañas comenzaron al llegar a la comarca y apoderarse de la hacienda de Liebres y de sus tres dueñas, a las que hizo sus esposas a un tiempo; todavía recuerdo el espanto que causó el hecho del casorio por partida triple, que hasta acá llegó el escándalo, y lo que más asombraba era que las tres eran señoritas muy conocidas, educadas en la capital y en otros países; las llamaban las Liebritas, por cariño; dicen que las amenazó de muerte, para vida de tenerlas a las tres juntas por señoras, y que no las dejaba ni asomarse a las ventanas de la hacienda; lo cierto es que nadie daba razón de haberlas vuelto a ver; Liebres fue creciendo como mancha de aceite y sus tierras vinieron a lindar con el Llano, arriba de la sierra. Sí, esto no disculpa, pero explica. Yo entonces comenzaba mi lucha por abrirme paso, y la fama del general servía de vara para medir los tamaños de los hombres que quisieran tentar suerte. Lo reconozco: yo tampoco tenía mucha religión; pero con mi moral propia, nunca llegué ni a los vicios ni a los abusos y crueldades del general, que se divertía cometiendo males; ni a las hipocresías de los vecinos respetables. El Soberano Juez lo sabe. Lo que yo hacía era por necesidad natural y por gusto frente a lo bonito de la creación; sentía en mí como un río caudaloso que se me desbordaba sin poderlo contener, y que quería inundar el mundo para fecundarlo; eran ganas indomables de crear, de crecer y multiplicarme, así como de acercarme a las cosas chulas que Dios puso en el mundo, y gozarlas, creyendo que para eso estaban al alcance de mis ojos y de mis deseos, como las estrellas, las nubes y el arco iris, las montañas con sus colores, y la variedad de pájaros, flores, árboles, ganados en multitud. Nunca desconocí ni me burlé de mis compromisos, ni nada tomé sin comprometerme. Fue dura mi lucha por gozar los bienes de la vida y asegurar el patrimonio de mi descendencia, tal como la imaginaba. Y el Señor sabe cómo la imaginaba, conforme a la ley...

Plácida llega, se acerca con dos puños de sal, que derrama en la boca, en los ojos del difunto; los cierra con fuerza, puestas largo momento las palmas de las manos; trae un paliacate y amarra las mandíbulas yertas. Débilmente tratan de oponerse Verónica, Salomé, Andrea, Cleofas —*todavía no es tiempo, hay que darle más tiempo de reposo para el juicio*—; a la vez temerosas de provocar el arrebato de Plácida.

Cerrada la boca, entrecerrados, no más, los ojos, Plácida ordena secamente a Verónica:

—¡Recen!

Verónica, Salomé, Andrea, Cleofas, titubean. En los ojos de Pláciba brilla implacable relámpago. —*La corona que uno labra es la que se pone.* Las piadosas mujeres comienzan a rezar en voz baja. Plácida manda con voz de trueno:

—¡Más recio! ¡que se oiga bien!

—*Mi lucha fue dura. El Señor sabe cómo siendo de por sí tan inseguro y penoso labrar el campo, nos dio estas tierras tan áridas, y este cielo tan fallo, y estas gentes tan trabajosas. Tuve que ser duro. Si se me pasó la mano alguna vez, nunca fue por divertirme no más con el sufrimiento ajeno. Bien tenían conocida mi ley de actos, y nunca me salí de mis principios; a mi moral me atenía. Si yo cumplía, era justo exigir que cumplieran. Son gente mañosa, desobligada, llevada por la mala; orgullosos los más, de no aguantarlos; no ven más que por su conveniencia; si uno se descuida, se lo llevan entre las espuelas; hay que estar al alba con ellos. Yo no iba* a perder con cuchillo mocho, *como luego dicen: porque* aunque te chille el cochino, no le aflojes el mecate. *Sobre perezosos, informales:* las deudas viejas no se pagan y las nuevas se dejan envejecer; *también dicen:* pagar en tres plazos: tarde, mal y nunca; *por el estilo son sus leyes de obrar; no más quieren pro bar aquello de* unos corren tras la liebre y otros sin correr la alcanzan. Yo *les decía:* no hay que meterse en la danza, si no se tiene sonaja; *o bien:* te lo dije, valedor, cuando uno no tiene cuerdas no se mete a cargador; *pero ellos, tercos:* en el tanteo está el ganeo: a ver si de tarugada pasa y se ensarta. *¡Qué habían de ensartarme, si ni en refranes me ganaban!* Para uno que corra, otro que vuela; para uno que madrugue, otro que no se acuesta. No *puedo negar que uno de mis principios era el de* cuando seas yunque, resiste; cuando seas mazo, golpea; *mucho tiempo me tocó la de ser lo primero, y cuando me llegó la de poder golpear, lo hice a la* *preventiva y a la defensiva. Se me achaca haberme quedado con lo ajeno; haber exprimido al prójimo;* por ejemplo, mucho me han chillado desde que, a la muerte de don Teódulo Garabito, sus hijos, inútiles y orgullosos, se enredaron en pleitos, compromisos, malas tanteadas y tratos que se cebaban, hasta que acabaron con todo, y yo me quedé, me tocó quedarme con Belén y otras de sus tierras. *Los perdió tanto amor propio; les sucedió lo que a los barriles viejos: quedan los aros y el olor; despiden tufo, aunque estén vacíos. Todavía Rómulo Garabito sale a veces con que los apergollé, aunque reconoce él mismo que no les puse pistola en el pecho para que me pidieran préstamos. Lo que pasa es que les gustaba aparentar lo que no eran; les gustaba y necesitaban* la manta fiada, aunque se las den a real, *y vivían conforme a lo de que* cuando hay modo, hasta el codo, *y creían que conmigo rezaba eso de que lo fiado es pariente de lo dado, por más que me oyeran repetir:* desde que dejé de dar he conseguido, *lo mismo que* dinero mal prestado, en lomo de venado. *Conmigo era eso de buscar* tunas en los huizaches. *Al fin sucedió lo que sucede siempre:* haz cien favores y deja de hacer uno, y como si no hubieras hecho ninguno; *de ratero no lo bajan; pero* más vale una vez colorado que cien descolorido *y* más vale estar mal sentado que bien parado, *con otros* masvales *del refranero. Puras ingratitudes por servicios hechos, o envidias de los que son débiles y no pueden ver que triunfen los fuertes y emprendedores. Es aquello del que* nunca pastor, siempre borrego, *y al que no ha usado huaraches las correas le sacan sangre. ¡Qué de trabajos me costó tener lo que conseguí!* Aunque la camisa es ancha, también se rompe a codazos. Y *así se asombran de que tratara de tener en Felipe un perro pastor que cuidara mis ganados; esto quise, primero con Miguel Arcángel; ¿no hay en cada casa de rancho un perro bravo que ahuyente lo mismo a salteadores que a coyotes? Oiga usted, señor Satanás, me admira que siendo arpero no sepa la chirimía, con tanta criminación que viene haciéndose, ¿Qué hace, que no viene mi santa Teófila para que atestigüe lo de la máquina que también me cargan?...*

Arrecia la tormenta, cobra furia, sofoca la monotonía funeral: *Ruega por él Ruega por él Ruega por él Ruega por él...*

Vuelve a la pieza doña Amandita con su obsesión: *de la suerte y de la muerte*, que alternan con el *Ruega por él* de la letanía. Plácida va y viene, preparando las ropas para vestir al cadáver.

—Ruega por él...

—*Mi Ángel de la Guarda es testigo de toda la historia y principalmente de mis intenciones, desde un principio.* El dinero y el amor no admiten encubridor. Lo que en el corazón está, a la boca sale. *En lo de quererme quedar con la máquina, no me proponía mortificar a Merced, sino tener una reliquia, que a nadie mejor que a mí correspondía, si es que estoy en lo cierto, y el Soberano Juez lo dirá, que Teófila ofreció su vida por sacarme de atolladeros...*

La tormenta con su ruidazo ahoga la voz atiplada de Verónica: *que nos dejaste las señales de tu Pasión en la Sábana Santa en la cual fue envuelto tu Santísimo Cuerpo...* se interrumpe para decir a Plácida, cuando ésta se acerca para comenzar el amortajamiento:

—Espérate a que acabemos la rezada, ya vamos a terminar.

Los acordes de la tormenta acompañan a la plañidera: *cuando por José fuiste bajado de la Cruz...*

Empapado, cariacontecido, haciendo ruido, sin quitarse las espuelas, entra rápidamente uno de los bastardos menores y se precipita sobre la cama mortuoria.

La voz en falsete de Verónica, tras breve interrupción, continúa: *Concédenos, Señor, oh piadosísimo Señor, que por tu muerte y sepultura santas sea llevada a descansar el alma de tu siervo... Epifanio... a la gloria de su resurrección donde vives y reinas...*

El bastardo se levanta y grita:

—¿Cómo fue? ¿qué pasó?

—*Por los siglos de los siglos...*

—Amén —prorrumpe el coro.

—¡Si hace un rato le dejé buenisano!

—De la suerte y de la muerte —plañe consigo misma doña Amandita. Lo tupido del granizo destroza las jeremiqueadas del bastardo.

—*Fui hombre alegre. No cruel. Hacía desatinar a las gentes por jugar con ellas, por conocerlas mejor y saber hasta dónde aguantaban, hasta dónde eran y llegaban; pero no por hacerlas sufrir de oquis; lo mismo en cuestión de gritos y apariencias de malos tratos Me gustaba experimentar caras, modos de ser, sabores; andar tras los secretos que las sonrisas o los rostros ariscos escondían, y las fisonomías, los movimientos de los cuerpos, los tonos de voz, las demás apariencias de gentes y cosas. Igual que con las mujeres, buscaba en los sabores la variedad; por buenos que fueran los manjares, diario se me antojaba probar otros, aunque bien sabido tenía que de golosos y tragones están llenos los panteones; pero creía en eso de que lo comido y lo gozado es lo único aprovechado, y en aquello de coman mis dientes y renieguen mis parientes. Acepto mi gula y nada más tengo que decir. En el pecado cargo la penitencia. Espérese, Chamuco, asosiéguese. Aquí el Ángel no podrá desmentirme de que a nadie se le negaba de comer en mi casa; por el contrario, a los que llegaban los deteníamos a compartir lo que había en la cocina, principalmente a los más desajuareados, a pesar de que mis hijos, cuando crecieron, reparaban contra lo que les parecía desperdicio, motejándome que la Casa Grande parecía mesón, donde se comía y se dormía de oquis. No, en eso de la comedera no fui miserable, ni menos con los que pasaban y yo les veía blancos los labios resecos de hambre, costumbre que tuve desde antes de componer varilla y no tener en qué caerme muerto. Tampoco es presunción, sino purita verdad, según creo, y aquí, Usted, Señor Buen Juez, lo resolverá, porque nadie puede a Usted engañarlo, digo que a no ser por mí, en los años más duros de la revuelta, cuando todo faltaba, y hubo hambre, cantidad de vecinos habrían muerto de debilidad por falta de comer, si yo no les facilito lo indispensable para ellos y sus familias. Bueno, sí, no dado por completo, que ni lo hubieran agradecido; pero para ellos lo urgente fue mantenerse, y yo se lo resolví; muchos nunca me pagaron absolutamente nada, y si a los otros les exigí después dinero o trabajo, era justo; yo había corrido el riesgo de no recobrar nada, sabiendo que eso era lo más probable, y con ánimo de hacer caridad a gente necesitada; pero de lo perdido, lo que parezca; no veo dónde esté la falta. Y ¿quién más que yo, por esa misma época, cuando pegó la influenza española, y la muerte despobló los ranchos, quién consiguió y repartió medicamentos, alcohol, creolina y otras cosas que recomendaban como buenas para defensa de lo que también dieron en llamar carranzazo? ¿a quién más que a mí le costaron andanzas y centavos esos efectos? Usted, Señor, sabe que por lo menos en esa ocasión, no me movió interés cual ninguno, ni capitalicé esos favores...*

—¡Sálganse todos mientras Verónica y yo lo vestimos! —ordena Plácida con tono cortante. La tormenta disminuye; deja oír otra vez el alboroto de los animales: alegres relinchos, ladridos, cacareos. Cubiertas las vacas, los bramidos de los toros ahora son mugidos calmosos.

—*Dicen aquí que me negué a construir capillas. Es verdad; pero ¿por qué habría de ser yo solo el del empuje? ¿y para qué, después de todo, si no era posible conseguir padrecito de planta, y hasta para casos urgentes resulta trabajoso hacer que alguno venga? Yo digo que para no más rezarle a Usted y a los Santos, en cualquier lugar se puede, no habiendo los requilorios que pide la misa o el bautismo y otras ceremonias con padre y todo; el cielo raso es suficiente y más directo para levantar los ojos y rezar; quién sabe hasta dónde me haya equivocado en pensar y hablar así; lo que aseguro es que no lo hice por mala intención. La prueba de que no fui yo incrédulo es que presté siempre mi casa para que se hicieran allí las pastorelas: todavía este año, en que malicié alguna mala jugada en mi contra; en mi casa fueron las únicas confirmaciones habidas en el Llano, de que me acuerde; fueron antes de que se soltara la bola, y yo le hice al señor obispo el comelitón, muy sabroso, que le gustó mucho, según externó públicamente. A lo que sí francamente me opuse siempre fue a que se acuda a las abusiones y al conformismo para querer ocultar la flojera, la cobardía, la ignorancia y demás vicios, y a confundir religión con hechicería. Ésta es una de las causas de mi desavenencia con la famosa Matiana, que tanta guerra me dio; yo no le tenía mala voluntad, pero le iba a la mano en sus presumidas y abusos, con los que hacía más mal que bien. Cuán distinto Teófila; no niego que yo iba a oír sus lecturas y sermones, y a verla trabajar, a verla poner ejemplo de buena cristiana, yo iba en buena parte porque me gustaba como mujer y para mujer; pero también porque me infundía devoción, y aquí el Ángel no me dejará mentir; y porque me llenaba de respeto verla tratar a los muchachos de su escuelita, y a los grandes cuando les repasaba el catecismo, y a las muchachas a las que enseñaba a coser; tan es así, que quise que Plácida aprendiera con ella, más que costura, buenas costumbres. Mientras Teófila era modesta, Matiana es faceta, se cree ministra del Señor; la santa no andaba con falsos misterios ni con embustes o payasadas de conjuros; era llana con todos; a todos abría su casa y sus buenos servicios de maestra y de aconsejadora; Matiana, ¿por qué se encierra? ¿qué guarda escondido en su pieza? o es por tacaña, o por hechicera efectiva, o por payasa. No es que quiera juzgarla; no me toca eso; lo que pretendo es explicar su ojeriza para conmigo, pues a ella en gran parte le debo mi fama de incrédulo y hereje, cuando venido a ver ¿quién será más? A Usted es al que corresponde decidirlo...*

Ya está el cuerpo tendido, vestido de catrín, con el traje que se puso raras veces cuando iba al pueblo por motivos importantes. Tiene los brazos cruzados; los pies, con zapatos, parecen enormes, atados uno con otro por medio de un listón solferino; le han cubierto la cara con pañuelo lila; el catre ha sido arrastrado a media pieza. Plácida no quiere que lo trasladen a la sala.

Sigue la lluvia mansa. El cielo está limpiándose. Hay señas de que volverá el sol a brillar, alto todavía. Será una tarde bonita.

Seca, imperturbable, sin señal de lágrimas, Plácida reparte órdenes terminantes. Verónica sigue pensando en el juicio; representándoselo.

—Ah, Señor, yo creía que todo era sueño, que hablaba solo, como en aquella figuración que tuve la noche de difuntos y me hizo sufrir. No veo nada, encandilado por Tu Presencia. No recuerdo, no sé si hubo tiempo de que alguien me encomendara en ese momento cuando llegaste y me arrebataste; si alguien se acordó de aquellas oraciones que un día oí a tu bienaventurada Teófila y que, después de haberlas olvidado por completo, ahora vengo recordando con claridad, milagrosamente: No Te acuerdes de sus antiguas iniquidades y desórdenes que le levantaron el furor y el fervor de los malos deseos. —No Te acuerdes de los delitos de su juventud... Y de mi vejez. En el milagro de brotar súbitas esas palabras adivino tu Misericordia y me lleno de alegría. Siento el Ojo de tu Providencia, que siempre veneré, cuidando su ermita. Perdón por los dichos proferidos hace rato, según mi costumbre, creyendo que soñaba o hablaba solo. Sí, fui, soy un gran pecador. No veo nada. Pero me siento en tu Presencia, Señor Dios.

De un momento a otro era esperado el desenlace; pero no en la forma que sobrevino.

Había comido con apetito, aunque con moderación. Desde que volvió, Plácida fue inflexible para evitar a su padre los excesos del comer y beber. El pobre apenas gruñía, sin enfurecerse ya porque le quitaban sus antojos. La vuelta de Plácida lo había reanimado. Esa mañana dio unos pasos hasta el corredor. Quiso comer en la cocina. Aunque hablaba con dificultad, se hallaba de buen humor, dando muestras de contento al advertir señales de la inminente lluvia. Después de comer, arrastrando la lengua, preguntó por Miguel Arcángel. Plácida lo ayudó a caminar hacia la pieza para que durmiera su siesta de costumbre. Al cruzar el patio interior miró al cielo, señaló la formación de nubes en borregada y suspiró, como queriendo llorar. Plácida entrecerró la puerta de la recámara, una vez que lo dejó sentado en la cama.

Cuando la fuerza y el olor del viento anunciaron que la tormenta no tardaría y sería recia, Plácida salió a encerrar las gallinas, a revisar los corrales y a recoger objetos para que no se mojaran. En eso andaba cuando escuchó el primer trueno. Se dio prisa y corrió a la casa, para protegerse antes de que la lluvia comenzara. Los perros fueron los primeros en prevenirle la llegada de la muerte. El vuelo de un tecolote que salía del corredor no le dejó duda. Gritaban, lloraban dentro de la casa. Vio correr a las mujeres. Andrea vino a su encuentro: habían oído desaforados gritos de Amanda; cuando acudieron, el amo todavía se retorcía, boqueando; Amanda le rociaba con alcohol el cuello y la cara; le alzaba el brazo izquierdo, sacudiéndoselo; —*aquí es donde le duele mucho, se queja* —decía; no, ya no se quejaba. Plácida voló. Amanda seguía levantando el brazo izquierdo del señor; al sentir la presencia de Plácida masculló: —*de la suerte y de la muerte no escapa el débil ni el fuerte*; dejó en paz el brazo, que cayó como hilacho; Plácida la tomó de los hombros, la sacudió, preguntándole cómo había sido; todavía dijo: —*acudí a sus gritos de que se moría de un dolor que le subía...* la vieja hizo una mueca intensísima de dolor, paseó la mano derecha por el brazo izquierdo hasta el pecho, engarruñó los dedos, se le oyó gruñir: —*ansina fue, ansina*; estalló en llanto y ya nadie la sacó de su demencia: —*no escapa el débil ni el fuerte... de la suerte y de la muerte no escapa...* Plácida la soltó, la tiró al suelo de un aventón. Varias voces proponían que se hicieran más luchas: darle respiración como a los ahogados, aplicarle tizones ardientes en el pecho junto al corazón, picarlo con agujas o alfileres, practicarle sangrías. Verónica le tomó el pulso, puso el oído en el costado izquierdo, vio el fondo del ojo, pasó por la boca un espejo, resolvió que hacerlo sufrir más era inútil, que no había que inquietarlo para que rindiera bien su juicio. Plácida se cruzó de brazos. La cara del muerto estaba contraída por una mueca de dolor y espanto.

Cómo pudo acabar en esta forma, y no de balazos en lucha, o de centella, o de caída de potro salvaje, o de cornada de toro bravo, él, que fue vigoroso, incansable, arriesgado y temido.

No había pasado mucho rato de haberse abierto las puertas de la pieza, tras que Plácida y Verónica terminaron de vestir el cuerpo —todavía no se quitaba el agua—, cuando sucedió el hecho que sembró admiración y confusión. Miguel Arcángel, seguido de sus hijos, apareció en la Casa Grande. Venían empapados. Avisada, Plácida salió a su encuentro. Miguel Arcángel no le dio tiempo de hablar; se apresuró a contar la extraña forma en que le fue comunicada la noticia:

—Matiana me lo comunicó al momento. No me cupo ninguna duda. Pasamos por Betania, y como el agua se venía encima, pensamos resistirla en alguna casa. Lo que tiene dispuesto Dios: la casa de Matiana era la más inmediata; nos encaminamos a ella. Llegábamos al patio y nos disponíamos a llamar a la dueña y a desmontar cuando a un tiempo nos deslumbró un relámpago y nos estremeció el trueno: el rayo había caído allí mismo, sobre la casa o en sus orillas. Vi que Matiana salía despavorida, desencajada; ni tiempo me dio de pensar: *si es tan valiente según dicen ¿cómo se asusta tanto con un rayo?* Como si estuviera no más esperándome: —*¡Corre!* —gritó—, *tu padre acaba de expirar casi repentinamente lo mató una angina de pecho No vivo no lo alcanzarás pero corre podrá servirle tu presencia o tu intención de estar allí ahora que su Creador le pide estrecha cuenta antes que salga el alma del cuerpo Puede que sea rato largo seguramente.* No me cupo duda. Ni desmontamos. Nos echamos a la espalda los capotes. Aquí venimos corriendo bajo el tormentón, entre ladradero de perros que confirmaban el anuncio de Matiana...

—*Adelante con la Cruz, que se lleva el diablo al muerto. Sal, alma cristiana, de este mundo en el nombre de Dios en el nombre de los ángeles y los arcángeles en el nombre de los patriarcas y profetas en el nombre de los santos apóstoles y evangelistas y mártires*

y confesores y vírgenes. Y vírgenes... Aunque indigna, os conjuro,
infernales espíritus, desde Lucifer hasta el más mínimo... con todas
las penas, censuras, maldiciones, iras e indignaciones, os notifico
y mando a todos, sin excepción de alguno, que os apartéis del mo-
ribundo, que no os atreváis a inquietar, perturbar ni tentar a dicho
moribundo hasta que entregue el alma a su Redentor; bajo dichas
penas, con su aumento de instante a instante, os pongo entredicho
en el distrito que vuestra indignación puede alcanzar a perturbar,
tentar, inquietar e inducir a dicho moribundo a cualquier culpa e
imperfección...

Miguel Arcángel y sus hijos encamináronse derecha, resueltamente a la pieza mortuoria. Plácida no se interpuso ni alegó, según
era su intención.

En eso salió el sol, todavía muy alto: serían las cuatro, las cuatro y media de la tarde.

A medida que la noticia vuela de rancho en rancho, de casa en
casa, el asombro, el desencanto y la confusión se producen. Predo-
mina la compasión. Se acallan los viejos denuestos en la extensión
del Llano; algunos los pensarán, pero se los guardan, los retacan de
dientes adentro, o en el secreto de la mayor intimidad.

El desencanto es de los que habían alimentado la figuración
de que don Epifanio Trujillo tendría una muerte de mayor escarmiento: a manos de sus hijos, o en medio de prolongados tormentos que le causara asquerosa, misteriosa enfermedad, por decreto
de Matiana; o fulminado por un coraje, delante de testigos numerosos. Los defraudados comprendían en su desengaño a Matiana,
por inservible para cumplir su antiguo misterio de vengadora celestial: por poco el rayo le cae a ella. La forma en que Trujillo había topado con su fin, en su cama, durmiendo tranquilamente su
siesta, era el colmo.

El desquite será inventar que murió envenenado; seguramente
por Plácida, o quién sabe si por Amanda, por tramas de Jesusito,
de Felipe o del mismo Rey de Oros. —*Qué casualidad que nadie*

da razón bien a bien de cómo sucedió, ni haya nadie asistido a la agonía. Desenfrenada la imaginación, no se detendrá en inodar a Matiana como autora del envenenamiento. —*Qué casualidad que lo haya sabido: ¡así son sus milagros!* Rumor de lluvia terca. —*Lo mataron, lo dejaron morir como perro.* Entretenimientos en cocinas, potreros y veredas. —*Plácida se cruzó de brazos.*

El sol brilló. Hizo una tarde preciosa.

—Mañana, si Dios nos presta vida, si nos concede licencia, sin más ni más, muy temprano, a sembrar, Dios por delante.

QUINTA ESTANCIA

DAMASCO Y GALILEA: ENTRADA DE LA ELECTRICIDAD

Hay cosas arrumbadas.

Hay cosas arrumbadas. Inservibles. Un día llamaron la atención. Algunas causaron asombro: eran de no creerse, como, un fonógrafo que compró el difunto don Epifanio Trujillo a unos norteños; la gente hacía paregrinaciones desde ranchos lejanos para oírlos; semejaba flor de yedra o azucena enorme, pintada de azul celeste con bordes dorados, por donde lo mismo se oía la voz de don Porfirio Díaz, que los repiques y clarines del Dos de Abril en Puebla, canciones abajeñas con acompañamiento de arpas, corridos con mariachi y las cantadas muy ladinas de un señor Caruso y otras cantoras que hacían gorgoritos finos; al darle un día cuerda, tronó, brincó y dejó de sonar; en espera de hallar quién podría componerlo, comenzó a rodar de un lugar a otro, se abolló, y acabó arrinconado en una troje, lleno de tierra, enmohecido. Hay personas que tienen en la memoria extensas listas de objetos valiosos y curiosos, con mención de sus dueños y del sitio en que se hallan o se hallaban arrumbados: un cilindro que hay o había en la casa de los López, en el rancho del Tabor; una estramancia de mezquite para encuadernar libros, que fue de los Torres y paró entre los tiliches de la capilla de Getsemaní; relojes descompuestos: unos con despertador, otros de péndulo con campanas, y de repetición; entre todos, aquel reloj que fue de don Teódulo y que admiraba porque al dar la hora salía un pajarito que hacía cu-cu; instrumentos de música desconchinflados; piezas de porcelana rotas; estampas, imágenes de bulto deterioradas. Es un pasatiempo, un gusto de las familias recordar, enumerar esas cosas que fueron su orgullo, que les devuelven el pasado: historias y semblantes, caídos poco a poco en total olvido. Con su buena memoria, don Epifanio se las pintaba para platicar de objetos famosos en el Llano. Matiana es otra de las que saben, de las que recuerdan más, y a la gente le cuadra preguntarle, oírla platicar de chácharas dispersas en los ranchos, víctimas de la incuria de las gentes y el tiempo.

Hay cosas que más rápidamente van a dar al montón del olvido; se les van cerrando las puertas de los recuerdos en las conversaciones; no encuentran memoria donde acogerse; y cuando por casualidad, pasado el tiempo, salen a flote, causan sorpresa de fantasmas aparecidos inesperadamente; llega a dudarse de si existieron en realidad o son inventos de la fantasía; por lo menos admira lo pronto que se las olvidó y cómo pasa el tiempo tan a prisa. —*No hay crueldad como el olvido*, dice el dicho.

Parece que hace la bola de años que sucedió el robo de la máquina, los balazos a Matiana, la muerte del Herodes, el Caifás y el Nerón; los agravios a Plácida y doña Merced. Aún más remoto aparece lo del demonio que voló sobre la Tierra Santa y lo de los acontecimientos cuando la última competencia de pastorelas en Belén. ¡Cuán rápido se apagó el ruido que armaron! Las lluvias lo apagaron, y las ocupaciones de la siembra.

—A escondidas, muy de madrugada, recogí los huesos; era lo único que habían dejado auras, cuervos y demás carniceros; en una caja de palo junté a los tres: Herodes, Caifás, Nerón, y los enterré a una vista de la ermita, debajo del mezquite que allí hay. El Ojo de la Divina Providencia puede leer mis intenciones, y viendo tan cerca y a toda hora los restos de aquellas inocentes criaturas, no se le olvidará impartirnos justicia y hacer que le devuelvan a Merced la máquina, motivo de tamañas aflicciones.

Porque las aguas no dan tiempo al chisme. Cada quien ocupado en lo suyo, no hay ocasión de juntarse. Es el modo mismo de atajar con rayas los incendios de bosques. Las casas distantes unas de otras; lodosas las veredas, rápidamente llenas de yerbas. A no ser por urgencia de enfermedad o para pedir al vecino alguna cosa indispensable.

Sin embargo, era increíble la prisa con que un hecho tan reciente, tan apasionante como la muerte y sepultura del señor de la Casa Grande iba cayendo en el agujero del olvido. Más aprisa que los balazos contra Matiana.

Era como el fuego que no puede saltar la raya y comunicarse con los árboles y el pasto separados unos cuantos metros enfrente; se contenta con calcinar su presa, consumiéndose a sí mismo.

Se consumía en soliloquios, en aburridas repeticiones de lo mismo con las mismas gentes de la casa, en la noche, antes de acostarse, arrullados por la lluvia, tundidos de cansancio. Sin interés de inventos ni nuevos añadidos de la ociosa curiosidad.

Primero se contuvo, languideció, falta de combustible, la mecha del envenenamiento. Luchaban por persistir, arrumbadas en rincones de recuerdos, imágenes distintas del difunto, desvanecidas la repulsión y las pasiones que provocaban en vida. Eran ahora pensamientos más que palabras, dentro de la memoria.

—*El indecente no se detenía de decir en mi presencia sus dicharachos de segunda intención, por el estilo de no se asusten, palomitas, pichones vengo buscando; a burro viejo, aparejo nuevo; el que padece de amor, hasta con las piedras habla; para qué quiero jacal si aquí tengo mi jorongo; lo que no se ve, no se vende. Comenzaba y no acababa; era peor que Rómulo de que se le soltaba el chorro de dichos, y el pobre tenía tan buena memoria. Yo, siempre que venía, desde que descubrí que andaba tras de Teófila, cargué a prevención el cuchillo y nada me habría detenido para clavárselo en caso de cualquier desmán. Cuando las muchachas no hacían aprecio, se apersonaba con los padres queriendo comprárselas, lo que seguido*

conseguía con rancheros pajones que le debían o a los que con dine-
ro encandilaba. Ahora está ya juzgado de Dios, y pudriéndose.

Porque al fin, después de tantas conjeturas que la curiosidad y
los rencores habían forjado, no pasó mayor cosa. No hubo el esperado pleito de los hermanastros en presencia del cadáver.

Jesusito rehuyó de plano los riesgos; no tanto por enfrentarse
a la furia de Plácida, quien le mandó recado de que ni tratara de
presentarse porque le desbarataría la cara y a patadas lo correría;
tampoco por miedo a una emboscada o al encuentro con Felipe;
bien preparado podía venir contra cualquier contingencia; lo que
recelaba era que se aprovechara su ausencia para desalojarlo de su
fortaleza y desmantelársela, cortándole la retirada; Jacob lo traía a
una vista, sin dejarlo respirar; el pleito con él era desigual, más que
por sus mañas, fuerzas y dinero, por tener detrás al Gobierno, por
ser él mismo el Gobierno, que podía justificar cualquier abuso; de
más a más, no le cabía duda de que si a la fecha no se habían entendido en su contra, pronto Felipe y Plácida llegarían a un acuerdo con el Rey de Oros. En seco, la noticia de que su padre había
muerto disipó las esperanzas de recobrar su aprecio y predisponerlo
al repudio de *doña Ventarrón* y del *exprimidor*. Su primer impulso
fue correr y apoderarse de la situación a como diera lugar. Pero
¿qué ganaría en caso de conseguirlo? El resultado sería dudoso con
el muerto de por medio y la concurrencia que habría. La violencia
bruta no era su fuerte, ni se consideraba capaz de mantenerla, menos todavía si el Gobierno, representado por Jacob, se le echaba
encima y le quitaba el reducto donde acumulaba recursos para defenderse y, llegado el momento, atacar. Se dominó, convencido de
que lo mejor sería observar el comportamiento de sus enemigos y
descubrir las intenciones que trataran de ocultar o externar en sus
actos alrededor del muerto; era una magnífica oportunidad para
recomponer planes a distancia, sin comprometerse con acciones
y omisiones en el duelo. Acaso de aquello resultaría el modo de
meter cizaña, de hacerlos pelear, de aliarse con alguno. Recordó

consejos de su padre: *aunque veas pleito ganado, vete con cuidado: el que de su casa se aleja, nunca la encuentra como la deja: el que se fue perdió y el que llegó a patadas lo sacó: no hay que poner todos los huevos en una canasta: hay veces que nada el pato y otras que ni agua bebe: conocerse no es morirse.* Mandó sus mejores espías a Belén.

Desde que le avisaron, todavía con sol, Felipe pasó las horas de la tarde y toda la noche cavilando qué hacer. Mucho había pensado en el inevitable caso y en sus consecuencias. Ahora que llegaba, volvían las dudas; desde luego, la de ir o no ir al velorio y al entierro. Se sentía obligado, más por el *qué dirán* las gentes, que por sentimiento filial o responsabilidad de quedar como jefe de la familia, pues a tuertas o a derechas era el mayor de los varones que llevaban el apellido; su padre lo consideraba el primogénito, con derecho de sucederlo al frente de la Casa Grande, hasta que se atravesaron envidias y tarugadas. Por otro lado temía verse orillado a la violencia por alguna intemperancia de Plácida o de cualquier tenejal; sobre todo sabía que no era capaz de resistir el encuentro del *mátalascallando* sin irle a la mano por felón; se le derramaba la bilis no más con pensar en volverlo a ver frente a frente; todo aguantaría, menos eso; se le revolvían las tripas y el estómago al recordar la figura, el tiple, los modales del don Jesusito. Pero si no iba, la gente diría luego que o era un collón o un ingrato, un mal hijo, que se alegró, que quiso y esperaba la muerte del viejo, que al no presentarse daba por renunciado su derecho a la herencia, que allí la de los pantalones era Plácida que les había comido el mandado y se alzaba con el santo y la limosna. Caso de ir, ¿iría solo? ¿bien acompañado de sus más bragados hombres? *El que nada debe, nada teme.* Jesús es el de todo. *Yo desamarré a Plácida, y aunque no crea en el agradecimiento, porque no lo hay en este mundo, Plácida por lo menos reconocerá el favor.* Al oscurecer, supo Felipe la presencia de Miguel Arcángel, o Jacob, en la Casa Grande, así como el chisme de la forma milagrosa en que Matiana le comunicó la noticia; *el exprimidor* no creyó el cuento:

—*Picolargadas de ése, que es un águila descalza* —comentó en presencia del que se lo dijo y de los que allí estaban. Tampoco por lado de Jacob temía sorpresas; es más: aunque cercado por sus gendarmes, Jacob le había mandado recados benévolos, queriendo atraérselo; Felipe, por supuesto, se dejaba querer, pero se zafaba de los piales que le tendían, esperando a ver, por aquello de *tú escupirás muy aguado, pero a mí no me salpicas, al cabo el tiempo cura al enfermo, no el ungüento que lo embarran.* Pero no, no y no le convenía exponerse a ninguna violencia, tan propenso como es a ella. Menos ahora que necesitaba sangre fría para sostener la baraja con firmeza y jugar sin equivocarse. *Antes que saber ganar, hay que aprender a perder.* El catre rechinó toda la noche. Cuando entre dormido y despierto sentía llegar el sueño, Felipe se sobresaltaba. Se levantó a oscuras la mañana y ordenó dar de comer a las bestias para luego ensillar y salir a Belén sin demora. Sólo dos hombres de confianza lo acompañaron. La mañana y todas las cosas amanecieron lavadas.

Ni Rómulo ni Merced se presentaron para nada en Belén. Tampoco Matiana.

—*Perdonamos a nuestros deudores y no nos dejes caer. Adonde no te llaman qué te quieren. Estoy oyéndolo y no acaba. Ni pago porque me quieran, ni ruego con amistad. Tan luego me fue revelado, hice lo que pude por ayudarlo; pero el favor con pregonero ni lo pido ni lo quiero, pues favor publicado, favor deshonrado. Son sus mismas palabras: no le hagas favor a un rico que no lo ha de agradecer; la vela se enciende al santo que la merece; ni en casa de rico ni en puerta de pobre; el que demonios da diablos recibe; lo que nunca he tenido ni falta me hace; dan más donde conocen menos; no hay más grande desventura que servirle a la basura; ni sirvas al que sirvió, ni mandes a quien mandó. Aunque no quiera seguir oyéndolo, ni haya nunca estado de acuerdo con dichos desvergonzados. No nos dejes caer en tentación. Pero decía bien: casa quitada, ni barrida ni pagada. Y de esa casa, ni la salud, si me estuviera muriendo; en*

262

Belén es donde al que hace más agradecen menos, y el que tiene que
comer se olvida del que no tiene; además que va conmigo lo de tener
bastante con nada. Mas líbranos de todo mal. A qué voy, si mientras
más botones, más ojales, y si lo que tiene la olla saca la cuchara; y si
lo que se da sin fineza se acepta sin gratitud. Amén.

Miguel Arcángel estaba empeñado en llevar el cuerpo al ce-
menterio —así lo llamó— que acababa de construir en Torres de
San Miguel. Plácida se negó en redondo al oír hablar del asunto.
El entierro sería —y fue—, si no allí mismo en el patio de la Casa
Grande, allí en la loma que da frente al corredor, donde mañana
se comenzaría la construcción de un camposanto, con la tumba
del padre sirviendo de centro. Era justo que Belén tuviera su propio panteón.

En la noche, muy noche, llegaron los medieros y peones de
ranchos distantes, cerriles; cantaron el *Alabado* y una tonada vieja, muy triste, que comienza: *De la cruel muerte*; alternaban voces
agudas, chillonas, con voces graves, roncas, de labriegos primitivos.

Miguel Arcángel hizo traer abundante canela, café y aguar-
dientes finos.

Bien pasada la media noche, Plácida encaró a Miguel Arcángel, o Jacob, o Rey de Oros, y le dijo con entera claridad —*a la
res al cuero y al caballo al pelo*—, que no quería pleitos, pero los
tendría, y más duros de los que Jesús y Felipe pudieran darle, si,
primero, no la dejaba en paz y libertad para ver por sus intereses
en la forma que a ella, no más, le conviniera; segundo, si como
autoridad y como amigo no le ajustaba cuentas al Jesús por tanta
fechoría, y especialmente por el agravio que a ella le infirió; finalmente, si seguía quitándole gente de sus ranchos para llevársela
con mejor sueldo a Torres de San Miguel. Jacob le dio la suave, le
ofreció armonía.

En el velorio, como después en el entierro, hubo más gente
de los Gallos que de los Trujillos. La concurrencia no fue lo

numerosa que era de esperarse, siquiera por la curiosidad. Estuvieron recibiéndose disculpas de vecinos con el pretexto de tener todo dispuesto para empezar ese día la siembra; que allí vendrían a dar el pésame.

A nadie sorprendió la llegada de don Felipe. De rondón se coló hasta el cadáver; lo contempló de pie, largo rato; no se santiguó ni se hincó; buscó un asiento cerca del túmulo; horas y horas permaneció allí sin moverse, sin buscar plática ni responder a los que se le acercaban; era ostensible que sus ojos y nervios estaban alerta; que hacía un esfuerzo por dominarse. De cuando en cuando se levantaba, se dirigía al cuerpo, espantaba las moscas y volvía a sentarse. Pasó casi toda la mañana sin que Plácida ni Jacob se le acercaran.

Jacob tomó la iniciativa; le dijo que necesitaban determinar detalles del entierro; Felipe lo siguió forzadamente; Plácida se les reunió; entraron los tres a la sala, donde duraron encerrados una eternidad. Era medio día. Los escasos concurrentes que a esa hora estaban, se habían arrimado a la cocina; los fisgones que presenciaron la escena, no dieron señas de picarse por ella.

Aumentaba el enjambre de moscas alrededor del cuerpo.

A las dos llegaron con el cajón. El cadáver estaba monstruosamente inflado. Costó trabajo acomodarlo.

A las tres lo cargaron y lo llevaron a la loma frontera. Volvieron a cantar el *Alabado* y *De la cruel muerte*. No hubo cohetes, ni tambora, ni chirimía.

Felipe ni Jacob regresaron a la Casa Grande. Terminado el entierro tomaron el camino de sus casas, directamente.

Cuando retiraron al muerto de su cama y cuando al regreso del improvisado camposanto la vieron vacía, descompuesta la colcha, inservible, agrandada, tétrica, abandonada a media pieza, no faltaron quienes pensaran cuándo esa famosa cama de latón, ancha, en que don Epifanio durmió, tuvo a muchos de sus hijos y al fin murió, será desarmada, arrumbada; cuándo irá a dar al montón de las cosas inútiles, poco a poco olvidadas, perdidas.

Lo que ni un momento se les borró.

Lo que ni un momento se les borró de la memoria fue la predicción hecha por Jacob del día y hasta la hora en que vino a caer la primer tormenta. Por una parte. Por otra —y esto todavía menos, por ser más milagroso—: la visión que Matiana tuvo de la casi repentina muerte de don Epifanio Trujillo. Cada día que pasa es más viva la impresión de la comarca por estos hechos, a los que cada quien añade algo de su muy suya invención.

Es todo lo contrario de lo que sucede con el rápido arrumbamiento de cuestiones recientes, que trajeron en peso, convulsionado, el sensacionalismo ranchero: los volidos del Diablo —tan remotos ya en el recuerdo—, que anunciaron la llegada del Rey de Oros; el robo de la máquina; los perros asesinados; los disparos contra Matiana; el pleito entre los bastardos; las Torres de Babel —que así comenzaron a ser llamadas, y así se les quedó el nombre a las altas construcciones de Jacob en su rancho—; la angina de pecho que mató a don Epifanio; su juicio, velorio y entierro. Quién sabe si cuando resucite, pasadas las aguas, este mundo de historias, trastocado en leyendas, como por habitual es probable, opaque, aunque apenas es concebible, la primera magnitud con que arden, fijas en el asombro lugareño, la visión de Matiana y la predicción de Jacob.

De más a más, el pronóstico de buen temporal iba cumpliéndose. Aumentaba la admiración al ver que la tierra, con tantos trabajos acarreada desde la sierra, no era arrastrada por las tormentas, sino que la contenían los contrafuertes y estacadas tan rápidamente construidos por los Gallos. Ya para el día de San Antonio estaban llenos los bordos y aguajes, cosa que nunca se había visto y que, como las torres, cambiaba la fisonomía del Llano, surcado ahora por grandes charcos, como pedazos de espejos rotos en el erial; Jacob distrajo gente para levantar, sobre la marcha, más depósitos de agua. Otra sorpresa, y grande, fue comparar la gloria con que se daban las milpas abonadas y de semilla escogida, frente al crónico raquitismo de las demás; tan fuertes eran las primeras, que resistieron las granizadas de junio, lo cual también pareció cuestión de milagro.

De novedad en novedad, se supo que un a modo de aguja gigante puesta en lo alto del silo más elevado era *para-rayos:* el primero que había de Cardos adentro. Y circularon explicaciones del cómo y cuándo servía el instrumento ése. Y se repitió la palabra Progreso, que ya también se andaba olvidando con las aguas, que si no siempre aniegan la tierra, sí aniegan la memoria con tanta preocupación por cómo salga el año, atenido a la buena o mala casualidad.

—¡Progreso! *Es como cuando comenzó a hablarse del petróleo en vez de las rajas de ocote y de las velas y candilejas de sebo con que de noche se iluminaban los ranchos; cuando comenzó a venir ese líquido mugriento y apestoso, y trajeron aparatos, y mechas, y demás aditamentos, que infundían miedo, creyéndolas cosas del Chamuco; y así sucedió, porque no faltaron quemazones y desgracias tan grandes como aquella que pasó en el rancho de la Canana, donde un tambo lleno de petróleo estalló, tumbó la casa, hizo varias muertes y dejó hartos mal heridos; en muchos años no se habló de otra cosa, como ahora se habla de los males que causará esa dichosa electricidad, junto a los* para-rayos, *las agujas magnetizadas, los molinos de nixtamal y demás inventos. Ah, se me olvidaba el mentado airoplán; lo mismo si resulta cierto que Miguel Arcángel cuenta con el instrumento que dicen que tiene para predecir las lluvias, el granizo y la calor. Yo ni lo niego ni lo afirmo, y se me ha olvidado preguntárselo alguna de las pocas veces que lo he vuelto a ver. Aunque me inclino a pensar que será más bien alguna gracia como de zahorín, en algo semejante a la que me hizo acertar cuando en fuerza del rayo me vino la ocurrencia, con toda certeza, de que allí habían acabado los días del Epifanio. No es que lo haya visto con los ojos de la cara, como se les ha puesto a tanto novelero que hay en el Llano, que lo que no saben, lo inventan; tampoco hubo más voz que la del trueno que me lo revelara; relámpago y estrépito a un tiempo —¡Jesús, mil veces!—, quedé ciega y sorda, pero con la seguridad cabal de que Dios Nuestro Señor estaba en esos momentos constituido en Justo Juez del que tantos alborotos armó: el inaguantable garañón, el ocurrente dicharachero estaba respondiendo a las acusaciones del Enemigo Malo, con asistencia del Ángel de la Guarda, quién sabe si para bien o para fundirlo más con sus testimonios. En eso sentí llegar a Miguel Arcángel; sentí que la Providencia lo mandaba para ser yo la que le comunicara la nueva. Como lo hice, al mismo tiempo que de fuera sentí llegar una fuerza que de golpe y porrazo desbarató la montaña de agravios acumulados en tantos años contra el abusivo, derritiéndolos en un mar de compasión que me impulsó a rezar todo lo que de memoria tengo aprendido para esos casos, así como a lanzar el exorcismo mayor contra las Potencias Infernales. Eso fue todo. Lo demás que han sacado son ganas de hacer cuentos. Como el chisme, como el mitote de la electricidad. Muchos matados de rayo he visto en mi vida: por lo regular quedan inconocibles, achicharrados, hechos carbón. La gente se hace cruces por lo que me sucede y, al no entenderlo: ¡dale con lo de bruja! cuando tan común es oír hablar de las corazonadas. A eso se reduce mi magia: saber sentir a tiempo las vibraciones que llegan de lejos, y comprenderlas pronto, y traducir lo que significan, y creer sin necesidad o curiosidad de ver lo Invisible, de palpar ni oír a las Potencias del Más Allá, cuando se siente que llegan y mandan; y acatarlas ciegamente; y servirles de ciego instrumento. Ésa es toda la gracia. En eso consiste. Ahora que ¿quién puede quitarle a la gente su inclinación a enredar las cosas, abultándolas? Por lo demás, esto frecuentemente sirve, aunque a mí me fastidien con sus preguntas y malicias y predisposiciones y habladas en mi contra, esto sirve para mejorar obrar, ya se trate de prevenir males, de curar enfermedades, de adivinar intenciones y sucesos forzosos, o de castigar maldades conforme a Santísimos Designios de los Poderes Invisibles. No más hay que concentrarse, dejar de hablar, encerrarse dentro de uno mismo para poder sentir, y sintiendo, ver, oír, palpar y gustar, no con los ojos, ni con las orejas, ni con las* manos, ni con la lengua, pues raro es cuando se materializa ese sentimiento, mejor dicho, ese conocimiento de lo que no se ve, ni se oye, ni se palpa, ni se prueba; raras veces, pero sucede, como me aconteció cuando, para no ir más lejos, vi a Epifanio Trujillo en figura de Diablo al momento en que agonizaba Teófila; y otras ocasiones más, de las que no me cuadra platicar. Dios lo haya perdonado. Adelante con la Cruz. Así es que sin admitir ni negar, yo creo que los pronósticos de Jacob no son más que una especie de sentimiento muy ladino; algo parecido a lo que la gente llama corazonadas o latidos. Pero más remilgadas, o ¿cómo diré? Más delgadas de hilar y trabajosas de agarrar; es decir, de adivinar y entender; más trabajosas de interpretar. Lo que confieso es que la palabreja ésa de Progreso me revienta los oídos. Malicio que no sea más que una treta de Miguel Arcángel para conseguir sus propósitos. También la otra palabreja: electricidad, me enchina el cuerpo, a pesar de lo viejo que ya es. Hágase tu Voluntad. Concédele, Señor, eterno descanso.

Qué descanso ni qué nada puede haber con Plácida de por medio. Insufrible. De mal en peor. Sin entrañas ni sentimientos.

Tarde se le hacía para amortajar a su padre; para que se lo llevaran a enterrar. No fue para traer de Clamores al cura o alguno de los ministros para echarle al muerto su rezadita y bendecirle la tumba cimarrona, en pleno campo; ni siquiera le puso rosario o alguna estampa dentro del cajón. Pero qué más: ni de por no dejar le echó una lloradita; en ningún momento se le vio una lágrima. ¡Qué mujer tan sin sentimientos!

Tacaña como ella sola. Ni agua hubiera dado en el velorio, a no ser por Miguel Arcángel que llevó el trago. Cuando comenzó a llegar la contada gente que acudió a Belén, Plácida se apresuró a cerrar con llave cuanto pudo. De la ropa que fue del difunto no ha repartido —como es acá costumbre— ni las tirlangas, que a tantos peones y pobres hubieran servido. Nada de nada: ni a las mujeres que la ayudaron a disponer el cuerpo presente les hizo el más insignificante obsequio; regateó con el carpintero de Nazaret lo que le cobraba por la hechura del cajón, y lo roció de improperios porque juzgó caro el precio; las velas que se consumieron junto al cadáver fueron llevadas por vecinos compasivos. ¡Qué mujer tan sin entrañas!

Una vez dueña absoluta del campo, tosió ronco y, como se dice, atusó los bigotes, se fajó los pantalones, se acomodó en la silla, afianzó las piernas en los estribos y el sombrero en el barbiquejo, amacizó la rienda, levantó la cuarta, picó espuelas, echó un grito y, como luego dicen: se destapó, soltó carrera, se disparó. A ver quién es el valiente que la empareje. ¡Mujer tan marimacho!

El estreno de la marimandona fue despedir a doña Amandita.
—*Anda, cuela, vete a buscar a ese tal de tu hijo; te dejo llevar tus hilachos y ni un popote más: recógelos orita mismo y despíntate de donde yo te vea, redrojo, a ver si te recoge y mantiene el méndigo ése, y no hagas que se me suelte la lengua, demontre; no me hagas enojar haciéndote la mensa, la luria, que ni oyes ni entiendes, allí no más parada como palo.* Intervinieron Verónica, Cleofas, Andrea, Salomé, tratando de disuadir a la doña *Ventarrón*; sólo consiguieron enchilarla y que las conminara a no meterse en lo que no les importa, si no quieren salir también corridas del rancho. Esto mismo, adornado con sartas de malas razones, gritó a los que le rogaron dejar en paz a la ruinosa, inofensiva querida de su padre. Viendo que Plácida estaba hecha un alacrán, las piadosas mujeres se encargaron de juntar las hilachas de doña Amandita, la condujeron fuera de la Casa Grande, buscaron a un hombre de buena voluntad que la llevara en busca de don Jesusito. Como ánima en pena, la barragana fiel se dejó llevar, mientras entre dientes repetía obsesiva mente: *de la suerte y de la muerte...* ¡Qué mujer tan sin sentimientos!

La *cacica en greña* reunió a sus hermanastros menores, que habían ido arrimándose a la Casa Grande, y les leyó la cartilla, o como también se dice: los metió en cintura, los puso en cartabón, se los fajó. De allí en delante, quedaban advertidos, no había más rienda ni más cuarta que la suya; y al que no le gustara, que saltara las trancas y se fuera, antes de que otra cosa peor le suceda; no

269

admitirá flojos ni traidores; bien la conocen y saben que no le gusta hablar por no más; con ella tienen a qué atenerse: quien camine derechito, pan; a los otros, palo. Ella es la única y universal heredera de su padre, con todas las reglas de ley. Ha dicho lo de traidores, por aquellos que pongan en duda sus títulos de sucesión, o se junten y maquinen con cualquiera que trate de disputárselos; muy especialmente han de cuidarse del trato más insignificante con el *friegaquedito*, para que después no se quejen de alguna desgracia que le pase. Ya verá ella con detenimiento quiénes son verdaderos Trujillos, que merezcan recibir algo de herencia, no por ningún derecho, sino por dádiva graciosa. Lo primero es unirse a la nueva patrona y ayudarla para rescatar los bienes que se hallan en poder de indignos usurpadores, sin título cual ninguno. Amonestaciones parecidas han sido endilgadas a deudores, medieros, peones y vecinos en la extensión del Llano; Plácida las ha mandado propalar, a efecto de que nadie se llame después a engañado por haber hecho tratos con falsos, nulos herederos o por no cortar cualesquiera relaciones con el *mátalascallando*, sus secuaces, cómplices y encubridores. *La madre del aire* no sólo levantará la canasta, sino hará sentir lo duro de su mano implacable a los amigos de sus enemigos y a los indecisos en reconocerla y rendirle como ama única de los que fueron dominios del difunto Epifanio. ¡Qué marimandona marimacho!

Abolió desde luego la vieja costumbre de convidar a comer a cuantos pasaban por la Casa Grande. No fue para ofrecer, ya no digamos un taco, ni siquiera un trago de agua a los que asistieron al novenario de rosarios por el finado y a los que de lejos llegaban a dar el pésame. Rebajadas las raciones drásticamente, la servidumbre de Belén se quedaba con hambre. ¡Qué mujer sin entrañas, tan miserable!

Y no paraba desde que Dios amanecía hasta que anochecía. Era como don Epifanio en sus buenos tiempos. Todo lo miraba, pesaba y medía. Nada se le escapaba: la vaca mal ordeñada, el becerro fuera del corral, el caballo espiado, la gallina mal echada, los pollos mal cuidados, los surcos enyerbados, los aperos rotos. Iba repartiendo regaños, maldiciones, golpes; dando guerra por verdaderas insignificancias; asustando con su ojo de lechuza que descubría el menor descuido. Ni a grandes ni a chicos perdonaba nada. No podía ver que alguien estuviera sin hacer algo. A nadie daba punto de reposo. ¡Qué mujer tan sin consideración, sin sentimientos!

—*Quién sabe a dónde haya ido a parar aquel caracol que mi abuelo guardaba sobre la petaquilla, junto a la cama en que dormía. Era un caracol grande, como hecho de mármol y, por dentro, color de rosa, muy suave al tacto, como ha de ser la carne de las güeras catrinas, o para hablar con claridad: la de esas gringas tan mentadas por los que han ido al Norte. A mí me gustaba tentarlo por dentro, metiendo los dedos de la mano, a escondidas de mi abuelo; no fuera a preguntarme qué era esa tentación de tanto tallar el interior del caracol. Decían que arrimándoselo a las orejas, se oía el ruido del mar. Mi abuelo se pasaba eternidades oyéndolo; luego me explicaba lo que es el mar. Eso sí podía yo hacer sin miedo a una regañada: poner el caracol contra la oreja. Se oía como desde la ceja de la barranca se oye, muy abajo, el ruido del río cuando va crecido en tiempo de aguas, o como el viento dentro de los pozos cuando hace aire. Yo no sé qué desatino me llegaba, qué ansias extrañas me hacían estremecer cuando lo agarraba entre las manos, le metía los dedos y me lo acercaba a los oídos. Lo sentía latir como corazón o como animal asustado de los que agarrábamos los muchachos: liebres, ardillas, conejos. Mi abuelo quería mucho a su caracol. Era de veras una curiosidad bastante bonita y muy rara en toda Tierra Santa. No recuerdo la historia de cómo vino a dar a manos de mi abuelo. Cuando éste murió no volví a ver el caracol. Parecía una gran flor hecha de cera. También le hallaba yo cierto parecido con las orejas de Florentina. ¡Qué ocurrencias tiene uno de muchacho! Debe haber andado rodando hasta que se perdió, hasta que seguramente se lo cogió alguno de los muchos que querían tenerlo. Nadie sabe dar razón de él. Me gustaría encontrarlo, tenerlo cerca de mi cama, oírlo y acariciarlo, tratando*

271

de saber, de adivinar no sé cuántas cosas, como entonces, que hasta
ganas me entraban de quebrarlo y descubrir lo que había por dentro,
en lo más hondo, a donde no alcanzaban a llegar los dedos, resbalán-
dose, por más esfuerzo que hacía metiéndolos. ¡Bonito el caracol! Yo
me desquitaba las ansias haciendo caracolear al Tocayo, aunque no
hallara la relación entre aquel baile de mi alazán y el caracol como
de carne.

A Plácida se le recrudeció el estado de nervios por sus manías
de castidad.

En vida de su padre había sido el motivo de mayor acrimonia
entre ambos, y de constante sufrimiento para la doncella. El viejo
se complacía en hacerla desatinar con dichos y conversaciones, no
porque quisiera escandalizarla, sino porque le chocaban los exage-
rados melindres, las reacciones a veces terribles de Plácida frente a
los procesos naturales; no concebía que alguno de sus vástagos pa-
deciera esa clase de rarezas, que se propuso quitar a la muchacha.

Desde muy pequeña dio señales de repulsión instintiva por
cuanto significaba concupiscencia carnal. Difícil fue su crianza,
conseguida con dieta de atoles, pues a las pocas semanas de haber
nacido rehusó el pecho materno, sin que hubiera modo de vencer su
renuencia: lloraba, se retorcía, cerraba la boca, y cuando a fuerzas le
hacían tragar, sobrevenían vómitos y diarreas; hizo su temprana aparición la crueldad: la niña arañaba, mordía a la madre, a los hermanos; cuando el padre se presentaba, la niña se desmorecía de llanto,
hacía intento de pegarle con la mano, de patearlo; estas demostraciones llegaron a vías de hecho cuando la niña creció; no admitía
ver que su padre tocara a su madre, ni que un hombre y una mujer
se dieran la mano; de los lloros, los gritos injuriosos, las amenazas
con piedra o palo en mano, frente a esos espectáculos, pasó a formas histéricas de desmayos. Comenzó a ser obsesiva su perturbación
ante los aparejamientos; dio en matar a las moscas cuando las veía
juntarse; apaleó, y con frecuencia mató a gallos y perros que cubrían
a las hembras; exponiéndose a peligros, arremetió contra la brama

de chivos, toros, caballos, burros. La sacaba fuera de sí ver tendidas al sol, para secarse, las ropas juntas de hombres y mujeres; en accesos de furia llegó a destrozarlas. No se contenía de injuriar a las mujeres y a las bestias embarazadas.

Epifanio Trujillo se apresuró a cambiarle madre. De rancho en rancho, de barragana en barragana, Plácida fue de mal en peor. Trujillo pensó desecharla definitivamente como hija y hasta como sobrina; mas lo subyugaba el carácter recio, acometivo, incansable de la muchacha, sin otro pero que la maniática pudibundez, excéntrica por completo en el ámbito del polígamo; aun con sus hermanastros —prueba suprema en el régimen patriarcal—, Plácida era sostén eficaz, fuera de cuando en ellos advertía sombras del pecado original: entonces los maltrataba. Dan do tiempo al tiempo, Epifanio aplazó el repudio, tanto como el bautizo formal de la extravagante.

Resultaban contraproducentes los medios puestos en práctica por Trujillo para sosegar los nervios de Plácida frente a la realidad o las apariencias libidinosas. Consejos, burlas, regaños, cambios de residencia, mezcla de personas, demostraciones calculadas de procesos naturales, provocaban mayores crisis. No, no podía consentir que la fuerza de atracción amorosa fuera natural. Tampoco se trataba de pureza espiritual: era simple repugnancia física, misteriosamente destilada por la herencia.

Plácida había sido engendrada en Abigail, mujer ardiente y celosa en extremo, que tuvo en brete a Trujillo, irritándolo a la vez que colmándolo de complacencias; ejercitaban sevicias mutuas. Abigail fue odiando a su hija; pero cuando Epifanio se la quitó, la iracundia de la mujer cometió los mayores excesos, y al fin, viendo que no podía cumplir sus designios vengativos, abandonó el Llano y nunca volvió a conocerse su paradero, aunque circulaban rumores de que se había dado a la vida alegre y de haber sido vista en centros de vicio a lo largo de la frontera con los gringos —Tijuana, Mexicali, Ciudad Juárez—, donde por sus despilfarros y escándalos era famosa. Epifanio se aferró a sus dichos: *Ni buscarlas si se han ido, ni echarlas si no se van —Para amores que se alejan, busca amo res que se acercan —Para el desprecio, el olvido —Más vale querer a un perro que no a una ingrata mujer —Carta que se niega y mujer que se va no hay que buscarlas.* Pero la verdad es que durante mucho tiempo siguió deseándola, y más a medida que llegaban los ecos de sus hazañas, verdaderas o falsas, de gran hembra. Quizá por este secreto deseo, que llegó a ser devorador, Trujillo no repudió a Plácida, bien que por la misma causa, considerándola hija de tal madre, sentía frenéticos impulsos de aniquilarla; el temperamento antilibidinoso, tan opuesto al de su progenitora, vino a defenderla de los resabios paternos. Epifanio sólo encontraba en Plácida, como herencia materna, la tenacidad en trabajos difíciles y el furor de Abigail cuando se ponía celosa.

La llegada de la pubertad fue tardía, llena de trastornos, y causó efecto devastador en el ánimo de Plácida; su crueldad se acentuó en los días críticos; llegó a temerse que se hubiera vuelto loca, loca de atar; destruía cuanto encontraba o bien se encerraba sin querer ver a nadie, sin probar bocado, quejándose de punzadas intensas en la cabeza y en todo el cuerpo, de que se le reventaban los ojos, atacados por alucinaciones horribles; la retorcían los dolores en el vientre; padecía náuseas y vómitos. Amanda, con quien vivía entonces, la sobrellevó, pudo calmarla en algunos accesos, le prodigó remedios caseros, a base de yerbas y sugestiones; pero fue impotente para vencer el asco de Plácida por sí misma, que había contraído al mirarse de pronto ensangrentada; la púber dio en causarse daños físicos de consideración, arañándose rostro y brazos, flagelándose con huizaches, golpeándose la cabeza contra las paredes. Humillándola de más en más, la repetición del período aumentaba el asco de sí misma. Concibió deseos de morir, de dejarse morir, dominada por la desesperación de que padecía un mal sin remedio, y de que no era más que carne de pudrición, pudriéndose ya.

Se le declaró una fiebre biliosa; se le tiñeron los ojos de amarillo muy cargado, lo mismo que la piel, que se le hizo terrosa; fue consumiéndose. A pesar de que no se había granjeado nunca buenas voluntades, acudieron gentes de todos los ranchos con remedios. Matiana —que todavía entonces no había roto por completo con los Trujillos— trajo sus píldoras purgantes, recetó cabellos de elote como agua de uso. (—*Chistoso* —decía Epifanio—: *a ella, por casta, le recetan lo mismo que a mí por garañón, para mi mal crónico de la orina.*) Matiana la colmó de conjuros, lo que confirmó en muchos la idea de que Plácida estaba enhechizada.

El susto al verse con los ojos amarillos, el cuero reseco, lleno de comezones, despertó en la muchacha un deseo vehemente de vivir, lo que no pasando inadvertido a Epifanio, lo tranquilizó, no obstante que Plácida, por no dar su brazo a torcer, dijera que la dejaran morir, que quería morir. A gran prisa se restableció.

Epifanio había también advertido que su hija era sensible a dominar y tener bienes propios; por otra parte, según sus hábitos de ganadero, conocía que ciertas enfermedades de las bestias hallan su curación en trabajos rudos, que no les dejen minuto desocupado; los síntomas de Plácida eran parecidos. La halagó con hacerla administradora absoluta y después dueña de la explotación de los bosques que Trujillo poseía en lo alto de la sierra de Cardos. En los ojos, en la contracción del rostro, el padre descubrió relámpagos de ambición y entusiasmo que le agradaron, como le agradó la intrépida rapidez con que aceptó Plácida la condición de irse a vivir a la sierra, y la explicación de que sería trabajo áspero, en el que personalmente tendría que hacer de leñadora y, a la vez, de cazadora, pues abundan allá los animales feroces.

Dicho y hecho. Apenas restablecida, la quinceañera marchó a su destino. Epifanio había calculado el buen efecto que producirían sobre la perturbación de Plácida el carácter y los hábitos de las personas con quienes viviría en el destierro de la montaña; un anciano vigoroso, tranquilo: don Elías, rodeado de tres hijas nacidas y criadas en la sierra, solteras, mayores de edad, serenas de ánimo, francas y muy trabajadoras.

Una vez que la remontó, Epifanio pareció haberla olvidado; durante un año no la visitó; pero estaba puntualmente informado de que su plan se cumplía con exactitud, y que su ausencia y la de todo lo que fuera Trujillo beneficiaba a la desterrada.

Entonces decidió dar un paso más: reunir con Plácida, en la sierra, a Felipe y a Jesús. Él mismo los llevó, y desde luego comprobó la llaneza enérgica, la destreza desenfadada con que la doncella se impuso a sus hermanastros, y cómo éstos, desde un principio, dieron muestras de respetarla, sometiéndosele sin retobos. Lo satisfizo tanto el experimento, que acordó bautizar y legitimar a Plácida sobre la marcha, lo que obtuvo tras las consabidas dificultades con el cura de Clamores, quien siempre le lanzó rayos y truenos por su empedernida lascivia, por su vida licenciosa, tan poco cristiana, tan escandalosa, propia del peor de los paganos; pero sobre todo, por el pecaminoso, inaudito retraso con que hacía bautizar a los engendros de su desenfrenada lubricidad. (—*Ah, qué señor cura tan fijado, tan escrupuloso y exagerado* —estallaba la sor na del alegre mujeriego...: *no sabe sencillamente ver las cosas como son, como las hizo la naturaleza, ni entiende pizca de lo que es cruzar razas, hacer injertos para sacar buenos ejemplares; lo que yo digo: de los padrecitos y el sol... oírles su misa cuando se pueda, y dejarlos... qué te andas valiendo de ángeles habiendo tan lindo Dios... por eso no compro nunca cebollas por no cargar con los rabos, ni me hago como la chía, que no era pero se hacía... soy de los de dale vuelo al bandolón, aprovecha la tocada, porque ¿para qué son las campanas si se asustan del repique?*)

Otro paso adelante: procurar que Plácida fuera pretendida en matrimonio. Por sí, como por consejos repetidos de Amanda, de Matiana y de muchas personas más preocupadas por la rara demencia, Epifanio venía dándole vueltas a ese que no sólo podría ser el remedio para los nervios de la muchacha, sino principalmente una finta para conocer su apego al clan. Primero escogió a un mocetón fornido, resuelto, medio salvaje, que servía de amansador en las estancias de Galilea; Plácida lo despachó con cajas destempladas, y como el mancebo terqueó, por poco la fiera leñadora le raja la cabeza de un hachazo, que lo hizo correr despavoridamente. Cuando lo supo, Epifanio Trujillo no aguantaba la risa. Semanas después entró en turno un catrincillo que tenía comercio y también oficiaba de peluquero en el pueblo de Clamores; con éste bastó la ristra de injurias que Plácida le soltó enfurecidamente, como si el diablo se le hubiese aparecido para cargar con ella.

Consecuencia: Epifanio la llevó a la Casa Grande con plenos poderes domésticos, y él mismo fue cayendo bajo la creciente tiranía de la doncellona. Delante de Plácida fueron cesando los excesos de dichos y obras acostumbrados, que, por otra parte, como cuando era niña, Epifanio creía que, a fuerza de oídos, amansarían la susceptibilidad morbosa de su hija. En esto la histeria del pudor, lejos de ceder con los años, ni con los tónicos del apartamiento y los trabajos de la sierra, endureció su intolerancia. Como la madre o maestra más implacable frente a los casos de obscenidad, Plácida desplegada rigores para reprimir la salacidad inveterada de su padre; sufrimiento y asco de la célibe asumían proporciones inaguantables de tragedia cuando Epifanio se tomaba licencias con las mujeres o cuando prorrumpía desvergüenzas de su repertorio inagotable: —*Compadre que a la comadre no le anda por las caderas, no es compadre de deveras* —*mujer a quien le das lo que te pide...* —*de la gallina más vieja resulta el caldo mejor...* Pleitos interminables de hija y padre. Constante tirantez. Pronto el crapuloso toma actitudes de chico sorprendido en falta; espiaba no ser visto ni oído por Plácida; evitaba discusiones con ella.

El dominio de la casa completó la obra de la sierra. Fue cuando Jesusito desquitó su contrariedad con la marimandona poniéndole los apodos de *doña Ventarrón, madre del aire, coronela dragona, cacica en greña.*

Lo que del atentado infligido por el *mátalascallando* constituyó el ultraje mayor, irrestañable, fue que los hombres jalonearan, manosearan a Plácida con violencia, para conseguir amarrarla. Ni un segundo se han borrado las imágenes, las nefandas sensaciones de aquella deshonestidad. Plácida se siente deshonrada. El choque ha sido peor que cuando sintió llegar la pubertad. Hubiera querido que mejor llegara la muerte, para ella o para los malhechores. El horror de recordar la afrenta, de no despegársele ni despierta ni dormida, la vuelve al frenesí con que hacha en mano, a golpes cada día más poderosos, endureció su cuerpo en la sierra, derribando, cortando árboles, mutilándolos. ¡Quién pudiera poner a su alcance a los libertinos que con groseras manos estrujaron su cuerpo, antes jamás pulsado por tacto de varón! ¡Asco físico de la lujuria! ¡Irrefrenable aversión a la sensualidad!

El horror a la desnudez de su padre, cuando éste murió, hizo que Plácida dejara desvestir el cadáver a Verónica sola, y colocarle la ropa interior y los pantalones con que había de ser enterrado; Plácida no más ayudó a meterle la chaqueta y ponerle los zapatos. Fingiendo que se ocupaba de otros menesteres, a duras penas podía contenerse al imaginar, por los ruidos, la fúnebre tarea que Verónica realizaba unos cuantos metros atrás; y lo que más la sublevaba era saber que a la vista del cuerpo desnudo entre sus manos, Verónica reconstruía la lúbrica historia del muerto; los suspiros, la respiración profunda de la mujer lo atestiguaba; Plácida tuvo impulsos de voltear, echársele encima, rasguñarla, colmarla de injurias por sus torpes recuerdos. Los bramidos del semental, y los rebuznos de los manaderos, y las descargas del cielo, y el furioso golpear de la lluvia para empapar la tierra y fecundarla, repercutían en las sienes de Plácida, revolviéndole la cabeza y el estómago, ahogándole la respiración. Desesperada, confusa, vengativa ocurrencia de hacer mutilar el cadáver para que lo enterraran libre de vergüenzas.

Castidad y crueldad se desbordaron en fuerza superior, irreconciliable a la fuerza con que la muerte sublevó la exaltación de la vida con todos sus apetitos, y acarreó en imágenes la interminable crápula que fue la existencia del patrón. El despiadado despido de doña Amandita provino del rencor contra su hijo el *uñas de gato*; pero en el fondo el mayor motivo fueron tantos recuerdos de su prolongado amasiato, cuyas escenas hicieron sufrir años y años a Plácida; la enfurecía guardar en la memoria los dichos de su padre aplicados a la vieja concubina: —*La carne pegada al hueso...* *Amor viejo y camino real nunca se deja de andar.* ¡Cuánto soportó esas indecencias! Habría de cobrarse ahora con exigir castidad y sufrimientos a los que habían caído bajo su poder. Vigilaría los deseos en los ojos de hombres y mujeres, en sus pasos a caza de oportunidades y sitios propicios; la noche, la madrugada, el mediodía, los re codos, los zanjones, tras las cercas, entre las milpas, hacia los manantiales y lavaderos donde los hombres las esperan; refrenaría sin piedad, con crueldad, el asomo de apetitos en los niños, las llamaradas de los adolescentes, las urgencias de la madurez y los crepitantes rescoldos de los viejos; parentesco, amistad, intereses ni servicios le impedirían arrancar, extirpar de sus dominios el vicioso ejemplo del padre; imponer la ley de castidad, cueste lo que costare.

Ha prohibido con ásperas palabras, bajo pena de destierro, que hombres y mujeres transiten juntos fuera de las casas; que se le presenten los hombres en calzón blanco; que salgan sin rebozo las mujeres; que los niños anden desnudos; que alguien se bañe en el arroyo. Ha alejado de la Casa Grande a los sirvientes casados y a los sementales de sus ganados. Para su servicio ha escogido yeguas intocadas. La ley de castidad es ley general de trabajo sin descanso, hasta el agotamiento de las energías, conforme a su experiencia personal. Madre de todos los vicios es la ociosidad, que da tiempo a pensamientos deshonestos. Trabajo y látigo. Así se acabarán tantos nacimientos miserables, tantas inconformidades y deudas.

Muy de mañana recorre caminos y labores, entra en las casas, inquiere detalles, pesquisa intenciones, revisa efectos, regaña, reparte amenazas, injuria, golpea. No para en todo el día. Y a deshoras de la noche cae aquí, allá, de sorpresa, en terca vigilia.

—Eh, si con el cambio de cielo, que lloviera regularmente, como ahora está sucediendo, cambiara la tierra, lo seguro es que también cambiaría el modo de ser de los hombres, que por fuerza son el vivo

retrato del lugar en que viven. Los de acá son secos, duros, insensibles, desobligados con las mujeres, porque la tierra es así. Y la tierra es así, porque así es el cielo que la cobija: desobligado, inconstante, apenas la moja en pedazos y entra en calmas, o cuando se suelta no es más que para arrastrar en la corriente las capas cultivables, dejando el puro tepetate y los huizaches, o para aventar granizo que acabe con las milpas. Mejor pensado, los hombres son como el cielo, y las mujeres como la tierra. Eh, si cambiara el cielo del Llano, cambiarían los hombres y las pobres mujeres del Llano, aquí, como yo, no más tristeando, parecidas a milpas con chagüiste cuando llegan las calmas. Esto mismo se lo dije anoche a Rómulo y no le gustó. Se lo estaba diciendo a causa de las esperanzas que nos ha hecho concebir el temporal, quién sabe si porque se murió el cochino ése, indecente, o por obra de que Miguel Arcángel ha resultado buen zaurín; es el caso que, como milagro, el temporal ha sido parejo hasta ahora; da gusto contemplar el campo y ver que las milpas jilotean; el campo, muy verde, como hace años no sucedía; el ganado gordo; los zarzos de las casas van llenándose de quesos; a ver si en agosto no viene la calma y se lo lleva el diablo todo, como siempre. A pesar del peligro, estoy contenta por el cambio del cielo; a mis años, no sé qué me pasa; como si me hubieran quitado un peso de encima. Después de la muerte del hombre ése, nada he hecho por la devolución de la máquina, y el corazón me avisa que ahora sí pronto la recobraré, no sé cómo. Tengo la certeza. Esto no se lo he dicho a Rómulo, para que después no se salga con que ya lo sabía. ¡Pobre Rómulo tan bueno para nada! Si no es por un milagro de la máquina, cuando nos la devuelvan, y con mediación de mi hija Teófila, Rómulo ya no podrá cambiar ni con el cambio del cielo. Él se hace muchas ilusiones atenido a las promesas de Miguel Arcángel. Anoche se lo decía: de qué te sirve, si tú no haces tu lucha por tu cuenta. Tampoco le cuadró que se lo dijera. Con levantar torres de arena se consuela ¡el pobre!

Comenzaron los cuentos de que don Epifanio Trujillo anda penando su ánima de aquí para ellá sin descanso, por los lugares de sus fechorías; los inevitables cuentos de que se aparece, de que les ha hablado a éste, ése y aquél; se difunde hasta lo que dicen que les dijo. Entre los que tienen por cierto que *los dichos de los viejitos son evangelios chiquitos*, brota como sin intención el refrán:

—Aparecerse no es lo mismo que resucitar.

En las noches húmedas, cuando se oye que crecen las milpas, florece la canción:

> *Palomas que andan volando,*
> *les pagaré las albricias*
> *tan sólo porque me traigan*
> *de mis amores noticias...*

Comenzó el cuento de que la máquina de la difunta Teófila obra milagros. Vago al principio, va cobrando fuerza y adeptos. Los refranes rompen a hablar, acomodándose:

—Me parece bueno el surco para echarle la semilla —no quiero que Dios me dé, sino que me ponga dónde —cuánto me gusta lo negro más que me asuste el difunto —aunque lo que dicen no es, con que lo aseguren basta...

Se sofoca la cantada:

> *Por el cielo andan las nubes,*
> *de eso sí no hay que dudar...*

Corrió la noticia de que ahora sí para el Quince de Septiembre habrá luz, molino de nixtamal, y se sacará el agua de los pozos con electricidad en Jerusalén. El Rey de Oros y sus muchachos están acabando de armar unas pesadas estramancias, muy grandes, traídas a lomo de mula desde la capital. Estalla el refrán:

—Aquel que anda por la sierra cualquier día se desbarranca, tanto va el cántaro al pozo...

La tonada resuena en la noche:

Escalera de la cárcel,
escalón por escalón,
unos suben y otros bajan
a dar su declaración...

Los últimos rumores afirman que sí, ya se supo de cierto que Jacob Gallo encontró el tesoro que fue de los Garabito y que por eso guarda tantas consideraciones a Rómulo y a doña Merced; pero lo más bueno es que, de fijo, Jacob —qué buena suerte tiene— halló minas y ya hizo en forma el denuncio.

—Como el violín de Contla: templado a todas horas. Apagado por la lluvia, el falsete:

De que el gallo se sacude,
en medio del árbol canta...

Llega el tiempo de asegundar las labores.

Unas veces era de creerse.

Unas veces era de creerse, otras no, lo que le achacaban que decía el ánima de Trujillo en apariciones distintas.

El caso es que, a pesar de las ocupaciones en plenas aguas, el señor de la Casa Grande, como si hubiera resucitado —¡ni lo mande Dios!—, volvió a enseñorearse del miedo general, como en sus buenos tiempos de coyote insaciable, y otra vez, ahora montado en las lenguas de grandes y chicos, que lo llevan y lo traen, recorre la extensión del Llano, sin que haya corazón o rincón en que no penetre, según algunos, entre lamentos espantosos, o según otros, con estrepitosas carcajadas y dichos chocarreros muy de su estilo. Las noches del Llano, rancho a rancho, vereda sobre camino, se estremecen con tales lamentos y carcajadas del difunto. Y no hay quien, después de pardear el día, se anime a pasar cerca de la loma donde se halla enterrado y a la que se atribuye haberse convertido en punto de siniestros aquelarres: graznidos de tecolotes, aullidos de coyotes, bramidos y rebuznos del otro mundo; sombras, luces, pavores.

En la Casa Grande también espanta, por más que Plácida se enfurezca, eche bilis por la boca, cuando alguien se atreve a preguntárselo. No uno ni dos, muchos atestiguan haber visto pasear al muerto en el corredor, asomarse a la ventana de la sala, cruzar el patio, sentarse junto al fogón en la cocina. Existe certidumbre de que Plácida lo ha visto, le ha hablado, aunque aparente otra cosa, para no dar señales de miedo ni debilidad, que le hagan perder el respeto de la gente. Se piensa que ha sido el difunto el que le ha mandado acabar con toda sombra de inmoralidad en cosa de amores, porque mientras eso no acabe, su alma seguirá vagando sin hallar descanso, castigada por tanto estropicio y escándalo que cometió en esos terrenos. Allí está el motivo de tanto rigor en la maniática: son los remordimientos del padre, que la hija trata cruelmente de remediar.

Sin embargo, *el muerto a la sepultura y el vivo a la travesura*. ¡Qué va a detener Plácida la corriente de la vida! Este año ha habido más muchachas juidas y menos depositadas. Este año, en las noches, hay más ganas de cantar, se oyen más canciones de amor, han vuelto a aparecer guitarras, violines, acordeones y otros instrumentos. Este año se ha sabido de más bailes y borracheras, de jugadas y hasta de mujeres fáciles. El dinero que sale de las Torres de Babel y las esperanzas de buenas cosechas han desatado el gusto. Se preparan rumbosos jaripeos y parejas de caballos. Hay alboroto por ir al estreno de la mentada luz eléctrica, el Quince de Septiembre. La gente se da tiempo para echar sus vueltas a curiosear la instalación de los aparatos y alambres con que funcionará el chisme, y vuelven haciéndose lenguas de la cosa y también del ingenioso sistema de canales, que muchos tratan de imitar en sus ranchos, para no desperdiciar gota de lluvia, conduciéndola a la cisterna, con lo que habrá suficiente agua del cielo, pura, todas las secas, sin necesidad de acarrearla del ojo de agua, ni miedo de que éste se seque pronto; hasta se evitará el penoso viaje a la barranca, para lavar, cuando el arroyo deje de correr. ¡Siempre qué águila descalza es el Rey de Oros!

Sin embargo, al llegar la noche y la soledad, el temor al aparecido se apodera de los ranchos a oscuras. Para el caso de que se presente don Epifanio, de que se oigan en el aire sus lamentos o carcajadas, y quiera ¡quisiera! revelar el paradero de algún tesoro que cargue su conciencia impidiéndole reposar, se ha generalizado saber de memoria las palabras indispensables para entrar en relación con las almas en pena:

—En nombre de Dios te pido que me digas si eres de este o del otro mundo. Entonces dejarán de oírse los lamentos y el muerto responderá.

—*Cristiano, por vida tuya y por la Sangre Preciosa del Ojo de la Providencia y de la Mano Poderosa, ve, anda, dile, úrgele a Plácida mi hija, o a cualquiera de mis otros hijos o hijas, hasta el que renegó de mí, de mi sangre y apellido, el que yo llamé Miguel Arcángel y cambió él su nombre por el de Jacob, has de saber, diles que agencien pronto la entrega de la máquina que fue de la bienaventurada Teófila y que por su causa estoy padeciendo tormentos sin cuento, faltándome por el mismo motivo la ayuda de Teófila, que me hubiera sido de mucho provecho a la hora de la muerte y ahora después; diles también que por permiso de Dios ando en la tierra penando hasta que se compadezcan de mi sufrimiento; dile a Plácida, por vida tuya, que sí es cierto que Miguel Arcángel o Jacob, como se te haga más fácil llamarlo, me entregó dinero para pagarme la devolución de la máquina, creyendo que yo la poseía; dile también que no sea ingrata, que no se haga sorda y que no se niegue a dejar que le hable, como muchas veces he querido hacerlo para decirle las mandas que debo, y las restituciones y reparaciones que ha de hacer a fin de que yo*

pueda descansar; por si se sigue resistiendo, guárdatelas bien en la
memoria para que se las digas: ir a pie al Santuario del Señor de
Plateros; una lámpara perpetua en la ermita del Ojo, cuidándola
de que nunca falte ni esté apagada, una gruesa de velas grandes de
cera a la Dolorosa de Clamores, con su limosna correspondiente y
que no sea tacaña, que al fin para eso dejé hartos bienes que acá no
más me sirven de martirio; no se te vayan olvidando estas cosas, dile
a la misma Plácida que llegue a un arreglo de cuentas con todos los
que tuvieron tratos conmigo y que con todos cometí abusos, cuando
no robos descarados, a fin de que dejen cubierta de común acuerdo
mi responsabilidad; le dirás también que la corrida de Amandita fue
una gran atrocidad, y aunque yo no tuve culpa en eso, y por tanto no
sufro castigo por el asunto, sí me ha causado una gran mortificación;
ai otro día, si cumples como es debido estos encargos, vendré a decirte
otras restituciones y reparaciones; entonces te indicaré la recompen-
sa que te toca por el favor que me hagas, lo único que te puedo por
ahora decir es que no te arrepentirás de servirme; y si no cumples, ya
lo verás en esta y en la otra vida. Dile, además, que no sea cruel; que
con sus crueldades agrava mis tormentos; que para nada le sirven, y
al contrario, están apuntándoselas en su cuenta, que a la hora de la
hora resulta terrible y muy estricta. Tú sabrás si cumples el encargo
que te hago con permiso de Dios, o te atienes a las consecuencias. Ya
me voy, me llevan mis remordimientos, me vuelvo a mi constante dar
vueltas alrededor de lo que fue mío y no supe aprovechar, ay, infeliz
de mí, grandísimo pecador, viendo por castigo los mismos lugares de
mis pecados, ay, sin con seguir nada, infeliz de mí, que desperdicié la
vida en falsos placeres y tarugadas. Llega la hora en que acaba el per-
miso de hablarte. No se te olviden mis encargos, ay, qué sufrimiento.
Quédate con Dios, ay, cristiano.

Era el propio don Epifanio. No les cabía duda. Su misma voz, aunque desfallecida, y él más demacrado, los ojos hundidos, lloro-sos; todo él deshaciéndose, como hecho de neblinas turbias.

Hubo andancia de fríos biliosos, malignos.

Temerosos de ir con el recado a Plácida o a los demás Trujillos, quienes decían haberlos recibido acudían a Matiana en busca de consejo, y suplicándole que conjurara el riesgoso encargo así como la presencia del fantasma.

La Madre invariablemente les mandaba que lo cumplieran y les explicaba lo imposible de ahuyentar a las ánimas en pena.

No, no habían soñado; estaban despiertos cuando les habló el espanto

Sin embargo, las mañanas amanecen radiantes, prendidas con los atavíos de las lluvias; el sol con la cara bien lavada; las milpas crecidas; los cabellos de los elotes derramándose, resplandeciendo sus oros a la luz del verano, temblándoles gotas de agua llovida durante la noche; las gargantas impulsadas a cantar con toda la fuerza de los pulmones hinchados de gozo; los animales en brama; los becerros aferrados a las ubres; hormigas y asquiles presurosos; el alegre coro de pájaros lugareños, madrugadores: zenzontles, urracas negras, gorriones, chirinas, calandrias, carpinteros, cardenales, tordos, viejitas, jilgueros, congas siempre en parejas, huitlacoches, citos, codornices, choritos y catacapulines, panesdeagua, tildíos, güilotas, que juntan sus cantos a los de los gallos, al cacarear de las gallinas, al mugir de vacas, toros y becerros, a los rebuznos estridentes, a los ladridos jubilosos, a los relinchos.

Sin embargo, llegado el silencio de la noche, acude a la memoria, en prevención, el ceremonial:

—En nombre de Dios te pido que me digas si eres de este o del otro mundo.

—*Cristiana, reconóceme por mi carcajada: soy el difunto Epifanio Trujillo, que me moría de risa con las maldades que a cada momento se me ocurrían. Dios me permite venir para advertirte que ni tú, ni tu familia caminan derechos: árbol que crece torcido. Tu marido, ay, qué risa, dice las mismas impertinencias que yo, como aquella de la casa ajena el bocado más sabroso, y la otra: ¿como lo menea lo bate?, qué sabroso chocolate; comparaciones como la*

*de que la yegua debe tener barriga de doncella, pechos de casada y
ancas de viuda, a mí me han costado bien caras; y tú, acuérdate que
madre que consiente, engorda una serpiente. Misma tú, cuídate, no
tanto por miedo a Plácida y a tu marido, que malician tus deslices,
como por miedo a este otro mundo, pues no todo lo que reluce es oro;
ni salgas con aquello del que presta a la mujer para bailar o al caballo para torear, qué risa, pues de nada te valdrá. Recuérdale a tu
marido que una vez sobre la mula no le pierda las orejas. Otra cosa
te pido encarecidamente: que vayas con mi hijo Felipe y le digas que
ya no se haga remolón con devolver esa máquina; sirve que viéndote
después de haberte hablado, se le quitarán las ganas de andarte per-
turbando, siendo casada, como a ti también se te quitarán desde esta
hora y punto, para no prestarte más ni a Felipe ni a nadie. No creas
que son de gusto estas carcajadas, como antes, que me corría por
el cuerpo la alegría; es ahora castigo estar siempre carcajeándome,
cuando no echando lamentos, qué risa, ya se me llegó la hora y ya
sabes, ay, qué risa inaguantable, ya sabes lo que tenía que decirte,
amén, qué risa.*

Un buen día, Plácida entró a la sala de Belén; hizo descolgade-
ro de cuadros; no más respetó las imágenes de los santos; acarreó al
patio el montón de retratos de muertos, de postales deshonestas y
de adornos inútiles. Para acabar pronto les prendió fuego.

Sin embargo, más era el miedo al aparecido que el provecho
de las admoniciones que se le atribuían. Los presuntos recaderos
no tuvieron valor de presentarse a los Trujillos; preferían hacer
viaje al pueblo y gastar en misas por el difunto, que lo aplaca-
ran; con esto y con poner el caso en conocimiento del cura, ya
que Matiana los desahuciaba, creían liberarse del emplazamiento
fúnebre; pero el cura los acuciaba igualmente a que cumplieran
con su conciencia.

Seguía el gusto de la vida y sus esperanzas. Porque *la esperanza
muere al último.* Es decir: nunca muere mientras alguien viva. Con
el buen temporal se había soltado la bola de guatos, que hacía una

bola de años no registraba el Llano, entregado al olvido de holgorios que el cuerpo pide, porque no toda la vida ha de ser tristezas.

Dieron comienzo los ya olvidados coleadores y parejas de caballos, que sirvieron para que muchos nuevos casorios y raptos quedaran conchavados: también sirvieron para que las mujeres —hasta las casadas— echaran suspiros —más fuertes mientras más imposibles de alcanzar los objetos que los provocaban— a la vista de los varones recios que en plena carrera cogían a las reses por la cola y los derribaban en el trecho establecido; de los que aguantaban respingos de bestias enfurecidas interminablemente; de los que a cuerpo limpio, el pecho afuera, sacaban airosas vueltas a los cuernos; de los que tras muchas emociones ganaban las carreras; de los que no erraban lazo ni se movían de la silla cuando potreaban los brutos empialados. Suspiros, que casi eran lamentos de mujeres ante la fuerza y el arrojo. Así fue siempre antes, aunque la tristeza quiso quitar la costumbre, arrumbarla, igual que los bailes, ahora renacidos en este y el otro rancho, con alegre apetencia de desquite.

Ultimadamente, la causa de toda esta exaltación es responder a la muerte, a los espantos, a la miseria y a la injusticia.

—Que trine *doña Ventarrón:* allí sigue y da vueltas. No somos hijos de hacienda. Que siga vagando el ánima en pena de don Epifanio: él se la buscó.

Sin embargo, al acabar los guatos, al quedarse las gentes a solas con la noche sobre los ranchos, vuelve a oírse la voz del más allá.

—*Eh, cristianos, cómo no quieren hacerme caso, ni cumplir, por miedo, los encargos que para su bien y el mío me da Dios licencia de hacerles. Con cuidado que aquí hay lumbre, no se vayan a quemar. Al contrario, tratan de aturdirse con guatos, luchando por que se les olvide mi ejemplo. A cada pájaro le gusta su nido. Atiendan, abran las orejas, no se hagan que no oyen, ya no digamos mis lamentos ni el castigo de mis carcajadas; pero ni siquiera otras advertencias tan palpables como los milagros que obra la*

máquina de Teófila, que con ruidos quieren acallar y no ver. Allí el
propio Rómulo, su padre, anda flaqueando, dando su brazo a tor-
cer, ilusionado con la ancheta de las minas que su abuelo le tenía
tan prohibidas; por lo menos a él díganle que no sea guaje, que no
se deje encandilar por Palemón y el renegado. Ahí Dios le dará lo
suyo para no desear lo ajeno. Y si no a mis quejas, háganle caso al
aviso de la máquina con sus milagros. Hagan por que la devuelvan
pronto. A dos garrochas no hay toro valiente. ¿Hasta cuándo, hasta
cuándo tendré que andar vagando sin descanso?

Aseguraban que sentían bocanadas de viento helado y oían ruidos de cadenas al presentarse el muerto. Fuera de la persona escogida para aparecérsele, nadie más lo veía ni oía. Son muchos los
que habiendo tenido que acompañar a otros en el trance, y estado
presentes en las conversaciones del ánima, relatan cómo tuvieron
que sostener al desgraciado, sacudido por temblores más recios que
los de las tercianas, y que como si fuera de hilacho se les derrum-
baba, falto de sentido, sin gota de sangre; a éste sí lo escuchaban,
pero no al fantasma, del que a lo sumo ven una sombra, sin distin-
guirle fisonomía; lo que sí experimentan son las rachas de frío; pre-
sumen que para todo esto se necesita igual valor que para hablarle
al ánima.

Sin embargo, de ser estos testimonios directos tan impresio-
nantes, el alboroto de fandangos los disipa. Es lo mismo que querer
olvidar a fuerza de borrachera.

Los motivos de distracción se ven reforzados por otro poderoso:
el descubrimiento de minas en el Llano, que corona la fe de muchas generaciones. En Torres de Babel están a la vista de todos las
piedras veteadas de oro y plata, encontradas muy a flor de tierra.
Los ensayes mandados hacer por Jacob a la capital han revelado
muy alta ley. Los trabajos preliminares para la explotación han
dado principio. Se acelerarán pasadas las aguas. ¡Qué sabor nuevo
de alboroto al ver cumplirse los tiempos esperados tan largamente,
con fe de padres a hijos!

—No, no lo niego, y Jacob sabe que tú nos diste los primeros indicios; lástima que no hayas entonces mostrado decisión para entrarle al negocio; serías ahora condueño; pero no hay nada perdido: estoy seguro de que Gallo te dará chance, como él dice; claro, no con la categoría que te correspondiera si a tiempo te resuelves, como yo tanto te insté —dice Palemón a Rómulo, el día que lo conduce a los cerros que hay antes de subir la cuesta de Cardos, donde le muestra las piedras veteadas y los trabajos preliminares de la mina.

—Con qué claridad recuerdo las palabras de mi abuelo que te referí en esa ocasión: —*aquí hay oro y quién sabe cuántos metales más, pero desgraciado del que se le ocurra trabajarlos, porque hará infelices a estos ranchos y acarreará sin fin de calamidades* —Rómulo habla como consigo mismo, al tiempo que, como lo hacía su abuelo, prueba las piedras con la lengua y suspira hondamente.

—Ah, qué compadre tan calamitoso; la fortuna te ruega, y tú empeñado en taparte las orejas con zoquite y echarte telarañas en los ojos; ves que llega el Progreso y, en lugar de correr tras él, te quedas parado, volteando atrás la cabeza, como estatua de piedra.

—No, si no creas que no me ilusiono, y miro con tristeza que se me van de las manos las oportunidades; yo quisiera con toda el alma, yo quisiera correr; pero algo tengo roto en la caja del cuerpo. Algo.

El alboroto. El alboroto.

Sin embargo, en la noche, dentro de la conciencia resuenan las admoniciones, verdaderas o abultadas, del ánima en pena; sus amenazas a los que no cumplan lo que les encarga. De cuantos dicen que les ha hablado, no hay uno que se anime a ir con Plácida o con cualquier otro de los hijos a transmitirles los apremios del difunto.

—¿Para qué? Sobre no creerlos, hasta el riesgo de la vida corremos con esos infames, capaces de todo. Mejor es estarnos quietos y esperar.

En vista de la cobardía general, Matiana carga sobre sí, una vez más, las responsabilidades ajenas.

Una mañana, temprano, sale a pie de su casa. Toma el camino de Belén. Sola y su alma.

—Adelante con la Cruz...

Ojos y lengua tronantes, hierática, implacablemente claridosa, la Madre se enfrenta a Plácida.

—En nombre de Dios.

Sea por Dios. Que pasen buenas noches.

—Sea por Dios. Que pasen buenas noches —dijo la Madre, con la cara sangrante, horriblemente desfigurada. La muchedumbre congregada no quería dejarla sola. Tampoco quería creer que fuera cierta semejante desgracia, que corrió por el Llano como pólvora:

—¡Le sacaron los ojos a la Madre Matiana! ¡¡los dos ojos!!

Nadie, ni por un momento, creyó la explicación arcana de la víctima.

—Fue un gato con rabia.

Ningún otro detalle quería dar.

—Váyanse. No hay remedio más que conformarme con la voluntad de Dios.

Era media noche y nadie se iba. Seguían llegando gentes.

El crimen debió cometerse al oscurecer, bajo la cerrada tormenta que a estas horas caía; pero cuyo estrépito fue dominado por aullidos y bramidos, que pusieron alertas a los vecinos; en cada casa parecía que se descargaban allí los rayos, y las incendiaban. El primero en oír los gritos de Matiana fue Rómulo, que acudió presuroso, todavía bajo el tormentón y los rayos. Como no había luz prendida en la casa, sirvieron los relámpagos para ver la cara de la Madre. Rómulo se horrorizó. Pasó un rato para vida de que preguntara, sin obtener contestación sobre lo sucedido. Matiana, empapada de sangre y lluvia, seguía gritando inarticuladamente, como animal herido; tentaba, buscaba en las paredes, desesperadamente. Rómulo se quedó de una pieza, sin hallar qué hacer; sin que se le ocurriera encender alguna luz. Logró entender que

Matiana decía: *Veo, no estoy ciega, búscame telarañas.* A poco llegó doña Merced. Quedó no menos horrorizada; pero se abrazó a Matiana y la impulsó a entrar a la pieza. Estaba cerrada. Con trabajos obtuvo que Matiana —*Veo, veo, no estoy ciega*— le proporcionara la llave. Merced encendió velas y pudo contemplar el espectáculo de los ojos deshechos, colgando de las órbitas como informes entresijos. De prisa recostó a Matiana, preguntó qué remedio le haría y, sin esperar la respuesta, mandó a Rómulo que pusiera a hervir agua. Los gemidos de Matiana disminuyeron.

—Haz que le avisen pronto al comisario —mandó Merced a Rómulo.

—No, no, no quiero. Por nada del mundo. Ayúdame no más a lavarme y ponerme unos fomentos con las sustancias que voy a decirte cuáles y dónde se hallan. Será mejor que las telarañas. Pero al comisario, no, por nada del mundo ¿me oyen? Por vida suya —la ensangrentada se había incorporado con los brazos crispados; trataba de pararse. Merced la sosegó; indicó a Rómulo en voz alta que apresurara la hervida del agua y que la trajera pronto; siguiendo las indicaciones de la Madre, buscó y fue arrimando medicamentos: comenzó a restañar la sangre que aún manaba; luego lavó el rostro; los dolores estremecían a la paciente que, apretada la boca, se esforzaba por contener los quejidos.

—Mientras los puedo cortar, ponme unos fomentos de árnica tan calientes como pueda resistirlos; en seguida, con el ungüento de este pomo cubres las heridas, empapas un pedazo grande de algodón en este frasco, me lo pones en los ojos y me amarras fuerte con el paliacate nuevo que tengo allí entre las sábanas; hazme un cocimiento cargado de cuasia y le pones un pedazo de otate, unas gotas de valeriana, que es esta botella negra. No oigo a Rómulo. Por vida tuya, no le avisen a nadie, ni menos a Miguel, por nada del mundo.

Comenzaron a oírse voces, a llegar vecinos. Junto con el dolor, el enojo sacudió a Matiana.

—Cómo quieres que esto quede oculto —dijo Merced—, si el cielo se encargó de publicarlo con truenos y rayos.

Había cesado la tormenta; pero aún retumbaban muy cerca los truenos, y relampagueaba.

—Sea por Dios. Adelante con la Cruz. Por lo menos que ninguno entre aquí. Tú sabrás cómo haces.

La pobre tocaba, olía los frascos de las medicinas para cerciorarse de que no eran otros.

—Ah, si tuviera en estos momentos mis pulsos firmes, yo misma me cortaría estos colgajos como si fueran cordón de nacido —decía mientras Merced le aplicaba fomentos ardientes—; de verdad comienza una nueva vida, privada de ojos.

Se habían apaciguado los bramidos; pero la noche oscura, los ranchos estaban llenos de ladridos desasosegados.

Rómulo se hizo presente de nuevo. Merced lo encargó de impedir a todo trance la entrada de los que iban llegando en creciente vocerío, desde ranchos alejados, la consternación en el semblante, sin explicar bien a bien cómo ni por quién habían sabido el hecho; ansiosos de saber con precisión qué había pasado: si Matiana estaba con vida, si habría esperanzas de salvarla, de ayudarla, defenderla o vengarla; si le valdría un milagro de la máquina por intercesión de Teófila; quién o quiénes eran los culpables; qué se pensaba hacer. La impaciencia crecía entre los circunstantes cada vez más numerosos. Exigían ver a la Madre; comprobar que vivía. Rómulo no podía ya contenerlos. Para calmarlos dejó entrar a una de las mujeres más alborotadas, que pronto salió llorando. El rumor cundió:

—Hay que ir por la máquina a todo trance, a ver si le hace el milagro de devolverle los ojos.

La propuesta fue cayendo como piedra en pozo, que abre y abre círculos, que arranca resonancias más y más profundas. En las sombras arremolinábanse los reunidos, hablaban acalorada, sordamente.

—¡La Máquina! No le queda otro remedio a la pobre.

Los que no se apartaban con aire de conspiradores, reiniciaban el cómputo de milagros atribuidos a la bendita máquina, y actualizaban su número y circunstancias: los niños de tales y cuales vecinos estaban en las últimas y todos los daban por muertos cuando sus padres la invocaron y, como con la mano, se les quitó la enfermedad; fulano tenía cataratas desde hace chorro de años, zutano estaba lazarino que la carne ya se le caía en pedazos, mengano padecía recios ataques, perengano ya ni moverse podía de hidrópico, y todos ellos quedaron curados con tocar la máquina de la bienaventurada. Estos nombres eran de sobra conocidos; añadiéronseles muchos otros recientes de tísicos, gálicos, tullidos, desahuciados.

—Lo malo es que al don Felipe ya le gustó el negocio y por eso a pesar de haberse comprometido con Jacob a devolverla el día que sepultaron a su padre, allí sigue y da vueltas, explotando bien y bonito el negocio de la Santa Reliquia, que cobra porque la toquen, y hasta por dejarla ver y que le recen.

Este dicho fue otra piedra grande caída con pesada resonancia en los ánimos ensombrecidos que llenaban el patio de Matiana.

Cesó la lista de milagros. Conturbadamente apagáronse las conversaciones, para dar libre paso a secretos pensamientos y deliberaciones.

Los que llegaban reiniciaban las pláticas, el bullicio, la impaciencia de ver a la Madre.

Ya se agolpaban a la puerta, queriendo meterse a fuerzas; hablando recio, sin miramientos. Ni ruegos ni regaños acres de Merced, ni gestos compungidos de Rómulo, ni razones de vecinos comprensivos los contenían. Sólo la presencia de la Taumaturga podría convencerlos para que se retiraran.

Por fin se anunció que Matiana saldría.

Pasó largo rato, que atizó la impaciencia.

Por fin, la Madre apareció en la puerta de los Misterios. Acercáronsele ocotes encendidos para verla mejor. Hubo un grito de horror. Envuelta la cabeza, trasminaba la sangre los hilachos y corría por el rostro, contraído por el dolor, desfigurado. Máscara espantosa, que los resplandores inestables de las teas hacían más impresionante. Las manos temblorosas, que siempre fueron enérgicas. La voz trataba de ser serena:

—Sea por Dios. No hay más remedio que conformarse con la voluntad de Dios. Váyanse. Que pasen buenas noches —el esfuerzo la desvaneció. Merced, Rómulo y algunos acomedidos la sostuvieron y la transportaron en peso a la cama. Se oyeron confusas voces:

—¡La Máquina!

—¡El gato! ¡Hay que matarlo!

—¡Justicia!

—¡Acabar con todos!

Nadie quiso irse.

Pasaba de media noche.

Entre tropel de caballos llegó Jacob. Entró directamente a la pieza. Hizo quedarse a solas con la Madre. Reinó el silencio de la muchedumbre. Corrió el tiempo. Confusamente sonó una voz, repetida luego con claridad y rápidamente generalizada:

—¡Justicia!

Las lámparas de pilas que portaban los acompañantes de Jacob movían reflejos sobre las cabezas y las paredes. No cesaba el clamor. Jacob apareció en la puerta; alzó la mano, pidiendo calma; avanzó hacia medio patio; lo rodeó la gente.

—Habrá justicia. No les quepa duda. Los malhechores no escaparán; sin misericordia serán escarmentados. Antes de venir acá tomé las medidas necesarias. A todos les consta la prudencia que quise usar, con peligro de perder el respeto. Quise dar tiempo a que reflexionaran y por la buena entraran al aro de la ley. Mientras no pasó a mayores, pudo aguantarse algún desmán. En adelante será otro el modo. Rigor y no más rigor hasta para faltas leves, quienquiera que las cometa. Parece que no entienden de otro modo la autoridad, que con el chicote a la mano. No tiene objeto su presencia. ¡Retírense en el acto!

Aún se oyó:

—¡La Máquina de Teófila!

—¡Que se retiren!

295

La gente de Jacob cargó con los concurrentes, impulsándolos a marcharse.

Por el camino se miraron luces que venían; se oyeron voces. Dentro del patio se anticipó la novedad:

—Traen la Santa Máquina.

—¡La Máquina!

—¡La Máquina!

Sí, un grupo compacto de rancheros cargaba el mueble reverencialmente, como si trajeran a cuestas la imagen más venerada.

Merced corrió, se prosternó, besó con avidez la máquina, soltó el estrépito del llanto.

Llegaban, caían, se desgranaban flamantes noticias. Las piedras aventadas al pozo con sordos ruidos volvían a salir convertidas en brasas:

—Quemaron Damasco.

—Colgaron a don Felipe.

—Agarraron a Plácida.

—Han muerto en las trifulcas muchos cristianos y otros están mal heridos.

—La fuerza va sobre don Jesusito.

—Acaba de comenzar la quemazón de la Casa Grande.

—Desenterraron a don Epifanio.

—Hay muchos presos.

—¿Presos?

—¡Presos!

—Afortinado en su rancho, el Jesús hace resistencia.

—Para acabar pronto: mi abuelo don Teódulo era hombre de una pieza, para acabar pronto. Cabal, como eran todos los hombres de acá. Con él comenzaron a acabarse. Vivió sin resentimientos ni envidias. A todo le hallaba el lado bueno, y sacaba ventajas de las desdichas. Como los toros bravos que se crecen al castigo, las contrariedades y reveses, lejos de acobardarlo, le daban fuerzas. De chico careció de todo, menos de familia, que para él era la riqueza mayor,

con la que la po breza se hace alegre y da grandes energías. Padeció muchas miserias, lo que lo hizo compadecido y, al mismo tiempo, le hizo ver que no todo es bueno en el mundo y que hay que vivir prevenido para bastarse uno mismo. Esta idea lo hizo altivo; pero no soberbio ni cruel. Entendía las flaquezas del prójimo; las trataba de corregir, y sabía dispensarlas. Con la dignidad personal, con la reserva y el silencio, sin palabras de más ni de menos, y sin excesos en sus costumbres, enseñó la felicidad a su familia. Otra cosa es que no siguiéramos el ejemplo, y que por andar preocupándonos demasiado del mañana no aprendiéramos a tener ni conservar lo que nos dejó, ni a contentarnos con lo que tenemos. Ha sido ésta la desgracia no nomás de los Garabito, también de la gente de Tierra Santa, llena de envidias y falta de misericordia. Mi abuelo conoció el miedo y el desaliento; pero nunca la amargura. Contra nadie tuvo rencores. La dureza de la vida no le inculcó ningún odio, sino fidelidad y tenacidad en sus obligaciones. Tampoco se hizo faceto cuando logró fortuna; por el contrario, se les humillaba a los pobres, dejando su altivez para sus iguales o más ricos. Jamás trató de vengar en otros culpas propias o ajenas, ni lo que no tiene remedio, como los desastres de la naturaleza. Jamás le oí una mentira, ni le vi caer en fingimientos. Apegaba sus actos a la ley del honor, como era costumbre general de la Tierra Santa, de Cardos a la Tapona, del Tabor a la Barranca. ¡Qué lejos estamos, cada día que pasa, de aquel modo de entender la vida! Crímenes ¿cuándo? A lo sumo por cosas de amores, muy rara vez. Nunca por intereses ni por arreglar desórdenes. Era de esperarse: gato encogido, brinco seguro; así lo anduve diciendo, sin que me hicieran caso, ni Jacob, confiado en sus retenes, que a la mera hora no sirvieron para defender a don Felipe de la chusma que se le echó encima, enfurecida por lo de Matiana y la Máquina, ni para resguardar la Casa Grande. Lo que yo digo: ¿qué se gana con eso? A Matiana no han de devolverle sus ojos, ni hacer que le salgan de nuevo. Ni qué necesidad había de llegar al desentierro del difunto, que traerá mayores calamidades. Pero todavía se gana menos con poner presa, sin ton ni son, a tanta gente, culpándola de lo sucedido: a niño ahogado quieren tapar el pozo, y a fuerza de miedo quiere

Jacob reponer su autoridad. A tiempo estuvo de no perderla, como se lo anuncié, cuando el robo de la Máquina y los disparos contra Matiana. Qué de males habría evitado si me hubiera hecho caso. Ahora que todo pasó, bendito sea Dios, la gente, y hasta yo que no tuve parte, andamos arrepentidos, y principalmente nos duele haber desenterrado al que ya Dios tenía juzgado y sentenciado. No era el modo de pagarse agravios —¿y quiénes más agraviados que yo y mi familia?—, ni de evitar que siguiera apareciéndose, como dicen. Matiana es la primera en defender a Plácida, diciendo que no tiene ninguna culpa, como en un principio se pensó por la visita que le hizo para regañarla fuerte; ni el desventurado de don Felipe; parece que Jesús fue el de todo, y resulta ser el único que se escapó, por lo menos hasta ahora. ¡Mis pobres perros! Me acuerdo y me vuelve recio el coraje contra el prófugo, cuando éste había de haber sido el colgado, aunque don Felipe no era blanca paloma. Yo creo que su terrible muerte fue castigo por haber retenido y explotado la Máquina impíamente. Merced así lo piensa y ha llegado a decir que la destrucción de los Trujillos es el más grande Milagro hecho por la santa Reliquia de Teófila. Quise regañarla por estas palabras, y poco le faltó para pegarme de leñazos. Tuve que dejar en paz el asunto y ponerme a pensar en otras cosas distantes como si será cierto que descubrieron el tesoro de mi abuelo y qué habrá pasado —no he tenido tiempo de preguntárselo a Palemón— con lo que una vez, el mismo día que lo de la mina, le conté de las cuevas que hay en la Tapona y de los ribazos arroyos arriba, que mi abuelo examinaba detenidamente, hablando de hacer allí una presa; seguro que también habrán hecho exploraciones en esos lugares, como en todos los que sin querer les indiqué, acordándome de las andanzas con mi abuelo. Me llegan tentaciones. Y hasta cierto coraje por enriquecer ricos, quedándome yo a raiz. Pero no digo nada. Me aguanto. Eh: si la Máquina quisiera hacerme un milagro; a mí, que soy el padre de Teófila, y el que por darle gusto me sacrifiqué para comprar ese Instrumento que —quién lo hubiera dicho— habría de resultar Milagroso. Pero cuán tremendos milagros obra, siendo que su dueña era pacífica y tan compadecida. Los justos juicios de Dios, sólo Dios.

La casa de Rómulo y Merced se convirtió en centro de romerías.

Los primeros milagros atribuidos a la Santa Reliquia tras de haber vuelto a su primitiva morada, fueron poner en libertad a docenas de criminados por el asesinato de Felipe Trujillo, por las quemas de Da masco y Belén, por la exhumación de don Epifanio y las demás tropelías perpetradas bajo la excitación que aquella noche produjo el salvajismo contra Matiana. O no se les pudo probar individualmente su culpa; o Jacob le alzó pero a meterse en más enredos, echándose encima la indignación de los ranchos y no habiendo quien pudiera reclamar el castigo de los responsables; o sencillamente porque los Poderes Invisibles lo forzaron, el caso es que los presos, después de invocar a la Máquina, fueron saliendo libres, cuando más angustiados estaban por la amenaza de ser llevados a la cárcel de Clamores y de allí a la penitenciaría del Estado; mas lo peor era que ya se había aplicado en el camino la Ley Fuga. La Máquina también había concedido el alivio a muchos heridos; entre ellos a policías de Jacob, que trataron de meter orden o que fueron balaceados por la gente de Jesusito en Galilea.

La Máquina está cubierta de flores, rodeada de velas encendidas día y noche. Pronto la casa de Betania estará cubierta de retablos, figuras de plata o cera, y otras *mandas* que han sido encargadas por los interesados a los artesanos del pueblo: pintores y fundidores.

El inconstante corazón humano así es: la ermita del Ojo de la Providencia se ha quedado sin flores ni velas. Quizá en oscura venganza, por haber sido la única devoción que se le conoció al difunto Epifanio. Quizá no más por inconstancia de la gente, ahora enardecida con las leyendas de la Máquina Santa: blanco de suspiros, llantos y ruidosos, atropellados rezos.

Matiana es otra víctima de la inconstancia. Satisfecha y sin perspectivas la curiosidad, o cansada de padecer con la sin ojos, la gente ha ido dejándola sola. Unos cuantos fieles —entre los que se cuenta Rómulo— escasean sus visitas. Abandonada a sí misma, la

Madre aventaja el aprendizaje de vivir a tientas; parece no costarle mayor trabajo, iluminada por interna luz.

La funesta noche, apenas Jacob se cercioró de que la noticia era exacta, despachó propios que trajeran a los médicos de Clamores y Jerez; en seguida ordenó lo conducente a las sospechas que desde luego tuvo sobre los culpables; hasta entonces emprendió la carrera en dirección a la casa de Matiana, cuya distancia hizo en menos de media hora. Resueltamente se opuso a que Matiana, por propia mano, se cortara los colgajos de las órbitas, tan pronto se serenara el pulso.

Estrechada por el interrogatorio, la Madre confirmó las sospechas del comisario: unos desconocidos, de los cuales Matiana no pudo dar señales, habían caído sobre ella cuando cruzaba el patio, sin tiempo ni para reconocerlos; directamente se le lanzaron a los ojos; todo fue rápido, premeditado, sin proferir palabra, en completa obscuridad; sintió que apresuradamente saltaban la cerca; no traían cabalgaduras; deben haberse ido por el arroyo. —Maldad de Plácida —sentenció Jacob. Desde un principio, con energía, Matiana rechazó la imputación: estaba segura de que no era Plácida; tenía razones para jurarlo.

Comenzaron a llegar, con la Máquina rescatada, las noticias de los desmanes. Jacob envió nuevas órdenes de represión. Él mismo se trasladó a los lugares donde los hechos estaban consumados.

El retén de Damasco había sido impotente para contener la furia de los asaltantes y para salvar a don Felipe, cuya orden de aprehensión acababan de recibir cuando de sorpresa llegó la chusma y sin más prendió fuego en distintos puntos del rancho; Felipe hizo débil resistencia con unos cuantos tiros; el susto le quitó la serenidad y eso precipitó su ruina; otros tiros del retén sólo consiguieron encarnizar a la gente, que sitió e inmovilizó a los ocho policías allí presentes.

Mientras unos volvían a Betania con la Máquina rescatada, otros insolentados marcharon hacia Belén; hallaron que los guardias habían aprehendido a Plácida y la conducían a Torres de San Miguel;

precipitadamente se organizó el asalto con manifiesta intención de arrebatar la presa y lincharla; tras de violenta escaramuza, con saldo de dos atacantes muertos y muchos heridos, la policía dispersó a los agresores y avanzó con Plácida sana y salva. La chusma se reorganizó; mas escarmentada, no siguió al retén, sino dio sobre la Casa Grande, la saqueó, la incendió, y remató el desfogue con la exhumación de don Epifanio, sin que nadie impidiera el desenfreno. Al presentarse una hora después, Jacob pudo hacer algunas aprehensiones de individuos ensañados en la tarea de destrucción.

Noticias alarmantes venían de Galilea. La resistencia de Jesusito era feroz; varias veces había rechazado a las fuerzas de la autoridad que lo sitiaban, causándoles bajas. Jacob marchó con refuerzos. El tiroteo duró toda la noche. A la cabeza de su gente, Jacob logró apoderarse de la fortaleza, dentro de la cual sólo halló a dos individuos que habían mantenido el fuego para proteger la retirada del *friegaquedito*. Tres hombres más habían sido capturados antes de comenzar el ataque, cuando en fuerza de carrera trataban de llegar al rancho: resultaron ser los autores materiales del atentado contra Matiana; los delataron el azoro al verse detenidos, y las manchas de sangre sobre la ropa y en las manos; acabaron por confesarlo paladinamente.

Infructuosa fue la persecución sobre las huellas del *mátalascallando*. Infructuosamente ha proseguido durante semanas.

Los médicos habían llegado cuando a media mañana volvió Jacob. Se pusieron de acuerdo y procedieron, admirados del estoicismo con que se portó la paciente. A instancias del comisario quedó allí dos días el médico de Clamores. Fiebre y debilidad cedieron rápidamente. Jacob daba vueltas a diario. Tenía puesta servidumbre al cuidado de la enferma. Esta comenzó a rogar que la dejaran sola. El ruego se convirtió en exigencia. Los concurrentes —fuera de unos cuantos fieles— le tomaron la palabra con facilidad: o ya no tenían qué novedades ver, o estaban cansados de aquel ciego, mudo sufrimiento. La Madre abría las puertas a la inconstancia que, gustosa, buscó rumbos distintos.

Hubo palpable interés en divulgar bien lo que confesaron los autores materiales del estropicio a Matiana; se procuró que los conocieran y hablaran con ellos los vecinos más importantes. No eran gente del Llano; sino facinerosos de los contratados por el Jesusito para hacer la guerra a sus hermanos. La conspiración quedó descubierta: se trataba de azuzar a la gente con la despiadada mutilación de Matiana, que de inmediato se achacaría a Plácida y a la inercia de Jacob; sembrada la indignación, don Jesusito avanzaría directamente a destruir Torres de San Miguel, donde contaba con cómplices, encargados de cuidar que Jacob no escapara; liquidado éste, sería fácil dar sobre Plácida, Felipe y los Trujillos tenejales.

Resultó cierto que don Jesusito tenía espías y hombres armados dentro de los dominios de Jacob. Fácil fue dar con ellos antes de que huyeran. Se les hizo confesar públicamente su felonía.

Con estrépito en grande cundió la noticia de que vendrían tropas a llevarse a los presos. Nunca se habían visto soldados en la Tierra Santa, o los habían olvidado los vecinos más viejos. La sensación fue general cuando el piquete de caballería cruzó la sierra de Cardos, pasó por Getsemaní, acampó en Jerusalén e hizo recorridos por Damasco, Betania y Belén, hasta Galilea, en alarde de fuerza. Los uniformes, los quepíes, las armas largas, el brillo de las bayonetas, las fornituras, lo parejo de los caballos y las monturas, la forma del clarín y sus toques, las voces de mando y el orden de los movimientos, el sable desenvainado del capitán y las diferencias suntuarias de su uniforme, la rigidez reglamentaria de cada momento, sacudieron la comarca.

El alarde de fuerza culminó con la Ley Fuga. Los primeros en caer, a inmediaciones de Galilea —dizque allá los llevaban para unas averiguaciones—, fueron los espías sorprendidos dentro de Torres de San Miguel. Siguieron a los pocos días los que le habían sacado los ojos a la Madre Matiana. Los cuerpos, atados a lomo de mula, recorrieron los ranchos; eran detenidos donde había grupos de vecinos; aparecía el propósito de mostrarlos para escarmiento, aunque trataran de disimularlo con contratiempos de la marcha.

Crecía la aflicción de los otros detenidos y de sus familias.

Jacob dio tiempo a que se le pidiera la libertad de los inodados en la muerte de Felipe, la exhumación de don Epifanio y las depredaciones de Damasco y Belén. Aparentó inflexibilidad. Procuró comprometer en las gestiones al mayor número de personas y a los principales vecinos. Fue dando esperanzas, forjando compromisos y agradecimientos, a efecto de que todo el vecindario se sintiera obligado por el favor de su indulgencia. Con cuentagotas, a regañadientes, fue poniendo libres a los presos. Mas éstos y sus familias habían contraído compromiso anterior con la Máquina Milagrosa, y a milagro de la Máquina atribuyeron el favor de su libertad. (Posteriormente los retablos abultarán el hecho, presentando al donante huyendo bajo una lluvia de balas, que la tropa dispara en su persecución; o frente a un pelotón de fusilamiento; o a punto de ser colgado de un árbol.)

No volvió a oírse que siguiera don Epifanio apareciéndose. La Santa Máquina agregó este descanso a la lista de sus milagros.

La fe de Rómulo es absoluta cuando afirma que el mayor Milagro de la Reliquia es el concedido a doña Merced. Ocupada en venerar la Máquina y en atender los tupidos quehaceres de su culto, le desapareció el mal genio; ha vuelto a ser condescendiente con su marido. Hay quienes le den rodeo al hecho, achacando el carácter agrio que padeció doña Merced, a maleficio de don Epifanio, quien había sembrado cizaña entre Rómulo y su mujer. Pero en fin de cuentas —piensa Rómulo—, ¿no fue la Máquina la que vino arreglándolo todo? ¿para qué darle vueltas?

—*Cuán cierto es que no hay mal que por bien no venga, y que Nuestro Señor saca bienes de males. Ni todo el poder, ni el dinero, ni las astucias de Miguel Arcángel dieron chispa. Se hizo necesario el sacrificio de la infeliz Matiana para que la Máquina obrara el Milagro de prender la sangre de los hombres, que parecían tener machigües corriéndoles por las venas, y despertar su dignidad, aventándolos contra los que les tenían el pie en el pescuezo, y no*

perdían ocasión de babosearlos. Yo lo intenté, y no pude. Nadie qui-
so seguirme. Matiana, con su sacrificio, logró que la Máquina se
apiadara, infundiendo coraje a los hombres para recobrarla, con
violencia y sin miramientos, de las manos inicuas que la detenían,
arrebatándoselas para volverla al sitio en que la consagraron las
manos benditas de Teófila. En un rato se consiguió lo que largos
meses de autoridad humana no consiguieron. De refilón la Máqui-
na se llevó entre la lumbre a los azotes del Llano; redujo a cenizas
los lugares de sus abominaciones; hizo polvo las últimas murallas
de sus injusticias. Frente a este castigo del enojo divino, los pobres
muertos a balazos, cazados por la espalda como liebres, aparecen
inocentes, por culpables que de veras hayan sido. Ya el dicho lo de-
clara: el mandato no es culpado. *Miguel Arcángel sabe su cuento.*
Lo malo es que los soldados aprendieron el camino y no vamos en
adelante a quitárnoslos de encima. Librados de unos acogotadores,
otros peores ocuparán el sitio. Sí, seguramente peores, porque los
nuevos traen eso que mientan Progreso, y es, a según mis cálculos,
un chorro de mañas muy bien estudiadas y ensayadas, además de
mejores armas y dinero listo. Pero al fin es muy humano querer
cambios, aunque sepamos que lo nuevo es peor, pues en resumidas
cuentas no hay mal que dure cien años, ni buey que lo resista.
No acabo de explicarme cómo la tierra pudo soportar tantos años a
los Trujillos, que nos jorobaron, nos agorzomaron bien y bonito, al
derecho y al revés. Parecían eternos. La Máquina los barrió de un
soplo, y sorbió sus designios de perpetuarse acogotándonos. Hasta
bien salió que se la robaran, sin saber que por allí les vendría su
pudrición; y doy por bien empleadas las congojas; las impaciencias
que me hicieron sufrir y que no tenían cuándo acabar: desde la pu-
ñalada que me renovó el dolor de ver sacar al camposanto el cuerpo
de Teófila; y bien empleada la ceguera de Matiana, si con ella pudo
verse la destrucción de los impíos y el triunfo de la Santa Reliquia.
Hincada frente a ella, no siento pasar el tiempo. Se me figura estar
soñando bonito. Entonces acudo al recuerdo de los horrores vividos
esa noche del triunfal regreso de la Máquina Milagrosa: el horror

de ver a Matiana esforzándose por meterse los ojos y acomodarlos
en su lugar, toda llena de sangre y, después, buscando a tientas te-
larañas para echárselas a las cuencas y contener el derrame; la ho-
rrible figuración de Felipe colgando con la lengua de fuera; el
horror natural de imaginar la carroña desenterrada, llena de gusa-
nos, apestosa, insoportablemente apestosa, y los perros hambrientos
husmeando alrededor, y la rueda de zopilotes despiertos entre la no-
che por el olor, y las llamaradas devorando las casas en que tantas
mujeres hallaron su perdición, y el traqueteo como esquitera de los
balazos entrando en el pellejo de infelices, arrancando maldiciones,
gemidos, rezos; acudo a estos horrores como a pellizcos que uno se
da para saber si estamos despiertos o soñamos. Resulta cierto: eso y
más pasó; fue necesario que sucediera para que la Máquina se halle
aquí, dispensando favores, y para defendernos de los que vengan en
vez de los Trujillos. Bendito sea Dios. Amén.

Plácida hizo varios intentos de matarse, aprovechando descuidos de sus captores, que a tiempo le arrancaron el chal con que
pretendía colgarse; o el clavo con que se abría las venas. Fue menester amarrarla y resignarse a oír el torrente de su furia. No se
aquietó, por el contrario: se agitó más frenéticamente al ir sabiendo los desastres de su casa y parentela.

La desarmaron al salir el sol y le dijeron que todo había sido
para proteger su vida. No dejaron de vigilarla. Después de medio
día se presentó Jacob. La encontró extenuada. Apenas pudo arrastrar la lengua:

—El peor suplicio, verte.

Jacob se deshizo en explicaciones y ofrecimientos.

—Me haces vomitar —tras larga pausa, la mujer añadió—:
eres vivo retrato del puérpera maldito, hasta en los melindres de
voz —Plácida estalló en carcajada nerviosa, desacostumbrada—:
con razón lo dejaste ir, según dicen —y hablando como consigo
misma, concluyó—: era el único que merecía tus brutalidades increíbles.

Otra extensa pausa en que las fieras miradas, como de loca, parecían tener hipnotizado a Jacob. La ronca voz profirió:

—Puede que lo calumnie con lo mucho que lo aborrezco: eres peor, mil veces más, que él, sin comparación.

—Por lo menos no soy capaz de urdir una gran felonía escudado en la seguridad plena de que te la achacarían inmediatamente, sin darte tiempo a esclarecer la verdad. Te digo esto no para disculparme; para hacerte comprender, más que lo pasado, lo que te propongo que hagas libremente: irte lejos, mientras pasa la efervescencia y se da tiempo a que sosieguen los ánimos.

—¡Payaso! ¿Por qué de una vez no me haces colgar? Te habrán dicho que no me dejaron evitarte ese trabajo.

Fue una lucha de varios días en dos frentes: evitar a Plácida nuevos intentos de suicidio, y convencerla del peligro que corría si se quedaba en el Llano. Temblando de indignación rechazó, usando sus peores palabras, el dinero que Jacob le ofreció para el viaje. Rechazó la proposición de que siquiera pasara una temporada en el rancho alto de la sierra, donde vivió mucho tiempo. Rabiosamente rechazó la sugerencia de que, para protegerla, se quedara a vivir en Torres de San Miguel.

—Mil veces lo he dicho: en mi casa, o muerta. ¿Por qué no has querido escoger en tanto tiempo? Prefieres alegar inútilmente. Qué tanto te importa lo que pueda sucederme, ¡farsante!

Un día estalló:

—Estoy pensando que no eres tan farsante como creía. Lo que pasa es que me tienes miedo por lo que pueda sobrevenirte si me quedo en lo que es mío; como decía mi padre: —*arriero que vende su mula, matadura segura*, y aquello de *un cohetero no puede ver al de enfrente*, y *arreglado el tendajón, son las moscas*, como también le oía decir. Por otra parte, no te arriesgas a matarme, quisieras que otros lo hicieran, como con Felipe mi hermano; pero ya te conocen el juego y las cartas marcadas que usas.

—¡Cabeza de mezquite! Haz lo que gustes. Al cabo ya pasó lo duro.

—Sí, ya matando indefensos por la espalda y cargándoselos a la tropa, impusiste terror, tirando la piedra y escondiendo, lavándote las manos, ¡cochino! Y ya también jugando al gato con el ratón sacaste buenas ventajas y vendiste bien cara tu generosidad para los criminales que mataron a Felipe, los infames que profanaron el cuerpo de mi padre, que al fin y al cabo, aunque parezca mentira y hayas renegado de él, fue también tu padre. Los dejaste ir para tu conveniencia, haciéndote del rogar, ¡payaso! tanteando que la única agraviada está en tus garras y no puede reclamar justicia a la justicia, porque la justicia eres tú, ¡chistoso! Sí: mil veces peor que el que se burló de ti cuando quisiste comértelo crudo, sitiándolo a fuego y sangre. *La vergüenza pasa y la conveniencia se queda en casa:* es tu lema; y otro: *Lo robado no luce; pero mantiene.*

—Lo que has de hacer es casarte, a ver si te curas de loca y se te ablanda la cabeza de mezquite.

Estas palabras la encabritaron más.

Jacob la dejó ir libremente, sin obtener que aceptara ni ropa, ni dinero, ni brizna alguna.

Plácida caminó desafiando a la muerte. Comenzando con la de Rómulo, recorrió una a una las casas de los que consideraba enemigos y depre dadores de sus bienes; los llenó de injurias; los retó a que la colgaran como a su hermano; les dijo que no traía con qué defenderse; que, cuando menos, la apedrearan, o ella los apedrearía. Nadie le hizo parada. Los niños, a lo sumo, pasado el susto de verla, se reían de ella, le gritaban: ¡luria! ¡loca! Plácida los perseguía a pedradas. Estuvo unos días entre las ruinas de Damasco. Anduvo hasta Galilea. Finalmente se refugió en lo que de la Casa Grande había quedado.

Desgreñada, macilenta, cubierta de harapos, una tarde se presentó ante Matiana; se arrojó a sus pies; la abrazó por las rodillas:

—Admíteme. Vengo a servirte de rodillas en penitencia del mal que los de mi casa te hicieron, y porque nos perdones y aplaques el furor contra sus ánimas. Yo sé que me has defendido. A eso me atengo, y a que sabes ver en la más espesa negrura. Defiéndeme.

Por eso vine a ser tu esclava y no separarme de ti. Ni la muerte me acepta, por más luchas que le hago. Todos me corren o tantean cosas deshonestas conmigo, por vengarse más de mi casa, o simplemente porque son bestias hambrientas de hacer cochinadas a toda hora. En medio de tanto asco, sólo tú eres pura; yo también lo quiero ser y preservarme de inmundicias; por eso me arrimo a ti; ni siquiera tienes animales que pongan tentaciones con su mal ejemplo. No más aquí puedo vivir. No me desampares. Te serviré de rodillas. Tendrás mis ojos y me los purificarás para los quehaceres de la tierra. Yo tendré los tuyos, purificados por el salvajismo, para ver lejos de la tierra. Bendita eres porque no tienes ojos y ves con mayor claridad. Te los arrancó gente de mi gente, sin saber que con eso aumentarían tu Poder y se lo echarían encima, con todo su peso, para destruir la casa, su nombre y orgullo. Ahora los bendigo porque me han quitado estorbos para venir a servirte humildemente y ya no separarnos. Admíteme como criada. Me vaciaron el cerebro y me rompieron la voluntad. No tengo a dónde ir. Madre. Madre. Madre. Te necesito, ya que la muerte me rehúye. Ampárame y enséñame a ver en lo obscuro.

Eran palabras rotas a largas pausas de llanto y rechinidos de dientes; recomenzadas y repetidas obsesivamente, como hachazos marrados. Matiana la dejaba, la esperaba sin interrumpirla. Cuando la pausa fue tan larga que pareció ser el fin, la ciega levantó a Plácida por los brazos; le tocó la cara y el cráneo; le habló:

—Adelante con la Cruz, cristiana. Sea por Dios.

—Ilumínenme qué hacer con esta criatura. El espíritu me indica que sí. La carne todavía se resiste, coma esas mulas tercas, que no hay paliza o espuelas que las hagan andar. Pobre carne vieja que no ha podido curtirse para dejar de temblar en presencia del miedo y el dolor. Todavía se retuerce y gime y suda no más con el anuncio de que viene Dios a servirse de ella. Y sufre hasta par el abandono del prójimo, que al espíritu, en cambio, lo colma de gozo. Llegué a tener esperanzas, después de pasar el último sufrimiento terrible, de que

al espíritu se le aligeraría la carga, y que, ya sin ojos, la carne lo se-
guiría volando; y pronto, aquí, con esta criatura desgraciada, vuelve
a encabritarse coma yegua joven y bruta, igual que los largos meses
que arrastró al espíritu, induciéndolo a rebelarse, desde que conocí
la resolución de la Justicia que se haría sobre la infeliz familia, y
el precio que yo pagaría por otros: —Es injusto— gritaba la carne
aterrorizada; y el espíritu, arrastrado, forzado por la miedosa, le ha-
cía segunda. Por eso, porque se necesitaba mi pleno consentimiento
para el sacrificio, la Justicia no pudo consumarse aquel día en que
Jesús marró los tiros a causa de la desavenencia entre mis flaquezas
y el Designio de Poderes Invisibles; tuvieron que esperar bastante
tiempo, hasta que a querer y no, se sobrepuso el espíritu, agarró las
riendas y, llegado el momento, aguantó los potreones, comparables
a los de la muerte o el parto, y acaso más desesperados: todo lo peor
que yo había podido imaginar resultó pálido a la hora del suplicio;
de suerte que no pude sofocar los aullidos del dolor y el terror y el
espíritu logró imponerse mucho rato después, hasta que la carne sin-
tió la compañía de Rómulo y Merced; todavía entonces, ya con los
ojos de fuera, se hacía la ilusión de que no quedaría ciega, porque
veía los relámpagos y otras luces que cabrilleaban en el cerebro: así
sucede cuando se desprenden los ojos: una danza interminable y te-
rrible de luces martilleando la cabeza; por eso cuando llegó Rómulo
gritaba: —Veo: no estoy ciega, y aunque bien sabía que no más era
ilusión sin esperanzas, mis manos trataban de remeter los ojos va-
ciados. Ahora el cuerpo vuelve a insubordinarse gritándome: —La
Ventarrón ésta es la culpable de los horrores padecidos; es injusto
que quiera encajársete con hipocresías; es una hembra bárbara, y
además está loca, loca de remate; en cualquier chico rato se pondrá furiosa: te despellejará, terminará por estrangularte; con ellos,
con su raza nunca se sabe hasta dónde llegarán; por lo menos viene a esculcar tus secretos, a revolverte tus remedios, a chuparte los
alientos; ¿vas a dejarla entrar, a ciegas, en la pieza de los Misterios,
de donde acabará por echarte como hizo con Amanda? No, no trae
buenas intenciones. Te lo aseguro. ¿Cómo crees que la insufrible

quiera servirte? Al revés, viene a mandarte, a bocabajearte, a vengarse, a ponerte en vergüenza; no eres una niña para dejar de comprenderlo; no más recuerda quién ha sido, y cómo se portó hasta con su padre; ahora será peor estando loca. Es injusto que quieras compadecerte de sus poteformes. *La carne vieja parece potranca sin amarrar. Sí, Plácida ofrece señales de haberse vuelto loca. Siendo esto con secuencia del precio arriba exigido, que tuve que pagar, soy hasta cierto punto culpable de su demencia y estoy obligada a la reparación. Bien a bien yo nunca conocí en qué consistía la Justicia de Dios ni la clase de sacrificio que se me impondría; supe no más la Determinación, el Designio, pero sin detalles. Eh, cómo se hacen cruces, y algunos echan habladas, extrañándose de que mis facultades no hayan adivinado lo que sucedería, para estar prevenida en ese momento, como si fuera tan fácil enfrentarse a los Poderes de Arriba y hacerles cambiar su curso, menos habiendo dado de antemano el consentimiento de sufrir lo que viniera y que yo esperaba, sin saber el día, la hora, ni la clase de tormento que me destinaban. Lo malo es que Miguel Arcángel se dejó arrastrar, desoyéndome y olvidando aquello de con la vara que midieras serás medido y el que a yerro mata... Peor, que trajera soldados. En adelante ya no podrá sostenerse más que sobre las armas y el terror, o sea lo mismo que fincar en arena, según la historia de los Trujillos lo demuestra. Ni dinero ni mañas le servirán. Así es la vida: nadie aprende en cabeza propia; se van unas calamidades y llegan otras; después de los Trujillos, los Gallos. ¡Pobre Miguel Arcángel! No es mala gente; pero tomó cuesta abajo y dejó camino por vereda. ¡Tres Divinas Personas, ilumínenme qué hacer con esta criatura trastocada!*

En el fondo de admiración y miedo había quedado resentimiento contra el Rey de Oros, por más que algunos, de dientes para afuera, le celebraban su energía, su rapidez y su magnanimidad. Lo que no se le perdonaba era el despliegue drástico de ser autoridad y el haber hecho sentir que se hallaba sobre todos: dueño y señor de vidas y haciendas; arrojada la careta de ser un vecino más, o a lo sumo un vecino principal por su dinero y experiencia; el cargo de comisario se sobreentendía como adorno para lucir, no para desenvainar, ni menos en la forma que lo hizo.

Por otro lado, en el fondo del pensamiento, repugnaba juntar en la misma persona el comisario con mando de fuerzas armadas y el inversionista de intereses cuantiosos. Acudía el sin fin de refranes a la boca de los murmuradores: —*No se puede soplar y comer pinole, ni repicar y andar en la procesión, ni sopear con gordas, ni hacer tacos con tostadas ni confundir enchiladas con chilaquiles, ni servir a dos amos, ni bailar con calzoneras, ni tragarlo de un sorbo, ni mascarlo de un bocado, pues el chiste no es comer, sino hacer la digestión, y dos coheteros no se huelen...*

Jacob dispuso de tiempo sobrado para que la polvareda se disipara y la inauguración de la electricidad produjera el efecto previsto.

Se interpuso lo más fuerte de la canícula. Julio y agosto.

El pesado mes de agosto, funesto, que trae la calma, la luna dañadora, las enfermedades de plantas, cristianos y ganados; la muerte de viejos y niños. Mes de angustias, que acostumbra tumbar las esperanzas más bonitas: las milpas más bien dadas se enchagüistan y tuestan con la calma; los ganados más gordos se encanijan y no resisten tantos males que vienen con el calor; los niños más sanos se van de un dos por tres con deposiciones, cursos y calenturas; con ver esa luna, cae gota serena en los ojos y quedan ciegos; cualquier herida se encona; cualquier enfermedad se agrava de repente sin remedio; el agua, las frutas, los alimentos se envenenan, se corrompen engusanándose rápidamente; los piquetes de bichos se hacen mortales; el aire está cargado de microbios malignos; los charcos emponzoñados. La Muerte y el Diablo acechan por todas partes, con su cauda de calamidades. El Diablo se da vuelo a la salida de la canícula, en finales del temible agosto.

Es cuando el Llano esperaba —todos muy al pendiente— que Plácida estrangulara, o de cualquier otro modo pusiera fin a los días de Matiana. Se cansaron de anunciárselo en todas formas, y la Madre como si, sobre ciega, estuviera sorda.

Se acercó, llegó, pasó el temido día de San Bartolomé —día de manos libres para el Diablo y sus vasallos—; pasaron los días inmediatos; llegó septiembre; Matiana seguía su vida tranquilamente. Plácida mantenía su mansa locura de ser esclava e hija de la ensalmadora, y su otra más extraña locura de continuar regalando los bienes de los Trujillos: tierras, animales, enseres, a los antiguos peones y medieros de la casa.

Se levantó entonces el clamor de los ranchos glorificando en esto el mayor Milagro de la Bendita Máquina, que había podido amansar a la fiera de Belén, tenerla quieta y mover a piedad su al fin encontrado corazón.

Discordancias y discolerías eran inevitables: que Matiana tenía enhechizada a Plácida; o que Jacob le había dado un bebedizo para enloquecerla; o que la locura le había venido por ultrajes de la soldadesca. Tampoco faltaron burletas:

—Lástima —dijo Palemón—, lástima que mi comadre Merced hubiera quemado la máquina nueva de coser que Jacob llevó el día de Reyes a Belén, y que Jesusito le quitó a Plácida tan a la mala. De otra suerte, y al paso de santa que lleva la ex cacica, pronto tendríamos dos máquinas de milagros en esta bendita tierra —Rómulo y varios vecinos se disgustaron por esta chanza, que calificaron de atea.

La calma fue breve y benigna. Disminuyeron las enfermedades, muertes y otras desgracias, en relación a los años anteriores. Transcurrió en paz el día de San Bartolomé y la salida de la canícula. Sea esto, sea el descrédito y olvido en que había caído Matiana como taumaturga, reemplazada por la Máquina de la bienaventurada Teófila, el caso fue que la Madre tuvo escasas llamadas, con que otros años no se daba abasto, para curar, ayudar a bien morir, amortajar, exorcizar, hacer limpias en cristianos, ganados y tierras. Resultó inútil el apresuramiento de Matiana por adiestrar a Plácida para que la ayudara en esos menesteres, o los ejerciera por sí sola, estrenando el cargo de sucesora que había decidido conferirle, a reserva de que, previa demostración de capacidad y méritos, los

Poderes Invisibles lo confirmaran, pues Arriba está Quien quita, pone y reparte, según sentencia de Matiana. La sorna de Palemón y otros lenguaraces no tardó en hacerse oír:

—Ésta sí que dejó pájaro en mano por cien volando; no quiso ser heredera de una buena fortuna por venir a ser sucesora de un tambache de misterios. Bonito negocio.

El haber salido librados de la canícula y las buenas lluvias eloteras con que se abrió septiembre —por añadidura: los chismes y chistes— favorecieron los planes de Jacob, que había procurado no darse a ver desde cuando, a fines de julio, se marchó la tropa.

La vuelta de conversaciones insistentes, regadas por los ranchos, acerca de las grandes fiestas que se preparaban en Torres de San Miguel para celebrar el Quince y Dieciséis de Septiembre, con el estreno de la electricidad, fueron preparando el campo. A primeros del mes, los vecinos caracterizados de la región comenzaron a recibir invitaciones formales, con el programa de festejos. El domingo anterior al día Quince, un convite con chirimías y cohetes recorrió los ranchos, repartiendo programas a colores, con las imágenes de los héroes.

Prendió el recuerdo: ¡qué de años hacía que las fiestas patrias no se festejaban en lugar alguno del Llano! Tantos, que se había olvidado la costumbre; la fecha pasaba inadvertida para la mayoría; cada vez menos vecinos se alborotaban para ir el Quince al pueblo.

El Rey de Oros hizo repartir gratuitamente banderas y festones tricolores en cada casa. Llamaron la atención y gustaron mucho. Principalmente agradó que fueran regalados.

Las cosas marchaban como reloj. Hasta el pendiente por el paradero y las maquinaciones prófugas de don Jesusito desapareció. Los resortes de Jacob lo habían hecho atrapar y procesar en la capital, hacia donde huyó y trató de alzar escándalo para reclamar justicia. Gallo redobla cuidados para mantener en secreto la prisión del rebelde; sólo ha trascendido como rumor, que Jacob desmiente.

El cielo seguía de parte del triunfador. Las lluvias, que fueron pertinaces, se levantaron la víspera de la fiesta; el día catorce amaneció despejado, con claros indicios de pequeño verano.

El quince, desde la mañana comenzó la afluencia. Llegaron por delante vendedores y fisgones; unos para ganar buen campo a sus instalaciones, y los otros para curiosear detenidamente la máquina de la electricidad y los últimos preparativos del suceso; pero no la vieron de balde: el Rey de Oros y sus lugartenientes, entre veras y bromas, los pusieron a trabajar, pues había quehacer para todos: barrer, regar, cargar tablas, levantar palos, componer festones y ramos de Santamaría, colgarlos, ayudar a los carpinteros que construían estramancias.

Rómulo era uno de los mayordomos que apresuraban el desempeño de faginas.

La afluencia aumentó después de medio día. Ni las pastorelas de Belén o las danzas de Getsemaní, en sus mejores años, habían atraído tan copiosa concurrencia. La mayoría llegaba dispuesta a pernoctar en Torres de San Miguel, pues aunque la mayor atracción consistía en conocer la electricidad, y recordar o desengañarse de lo que fuera el mentado Grito, no menor era el interés por presenciar el Gran Desfile Histórico y Alegórico, anunciado para la mañana del Dieciséis, y el Gran Combate de Flores con la Sensacional Charreada, que llenarían la tarde; una Serenata Monstruo y Gran Quema de Castillos con sus correspondientes toritos y buscapiés completaban el programa, en el que no faltarían Reinas y Otras Grandes Sorpresas de Risa y Emoción. El recuerdo de la pastorela presentada por los Gallos el Día de Reyes en la Casa Grande, hacía esperar maravillas, lo que fomentaban las bien dirigidas informaciones previas, reveladoras de fantásticos pormenores.

La primera sorpresa fue la presencia de la madre y la esposa de Jacob, llegadas el día catorce, al oscurecer, después de ausencia tan prolongada y legendaria.

Sara Gallo, envejecida, se mantenía vigorosa y ágil; conservaba su aire de resolución y entereza. *El que es bonito jarrito, es bonito tepalcatito.* Por Florentina no habían pasado los años ni los trabajos, o habían servido para redondear su figura, sazonando sus atractivos. Rómulo y otros viejos (*ay, Florentina*) no podían creer en ese milagro.

Las dos mujeres, en concierto, no se dieron reposo desde que llegaron. Eran las primeras en acometer y dirigir las tareas que faltaban. Se preocuparon por dar de comer no sólo a los que participaban en las faginas del Quince, sino a todos los que se asomaban a la casa; lo hacían con llaneza campesina, que les ganó en el acto la devoción de la paisanada; la memoria de una y otra causó admiración: reconocían a las gentes por su nombre, y a los muchachos por sus parecidos familiares; evocaban recuerdos grandes y pequeños, que halagaban a los interesados, así como las preguntas por deudos e intereses. Daban la impresión de que volvían tras un breve viaje. Aun los que antes no las conocieron y los que ni habían oído hablar de ellas, las seguían, las rodeaban, sin querer separárseles; atentos a sus palabras y modos. Doña Merced fue a saludarlas de prisa; pero el pendiente del culto a la Bendita Máquina no la dejó quedarse al fandango; de prisa regresó a Betania.

Al pardear la tarde fue echada a andar la planta eléctrica, en medio de la expectación atemorizada de los que se hallaban apilados, empujándose, tratando de presenciar la maniobra, sin perder ningún detalle ni emoción; esperando, por momentos, alguna sorpresa diabólica que, de pronto pareció anunciar el ruido formidable que produjo la máquina, y la trepidación, y el girar vertiginoso de las poleas, la carrera loca de la banda, la catadura tiznada de los mecánicos, que iban y venían, revisaban, volvían a revisar, como poseídos de alguna inquietud o miedo. La mayoría de los circunstantes retrocedió al estallar el fragor. Más fuerte, la curiosidad los retuvo a distancia. Esperaron. Se les aturdieron los oídos. Lo sobrenatural no aparecía por ningún lado. Se cansaron, se fueron retirando. La música que llegaba se llevó a los últimos curiosos.

El gentío se aglomeraba en derredor del tablado desde donde Jacob inauguraría la luz. Aquella misma banda de música que llevó a Belén, ahora reforzada, alegraba los ánimos, librándolos de recuerdos adversos y de preocupaciones.

Había caído la noche. Como siempre, desde siglos, la noche rural se iluminó con antorchas de ocote, ahora en mayor número para significar la fiesta y el paso de una era a otra. Crecía le expectación, contenida de menos en menos por esfuerzos heroicos de la música. La impaciencia desató murmullos, silbidos, aplausos, cócoras.

Por fin apareció el Rey de Oros, con séquito de vecinos caracterizados. La valla de policías oyó la orden de ¡firmes! y la acató ¡ya! con golpe uniforme.

Ya el comisario alzaba el pie para subir el primer escalón del tablado ceremonial; se le interpusieron resueltamente dos sombras de mujer. Jacob se sorprendió; en seco se detuvo; reconoció en las sombras a Plácida, que servía de lazarillo a Matiana, iluminadas por el dramático claroscuro de las teas y el humo. Soplaron rachas frescas de tormenta inesperada. El estupor se pintó en los espectadores de primera fila.

Plácida se mantuvo tiesa, muda, los ojos fulgurantes, reteniendo a Matiana de un brazo. Inesperadamente restalló un trueno, Matiana se adelantó, levantó un brazo, que los locos reflejos de las teas alargaban o contraían, irguió la cabeza; el rostro tallado, las cuencas vacías llenáronse de rojos resplandores; afiló la voz:

—Toma, Miguel Arcángel, esto que nunca te acepté, ni me has querido nunca recibir. Para entregártelo hice viaje con sacrificios, y para recordarte que la subida más alta es la caída más estruendosa y que no hay que dejar camino por atajo.

Como ninguna mano recogía el envoltorio izado, Matiana lo dejó caer. Eran las monedas de oro con que Jacob la impetró una noche, recién vuelto al Llano. El retintín metálico fue ahogado por un segundo trueno más violento.

—Sea por Dios. Que pasen buenas noches —arrastrando a Plácida, Matiana se retiró apresuradamente, sin dar tiempo a que Jacob le replicara y consumara el intento de retenerla.

Igual que silba la plebe cuando se dilata o falla la quema de fuegos artificiales, así los concurrentes que se hallaban detrás y no advirtieron la presencia de Matiana y Plácida, ni el incidente suscitado, prorrumpieron en manifestaciones de impaciencia.

Jacob y su séquito treparon precipitadamente al tablado; el contacto de la corriente quedó hecho sin más. Al encenderse los hilos de focos, fue unánime la exclamación de sorpresa, que retardó la reacción de aplausos, mezclados a las dianas y los estallidos de cohetes. Una a una se apagaron las antorchas. El Rey de Oros hizo señas, reclamando silencio; a medio lograrlo, inició el discurso:

—Me gusta emprender las cosas en grande...

Fulguró nuevo relámpago, seguido de furioso trueno. Comenzaron a caer, sonoras, dispersas, grandes como tostones, las primeras gotas de la tormenta.

San Miguel Chapultepec, mayo-diciembre de 1961.

ÍNDICE